你叫我，全天下都叫我谢九楼的时候。

你叫我阿海海。

上天入地只有这么一个提灯，所以要配这么一个称呼。

以后天涯海角，我听见这一声，就知道是我们提灯在找我。

来者执灯，见之不忘。

娑婆

SUO PO

诗无茶 著

长江出版社
CHANGJIANG PRESS

漫娱图书

谢九楼

提灯，常添衣，多加饭。

提灯

我等到长灯已灭，须发尽白，他都没有回来。

楔	壹	贰	叁
楔子 001	无界处 来者执灯 002	未知境 祸水东引 010	须臾城 真假阿海海 040

鹤顶红

西园的白鹤,今冬可曾来了?

目录

肆 抱虎峡 暴打伥鬼 076

伍 枯天谷 天神诅咒 121

陆 无镛城 蝣人百十八 130

柒 望苍海 众生轮回 267

娑婆

SUO PO

楚空遥

他这一生，凡有所得，皆非所愿。

楔子

李老二睡了一夜，清晨睁眼，发现有个披着黑袍子的人站在他床边。

这人用硕大的帽子盖住头，李老二即便仰视也瞧不见他的脸，只看得到他手里提着一盏八角琉璃美人灯。

"该走了。"这人说。

李老二便起来，浑浑噩噩地同他走出门去。

未近卯时，天色暗沉，李老二这一觉睡了像没睡，两眼发直地踩着黑衣人的脚后跟就过了冥桥。

再回来时黑衣人后边又跟着一个人，这回不是李老二。

"提灯。"鹤顶红半卧在冥桥下的一条船上，他的手上缠着条亮黑缎帕，船里种满了芍药。

"今日又送谁出去？"鹤顶红问。

提灯在桥上停住，略侧身，说："李老二。"

鹤顶红点点头，他往提灯身后一瞥，疑惑道："这个接回来的人，你以前是不是送出去过？"

提灯说："你记错了。"

鹤顶红偏头："我绝不会记错。"

他看见提灯宽大帽檐下露出的那点嘴角无声一扬，随即转身离开。

黑衣人和身后的人慢慢消失在冥桥尽头，今日鹤顶红与提灯的交谈也到此终了。

无界处

壹 来者执灯

谢九楼初遇提灯，是差不多三百年前的事。

彼时正是黄昏，他坐在第九阎罗大殿上，先是看见那盏八角琉璃美人宫灯，再把目光挪到殿中逆光跪得笔直的人头顶，问："来无界处做什么？"

提灯垂首道："找人。"

"可找到了？"

"没有。"

谢九楼皱眉："抬起头来。"

提灯便抬头看他。

娑婆众生知何幸。谢九楼第一眼望见提灯时如是想。

他面上不动，又问："来无界处，当知无界处的规矩了？"

提灯说："娑婆万里，进一去一，舍界而出，永不再入。"

阴司无界处，收留所有在外的娑婆世生灵，一入其间，娑婆诸事便留身后万里，再不能理会干预。

能进一次，也能出一次。若要离去，便永无再次踏入的机会。

谢九楼说："名字？"

"没有名字。"

"没有名字。"谢九楼重复着，瞥了一眼对方始终抱在怀里的那盏美人灯，起身离去。

俄顷，他的衣摆扫过提灯身旁。

"那就叫提灯吧。"

提灯拜首："叩谢九殿赐名。"

过几日，谢九楼传见提灯。他歪坐椅中，一肘撑着扶手，指尖支着眉梢，看向下面低头不语的人："抬头。"

提灯抬头。

谢九楼盯着他："你把怀里那灯给我看看。"

提灯拾级而上，走到丹陛上头，将那盏灯放在谢九楼身前几案上，又听谢九楼问："这灯，可有名字？"

提灯答道："琉璃永净。"

谢九楼依稀觉得眼前这灯的形制有些眼熟。

"你就是凭着这灯，来找你要找的人？"他问。

提灯没有接话，谢九楼抬眼看，发觉他脸色苍白，额前冒着冷汗，垂在袖中的指尖正难以抑制地颤抖。

"你冷？"谢九楼问。

提灯后退一步道："休息休息就好。"

提灯对自己的异常避而不谈，谢九楼不再追问，却也不放人离开："那你跟我来。"

提灯想了想，最后还是跟着谢九楼进了里间。屋子里陈设简单，一眼就瞧得出主人无心装饰，大抵只是把这地方当作个临时的居所。

谢九楼让提灯躺到床上，给提灯盖了一层厚厚的被子，在床边落座："睡吧。"

冷汗打湿了提灯的眼帘，他骨缝阵阵作疼，模糊之际似乎感到有人为他擦汗。

他眨了眨眼，呢喃着："阿海海……"

说完以后，触及他额头的手似是一顿。

不知睡了多久，提灯半梦半醒，先听见谢九楼的声音。

"醒了？"有人来到他身前，探探他的额头，"昨儿真是奇了，哪有人身上冷成那样，又止不住流汗的。"

提灯蹙了蹙眉，努力睁开眼，却发现谢九楼正在把玩他的簪子。

说是簪子，其实是戗金短筷。本为一双，细的那头插入提灯的发髻，不仔细看，只当是两根金玉发簪。提灯自打入无界处以来，除了沐浴以外，大多时都将这对短筷插在头发上。发髻上搭一个银缎面压金边像儒巾的小帽，不大点儿，只两块布，中间顶起来，向后一折，横面略宽，没包头，刚好盖住盘发，露出两边的簪头簪尾，后背垂着两根发带，看起来像个书生。

这一对短筷打得精致小巧，头上镀寸把长的金帽，筷身为碧透的翡翠，成色极好，无絮无丝,其间又有两条凿出来的玉沟,草根粗细,绕着筷身缠到尾部,似两条小蛇,沟体处填以流金。饶是谢九楼这种多年在外见遍无数巧夺天工宝贝的人,眼下对着这双短筷也一时难以移开眼。

只是他掂着,总觉着这短筷重量不太对。就好像……里头是镂空的。

这玩意儿细致考究至此,难不成还要在内里偷工减料?

谢九楼正忖度着,发现提灯已经醒来,眼神紧紧地盯着他手里的簪子。

谢九楼将东西往提灯身上一抛,冷冷哂道:"紧张什么?"

提灯接过簪子问:"不是让你别碰?"

他问完,没听见声儿,看过去,谢九楼脸色很不好。

"我想碰?"谢九楼呛道,"你未免太瞧得起它。娑婆世里的宝贝我看了不知多少,谁稀罕你这一对?"

提灯不与他做口舌之争,低着头想把簪子戴上。

谢九楼一拳打在棉花上,本就憋着一肚子气,这下非发泄出来不可:"你瞧我像谁,该是九殿,还是你口中的那个阿海海?"

提灯正摸着发髻插簪子,猛地听见这话,僵在床上。

他抬头问:"昨夜,我说了什么?"

谢九楼瞧这人是真一点也记不起来,总算爽快了些,还是不回答,反看向提灯脖子上的吊坠问:"这也是他送你的?"

这吊坠链子上吊着一枚玉扳指,做工远不及那对发簪来得好,谢九楼曾仔细瞧过,扳指一圈上有纹路,看模样应当是一只走兽。

提灯神色逐渐冷峻,问:"我还说了什么?"

谢九楼瞧他警惕成这样,浑身都舒坦了,往外走去,顺带不忘挖苦:"翠玉尽瑕,粗制滥造。你那阿海海的手笔,不过如此。"

再回来,提灯就不在了。

谢九楼踏入房门先是一愣,随即扭头冲出去。

他找遍阴司提灯常去的地方,没有寻到半点踪影,最后才去了冥桥——脱离娑婆世,进入无界处的必经之地,如果要回去,也要行经这里。

彼时提灯正蹲在桥上愣神,鹤顶红坐在桥下船头。桥下是早已干涸龟裂的河床,船上种满芍药。他冲提灯扬扬下巴:"有人找你来了。"

话音未落,提灯忽地被人抓住往上提,害他差点一个趔趄。

提灯抬头,映入眼帘的是谢九楼阴寒的脸:"进我阴司无界处,就是被你这么视作儿戏?多少人求门不得,你倒好,想来就来,想走就走?"

提灯蹙眉:"什么?"

桥下鹤顶红听得明白，含笑往桥头看去。

提灯再往前走几步，下了桥就出阴司，入悒然河，临未知境了。

谢九楼哼了一声，然后一只手拽着提灯的衣袖，另一只手拿着提灯放在脚边的美人灯往回走。

提灯问谢九楼："你在生气？"

谢九楼一下子将提灯的衣袖放开，别过头，"哈"了一声，陡然提高嗓门道："我生气？我生哪门子气？堂堂无界处我想要什么东西没有？我有什么气来生！"

说完，就要独自离去。

提灯拉住他："你在生气。"

谢九楼胸膛起伏着，不吭声了。

"我只是去桥上坐坐，别生气了。"

谢九楼别过头，心想：他可没那么好哄。

正想在气头上，忽听提灯小声道："你别赶我走。"

谢九楼微愣，扭过头去，瞧见提灯垂着头，乌黑纤长的睫羽遮住眼中神色："我无处可去。"

这日又是傍晚，夕阳如同提灯刚进无界处那天一样，像黄沙混着钻，化成了水，然后蒸腾进光里，散布到第九大殿上，澄灿霞光中飘着光下才见得着的絮，殿中砖缝都折射出一缕缕鎏金般的光芒。

提灯坐在殿上，裹着皮套的左手握住一个巴掌大小的玉雕小人，右手捏着刻刀，正专心致志地往小人身上比画，看样子该是快完工了。

谢九楼到处找不着人，刚说来殿里碰碰运气，一踏进来，就瞧提灯坐在镀金的椅子里，低头专注着，气质平和，甚至嘴角带点笑意。

他见提灯没发觉，便故意放轻脚步走到提灯身后，负手看提灯在做什么。

看了许久，也没看到提灯把小人转到正面。

不过这小人雕得真是精细，衣裳褶皱都很清楚，连头发丝也快叫人数不清了。

谢九楼也看得入了神，抿着嘴笑，屏息等提灯把小人的手指甲刻完。

小人儿是坐态，一手撑着地，一手放在屈起来的那个膝盖上，另一腿打直放着，衣着松散，偏袖口系着绑带，似是行军之人。许是刚才才睡了一觉，头发略微凌乱。

提灯把小人翻过来，谢九楼最先见着的便是小人嘴里叼着的那根芦苇。再看，这小人面容竟酷似娑婆世的自己。小人的衣着打扮也和他酷似，连贴身那把短刀都是他惯用的。

谢九楼先是一惊，而后一喜。谢九楼默默站着，瞧提灯收了刻刀，两手小心地

抚摸着那个玉雕，便特地问："这是谁？"

提灯望着小像早已失神，更未提防，只脱口而出："阿海海。"

话一说完，两人皆是一怔。提灯抬头，谢九楼的笑还没来得及和眼底的喜色一起消融下去，扬起的唇和阴寒的神色一起，有种说不出的别扭。

提灯尚未开口，手中玉雕小人便被谢九楼一把夺走，砸在地上裂成两半。

谢九楼如愿看见提灯脸上的难过。他看见提灯在瞬息间对着小像残骸呆愣了下，又转过头瞧着他，只略悲怆了些，没有一点问责。

谢九楼面对提灯时总是想起那只灵鹿。它那时受了伤也是这么看向他的。它不埋怨，只因那伤不是谢九楼给的，提灯不埋怨，又是为什么？

他没有深思，提灯忽然低头，抓起他的右手腕，看向他的右手："这是什么？好端端的，你在自己身上刺什么？"

他这才想起今日为什么来找提灯。楚空遥与他闲聊时扔给他一根骨针，说是外头来的新玩意儿，刺刺青方便得很，又挤眉弄眼跟谢九楼嘀咕："你既然担心他逃跑，不如在他身上刺下符咒，方便日后寻找？"

还补充："轻易去不掉的。"

谢九楼认真听完，坐正道："我什么时候担心了？"

"……那你还我。"

"不还。"

谢九楼在来的路上思量着自己从未刺过青，便停在半路，折回去找了个清静地方，拿自己练起手来。

刺什么呢？他想起提灯的那盏琉璃灯，就刺那个好了。这是谢九楼第一次刺刺青，结果当然是不尽如人意，只怕是提灯亲眼见了，也认不出他右手手指上的刺青图案是盏灯。

后来提灯的刺青，谢九楼刺了整整三个时辰。

夜晚，谢九楼来找提灯。提灯看着谢九楼走到自己身旁，把藏在袖子里的玉雕小人拿出来，轻轻放上他的床头。

提灯伸手拿了小人，放在怀中细细看。

玉雕小人修得很精细。也不知谢九楼费了多大工夫，总之一点摔坏的痕迹也见不着了。烛火葳蕤，衬得提灯的脸色也没那么苍白，眼底也染上一点暖意："我从来手笨，做不得什么好物。唯一会的，就是雕点玉器。"

谢九楼闻言，垂在腿侧的指尖微颤，正思及要不要说几句什么，好叫提灯晓得他并非故意存了坏心要摔它，又听提灯说："这东西做了许久，本是留给你的。"

谢九楼转过来问:"留给我,做什么?"

提灯说:"做个念想。"

谢九楼问:"什么念想?"

提灯久不言语,末了,突然说:"昨儿我接了个北方来的,就住冥江边上,桥头过去点。"

"他是漠堑人。"提灯抬头道,"北方的奶疙瘩,要数漠堑的最好吃。九殿能不能替我讨一些来?"

谢九楼皱眉:"现在?"

"现在。"

谢九楼迟疑一晌,便往外走。

"我以为你是南方人。"他边走边说。

提灯调侃:"九殿这人未免刻板。南方人,就不能肖想一口奶疙瘩?"

"不是……"谢九楼走到门口,又扭头看过来,"提灯,你给我做什么念想?"

提灯一愣,继而笑道:"去晚了,我的奶疙瘩可就没了。"

外头起了风,谢九楼取完奶疙瘩,沿冥江岸冒风而行。

不久,风停了。清晨几无行人,谢九楼远远瞧着有人身披一件宽大的黑色斗篷迎面而来。这人浑身上下裹得极严,未露出分毫真容。

谢九楼提着奶疙瘩与此人擦肩而过,走了几步,他骤然回头:"欸。"

身披黑斗篷的人闻声止步。

谢九楼举起布袋:"漠堑的奶疙瘩,吃吗?"

那人纹丝不动。

谢九楼走回去,走到那人跟前,低下头,递过布袋,又问:"吃吗?"

斗篷下的人像是动摇了,动了动左手,刚要伸出来,忽而僵住,又缩回去。

换了右手,刚露出指尖,顿了顿,仍旧缩回斗篷中去。

谢九楼凝视着刚刚从斗篷里伸出的指尖,轻笑道:"我有个朋友,左手裹着皮革,右手有条疤,也同公子你一样喜欢在这个时辰出门,专迎来送往。"

他往后眯眼看了看,说:"再走不远,就是冥桥。冥桥一过,便出了阴司。公子只身一人,这是要走?"

披袍子的人不说话,只略一点头。

谢九楼慢悠悠到江岸边坐下,放了布袋,屈起一膝,望向满是裂纹泥沙的江底:"破晓沉寂,公子陪我坐会儿吧。"

身后默然少顷,起了脚步声。须臾,黑衣人落座在他身旁。

远处渐露天光，谢九楼静静看着，日出竟也会显得苍凉。

他看够了，方出声道："我八岁时，救过一只灵鹿。"

身边人一动不动。

"在娑婆世里，一个叫悬珠墓林的地方。"他接着说，"我将它救下，见它实在可怜，便在最后一次去珠林看过它以后，偷偷带它回了家。"

"那是三百年前，无镛城的城主府。城主府，公子多少知晓吧？上到做主的，下到做奴的，起码有千百来号人，我只当自己机敏，不会叫旁人发现。即便被发现，也该不会有什么的。"谢九楼的目光落下来，落到自己脚下，"过了一日，我去外头玩，回来就被婆子领着去吃晚饭。我又想着，吃了晚饭，再去瞧我的鹿也不迟，便随婆子去了。那日我父亲也回来，同我们一起吃晚饭。"

他说到这里，忽地顿住，隔了很久方才开口。

"吃的是鹿肉。"

斗篷下的人微微一动，似是偏过头来看了他一眼。

谢九楼眼中没什么波澜："'挂念越多，人越软弱。'我父亲逼我把桌上的菜一口不剩地吃完后，将割鹿皮的那把短刀扔给我，同我说了这句话。他是极厉害的人，杀一只鹿，就能叫自己的儿子永远长个记性。

"此后许多年，我替家族南征北战，如履薄冰，未曾起嗔痴妄念。"

来路方向又起了风，像催赶着往这头奔的哨声似的。

"直到我在此处遇见一个人……"谢九楼在风声中走神般低喃出这句话。

谢九楼自嘲地笑笑："世间万般，总有些东西道不出由来。"

"有由来的。"

"什么？"谢九楼恍惚以为自己听错了，"公子刚才说什么？"

对方没有把话再说一遍。

谢九楼看向斗篷等了半晌，明白这是等不来回复了便起身，却没拿走那袋奶疙瘩，两手空空地走上回去的路，剩另一个人还坐在那里。

他走出不远，又回头叮嘱："此去娑婆，迢迢路远，公子一定保重。"

坐在原地的人冲他略一点头，谢九楼便接着走。还没迈出步子，他又停下。

"对了，"他说，"如果公子在路上遇见一个人，那人手提八角琉璃灯，身穿青灰色锦缎衣裳，烦请公子给我带一句话。"

黑衣人侧首。

"提灯，常添衣，多加饭。"

黑衣人行经冥桥时，鹤顶红正拿手指头绞着系在另一只腕上的巾子玩。

谢府提灯亲启

谢府提灯：

见信安。

暮春四月，山河将倾。祁中危颓，上疑难消，下叛频起。余才乏兼人，上难解圣忧，下不察士忠，终落此不忠不义进退两难之境。今奉旨赞佐，恐大限将至。

顾余平生二十二载，如半盏残灯，潦倒飘摇。幸而逢君，相伴一度春秋。今生恩谊，足使往世薄恨尽消，微怨不计。

念君阅此信时，余已身无矣。待君魂归永净，与余当为隔世之人。然君处九天碧落，此无阴司黄泉，余未有转生之机。届时只作黄土一抔，随风而起。君来如灯明，君去如灯枯。话短愁长，思及此后寒风苦雨，唯君一人往矣。附一缕幽思于笼中微火，影不离灯伴天明。

珍重，珍重。

谢九楼绝笔。

"提灯。"他一眼认出人来，朝裹得密不透风的斗篷里喊，"今日不送人？你一人出去，接谁？"

黑衣人止步，面向桥下，扬头露出一点消瘦的下巴："没谁。今日我出去。"

"哦。"鹤顶红应了声，才反应过来，"你出去？"

"我出去。"

"不回来了？"

"不回了。"

鹤顶红盯他一阵，慢慢自船中坐起："我同你一起。"

提灯拿了块奶疙瘩放进嘴里，一面嚼着，一面抬脚欲走："不必。"

"我同你一起。"鹤顶红翩然腾身上桥，"我欠你一条命。"

"没有谁欠谁的。"提灯向来去留由人，话只说一次，不愿费口舌多做推诿争执，便自顾自往前，留话道，"娑婆险恶，今此一去，必死无疑。"

鹤顶红只管跟上："我早死过一次。"

未知境

贰 祸水东引

出了无界处，便是惘然河。惘然河下，是未知境。

提灯要渡河，渡口处有一艘船，今日他二人运气不好，船上有个吃骨翁，披着蓑衣，头戴斗笠，与他们相背而坐。

"好大的胆子，"提灯冲那吃骨翁道，"青天白日就敢出来。"

吃骨翁嘶哑道："青天白日你不上船，入了夜，水里脏东西可多呢。"

提灯抬脚踩上船头，哂笑道："你也知道自己是个什么玩意儿。"

一语未尽，又转头对正要跟上来的鹤顶红道："你不上。自己飞过去。"

语毕便解了绳，与那吃骨翁各坐船两头，吩咐道："开船吧。"

船开出没多远，岸边骤起一声鹤鸣。须臾，水面掠过一只白鹤，顶上红羽自眉心起，到颅后终，身量颀长，仪态翩翩，正御风向对岸飞去。

水中，那白鹤倒影之下，是一团团人影。提灯上了船后，水底的人影便陆陆续续浮上来，四面八方的人影竟像全朝着这小船的方位涌来。

是吃骨翁！提灯往河中扫了一眼，对上其中一只吃骨翁的双目。它瞧提灯望过来，便咧嘴一笑。小船猛地一摇，提灯忙坐稳。将将安静下来，又是一晃——一只吃骨翁粘上船底了。

"佼佼者。"提灯往后一倒半卧在船尾，本就交叠起来的二郎腿脚尖一扬，踢了踢吃骨翁身上的断骨，听见前面一声闷哼后，又道，"你吞的这副骨头，不太合身。"

提灯拍船板而起，倏忽从短靴中拔出匕首，将吃骨翁身上的蓑衣劈成两半。

趁着吃骨翁慌乱合起蓑衣的当儿，提灯伸出手去摘掉它头上的斗笠，随即耳边响起一声尖锐的惨叫，只见吃骨翁的皮肉逐渐化成一汪 水。

提灯冷眼看着，然后将这只吃骨翁的尸骨远远抛进河中，成群扒在船底的吃骨翁登时朝骨头所在处游去，快被水没过边沿的小船也轻了不少。

提灯将身一撒，踩上船沿，迅疾跳入水中。

此时尸骨还没到河中央，那帮吃骨翁完成一轮争夺，余下的必定还会返回。与其坐以待毙，不如先入了水，届时它们找不找得到人，还需另说。

提灯只带了一个包袱，里头装着灯。

等他游出老远，惊觉肩上已空时，包袱早没了踪影。提灯暗吃一惊，自己绝非如此不小心的人。他沉住气，掉头回游，果真在河底见到包袱。

于是他一门心思往下潜，正伸长了手去拿，乍见包袱底下的河沙里蹿出一条猩红长舌，直冲他面门而来。

提灯快要闪躲不及，虽侧身避开，却也将包袱失了手。

他脚下已有别的吃骨翁伺机许久，把数尺长的舌头一勾，便缠住提灯脚腕。

提灯借力在水中旋身，躬身取了先前放回短靴的匕首，刀刃向下一割，挣脱开来，然后将包袱一捡，发了力往上游。提灯越游，却越觉古怪。按道理离河面近了，视野该更亮更清楚才对，怎么他游一会儿，眼见倒愈发暗了？

提灯一时没想明白，但胸中气已不足，只顾着先上去再说。

还有数尺距离，提灯总不见光，眯眼一觑，心下发了冷。

这些吃骨翁比他估计的来得更快！

他憋着最后一口气，正举刀要刺朝自己逼近的吃骨翁，头顶的吃骨翁竟蓦地收了手。不仅如此，眼前一张张嘴角咧开的脸也犹似僵住，那些望向他的黑白分明的眼睛，渐露出难以言状的恐惧之色。

提灯不明所以，但他急着出水，来不及一探究竟。

提灯刚在水面冒了个头，便张嘴深深吸气。

岸边鹤顶红等他许久，见他终于出现，挥手便喊："提灯！"

提灯闻声转头，一口气才缓过来，便调转方向往鹤顶红这边游。

鹤顶红在原地等着，眼睁睁看着提灯浮在水上，刚游了两下，忽一瞪目，似是张嘴要喊，还没出声，一下子就沉入水中，就好像水底有什么东西将他扯了下去。

提灯一语未发，猝不及防被灌了许多水，拼尽最后一口气低头一看，扯他下来的竟不是能见着模样的主儿——那是蔓延在河底的无边无际的一团黑雾。

哪怕眼下缠绕他双腿的是一缕缕似有死似无的黑气，可一旦挣扎，那气便拽着他往下走。

提灯试着弯腰去够，却见河底这东西徐徐张开了双目。

那是一双轮船大小的赤红的竖瞳。提灯对上它的眼睛，浑身一震，大脑瞬息一片空白，神思麻木，困意排山倒海席卷而来。正当他昏昏欲睡之际，耳边隐约传入一声呼喊。

"提灯！"

他费力撑开眼皮往水面瞧去，有人纵身入水而来，疾如走蛇，宛若蛟龙。

不是鹤顶红，是……

"谢九……"提灯在昏迷时喃喃道。

大漠之中，提灯蹲在地上，头顶悬月皎皎，将黑夜照得亮如白昼。

有人用树枝在他面前写了三个字。

提灯睁大眼睛看着，等对方写完，他逐字认道："射，九，木。"

"是谢九楼。"身边人无奈摇摇头，指着那三个字又教了一遍，"谢，九，楼。"

提灯盯着字，愣愣跟着念："谢……九……"

"提灯。"谢九楼打断他，提灯立马目光熠熠地望过去。

一望就让谢九楼心里气消了大半，从树墩上下来蹲在提灯身旁，温声道："你一向聪明，老不记字，是不想记？"

提灯闷声说："今天，不学。"

谢九楼问："那明天呢？"

提灯不吱声儿。

谢九楼哭笑不得："就那么不爱读书？"

安静良久，谢九楼听见提灯服软似的嘀咕："谢，九。"

谢九楼纠正："还有楼。"

提灯仍旧念："谢九。"

谢九楼："楼。"

提灯自梦中惊醒，呕出几口水来，尽数吐到正俯身照看他的人脸上。

那人抹了把脸，并不恼，只关切道："醒了？"

提灯微睁着眼，还低喃："谢九……"

"欸，醒醒。"那人摇他胳膊，"快醒醒。"

经这么一摇，提灯恍然，突将目光聚在这人脸上，便发了怔——方才是梦。

对方见他眼神清明了，又再问："醒了？"

提灯闭了闭眼，由那人扶着坐起来，四顾周遭，竟是在一处河滩上。

"没事儿了吧？"身边这人笑呵呵问。

提灯再打量，扶他起来的是个公子，看起来弱冠出头，清秀俊雅，衣着朴素，言谈间再温厚不过。

"这是哪儿？"

"须臾城。"公子道，"你二人溺水，我恰到岸边割草，见你们就在那石块底下，半截身子还漂在水里，就给救了起来。"

"须臾城？"提灯想了想，又道，"我二人？"

他本想兴许是鹤顶红为了救他也跳河了，岂料那人往后指道："还有这位公子。"

提灯打眼一瞧，才见对方左后方还有个高大人影。这人站着，兜头披一件硕大的披风，帽子把脸完全遮住，右手食指上戴着半个指节粗的铜戒。一发觉提灯望过来，立即转了过去，将帽檐拉得更低。

提灯蹙眉，再坐起一些，伸头过去瞧，那人躲似的又转，转到公子右边，提灯便跟着往右侧首，追着要看他面目。

那公子夹在他二人之间，正为难，局促之下摸到身旁包袱递给提灯："你瞧瞧，是你的不是？"

提灯先接过，拆开看了看，里头东西一样不少，便道："多谢。"

又问："阁下是？"

"叫我姜昌就好。"对方起身，觑着天色，"瞧这天马上黑了，你们是漂上岸的，怕是原本也没想来此处。找不到地方住，如若不嫌，就到敝舍将就一晚。"

二人都犹疑着不动。

片刻后，提灯先起身："那就有劳了。"黑衣人方跟上。

一路走，姜昌找话说着："看你们拿了包袱，是出远门的？原要去哪儿？"

"原就是来须臾城。"提灯接话道。

姜昌走在他们前面："那可巧，来须臾城做什么？"

"找人。"

"找谁？"

姜昌问出口，半晌没得回应，才察觉自己问多了些，正回头要向提灯解释："我只是……"

却见提灯斜眼看着后方不紧不慢跟着的那人，似是在等对方说话。

"你不用等他说话。"姜昌慢下来，与提灯并行道，"这公子只怕是又聋又哑。我才救起他时，问什么也不说，也不晓得听没听懂。应是迫于无处可去，才一直守在那儿跟我回来。"

提灯看似不经意道："是吗？"

行至姜昌家中，天已擦黑。这是一处瓦舍，说不上富丽堂皇，却也收拾得干净

敞亮。屋外一圈栅栏围起来一个小院，一侧安置鸡笼，里头喂了几只鸡，另一侧则是菜圃，院子里一堆焦木，当是前一晚燃尽还没收拾。

他们被迎进去，堂屋左边是灶房，右边两间相邻的屋子，都锁着门。

姜昌开了靠院子的那间："你们就住这儿吧。"

遂一面领着人进去，一面开窗通风，到处收拾："家里原有三间屋子，灶房后那间是我阿妹的，委屈你们挤一处。家中不来客，我时常打扫着，现下倒也还能下脚。你们等等，我去抱两床被褥。"

他一通倒腾，也不叫旁边两人帮手，自顾自快步出去，留提灯和那黑衣男子在房中。屋里一下就安静起来。提灯抱着包袱，仰头盯着帽檐下的阴影，一声不吭。对方被他看得不自在，刚侧身想躲，提灯二话不说就把步子一挪，又站在那人面前，还打量着。

两个人浑身湿透，提灯一张脸冻得青白，湿发贴在脖子和后背衣裳上，饶是落魄，眼神依旧锐利不减。

他刚要开口，姜昌又从外头抱了几床被褥进来："还愣着干什么？瞧这一身湿的，地上都是水。外头院子生了火，还不赶紧去烤烤。这两日才开春呢，也不怕冻着。"

说着，把被褥往床上一扔，顺手在地上铺了草席，连连推着两个人往外走："去烤烤火，快去。"

提灯到了门槛处，瞧见院子中那团熊熊的火，迟迟不迈步。

黑衣人才一抬脚，见提灯不动，又把腿收回去，默默转头看着他。

提灯什么话都不说，只一味凝视那团火出神，又听里间姜昌声音传出来："怎么了？怎么不出去？"

提灯这才跨出门槛去了。即便去了，他也坐得离火堆远远的，便再不肯往前挪。黑衣人见他坐定，也闷声守在他后头不过去。

姜昌出来见这二人坐得离火堆老远，一跺脚："嗐！坐那么远，哪能将身上烤干？我看这柴火烧没了你俩这衣服也干不了。"

说话间就拉着提灯靠近火堆，但距火堆还有半丈远时，提灯说什么也不动了。

姜昌无法，只得由着他。

三人围着火堆坐下，提灯一边拆包袱，一边跟姜昌搭话："你阿妹不出来？"

姜昌拿着木棍戳他早前埋在火堆下的地瓜土豆，一张脸被火光映得红红的："姑娘家，哪里能随便出门的。一会儿我给她送吃的进去就成。待会儿我支个架子，你俩把外头衣服脱了，趁火不那么旺的时候放上去烘一下。"又冲对面道："都到这儿了，把帽子放下吧！不然头发怎么干呢？"

提灯正把包袱里的那盏八角灯拿出来，听见这话，也顺势往那边看过去。

那人仍旧不动弹。

"罢了。"姜昌笑笑，"难不难受，还用旁人操心吗。"

他收了视线，瞥见提灯从包袱里扯出一块深色布料，像是什么衣裳，可又没全拿出来，只抓着一点衣袖的边角搭在手心伸出去烤，其余还藏在怀里。

"你这得烤到何年何月？"姜昌以为是包袱里头的衣料太过大件，提灯不好一次性拿出，便欲起身，"我马上拿竹架来，你把包里的衣裳晾架子上。"

提灯道："不用。"又说，"我就这么烤。"

姜昌才离了凳子，见提灯不似假意推脱，复坐下："要这么烤，三更才能烤干。"

提灯听他打趣，便也扬了扬唇："那我就烤到三更。"

柴火底下传出香味，姜昌将土豆地瓜扒出来，放几个到提灯脚边，又不停换手捧着扔到对面："今天匆忙，没什么可吃，你们填填肚子。明天杀鸡。"

提灯看着地上的土豆："你家鸡都喂什么？"

"苞谷，磨成面混点小米，"姜昌朝右边菜圃一扬下巴，"也掺点自己种的菜。"

"没别的了？"

姜昌又笑："你们别嫌，我虽家贫，却还不会亏待了几只鸡。瞧你这打扮，通身气派，只怕是哪座城里娇养的矜贵公子，不了解牲畜的喂法，便只当我这鸡吃得糟糕了些。殊不知这样的粮食已是上好，养出来一身鸡肉，也是香的。"

提灯不置可否，又问："你家里可还有别的畜生？牛羊什么的？"

姜昌剥着土豆皮摇头："荒年乱世的，羊羔、牛犊比人命都值钱，我哪里养得起呢。"

他将手中剥好的土豆递给提灯："边吃边烤吧。"

提灯正接过去，就听姜昌低呼："你这琉璃灯也忒精致了。我能看看吗？"

提灯点头，状似无意地笑道："荒年乱世，你竟一眼认得出这是琉璃。"

姜昌拿灯的动作一僵，很快便解释："城主老爷们总爱用。我有时进府帮工，瞧得多了，也就认得。"

天已全黑了下来。

姜昌刚把琉璃灯托在手里，就见中央灯台上有一红点处突然升起一簇火苗。

于是更惊叹："怎么会无火自燃呢？"

那边垂头烤火的人也望过来。

提灯把手里的衣料换了一边接着烤："这灯无须油火。遇阴则燃，遇阳则暗。"

姜昌问："何意？"

提灯扫了他一眼，说："日为阳，月为阴；昼为阳，夜为阴；雄为阳，雌为阴；生为阳，死为阴。此时黑夜，值阴际，它便亮了。"

第二章

"那可奇了，"姜昌道，"夜为阴，可我为阳，为何它选择亮，而不选择熄呢？"

提灯乜斜着眼看他，反问："你觉得这灯是死物还是活物？"

"如此灵巧，当是活物。"

"既是活物，它为何一直在我身上，从不离开？"

姜昌一愣："它……认你为主？"

提灯放下土豆，从姜昌手中接过琉璃灯，刚一到手，那灯竟就熄了。

姜昌又叹："我还说呢。若是欲阴则燃，那一到晚上，岂不亮个通宵？可叫人怎么睡觉。"

"它所在是为辨认，不为照明。"提灯捏着灯把，一时，那灯又燃了，火苗在他眸子里蹿动着，"既认我为主，当与我心意相通，知我何时需要，何时不要。"

他举着灯缓缓贴近姜昌的脸，就在琉璃灯罩快挨上姜昌眉眼时，这灯忽又熄了。

姜昌不动声色，只对提灯笑："看来方才那一下，证明我确实是个雄的了。"

提灯收手，放下灯，转过去继续烤火："那一下，证明你是个活的。"

姜昌像没听到，并不接话，弯腰捡了几个地瓜便要离开："我去给我阿妹送吃的。你们烤好了，那儿就是井，打水洗漱洗漱就睡吧。我也休息了。"

提灯和那黑衣人又在外坐了很久。夜深时分，提灯仍烤着衣裳，如他所说，烤不干就不睡。黑衣人起先还与他一起坐着，坐久了，浑身都干了，总没理由再坐下去。

提灯频频朝旁边看，看到最后，黑衣人噌地起身，往屋里去，留他一人烤了多时。

快三更天，提灯蓦地毫无预警一回头，果真见二人睡觉的房里，穿披风那人站在窗边守着，目光正对着他的方向。一见提灯望过来，忙不迭低头掀起倒扣的杯子倒水喝。

提灯盯他片刻，冷冷一笑，收起包袱回房。

踏入房门时对方已经很自觉睡在底下草席上。

提灯跨过他走到床前，将灯安置在床头，灯自动亮起来，光芒柔和不至于扰人入眠，又能够让人将屋内光景看个大概。

屋子里很安静。提灯上了床，耳边是地上睡着的那人的呼吸声。他将包袱里那件烤了一夜的衣裳拿出来，放在眼前仔细检查，看有没有脏污褶皱。上好的料子，褶子倒是不容易起，就是因着这衣服是黑色的，检查脏污有些费眼睛。

这衣裳和灯是提灯出门时仅带的两样东西，现在收拾干净了，屋里灯也一灭，提灯把衣裳收进包袱里，便倒头睡下去，一夜合眼，再没别的动静。

翌日姜昌早起，在门外叫他二人出来吃饭，进了房却不见提灯。

他将睡在地上的人推醒，问："那小公子呢？"

只见对方探了个头往床上看，眼下略有青黑。

姜昌见了，不免担忧："可是昨夜没睡好？怕不是席子太硬，瞧你这眼下黑的……"

一语未尽，对方匆匆穿好披风就从地上蹿起，夺门而出，寻人去了。

提灯已临河站了大半个时辰。这是略高的一处河岸，脚下岩石离河面大概一丈多高，他的脚尖踏出半步有余，悬在水上良久。

待身后远处出现那个黑影，提灯只略用余光一扫，随即倾身落入水中。

他水性极好，不然上一次也不会在惘然河与那堆吃骨翁周旋多时。这回他沉在水下，只闭着眼，依着本能等胸中存的气一点一点消耗殆尽。

够久了，提灯胸口开始发闷，气也逐渐用尽。可他没有要上去的意思。

直到胸中因窒息发痛，头脑皆沉时，周遭终于有人入水。

他被那人抓住，被托着一起奋力向上游去。

没多久，二人双双在水面冒头，提灯倏忽睁眼，一把掀去披风的帽子——谢九楼立即别开头，低眉不语。

"果然是你。"提灯定定地看着他，却蹙紧了眉，眼里不见欢喜，尽是恼怒，道，"你来做什么？！"

谢九楼朝岸边游去："先上去再说。"

二人上岸后，提灯又责问一遍："你跟出来做什么？！"

谢九楼垂目不动，一言不发。

提灯还没完，更没注意谢九楼神色，急急道："你知不知道，我费了多大力气……"

"我知道。"谢九楼开口打断他。

提灯猝不及防："……什么？"

"我知道。"谢九楼又低声重复一遍，"我知道你不想我跟着，你不想让那人看到我。"

提灯皱眉："你在说什……"

"我都听到了。"谢九楼始终低着头，只往地上看，"你昨日在路上，同姜昌说的。你来须臾城要去找人——你要去找他。"

提灯听得脑子发蒙，正逐字思索谢九楼这话什么意思，那个"他"又是指谁，又看谢九楼脱下湿透的外袍，从内衣兜里摸出个玉雕小人儿道："这小人儿你不小心落在我那儿，我跟你出来只为将它还给你，免得你挂念它。如今还你了，我自然就回去了，不会再打扰你。"

他将玉雕塞进提灯手中，拾起外袍就要起身。

岂料提灯道："你当真以为，这玉雕是我不小心落下的？"

姜昌正在院子里捉鸡，听见外头脚步声，头也不抬，只道："回了？灶台上给你们留着早饭，趁早吃了，咱中午……"

正说着，眼前视线里出现一双绛紫缎面绣花鞋。

姜昌一下拉了脸："你来做什么？"

对方没出声儿。姜昌也就当没人，捉了鸡掉头就去灶房拿刀。

"让我见她。"

姜昌听见这话，先是停下脚，站了半刻，又接着走。

后面的人跟了两步："我就见她一面。"

姜昌转身，面对这个穿红戴翠的妇人——比起村子里布衣荆钗的农妇，她一身华贵得多，一件衣裳能抵普通人一年的收成，但和城中官宦夫人相比，她一头珠翠又暗淡朴素了些。

"她不想见你。"姜昌只扔下这么一句，便不再搭理了。

待走到灶房门口，他才又回头道："说了多次，日后不要再来，旁人见了起疑误会，对谁都不是好事。"

妇人在院子里踟蹰许久，方才自袖中掏出帕子，一面抹泪，一面离去。

不多时脚步声又传回来，姜昌在厨房忙活着，听得心烦，便出去赶人："又回来做什……"话说到一半，戛然而止，接着他又"哎哟"一声，"这又怎么了？好好的，大白天怎么又去蹚水了？瞧你俩这一身湿的，离了水就活不成了？"

边说边迎过去，忙把才从外边回来的两个人接进屋子。

谢九楼在前，提灯跟在后头，姜昌摸到他胳膊，刚惊觉冷得骇人，提灯就连打几个喷嚏，打着战。

"快到屋里去，我给你俩生堆火，今儿就不在外头了，风大。把身子烤暖了出来吃饭。"姜昌忙活着，推他二人进到卧房，撬开最中间一块地板，下头竟是个生火的炉子。

他生着火，嘴里冲提灯唠叨："昨儿是溺水，眼下又是做什么？成天往水里去，难不成你要找的人在水下待着？就是待着，也不该这么个折腾法。我瞧你生来弱不禁风的，去了一天，也该休息两天才成。"

语毕手中已起了烟，姜昌起来开了窗，又在箱子里找出两套干爽衣裳和几块帕子，递给谢九楼："你也奇了。昨夜怎么说都不肯摘那帽子，今儿再下一趟水就敢见人了？我也不懂你们究竟捣鼓什么，分明一句话不肯说，偏觉得你俩该是认识的。"

他絮絮叨叨一堆，说完一看，两个人都闷葫芦似的站在那儿不开腔，脸色也不好看，于是也不再多说。等谢九楼接过了衣服，瞧着炉子里火也旺了，他就从外头搬进两把竹椅，拿了早饭进来，放下便出去了。

里头两人对立无言半响，眼瞧着火越烧越大，谢九楼正站火边上，一下被提灯拽过去，离了火一丈远，听提灯道："换衣裳。"

姜昌的衣服套提灯身上还算差强人意，给谢九楼就不太合适。

他近六尺的身量摆在那里，光是骨架这衣服就穿不下。眼看着左手套进去右手又短了，正心烦气躁的，就见提灯从包袱里掏出件衣服扔给谢九楼叫他穿上。

姜昌做好饭后，进房叫二人出去吃饭。

外头屋里亮堂，提灯走出来后，眼神清亮不少。

姜昌端了鸡上桌，正往碗里夹菜："自己盛饭啊，我先给我阿妹送点去。"

提灯问："她不上桌？"

姜昌提了提嘴角："她……不见外客。"

说了就端着碗要走，提灯对着他背影道："你们家还挺讲究规矩的。"

姜昌背影一顿，只加快步子往灶台后的屋里去。

谢九楼给提灯盛了饭，问："你觉得他有问题？"

"怎么这么说？"提灯托着碗，夹一筷子菜放进嘴里，"他人很好。"

"可你还是怀疑他有问题。"谢九楼将鸡肉去皮，"常言礼不下庶人，他贫困至此，认得琉璃已是古怪，竟还说他阿妹大门不出二门不迈不见外客，这是贵族规矩。再者昨夜你问出来，他家不养别的家禽，偏偏那一笼子鸡又只吃小米和他自己种的菜，不吃别的。"

提灯仍不顺着他的话："是，怎么了？"

谢九楼道："他在岸边救起咱们时，说他来割草。他既不养这些，割草做什么？"

提灯笑道："所以他也没割。"

"是，他没割，最后两手空空就回来了。他专去岸边救咱们。"谢九楼抬眼，"他怎么知道我们会在那儿出事的？"

姜昌端着饭菜，站在灶房后的房门口。

"囡囡，"他敲门，"哥哥进来了。"

里头没声儿，姜昌又敲："囡囡，给哥哥开门。"

他在门外等了半响，正要敲第三次，木门突然拉开一条细缝。

凡人肉眼难以察觉，待他指节挨上门板时，门缝里也悄然窜出一缕黑烟。

姜昌垂眼，还没来得及看，就被卷入房中，随即便是砰的关门声响。

一墙之隔的二人只听见姜昌猝不及防一声闷哼，再就是那声极响的关门声，登时对了个眼色，提灯将碗筷一放，对着墙道："姜昌！怎么了？！"

本想着听不见回应就直接冲进去，谁料下一瞬他们就听到那头姜昌的声音隔着门墙传过来："没……没事！你们接着吃！我没事！"
　　"真没事？"
　　"真没事！"
　　两人又将信将疑坐下，吃了两口，谢九楼不放心道："我还是去看看。"
　　脚正跨出，被提灯一把拉住："你听。"
　　谢九楼侧耳，竟隐约听见姜昌的说笑声。声音断断续续，虽不真切，却不难听出对方十分平和自在，好似刚才骇人的动静不过是他进门前偶然摔了一跤而已。
　　谢九楼犹疑着，又听提灯问："有没有听出不对劲？"
　　"什么不对劲？"
　　提灯道："你仔细听。"
　　谢九楼又凝神听了会儿，蹙眉："怎么只有他一个人在说话……"
　　他看向提灯："难不成是他阿妹声音小，不常出闺阁，故而怯生，也是有的。"
　　"可我总觉得哪里奇怪。"提灯沉思片刻，又想起最初和姜昌相遇的情景，"你记得不记得，我们是怎么到这儿来的？"
　　谢九楼道："不是你要来须臾城？"
　　"我要来须臾城是没错，可我们怎么会昏迷不醒出现在河边？"
　　谢九楼被问住了。他沉心一想：自己跟着提灯出了阴司，见提灯在船上遇见吃骨翁后自发入了水，不多时提灯浮出来，他正当没事的时候，提灯又猛然沉下去。那时他见势况不对，立刻跟着下了水，再然后……谢九楼怎么都记不起来了。
　　他正要询问提灯，已被对方抢先答了："我过河时因着遇见吃骨翁才下水去，好不容易快靠岸，竟脚下失力沉了下去。"
　　"然后呢？"谢九楼问。
　　提灯沉着脸道："就见到姜昌了。"
　　"咱们当时为什么没能上岸去？既然当时上不去，怎么昏迷时又无缘无故漂上岸了？"谢九楼坐回椅子里，一手放在桌上，凝眉道，"要么是水有问题……"
　　"水不会有问题。"提灯打断他，"否则我第一次下水就起不来了。"
　　谢九楼方才笃定："那就是我们在水下遇了事，醒来便忘了。还恰好，就被姜昌救了。"
　　正说着，外头隐约闪过一个鬼鬼祟祟的人影。
　　谢九楼道："谁？"
　　那人不经吓，里头一喝，探头探脑就出来了。是个妇人，三十出头的年纪。
　　提灯和谢九楼没见过她，又瞧她打扮不像是会住在这附近的，只当是她迷了路，正欲开口询问，却见她惊慌上前阻拦，小声问："姜昌可走了？"

"走？"那妇人也不管他们听没听懂，一把抓住提灯手腕苦苦哀求，"让我见见囡囡吧，让我见见，求你们了……"

这样凑近来，提灯瞥见她一头青丝中夹杂着不少白发，样貌虽秀丽，眼角面颊却有许多细纹沟壑。而她抓住提灯的两只手，从价值不菲的衣服的衣袖里伸出来，手背粗糙无比，手心尽是老茧。一个人受过的苦，金银嵌满全身也难以盖住。

他正想细问，身后却响起姜昌的声音："你还不走？"

三人打眼一望，姜昌站在灶房门内，手中一个空碗，神色阴沉。想是囡囡吃完饭，他出来收拾，不巧撞见这一幕。

自从昨日他救下提灯和谢九楼，待人接物不可谓不周全，哪怕提灯对他种种行径起疑，也实打实承认这是个再和气不过的人。如今见了妇人倒像换了个人似的。

妇人欲言又止地看着姜昌，下唇抖了又抖，眼里噙满泪花。

那头只是一言不发地回桌边放了碗，走出去，目光也不往站在桌前的提灯二人身上搁，只逮住这妇人胳膊，冷声道："天也不早了，我送姨娘回去。"

妇人乞求般盯着他，眼角泪珠一滑，姜昌不为所动。最终她收了眼神，颓然随姜昌离开。谁都没看到，妇人盘桓在屋外那段时间，提灯放在卧房的八角琉璃灯悄然蹿起一簇火焰，长燃不熄，直到她离开方才灭去。

琉璃永净灯，以无相天神泪为引，覆一滴天神血于烛台上，可辨阴阳，分生死。

遇生则暗，遇死则燃。

待谢九楼从灶房里洗了碗出来，提灯已不在堂屋。

谢九楼左右瞅瞅，才发现这人正蹲在院中鸡笼面前聚精会神地瞧鸡吃食。

春日晴光潋滟，照得提灯后背衣裳的银色暗纹都隐隐反光。他安安静静蹲在那儿，总爱把手撑在鞋面上，袍子下摆拖着地，边角沾了灰也浑然不知，便是知晓也不在意。平日爱洁，这种时候又邋遢了。

提灯看鸡笼，谢九楼倚着门框看他：这个人说话总伶牙俐齿，与人争嘴能让三分要说尽五分，心眼子多得谁都比不过。一到算计什么的时候，绝不给任何人留情。无界处谁犯了点错，受不住罚想借他一个面子求情，他从来都是冷眼置之。

可偏偏是这么个心性的人，有时候蹲桥上看蚂蚁都能看半个时辰。比如这会子看这鸡笼——神情专注得旁的一点也打搅不了他。

谢九楼有时觉得提灯身上的割裂感便是如此，若不与人打交道，提灯做什么都纯粹。桥边上一蹲，你看他就像个寻常人家还没长大的小少年，平日足不出户，一放出来，看天看地看万物众生都满眼好奇新鲜；若见了人，他干净纯粹的那面立刻无影无踪了，眼珠子都蒙着一层谋算，满肚子刻薄心肠。

　　谢九楼没问过提灯初入无界处时的年岁，那时他想自己也不过二十八，提灯看起来就那么大点，能有几岁呢？如今日子长了，他有时恍惚，倒想探知一二来。

　　想着想着，谢九楼就出了神。提灯察觉目光回头，他已经来不及收回目光。

　　"洗完了？"提灯问。

　　谢九楼干咳一声，站直了走过去，明知故问："在做什么？"

　　提灯看回鸡笼子："在想一个事。"

　　"什么事？"

　　笼子里头母鸡坐在木板上，侧边对着外头，一只眼珠里是蓝天、远山还有近在咫尺的提灯。

　　"方才说礼不下庶人，大门不出二门不迈是城里小姐的规矩。姜昌既然拿出这套规矩应付我们，那他会不知道这规矩乡下是没有的？"提灯道，"他既知道这规矩不应套用在自己阿妹身上，又说我是富贵人家的公子，当也清楚我能看破他的借口，为什么仍要拿这套说辞糊弄我们？"

　　谢九楼道："你是说他明知道糊弄不了也要糊弄，是为了不让他阿妹见客？"

　　"若他阿妹如你先前所想只是个哑巴，也不至于到见不了客的地步。"提灯左手抓了点小米搓进食槽，又搓掉指尖皮革上的灰，起身道，"欺瞒至此，他阿妹不是不方便见客，是有什么缘故一定不能见客。"说完又道，"走吧。"

　　谢九楼心头一紧："去哪儿？"

　　提灯大步流星往屋里去："去看看他们的囡囡。你在外头等我，我进去。"

　　"为什么？"

　　提灯乜斜他一眼道："都进去了，姜昌回来怎么办？"

　　谢九楼无言，只得守在外面。

　　那边提灯一拐弯儿，踏进灶房，往囡囡的门上一瞧，再一眨眼，竟化作了姜昌的容貌。连带声音体形，都一起变了。

　　他缓步走到门前，抬手敲道："囡囡。"

　　提灯见无人答应，又把门试着推了推，推不开。

　　"囡囡，"提灯道，"让哥哥进来。"

　　少顷，木门无风自动，吱呀一声，便开了个容一人通过的口子。

　　提灯站立不动，透过间隙看尽里头陈设。

　　床帐在他左手边，只瞧得见一两眼飘起来的床帐子，床上看不太清；床对面有个不小的雕花木柜，陈旧掉漆，直接占据了提灯大半视线；再往右，是对着床的那面墙，墙上有窗，窗前一张梳妆桌，桌沿放着个立起来的铜镜。

那铜镜放得好生奇怪，两边支架能让镜面上下旋转，估摸是方便照镜子的人调整角度，可再怎么调，也不至于让镜子直直照向屋顶。

提灯近六尺的人，从这儿看过去，竟是一点也见不着镜子里头是什么样。

他见能看的也看得差不多了，便抬脚进去。

第一步就径直到铜镜前站定，一低头，便照到镜子。镜子里是姜昌的脸，提灯和自己对视着，凝目半晌，忽然发现头顶有什么东西被他挡住。

这镜子仰面放着，自然是从下往上照，若他此时不站在这儿，照到的应该是最顶上落灰掉皮的墙顶。提灯试着往后退了极微小的距离，镜子里被挡住的东西露出点边缘来。一团黑点，像墨一样粘在屋顶，后头的还被提灯挡着。

提灯直接退了一步。

镜子里出现一张女子的脸，正对着镜面微笑。

提灯乍然仰头，对上那张脸，又将身体转了个向看去，才发觉那是贴在房顶的一幅画。因着画纸颜色和墙壁接近，又或许是在墙上贴了太久，总之肉眼早分不清二者边界，徒留一个人像相当扎眼。

偏作画之人技法太过巧夺天工，一张宣纸描出青丝三千，黛眉杏眼，画中人竟逼真得像要从房顶走下来一般。

这是个梳着双角髻的少女，模样不过二八年华，发髻以缎带盘就，衣着算不上夺目，但也光鲜亮丽。最好看的是那张脸上的笑，宛然可爱，纯真自然，比得月季失色，海棠无光。

提灯看完，眼中并无波动，只对着画唤了一声："囡囡？"

屋中杳然，寂静无声。提灯便不再看，正要往对面床帐迈步，身边一尺之隔的乌木柜子里响起沉闷的敲击声。

这声音按着节奏来，每敲两下便停一会子，而后再敲，再停。

提灯屏息听了几个来回，里头的东西像是不耐烦起来，敲打的力道大了，速度也急了。他仍按捺着，只侧身对柜子道："囡囡，在里面吗？"

那声音又缓下来，轻轻的，带着快意。提灯伸出手摸到柜门，四指往内一抠，扒开一条缝。透过缝隙往里看去，里面一片漆黑。

他沉默一瞬，猝不及防将柜门大力朝自己一拉，同时后退一大步。

一大团黑雾如脱缰般骤然释放出来向整个屋中蔓延。

提灯对上柜子角落里那双猩红的竖瞳。他在这一刹想起昨日落水时的所有事情。那团缠住他双脚的缭绕黑气，将他扯向水中的怪异力量……也有这双竖瞳！

之后他便忘记了所有的事情。

"装神弄鬼！"提灯瞬息恢复原貌，屈膝拔出靴中短刀，发了狠朝柜子里那对眼睛刺去。对方先前还没反应过来，和他对视眨眼，不明所以似的。眼下提灯容颜突变，短刀不过毫厘已近跟前，那怪物瞳孔忽地一缩，直直对着提灯，悬在眼前的短刀就此硬生生落了下去。

提灯被迫住手，踉跄两步，头晕目眩之际，黑气倏忽拢作一团，自柜子中冲出来把他撞倒，而后顶破窗户逃之夭夭。提灯自此没了意识。

"提灯……"

"提灯……醒醒……"

提灯先皱着眉头低吟了一声，接着才睁眼。

谢九楼等提灯眼神清明了，便问："醒了？有没有哪里不舒服？"

他先时被提灯勒令在院子里等着，忖度房里不过一个小孩子，提灯进去，也不会遇到什么威胁，便按捺住了。

谁知等了不多时，先是听见提灯在里头说话，其后就传来不小的动静。

谢九楼猛然冲进去，只瞧着屋里窗子破了个大洞，提灯倒在地上昏迷不醒，脚边一个摇摇欲坠的大柜子——再晚一刻，那柜子就要砸在提灯腿上。

提灯揉着太阳穴坐起来，脑子里昏昏沉沉。

"别乱动。"谢九楼扶着他，"脑袋后边摔着了，慢点儿。"

眼下二人已回到自己卧房中。

提灯四处看了看，突然问："只有脑袋摔着了？"

谢九楼一听，什么话？什么叫只有脑袋摔着了？

他气不打一处来："你还想怎么样？缺胳膊少腿吗？后脑上那么大一个包不够你长教训的？成天嫌我跟着，结果呢？不是溺水里就是摔地上，离了我你能有半刻安生吗？"

提灯老老实实不开腔了，只一个劲儿沉思。谢九楼先生了会儿闷气，气不过，又转回头梗着脖子问："到底还有没有哪里不舒服？"

提灯摇头，谢九楼又急了："都说了叫你别乱晃！仔细一会儿头疼。"

提灯沉默了一下，然后开口道："我在囡囡房里，看见……"

"看见什么？"谢九楼问。

"一个怪物。"

转眼便已入夜，姜昌至晚未归，城郊到城里路途迢迢，他一去一回，和那妇人两个都不像带着钱财能雇车的样子，若随意摘点首饰当路费，又怕歹人起贼心。提灯和谢九楼商量着，一夜路程算正常，若明日还不见人，纵使不认路，他们也得寻着去看看。

二人在房中待到深夜，终于听到外头传来的拖沓脚步声。

他们收拾好出门，见到来人果真是姜昌。

便道："回来了？把人送到家了？"

姜昌颇疲累地点头。

那妇人本是从府里好不容易逮着机会偷跑出来的，姜昌要把人送回去，还得神不知鬼不觉趁人不注意时才行。

"吃过晚饭了？"姜昌问。

"吃过了。"谢九楼往灶房去，"给你留了些饭菜，我去热一下。你休息一会儿。"

姜昌应了一声，实在劳累，便没推辞。

正坐下接过提灯递来的水，就听提灯问："这姨娘……是囡囡什么人？"

姜昌喝水的动作一顿，一饮而尽后方道："囡囡的娘亲。"

提灯不动声色接过话："既是你们的娘亲，怎么没和你们一起住？"

姜昌含糊其词："囡囡亲爹死得早，姨娘二嫁后也曾把她带进府里，那时我已成年，自不必跟着。可囡囡毕竟不是那府里亲生家养的丫头，吃了不少苦，我看不下去，就把她接了出来。"

"如此，你便不要她见囡囡？"

姜昌不语，只起身去灶房："我去看看饭菜怎么样。"

饭菜焖在锅里，拿盖子盖着，凉得不算快。谢九楼正烧水，姜昌跨过门槛进来，打算伸手帮忙，恍然瞥见囡囡房门虚掩着，心下一惊："囡囡吃了吗？"

谢九楼坐在灶前烧火："下午给她送饭，到了门前她不开门，也不应声儿。没多久就听见里头有动静，我和提灯生怕她摔了，又喊了几声，顾不上别的就破门冲进去。结果人没见着，窗户倒是破了个大洞，便只当她偷跑出去玩。入夜又出去找了一圈，都不见人。"

姜昌一听，抬脚就往房里去。不过片刻，便急匆匆跑出来，要往外头去："囡囡不见了，我去找她。"

谢九楼拦着："周边没什么密林，也没几户人家，囡囡大抵不会有事。如今夜深，你出去了，反而徒增风险。"

姜昌慌不择言："我不是怕她有事……"

他说到一半，觑见谢九楼神色，惊觉失言，只道："反正我得去找她！"

提灯踱步进来，将自己放在房中的那盏琉璃灯递给姜昌："既要出去，就把这个带上。夜晚路黑，也免得瞧不清东西。"

姜昌知道这宝贝绝非俗物，可眼下提灯说得正是，况且他第一要紧的是找到囡囡，没点稳定照明的工具还真不是办法，因此只得千恩万谢地接过，余话不说，嘱咐二人早些歇息，便冒黑冲了出去。一踏进夜幕，他手中琉璃灯内便燃起一簇火焰，光晕照亮周边两丈有余的景物不成问题。

姜昌一出去，屋内二人对了个眼色便准备跟着，还没跨出门，听得囡囡房里传来一声撕心裂肺的大叫。两人当即回身进去，一入房门口，便停下来了。

白日那妇人不知怎的竟又回来了。眼下蓬头垢面，发髻凌乱，跪在床帐面前，脚下满是污泥，连鞋都跑掉一只，正扑在床上泣不成声。想来是姜昌才把人送回去，回家来的路上没留神，又叫她溜出来跟着了。只是不知道这会儿哭成这样是为什么。

囡囡不在房内，姜昌第一反应是出去找找。天下母亲心系女儿是常事，可这么个任女儿在府里吃尽苦头、连外头大哥都看不下去的娘，此时又是做什么？

谢九楼还进退为难，提灯站在门槛处，目光却凝在床帐里头。

提灯拉着谢九楼过去，破窗吹进来的夜风把层层床帐吹起边角，走到妇人身后，他才看清床帐里头究竟放的什么——一口棺材。

"他不是骗我……"妇人埋脸在棺材边，手中绢帕已湿透半边，拍着棺椁，一遍一遍重复，"他不是骗我……"

"他说什么？"提灯问。

她抬眼看了看来人，见是提灯，脸上旧痕未干，又涌出新泪，只断断续续道："他说……'你既杀了她，就当她死了吧！'"

一句说完，竟像耗尽她最后的力气，连跪都跪不住，轰然坐倒在地，一味痴傻重复："囡囡……我的女儿……我的女儿……"

提灯听了又问："既是你的女儿，为何要杀她？"

妇人已哭脱了力，拿帕子拭干净泪，激动道："你懂什么？你没有女儿……你又不是女儿……你懂什么？！"

说他不懂，提灯还真的不懂。他扫一眼窗外，说："夜深了，你不要随便出去。在这儿陪着囡囡也好，去屋里休息也罢，我们先去找姜昌。"

妇人只低头哭泣，并不言语。

循着姜昌踪迹往外走的路上，谢九楼问："你有什么想法？"

提灯说："那位姨娘的伤心模样不似作伪。我只是想不通，她既然这么爱囡囡，又为何要害了她。"

"这没什么想不通的。"谢九楼道，"亏你平日脑袋瓜子灵光，这时候又笨起来了？天下母亲，举自己通身之力，只要能给孩子最好的，一定不会择次从之。所谓的她害自己的女儿，当中一定有什么误会。"

"也许吧。"

谢九楼似乎听见提灯轻笑了一声:"我又没有母亲。"

"什么?"

"没什么。"提灯道,"我说,世上还有什么事,能比死更可怕不成?"

"你没见过。"谢九楼想起自己曾在娑婆世间的那二十几年,见过太多世事难料,"世上生不如死的事,多如云烟。倘若熬过去了,回头时就会说活着还好;倘若熬不过去,舍掉一条命,倒成了解脱。"

"不。"提灯突然开口,谢九楼一愣,转头看过去,却看不清身边这人是什么神情。

只听提灯冷冷道:"我在乎的人,我不要他死。哪怕他枯对山川日夜煎熬,深恨岁月困苦,我也要逼着他活。"

姜昌举灯找了半宿,周边荒郊全然不见他妹妹的身影,正愁眉不展之际,天边浮云过月,把暗淡多时的夜色忽地照亮了。

风起才有云涌,他侧耳一听,自己方才经过的一片草丛竟有和周边树叶窸窣不同频率的沙沙声。

他没转身,只退着走回去,退到差不多的地方,向左猛地一瞧——丛林黢黑,一团浓墨般的雾气躲在草堆后面,两只偌大的红眼睛透过缝隙盯着他,略显无措。似是猝不及防被他发现,躲闪不过,只能呆愣在那里。

姜昌一望过来,它就眨眨眼,一动不敢动。

"囡囡。"他轻手轻脚走过去,朝那团比夜色更深的雾气招手,"出来。"

那黑气见他过来,眼里将信将疑,犹豫片刻,还是往后缩。

"是哥哥。"姜昌停下,微微弯腰,把琉璃灯举到自己脸颊旁边,哄道,"瞧,是哥哥。囡囡别怕。"

嵌在黑气里的一双竖瞳慢慢睁大,上下来回把姜昌看了个遍,又过许久,响起一声小女孩儿委屈的哭叫声,细细的,小小的。黑气一下子蹿出来将姜昌裹住,缕缕黑气犹如手脚,趴在姜昌身上再不撒开。

它力气太大,姜昌差点被扑得一个跟跄,稳住后,便赶忙把它抱紧,笑着哄道:"好啦。哥哥不是出来找你了?这么大晚上都躲在哥哥后面,白叫我担心。"

眼见着两只眼睛失去光彩,姜昌又说:"饿不饿?哥哥带你回家?"

此话一出,雾里边两眼立刻亮起来,眨了眨。

姜昌道:"来,到哥哥背上来。"

黑气便转了个向,从姜昌怀里滑到姜昌背上,又伸出几缕黑气扒在姜昌肩上和腰间,像背起来的包袱。

第二章

姜昌正说着："走咯。"

一转身，提灯和谢九楼迎面走来。

谢九楼还围着提灯喋喋不休念叨个没完。

"……所以他要死了你才去找他？"

"……你去了他就能活了？"

"……他都要死了你就别逼着他活了……强人所难不好……"

提灯虽然看起来没什么表情，但似乎很想大翻白眼。

注意到姜昌，二人便停下。两边互相凝视彼此，看样子提灯他们对囡囡的身份并不意外。三人正对峙着，姜昌身上的黑影先不安起来，意欲要跑。

"别怕……囡囡别怕！"姜昌安抚，"哥哥在……什么都别怕。"

他看向对面："你们其实早猜到了。"

"也并不算太早。"提灯站定不动，见姜昌背上的囡囡安稳下来，才开口道，"不过比你回来早几个时辰。心中有些疑惑，便想开门见见你阿妹。"

姜昌沉着脸："你们吓到她了。"

提灯看了一眼姜昌，不轻不重道："前日我二人过河，被你阿妹拉入水中，中幻术迷了脑子，差点溺死。要追责，只怕也轮不到你先。"

姜昌似要反驳，于理又亏，只叹了口气道："那日是她不对。水下孤寂，她淘气过头……我已责骂过了。"

囡囡似是听累了，一团雾气趴在姜昌后背，丝丝缕缕从姜昌肩上垂下去，两眼昏昏欲睡。

"责骂？有什么用？"提灯不留情面点破，"我二人当真被你救上岸了，还是依旧溺在水里？"

姜昌不说话了。他向后看看，随意找了块空地坐下。囡囡从后侧悄悄钻到他怀中，背对着提灯和谢九楼，靠在姜昌肩头望着黑天眨眼，眨了没两下就含糊呢喃几声，沉沉睡去。

永净灯在囡囡攀上他的那一刻起便更亮了，姜昌一手抓灯头，一手抓灯底，缓缓转着圈，目光定格在琉璃罩子里怎么转都没有丝毫变化的那簇火焰上，说："你以为，我不想让你们上去吗？你们若是能上去，那囡囡也能上去。囡囡若是能上去……就是死……"也算一份解脱。

姜昌长长舒了口气："方才在家中，你试探我，我听出来了。不错，姨娘是囡囡的娘，不是我的。囡囡也不是我的亲妹妹。我跟她毫无血缘关系。囡囡，只是多年前，才出生不久就被我买走的丫头。"

"我自幼家境还算不错，老爷夫人膝下，我齿序居长。虽被寄予厚望，却向来纨绔，除观花逗鸟游山玩水之外，名利之类一概不求。我十二岁那年，府中大小姐，也就是我第一个妹妹出生。"姜昌虚搂着囡囡，一团缥缈无状的黑气被他抱着，"我娘生我妹妹那晚，风雨大作，城中天师派人来报，这是由迦大祸降临之兆。我的妹妹，自然就是那个祸根。"

"我爹一气之下将天师关入地牢，却不料第二日清晨，府中再度迎来不速之客。"

那是个天生笑眼的白面和尚，没人知道他是怎么通过层层防卫长驱直入府邸，到他们一家面前的。和尚自称法号长不轻，素衣缟带，手持一根四股十二环镀金禅杖，步步生响。一到老爷面前，便直言昨夜府中新生一魔胎，若不叫他带去，又或者立即送到千里之外雷音道上渡厄山，关押一生直至终老，百年之后，历尽坎坷，必定成魔，为祸娑婆世。

"我爹一听，只说他胡言乱语。"姜昌道，"我家妹妹，一出生便请玄师来摸过骨珠，非刃、格、鞘三者之一，不过普通人而已，日后叫她不入玄道，不结玄法，只当寻常女儿安稳过日，即便长寿，又哪里能活到数百年之久？既活不到，又何谈为祸二字？"

他们将那和尚赶了出去，和尚也不恼，离开时留了一句"果然大祸，非无相天神不能度脱"便杳然无踪。

提灯听到这里，突然问："你说那和尚，法号长不轻？"

"不错。"姜昌苦笑，"也因为他这法号，他一来就没被我们当正经出家人，所以他那些话，我爹我娘凭着爱女心切，起先一个字也不信。"

可日子没过多久，和尚和天师的话就初现端倪。不到三岁的小丫头片子，路都走不稳当，竟能成为全府上下夜叉星一般的存在，还闹出过人命。

姜昌看看谢九楼，又看看提灯，低了低头，接着说："许是天道为了应验那和尚的话，我妹妹性情顽劣是一方面，另一方面，她自打娘胎起，先天不足，体弱多病，多少回从鬼门关勉强被救回来，倒也称得上和尚所谓的'坎坷'。"

"她三岁时高烧不退，全府上下正为此着急，地牢里又有人来报，说三年前被关的天师突然请求召见，老爷这才想起他来。念着死马当成活马医，便见了。那天师一上来就说，他在牢中苦算三年，总算找到能克化我妹妹一生煞气的阳胎。"说到这里，他转而对提灯道，"同你这琉璃灯看生看死大概一个道理，我妹妹是恶，那阳胎就是善，恶为阴，善为阳。天师说，只要去某处，将那阳胎带回须臾城，他自有办法调转二人运数——说白了，就是找个人给我妹妹替命挡灾。"

言至于此，在场众人都预料到下一步是什么状况。

"那阳胎，就是囡囡？"

姜昌点头："奇的是，当年府邸奴仆人丁数百，天师非要我去寻找那阳胎。事关自己亲妹妹性命,我当即上马,跋涉百里去到了他说的地方。"

姜昌还记得他第一次见到囡囡的场景,他被囡囡的爹领着去看囡囡的时候,囡囡正趴在树底下扒草吃着玩。那一身脏污,指甲缝里都是泥,脸快看不出原本颜色,也不知多久没洗过。只有一双眼睛,瞳仁漆黑,一看见谁,眨巴不停,干净得很。

他给了囡囡的爹一些米和肉,他爹就让他立马带走了囡囡。

而姜昌拿一块白馒头就骗囡囡上了马,带她去百里之遥的新家。

提灯见谢九楼听着听着,慢慢出了神,便问:"你在想什么?"

谢九楼只道:"我也知道一个人,倒像姜昌妹妹和那和尚的结合体——生辰只过半岁,手持一根四股禅杖,着赤金袈裟,裸露一臂,杀人如麻,是个尼姑,法号无渡。"

提灯一怔,再没问下去。

姜昌道:"是吗?我走南闯北四处逍遥这么些年,竟从未听说过这人,甚至连半点传说都不曾耳闻。"

"她更广为人知的是那个赫赫有名的绰号,世人都称她'金袈魔尼',她却自称是娑婆世唯一的佛。传闻她十六岁时抱着一盒骨灰,访遍了娑婆所有的永净世神庙,每过一处,便将里头神像尽都砸毁,只留庙中的无相天神完好无损。如此狂悖,却从没人晓得她的本名和来处。算到如今……当有五百来岁了。"谢九楼回忆起三百年前的事半点也不含糊,"不过她有个癖好,凡杀人前,都要先问一句'听过第七歌吗'。若有人答得上来,或可以免遭一难,若答不上来……"

姜昌忙问:"那可有人答上来过?"

谢九楼摇头:"世上没人知道所谓的'第七歌'是首什么曲子,其间也不乏一些出来滥竽充数者,通通被她屠了个干净。"

他忽然止住看向姜昌:"我已说成这样,你以前都不曾听过半点关于她的故事?"

姜昌只说没有,谢九楼暗忖着实不该。金袈魔尼这等人物,即便过了三百年,也不至于在整个娑婆销声匿迹,连一点过往都不曾留下。这三百年到底发生了什么?

见谢九楼陷入沉思,姜昌还欲再问,却被提灯拦话:"你后来带囡囡回家,又遭了何事?"

姜昌带囡囡回府,天师看了相,连连称好,说就是这丫头没错。

便叫人带了去洗干净,又烧三张符咒化在水里,叫囡囡喝下,接着便把他自己和囡囡关在房中三日足不出户,待囡囡出来,姜昌第一眼瞧见的,是囡囡光秃秃的脑袋。

"虱子太多,天师给她剃了发。"姜昌笑,"后来老爷说起先前长不轻和尚的事,天师沉默半日，当真就带着囡囡去了雷音道的渡厄山上，并嘱咐囡囡十六岁生辰时，叫我将她接回来，送到惘然河，去当笙鬟祭。"

"笙鬟祭？"谢九楼蹙了蹙眉，"和笙鬟神有什么关系？那不只是传说吗？"

姜昌这次沉默了很久："那不是传说。"他看着熟睡的囡囡说，"世人只知惘然河上的吃骨翁，却不信河下未知境中的笙鬟神。"

天地之初，世上还没分出娑婆与永净二世，只是一片怒火悲汤。

悲汤与怒火两池，形如阴阳八卦，一线隔绝，又好似冰火相会，是寒与热的两极。无数个由迦以来，如此两极相交之地，都未曾出现过任何生灵。

直到悲汤池中的怒火团和怒火池中的悲汤团分别生出两尊莲座，座上有男女二神，笙鬟神为女神，于怒火中生；能仁神为男神，于悲汤中生，自此世间才有了生命。

后笙鬟以女身，应天地感召有了胎气，怀孕数载，竟诞下三个魔胎，分别为雪、夜、沙三魔。笙鬟大恸，被迫制伏了自己三个孩子，再以自己的筋、骨、血炼成三座大山，又找了一条河，分别于河的北部、西南和东南三角镇住雪、夜、沙三魔尸体，以母之身，镇子之魂。她自己的灵魂则藏在河下，发誓万年守着自己的孩子。

河便是惘然河，笙鬟的灵魂则在河底化作了未知境。

而三座大山因取自天神之身，年久，化出三股玄气，分别为格、刃、鞘三气，又因笙鬟为了杀子守河之事，魂魄渐生怨气，其玄气与怨气在天地之间相交，阴阳互渗，凝成浑浊之气，气生七情六欲，便有了浊浊娑婆。

娑婆再育万物，便有了猪狗牛羊，有了人，有了世间苍生。

神佛不沾污秽，存天理，灭人欲，不与娑婆共处，便以怒火悲汤为界，高居永净世。

而怒火悲汤，无人知晓到底在何处。一说在天地尽头，一说在众生脚下。

"胡扯。"提灯突然开口，"若笙鬟当真主动杀了自己的孩子，又何来怨气？若真有怨气，又为何一直待在河底，就因为发了个劳什子誓？"

话音未尽，被谢九楼一把捂住嘴。姜昌不明所以，提灯黑着脸朝谢九楼瞪过去。后者视若无睹，见提灯不说了，才把人放开，又敲了自己身边的灌木两下。

"这是在做什么？"姜昌哭笑不得。

"老家那边习俗。"谢九楼别开脸，不太自然地解释道，"……小孩子说了不敬鬼神的话，要赶紧敲两下木头，告诉鬼神是无心之过，不要对他降下惩罚。"

姜昌更觉好笑："你信这个？"

谢九楼坦言："我不信。"

提灯嘀咕："鬼神才听不到。"

谢九楼又敲两下木头。提灯冷眼哼了一声，一撇嘴，却再没多说什么。

"你当真把囡囡送去当祭品了？"谢九楼又问姜昌。

姜昌这才接起先前的话："起先……我是这么打算的。"

他一路护送天师和囡囡去渡厄山，如今想起，仍不免感慨雷音道太远。日夜兼程，翻山越岭，也还是要一个月的时间。眼瞧着最后一段路，渡水过去，他们就算到了。

那天他在渡口，看到那个女人，即便一句不说，他也立马知道，那是囡囡的娘亲。她提着刀徒步追了千百里，蓬头垢面，光脚破衣，历经风雨，一身的血泥。女人死死地盯着他，那双不知道多久以前就已经流干了泪的眼睛告诉他"还我女儿"。

但是她开口说的是："她爹死了。"又说，"米和肉我驮不完。你到我家去，我一粒不少还你。"

姜昌一辈子最狠心的就是那次。他轻描淡写地回复："她在你这里是一个价，既已到了我手上，便得新起一个价。你的价我能给，我的价，就是指甲壳里弹点灰出来，你十辈子给得起吗？"

女人大叫着提刀向他扑过去，没走两步，被精兵利器拦下。

姜昌垂眼看着她，等她精疲力竭了，走过去蹲下，好言劝道："你当我把她买去做什么？我请她来做大小姐！不过是送到庙里将养几年，别说当奴当婢，就是做姑子都不用！好吃好喝供着，做什么不比跟着你强？！你倒不如放开手，让她好生些过日子！你不信你就上船，你看我是不是要送她到庙里养着。只要你别跟她相认，别叫她瞧出是你来，你想怎么跟就怎么跟。别的我也不多说，只等她大一点，我就接回府里去，叫她做真正的大小姐。你自己掂量，这个娘，你当不当得起。"

囡囡当真就被送到了山顶寺庙。

她在庙里做小姐，她娘就默默在庙外做洒扫姑子，三伏的天，也用头巾把脸包得严实，别人问什么都摇头，多少年充着哑巴陪在青灯古佛边。

囡囡一岁岁长大，姜昌总挂念着，若非山庙太远，一年也不会只来一两次。

"大概天师的法子确实有用，自从送了囡囡去庙里，我妹妹身体确实日渐好了，一年到头都不曾生病。哪里摔了碰了，身上都半点不见青紫的，遑论头疼脑热，是从来没找上过她。"姜昌长长叹了口气，眼里是说不尽的懊悔，"我原以为是囡囡替她去庙里积了德，佛祖保佑，她身子才如此健壮。直到囡囡十六岁生辰前，我才察觉，并非如此。"

那时离囡囡回去的日子愈发近了，姜昌也愈发不安，愈发犹豫是否还要真的带她去当生死未卜的笙鬟祭。惘然河有没有笙鬟神不知道，可河下的吃骨翁却是到了夜间就能出水面的。没了城墙的庇护，谁在外头都是引颈受戮。

他提前一个多月到了庙里，难得地把囡囡接下山，找人给她梳妆打扮。

不到十六岁的孩子，怎么打扮都水灵，稍微光鲜点，那更是漂亮得没法直视。

姜昌带囡囡去一家茶楼，包了场子，叫囡囡坐着，他给她画一幅丹青。

小姑娘长这么大没穿过裙子，一路上不知道扒拉着裙摆转了多少个圈儿，走到茶楼人都转晕了。好不容易坐下，一个劲儿冲着他傻笑。姜昌问她饿不饿，她早馋坏了，先点点头，又立马摇头，说哥哥先画，画完了再开饭。

"那你别乱动。"

"我不动。"

画画讲究由大到小，姜昌先描了模子，再一点点往细了画，囡囡说不动，真就一点儿不动，苍蝇飞蚊子咬，咬咬牙就过去了。她爹说她脑子不灵光，姜昌不看她的时候也还是老老实实不动，浑身上下找不出一个心眼。

"那会儿我画入了境，没察觉哪里不对。等到囡囡叫我的时候……"

姜昌快说不下去。

她仍坐在那里，一个手指头都没挪分寸。只是疼，脸上火辣辣地疼，猝不及防就疼起来了。起先是突然疼了一下，那一下落在脸上的感觉叫她误以为是冷冰冰的，冰凉过后，整张脸就像烧了起来。

囡囡疼得直喘气，疼到后头忍不住了，才小小喊一声："哥哥，我疼。"

姜昌抬眼，囡囡一张脸分块起了红，一片连着一片，像斑，像墨似的从皮下晕了上来，不多时就开始起泡流水。

囡囡疼得捂着脸倒在地上打滚，又哭又叫，待到姜昌火急火燎叫了大夫来，也已无力回天。

"我扯开囡囡的手，大夫一看，只说了一句话。"姜昌眼里泛了水光，用手遮住眼睛，低声重复道，"不中用了……一张脸，算是毁了……"

提灯静默听着，问："那画，就是你贴在囡囡房顶那幅？"

姜昌点头，擦了擦眼角："我不信邪，要带她回须臾城。那里有顶好的大夫，一定能治好囡囡。"

又是一个月的路程，其间囡囡的伤多次复发，不只脸上，有时身上、手脚也总无缘无故出现烫伤，一路赶回家，囡囡浑身已快找不出几块好皮。

"她疼得受不了的时候总问我'哥哥，我是不是要死了'，我说怎么会呢，我们囡囡多德多福，一定长命百岁。"姜昌吸了吸鼻子，自嘲地笑道，"那时候我才意识到，我根本不可能把囡囡送去悯然河送死。她身上起个泡我都巴不得替她受了，哪里舍得送她去死。"

姜昌回去先给老爷夫人请了安，又说十三年前送去的小姑娘也接了回来——这一路大张旗鼓，想瞒也瞒不住。因囡囡一身新旧的伤，他便说得尽快治了，若治不好，只怕撑不到送去悯然河那天。

"然后我就去看了我的妹妹。"姜昌声音慢慢沉下来，"我看到，她正在房间

第二章

卷起袖子，抓着一根小臂粗的蜡烛……往手上滴蜡。"

就算那样，他也还没明白过来这是什么情况。自己那个妹妹，从来想一出是一出，谁又摸得准她此时此刻心里的算盘在往哪头拨。

姜昌叫住房外伺候的大丫鬟，问小姐在里面做什么。

大丫鬟透过窗户看了一眼，早已司空见惯："大小姐上个月在府里不小心打翻了祠堂的灯台，一排滚烫的油灯倒下来，油全泼脸上了。当时大家伙吓坏了，就怕把她眼睛给烫坏，好歹哄着叫她撒了手别捂着脸，谁晓得手一拿开，脸上竟是什么伤也没有。这不，一个月下来，天天在自己身上找地方烫，浑身都烫遍了，愣是没一处受伤的。老爷夫人见没事，便也由着她了。"

"那时我才知道……"姜昌双眼通红，"我才知道……囡囡吃的所有苦，都是我妹妹该受的。"

"我冲进去打翻她手上烛台，她正要发作，发现是我，便问我什么时候回来的，一路是否平安。这些我通通不答，只气急了，冲她吼叫，告诉她那些她从未知晓的真相，怒斥她冷血薄情，又说她从小如此，再是善引良教也难改她本性。"姜昌说，"我看着她眼里对我那点欢喜慢慢烟消云散，最后一言不发坐在榻上。等我说完，她早已平息，同我道：'我命里的灾，从不要谁来挡。别人，也挡不起。毁誉皆是客，福祸都归我。承得住，就该我受，承不住，我与祸水同流。若她真帮我挡了，那是她的命，我不怜悯。'"

"于是我便明白，我的两个妹妹，都不由我帮。我也帮不得，也不配帮。"

姜昌回去，囡囡手臂果真又添新伤。上次的还没好全，那块肉已近乎烂了。

"她躺在床上，伤得看不出本来的面貌，听见我进来，先前好不容易睡着，又醒了，也不知是疼醒的，还是被吵醒的。"他低头笑道，"囡囡脾气好，醒了也不闹，更不生气，一见是我，就冲我伸手，叫我哥哥。我过去把她放在怀里，听她说话。她的脸已经毁了，一双眼睛还那么漂亮。她就枕在我腿上，我瞧着她，我想，她那么乖，才十六岁，扒了三年的草根又点了十三年青灯，怎么就要去送死呢？佛祖也舍不得拿她当祭品吧？"

"你太给自己脸上贴金了。"提灯出声打断，"你优柔寡断，懦弱不仁。一开始找人给你妹妹替命，把人蒙在鼓里的是你，出了事迁怒责怪你妹妹的也是你。你不了解自己的亲妹妹，甚至不如她有担当，这是你过之其一；你与囡囡的感情更非一日而成，早知她会死，十三年之久都不够你救她逃走吗？最后拿你妹妹无心之失给自己制造借口，好像多不忍心似的，其实早该有觉悟了。到头来冠冕堂皇两句，伤痛却都是囡囡受的，这是你过之其二。无论是囡囡，还是你妹妹，认你这么个人做哥哥，简直悲哀。"

姜昌并不抵赖："你半个字也没说错。这场大祸乃我亲手所酿，即便我并非主谋，也是心知肚明的帮凶。可惜当我意识到时，为时已晚。只能尽力补救。但是这也成了我这一生……最后悔的事。"

谢九楼忽问："囡囡的娘呢？"

姜昌眸光一震，久不言语，过后方道："你们知道鸡人吗？所谓鸡人，即使让人作鸡打扮，温和点的只给人穿上鸡毛做的衣裳即可，残忍的则是在活人身上插鸡毛。"

囡囡受伤事发突然，姜昌那时没来得及回庙就直接带走了人。他在乎囡囡，并不在乎那个随时可能破坏他们原本计划的娘亲。等女人后知后觉发现的时候，他早已带着囡囡踏上回须臾城的路了。

他知道女人迟早会发觉，再追上来。他更知道，靠她一个人单枪匹马，没有援助，山海迢迢，她追不上。

放囡囡走的这件事早不得也晚不得，姜昌掐着时间，赶在囡囡十六岁生辰前的晚上带着她奔逃。

"我能走多远呢？我一个须臾城的公子哥，生为贵籍，走到哪儿都招摇。"姜昌道，"囡囡一身绑带，但至少能走路了。我叫她和我反着走，我往一边，她往另一边，她从没出过门，家里的人只会一头地来找我，以为找到我就是找到她。"

果真没几天他就被抓住，老爷大怒，将他关进了地牢。此后铁壁照得人眼昏昏，他再不晓得外头日下的景况。

"你们被家养得好的公子哥不知道……不知道……女子孤身在外，哪怕安泰盛世，尚且性命不保，又何况是当下的年头。"

囡囡一路跑，她只管听话，连自己为什么要跑都不知晓。她的哥哥叫她跑，她便一步不敢停，跑到浑身伤口渗血化脓，跑到晕死在荒郊野外。

她永远被迫迟一步的娘，在找她的路上，手无寸铁，躲了一劫又迎一劫，直到盗匪将这个女人逼上绝路，蒙一过路商户所救，无奈之下委身成其侍妾，才止步在这遥遥无期的追寻途中。

那日她乘小轿途经闹市，偶遇民间百姓最爱看的鸡人表演，听闻杂耍师傅辗转多处，只在这里停留数日，便赶着要往更繁华的地儿找钱。

她家老爷深知她因寻女不着总郁郁寡欢，便特地花钱请了耍鸡师傅到花园中来，给她放了珠帘，让她在帘后观看。

那师傅正耍着，忽闻西边二层阁楼上的珠帘后传来撕心裂肺的哀号。

有人从帘子后冲下来，扑向那表演的鸡人，紧紧将其搂入怀中，只是望天号哭，谁也拉她不开，不多时便抱着鸡人哭晕过去。

老爷心里猜到了大半，给了这师傅一大笔钱，又拉到一旁恐吓一番，才叫那人离开。偌大宅门，在城中也算有头有脸的人物，贸然收留一个鸡人已是荒唐，怎么可能还会宣称那鸡人是自家姨娘带过来的女儿。

如此待了一个月，囡囡伤倒是好了，但她年岁已至，长留府中，遮遮掩掩，以她娘的性子，宁愿被休带着囡囡离开也不会受这种委屈，可若将她嫁出去，又哪里寻得到愿意要她的人家？

偏巧没多久就有人欢喜着来传信，说隔壁城有顶好的府里正有老爷要买妾，那妾还不是随随便便就收了，得生辰八字都能对上他们的要求。

自家人一打听，姨娘膝下的囡囡的生辰八字竟是半分不差地全对上了。

原来姜昌父亲寻人不得，便一面叫人寻着囡囡，一面在找和府里大小姐命格相同的丫头来做顶替。

囡囡的娘听自己女儿有了归处，又是顶好的府邸，自然欢喜，再听说自家老爷早去求了，两家拍板也定了，便操心起别的来。

"是去做第几房妾？"

"第一房。"

第一房，那也不错。

"哪里的老爷？"

"须臾城的某某人家。"

她倏忽跌坐下去。

你当我把她买去做什么？我请她来做大小姐！

别的我也不多说，只等她大一点，我就接回府里去，叫她做真正的大小姐。

怎么那么巧呢？怎么须臾城的大小姐都要她囡囡这个生辰八字才能去做呢？

她娘斗大的字不识一个，只凭母亲的直觉，冥冥之中明白了囡囡躲不掉的宿命。

逃也没用，她就这么想通了，只要囡囡一朝活在这个世上，总有绳索牵她的女儿到笼子里。十几年前防着被丈夫送给别人当奴仆，十几年后防着被外人拱手送去祭鬼神。隐姓埋名的下场是当鸡人，母女相认的后果是成为人人搜寻的靶子。

条条死路，防天防地，该她女儿受的苦，一样没防住。

她连夜给囡囡缝了条裙子。自己的女儿长那么大还没穿过裙子，至少她没见过女儿穿裙子。囡囡在房里提着裙摆转圈，转着转着，安静下来不晓得想什么去了。

她问囡囡："你在想什么？"

囡囡"啊"了两声，蘸了茶水在地上写"哥哥"两个字。

她因不识字，便把这字记下来，回去绣上，捧到夫人跟前问这是什么意思，夫人告诉了她，她再到囡囡跟前："你想见哥哥了？"

囡囡点头。

她偷偷带着囡囡到惘然河边，催囡囡上了条小木船，递给囡囡一盒糕点："饿了就吃。顺着河漂过去，再睡一觉，就有哥哥了。"

目送面目全非的女儿漂远，她看着囡囡开盒子吃了糕后，舒了口气一笑，纵身跳进河里。河下成千上万的吃骨翁朝她涌来。

"老爷迎妾那天是用一顶小轿抬着囡囡进我们府的。"姜昌沉声道，"可我知道，抬进来的人不是囡囡，囡囡那时候已经被她娘毒死在惘然河上。"

"那抬进来的人是谁？"谢九楼问。

"我不知道。"姜昌摇头，"是披着囡囡的皮的怪物。"

他说："那天我仍被关在地牢，他们怕我生事，只想着送囡囡去做了祭品再放我出来。黄昏时天师来找我，竟同我说祭祀已经成了，只等迎囡囡进府。这不是颠倒了吗？囡囡不应该先进府，再祭祀？他既说祭祀已成，那十有八九，囡囡是死了的。迎进府的这个囡囡……"

"是笙鼍。"提灯接着他没说完的话，"困在河底的笙鼍，找到了合适的身体，让囡囡以虚无之态留在下头，她出去了。"

"我也是这么个想法。"姜昌点头，"不过我不明白，为什么她这么处心积虑，一定要囡囡的身体。旁人的不行？"

提灯不言，只问："囡囡她娘想是被吃骨翁杀了，如今留在未知境中的不过是一缕神识。你呢？你又是怎么到这下头的？而且还活着？"

姜昌叹了口气："天师到地牢同我说了那些话不过多时，我便听到头顶传来成片的惨叫。几乎是片刻之内，整座府邸的血腥味浓得我在地牢都掩面难耐。我想我们该是被灭门了。"

他本是要坐在原地等死的，却听到外面传来脚步声，天师一边开着门，一边喊"娘娘"，还说："地牢里头还有一个……"

不承想门开到一半，天师的话戛然而止，竟是被凭空出现的一股邪气杀死。

"我以为我会见到那位'娘娘'——兴许就是笙鼍娘娘，哪知等了许久，门缝里头钻进来一缕黑气。"

起先只是一丝黑气，后来在地牢越蓄越多，快要充斥整个牢房。

"它就团在我面前……"姜昌回忆着回忆着，一下子笑了，"然后睁开眼睛，冲我叫了一声。我知道，那是囡囡。"

"她便把你带到这里来了？"

"不只有我，还有被杀的所有人……包括她娘做妾的那宅子人。"

提灯明白了:"卷到未知境的人,除了你,其他都同我们先前一样,被囡囡用法子,忘了自己已经死了。"

姜昌默认。

"这也是为什么,你不要她娘见她?"谢九楼琢磨道,"她娘只记得自己杀了囡囡,忘了后头的事?"

姜昌解释道:"她娘到了这地方,原也不晓得囡囡的存在,只当囡囡已经死了。只是有一日,我不慎被她撞见,又被一路尾随至此,她听我在院子里叫囡囡的名字,便冲了进来。我用那样的态度对她,是实在没有办法。她哪是真对不起囡囡呢?对不起囡囡的是我。可我总不能叫她看见囡囡这副模样。到时候她想起一切,连那点残存在这里的神识都会消失干净。"

提灯问:"那在囡囡房里布置那些又是为何?"

"装神弄鬼罢了。"姜昌笑,"寻常人看到那屋子布置,那镜子,那画,那棺材,再好奇也该止步了,哪晓得遇到你们这样不怕鬼神的。"

"那敲柜子呢?"

"敲柜子?"姜昌一愣,继而恍然道,"那个……"

他颇不好意思地说:"以前和她玩捉迷藏,我找不到的话,她藏累了,就敲柜子,好让我赶紧找到。白日里……估计是把你当成我……跟她玩捉迷藏了。"

谢九楼闻言一时没忍住,垂眼偷着抿嘴笑,右脸那个酒窝在永净灯的光晕下若隐若现,被提灯一望,立刻收敛了。

正说着,三人后头不远处草堆晃动。

仔细一看,囡囡娘亲从那边缓缓出来,神情已近麻木。

姜昌一慌,手上琉璃灯差点落在地上,幸得被谢九楼接住。

他张了张嘴,想说什么,只听囡囡娘亲道:"你让我抱抱她。"

见她手已经伸了过来,姜昌犹豫一霎,面露不忍,轻轻把囡囡递过去。

大概囡囡睡得熟,四手交接,力道往她娘那边一传,她就顺势滚到娘的怀里。

女人抱着囡囡坐下,在明暗交接的地方一下一下拍着臂弯那团黑气,一边拍,一边唱:

盘脚盘,盘三年。降龙虎,系马猿。

心如水,气如绵。不做神仙做圣贤。

笤帚秧,扫帚秧,直干繁枝万丈长。

中天日月双悬镜,家家户户都清净。

水鸭几个儿,翻船倒舵儿,

世间上下无常势,我家狗大怎生痴?

怎生痴？

唱着唱着，女人就消失了。

囡囡睡在草丛中，做了场不见娘亲的长梦。

谢九楼听得入神，末了一回头，猛地发现提灯不知所终。

正要起身去找，恍见远处燃起冲天大火，心下更乱，提脚就要往火里冲去，谁知刚一眨眼，提灯便从他二人来的路上跑了回来。

"做什么去了？！"谢九楼抓着他胳膊着急地问。

提灯还没来得及答，那边火光竟以非比寻常的速度往这方席卷而来。

姜昌抱起囡囡，冲他们喊："跟我走！"

一行人疾驰到河边渡口，姜昌让他们上了船，又把囡囡递给提灯："走！别上岸！能不能走出去，就看你们的造化！"

提灯将囡囡抱在手里，谢九楼略略一瞧，总觉得她比先时小了许多。

姜昌砍了缆绳，把船一推，一时提灯他们便离岸愈发远了。

谢九楼伸手："你不上？！"

姜昌往后看了看，再回过头来便只退不进，立定在河滩远处，冲他摇头。

大火以燎原之势在姜昌身后绵延数里，很快就要到他脚下。

约莫火光太过刺眼，囡囡恰好在这时醒了，只在提灯怀中愣怔一瞬，便张牙舞爪要往岸边扑去。

"不许去。"提灯逮着她，冷冷恐吓道，"你哥哥叫你不准过去。"

怀中响起哭声。

船行岸远，遥远的另一边，姜昌已被大火包围，熊熊烈火，万物成灰，死物再焚，也焚不出一丝长烟。

"也算死得其所。"提灯长身直立船上，青灰衣衫随风翻摆，正遥望河岸低喃，在视线尽头忽见姜昌跪下，对着这边不停地叩拜。

一直拜，一直拜，额头磕出了血也仍旧在拜。

拜到火海茫茫，天地无光。

须臾城

叁 真假阿海海

谢九楼忽从一股强烈的窒息感中醒来，睁眼是黄昏，耳边隐约传来人声。他略微适应了光线，仍躺在地上，只循着声音传过来的方向往左一转头，就见离自己不远处的河岸边有两人正打闹生火。

负手而立的一人身量高挺，身着一袭亮银底广袖刺绣长锦袍，里头腰间系的是八龙纹金带扣，一侧丝绦带上挂凤凰石多宝玉坠，长发微卷，只懒懒挑了几根小辫束在脑后，额前绑一银边镶孔雀蓝玉石的眉心坠，天生一双含情目，俊眼修眉，顾盼神飞，一身招摇富贵，绚烂夺目，好似异域美人一般。他此时正执一把冰玉折扇，讨人嫌地时不时撩着他身边之人发髻上的两片鲜红鹤羽。

鹤顶红因着生不来火，本就对眼前一堆湿柴心烦气躁，顶上还有个甩手掌柜拿扇子对着自己头发左拨一下右拨一下，他躲也没用，拿手挡开对方过了一会儿还来，正要发火，就听旁边冲这儿喊了一声："楚空遥。"

二人不约而同停下，往谢九楼这边望来。

"醒了？"楚空遥笑吟吟问。

谢九楼不答，四处看看："提灯呢？"

"提灯？"鹤顶红闻言，往谢九楼右侧探头，"刚刚还在……"

说话间就听更远处的一棵大树后传来几声咳嗽，谢九楼一回头，就见那树干旁露出的一点青灰衣角。

谢九楼起了身过去，果不其然看到提灯。提灯正坐在树下，身上衣衫并未干透，约莫是着了凉，唇色有些苍白，眉眼怏怏地盯着盘在他前方空地上的黑雾团子。

谢九楼用披风给提灯围了个严实："这是怎么了？"

"生我气呢。"提灯声音有气无力,"我才一醒,就见她从河里冒头出来又想钻回去,赶紧下了水要抓。但我哪里抓得住,把她哥哥搬出来吓唬一通,才逼她上了岸。好不容易上了岸,她与我作气,一头儿地往远了跑,我便跟过来守在这儿了。"

囡囡背对提灯,凭他怎么说,就是动也不动。

谢九楼稍作忖思,坐过去蹲在囡囡旁边,挡着嘴同她说了句话,囡囡竟看他一眼,便跳到他怀里窝着了。

"走吧。"谢九楼抱着囡囡回来,扶起提灯。

"你同她说了什么?"提灯问。

谢九楼道:"这你不管。"

"她倒听你的话。"提灯不爽快,甩开谢九楼的手,话一撂,快步把人甩在后头。

囡囡仰着头看看谢九楼,又看看提灯,不明白发生了什么。

鹤顶红摘了些野果,拿给他们充饥,谢九楼挑上几个熟透又大个的,蹲在远处小溪边洗了干净,一半给囡囡,一半给提灯。

几颗果子被谢九楼塞进巴掌大的那团黑雾里,隔一会儿就蹦出几个核来。

囡囡眼巴巴看着提灯,下一瞬就被提灯冷着脸塞了果子。

楚空遥瞧着新鲜,举着扇子想摸,被谢九楼挡开:"去。"

他也不恼,饶有兴趣道:"这东西是什么?"

"这哪是什么东西。"谢九楼伸手把囡囡吐出来的核接了,"说来话长……对了,你什么时候跟出来的?"

楚空遥道:"就在你后头没多久。"

谢九楼觉得他胡闹:"你出来做什么?"

楚空遥只笑:"那你出来做什么?"

一句话说得提灯和谢九楼目光皆是一闪,四人围着火堆,陷入片刻寂静。

谢九楼不自在地转了个话题:"怎么渡河的?"

"踩着吃骨翁走过来的。"楚空遥拿木棍拨拨火堆,"就凭河里那些东西,哪个敢为难我不成。"

语毕戏谑着瞧了他二人一眼,眸中之意即"谁叫你们不带我一起出来"。

鹤顶红在旁边冷嘲一声:"楚二公子何等人物,谁敢招惹你呢。"

楚空遥笑意不减地扫他一眼,转而对提灯道:"你这朋友不待见我。"

提灯不接招:"我这朋友待不待见你,你又不是今天才知晓。"

鹤顶红跟楚空遥不对付,前者从踏入无界处第一天起就没给过楚空遥好脸色,三百年间从来如此,在座几个早已习惯,只是论起原因,没人知道。到底为何,只有鹤顶红自己知道罢了。

"说起来,我竟不记得自己是怎么上岸的。"谢九楼看着提灯,"怎么一醒就是在岸上了?"

鹤顶红哂道:"怎么上的?除了我俩救的还能怎么上?"

他说:"当时提灯被扯下去,你也不晓得忽从哪里冒出来,就跟着下去了。我在岸边等了一会子,等不到人,只见楚空遥踩着水过来,同他说了,便一起下水将你们捞了上来。放在岸上昏迷半日,不多时提灯便醒了。我正拾柴呢,就听他又是扑通一声往水里钻,没多久逮着这个煤球团子出来,接着你便醒了。"

提灯突然问:"你说我们只昏迷了半日?"

"是啊。"

"没一会儿你便把我们救上来了?"

"不错。"

谢九楼道:"看来我们在未知境的一天一夜,在凡间也就半晌工夫。"

提灯低头不言,谢九楼却瞥见这人攥在右手手心那处的衣料不知不觉被染红了一片。遂翻过提灯手掌一看,竟是不知何时划破了一条大口子,自虎口至手掌下沿,横跨整个手掌心,眼下伤口处血已凝固,看来划了有好一阵子了。

"这是哪里弄的?"谢九楼问着,抬眼就见提灯仍愣愣盯着自己掌心出神,又是那副听什么都左耳进右耳出的神态,登时更不快活,略微厉声了些道,"那么大条口子,再深点筋都断了,竟不晓得痛的?"

这音量分外高了点,引得鹤顶红和楚空遥都瞧了过来,提灯也一下回神,亦察觉他不悦,下意识坐正,抬着眼皮看谢九楼两眼,想了想,把手伸到谢九楼面前,一副你说什么就是什么的模样。

谢九楼一口要发作的气又堵着了。他拿鼻子出了声气,沉着脸把外袍里头干净衣裳撕了一块下来,裹成条,再把提灯伤口包住。手里忙活着,嘴里嘟囔着:"成天不知道在想什么,搞得什么都比一条命重要似的。"

囡囡眨着眼睛观察谢九楼脸色,往提灯身旁挪了挪。

眼见天黑了,鹤顶红和楚空遥,一只不食烟火的鸟,一个把干净看得比什么都重要的人,两人凑一块柴都拾不到几根能燃的来。提灯和谢九楼到林子里抱了柴,回来时鹤顶红正盘腿坐在石块上剥兔子皮:"正好把火烧上,烤几只兔子,吃完进城去。"

"进城?"谢九楼挨着他坐下和他一起剥兔子,"谁跟你说这会儿还能进城的?"

"进城还要挑时候?"

"说你是鸟你还真不把自己当人看。"楚空遥摇着扇子过来,"先不说哪座城没宵禁,咱们几个,随便挑一个出来,到了城门口,是能给人报出户籍的吗?你们两个我不知道，我和五陵王可是三百年前就死了的人，史书都记着呢，做不得假。"

鹤顶红越听越糊涂："五陵王？"

谢九楼打断道："好了。今夜先在这儿将就一晚，火生大点，谨防野兽。明儿再想办法进须臾城。进了须臾城……"

谢九楼蓦地沉默了，进了须臾城，他就真的不能跟着了吧？

鹤顶红没察觉异常，自顾自地把兔子交给谢九楼串好，四顾瞧着："将就？怎么将就？睡地上？"

楚空遥问："地上睡不得？"

鹤顶红撇嘴："我没睡过地上。"

又硬又湿的，怎么睡？

提灯正坐在离火最远的地方，手往前伸着把身上的披风烘热，摸着干了，便往后一搭，给自己穿上，漫不经心道："我十八岁以前，都睡在笼子里。"

此话一出，那边三人都安静下来，齐刷刷望着他。提灯若无其事，也不看他们，慢条斯理给自己系好披风，一边系，一边接着说："又矮又窄，背和腿都伸不直，只能抱住膝盖坐着睡，或者蹲着。多数时候姿势换着来——一个姿势睡久了总不舒服。那时候做得最多的一个梦就是被放出去睡地上，一晚上都好，能让我睡直了，死在梦里也甘愿。"

众人都听得愣住，谢九楼也不例外。

良久，鹤顶红磕磕绊绊道："……当真？"

提灯含笑斜也一眼过去："假的。"又问，"这下睡地上你能忍吗？"

鹤顶红闷了片刻，啐了一口："我说你是个顶奇怪的人，平日嘴里半真半假，说得越真的，偏就是假的，总叫人捉摸不透。只是想叫我睡地上，倒难为你编排一通。我再不信你的话。"

那边谢九楼和楚空遥二人却各自低头不言，自有思量。

烤好兔子，照例把肉给囡囡撕下来，等她吃饱了，他们才吃剩下的。

吃着，就不免找话来聊。先是鹤顶红问："你们下去是被囡囡拖下去的，那上来是怎么上来的，囡囡送上来的？"

"不像。"谢九楼接话道，"先时在水下，囡囡哥哥同我们坦白时曾说，囡囡也是困在河底上不来的，唯一一次上去就是和笙鼍交换身体那天，只怕打那以后就被禁锢了，否则她哥哥也不会说'出去死了也算解脱'这样的话。我们虽身体在岸上，神识却被囡囡无意困在未知境，当时不知哪里起了场奇火，竟将未知境烧个精光，我们才因此脱身。"

"奇火？"

谢九楼点头："那火来得真是怪，且不说是谁放的，若是寻常火吧，囡囡哥哥也不是没有烧过——做饭也需得生火不是？可也没见过哪次能烧破幻境，我只觉得最后那把火，将它引燃的，定非我们眼见之物。"

"烧破幻境……"楚空遥忽和谢九楼对上目光，异口同声道，"无相天神火？"

鹤顶红左右瞧瞧，提灯浑然不想参与这话题，只低头吃肉，谢九楼和楚空遥则像是参透点什么，却不说下去。

他紧着问："什么无相天神火？你们在说什么？"

楚空遥道："可听说过先天神与后天神？"

这鹤顶红以前倒是听过："先天神嘛，睁眼就在永净世，承天地精华，生而为神；后天神，则是娑婆世格、刃、鞘三者修玄法至最高境界后达到脱俗之地，升入永净世成神，归根结底还是凡人之躯……不过这不只是传说吗？几百年也不见娑婆世有什么升入永净成神的。"

楚空遥不与他争论，只顺着说下去："永净世神佛三千，先天神比后天神自是高出不少，而无相天神则又是先天神中登峰造极者之一。传闻他脱胎于怒火悲汤，是笙鼗神舍掉骨血后留下的皮肉再入二池重铸而成，而因那身皮肉在入怒火悲汤池时携带极大怨气，入池后曾一夜之间将永净世所有后天神佛拖入悲汤寒池给自己做骨，又打破两池壁垒，将怒火悲汤融为一体，炼出世间唯一一滴甘露为自己做血，最后能仁神察觉，赶在无相成形前，往池中投入佛经万字，字字文在其筋骨之上才镇压了无相天神怨气，脱去其前尘记忆，助他以天神之身出世。也因此，能仁神曾留下一箴言，说娑婆世界成于笙鼗，无相天神成于笙鼗而出于笙鼗，世间大祸，非无相不能度脱。故无相天神血能烧破世间虚无，焚怨煞，扫贪嗔，一滴可燃千百里，若无相天神舍己一身入火，便能摧毁整个娑婆。"

鹤顶红似懂非懂，只问自己想知道的："你们觉得那火是无相天神放的？"

那无相天神也太闲了点。不仅闲，血还多。

谢九楼不置可否："未知境本就是虚无之地，那火能将里头冲破，是不是无相天神曾在那处留过一滴血也未可知。"

说到这里，囡囡恰逢其时地打了个呵欠。声虽不大，却足够能引起他们几个注意。

楚空遥拍拍手起来："差不多该歇了。"

不多时，一行人收拾停当，准备入睡。

谢九楼放轻步子到火堆边，又拾了小捆柴另起一个火堆，离提灯更近些。

哪晓得提灯敏锐得很，火一生上，他就睁眼，对上谢九楼的视线，一蹙眉，干脆连躺都不躺，直接坐起来，离新起的火堆仍旧那么远，顺带还不忘裹挟着怨气直勾勾看着谢九楼。谢九楼知道那眼神是什么意思——提灯不是气他擅自生火，而是气他擅自离火那么近。

提灯怕火，更不许谢九楼靠近火，谢九楼一沾火，他就异常紧张。

谢九楼叹口气，慢慢离火远了些，对着提灯说："睡吧。"

提灯怔怔看了谢九楼一眼，然后躺下，不知不觉便睡去。

也不知过了多久，楚空遥走过来，轻声道："这柴能烧一夜，加上我在，吃骨翁不敢来。瞧他也睡熟了，你赶紧也闭会儿眼，休息休息。"

谢九楼应了，往火边一眺，见囡囡趴在鹤顶红肩上睡得正香，便道："我就睡了，你过去吧。"

等那边楚空遥和鹤顶红各自睡下，谢九楼倚树而坐，借着前头的光晕，缓缓从衣裳里掏出几样东西来。

一是那玉雕小人，醒来时就在他身上，他也没问是提灯悄悄还给他的，还是自打进了河其实就没离过身的。

二是提灯惯爱藏在靴子口的那柄短刀，这本就是他的，他八岁那年父亲杀了鹿，逼他吃光鹿肉之后就把割鹿皮的刀扔给了他，他自此带着这把刀，就像带着父亲的训诫，一直到无界处，直到提灯离开时拿走了他的刀。

三是一根小臂粗细的树桩子。这是谢九楼拾柴时无意捡到的，他打算拿它做点东西，便趁没人注意收到自己兜里。

做点什么呢？自己过去一辈子在刀尖舐血。十二岁杀人，两年后跟着父亲上战场，未及十七便有了瑶刀月鬼的恶名，死后一睁眼，便被安在无界处做了真冥王。脱去一身甲胄，倒成了个一无是处的人，二十几年的价值，就只在杀伐两个字上头了。

谢九楼借着月光，拿着手中匕首翻来覆去地瞧。

瑶刀瑶刀，世人说的，就是这把短刀了。

他十六岁拿着这把刀孤身潜入五万大军主将营帐，将主副三位大将无声杀尽，焚了他们的骨珠，随后一把大火烧光粮草，一月之内敌军便不战自退。

他们说那晚的火光把他杀人的短刀照得像瑶一样亮，他的刀锋又冷又快，如他的行踪般难以捉摸，迅速得只在杀人的一瞬才能被察觉。

他们说他不是人，是娑婆最强大的刃，是专在月下索命的鬼魂。

谢九楼从神思中抽离出来，摩挲着手中的玉雕小人，摇了摇头，将它放下。然后拿起木桩，拔刀出鞘，刀尖落在木桩上。这木桩子第一次落到他眼中时，他就知道自己想拿它做什么。心里自欺欺人，不愿意承认罢了。

他想雕个木雕。等他刻得比提灯好了，看提灯还有没有脸天天拿那玩意儿当个宝。谢九楼自认生平没什么手艺上得了台面，刻玉的功夫却是正儿八经拿得出去的。

谢九楼打小养在娘亲膝下，家中是老一套的严父慈母模式，父亲自负傲慢，他自会说话起就在马背刀光下长大,文治武功,忠君爱民,该记该会的一样不差,稍有纰漏,迎来的便是父亲的严打责骂。

六七岁的年纪,娘亲的房里是他最温暖的去处。她娘亲出身雕玉世家,房中摆着许多玉雕,谢九楼有记忆起就总见着她拿着刻刀雕玉。家中玉雕大大小小千奇百怪,他本以为那已览尽天下奇绝。直到小时候误闯父亲书房的隔间,在里头撞见放满四壁的玉人——全是父亲的样子,全出自母亲之手。

在这之前他以为家中厅堂摆在外的那些玉雕已精美得难寻比肩者,哪知那日在小小一间暗室开了眼界,至今想起,依旧震撼。

谢九楼逐个欣赏,看了一半不到,被回家的父亲捉个正着,接着便是得了几天下不来床的一顿好打。后来娘亲教他雕玉,也雕万物,也雕小人,却没有哪一个比得上他在父亲书房中见到的那些栩栩如生,甚至不及十分之一。

他埋怨娘亲教得不细心,不把暗室雕塑的技法告诉他,娘亲却说那是眼下的他学不来的,父亲书房那些玉雕,靠的不是技法。

那靠什么?那时的谢九楼问。娘亲说,水到渠成,日后自会无师自通。

谢九楼想到这里,干脆手起刀落,念着找到事情做,就不会胡思乱想。于是先把木头削了个形,比出个大小来,可下一步,就犯了难。

他以前只会雕玉,没雕过木头,虽知晓二者手法力道天差地别,但若是触类旁通试着做做,当也不会有多费力,独独困于不晓得雕个什么样的才好看。

想着想着,谢九楼脑海中突然闪现一幕,是第一次见提灯的那一幕。

谢九楼刀尖落下,木雕渐渐有了人形。随后有了四肢、衣衫,再到细处,头发、衣褶,最后方是眉眼。他竟也能像娘亲当年一样把人刻得那样生动了。

正刻到收尾处,忽听身边轻轻低吟一声。

谢九楼侧头一看,提灯紧闭双目,眉头微蹙,额上已发了细细的冷汗,手也在空气中抓着,口中含糊不清,不晓得在说什么呓语。

"提灯。"谢九楼将木雕收进袖子,赶忙伸手,很快提灯抓着他的袖子紧握着。

"提灯,醒醒。"他低声喊着,"快醒醒。"

喊是喊不醒的,提灯这怪症积疾已久,时间越长,便越严重。一开始还只像做噩梦似的一出声就醒了,如今随便魇上就是好几刻钟,推他叫他一概无用。

眼见着提灯满脸发了汗,嘴里也念念不停,谢九楼根本听不清他在说什么,只瞧着这人睫毛簌簌抖着,浑身也蜷了起来,一摸,不晓得梦里有什么可怕的,竟让他抖成这样。

"别怕,醒醒,提灯。"

提灯还呓语不停,颈上发丝尽湿,眼角淌下泪来,眼睛却怎么都睁不开。

"什么？"谢九楼低头俯到提灯嘴边，"你说什么？"

"阿海海……"提灯指节泛白，骤然惊醒，"阿海海！"

四目相对，提灯回了神，先是一愣。

谢九楼定定地看着他，然后错开目光，无声将袖子抽出，只坐直了身子，沉默不语。

二人相对无言半晌。

次日早上一群人起来，最早察觉两人之间气氛不对劲的人是楚空遥。

他没吭声，而是走过去碰了碰鹤顶红："今儿进城吗？做什么？"

鹤顶红嫌恶躲开，还拍了拍被他碰到的胳膊："我哪儿知道？"

"你不知道？"楚空遥挑眉，"你跟提灯那么亲近，我以为他早告诉你了。"

鹤顶红一噎，扭头就冲树下二人道："提灯，今儿进城做什么？"

提灯还没开口，谢九楼就收拾着衣服说："你们去吧，我不去了。"

"你不去？"鹤顶红一听，跑过来问，"你不跟我们进城，你做什么？"

"我只能跟你们进城吗？"谢九楼一面举着外衫拍灰一面问，"我就不能回去？"

鹤顶红莫名其妙被呛了一遭，目光转向提灯，提灯只盯着谢九楼，一言不发。

他又觑着谢九楼脸色，才明白自己这是给人拿着指桑骂槐了。

"不去就不去嘛。"鹤顶红嘀咕，"冲我发什么脾气。"

一回身，见楚空遥捏着扇子笑。鹤顶红气红了眼，反应过来，大步流星走回去，凑到楚空遥耳下："我说你是狗改不了吃屎，一辈子都这么阴险。"

楚空遥："谬赞。"

那边谢九楼拍着衣服，东南西北转了遍，他往哪边转，提灯就跟着盯到哪儿。

他干脆手一放，冷冷道："围着我转做什么？不紧着时间进城，叫你家阿海海等急了，可怎么交代？"

提灯低了低头，问："真走？"

谢九楼背过去，又举着衣裳拍，就是八百年积的灰也该拍干净了，不晓得在拍什么："当然得早点走，免得到时候什么阿海海阿河河的找不到，你又怪到我头上。"

说着，就侧身往提灯手里塞了个冰冰凉凉的东西。提灯一看，是那个玉雕小人。

"还你。"谢九楼说，"有他陪着你就够了。"

提灯对着玉雕沉思片刻，忽抬眼问："有他陪我你就不陪我了？"

谢九楼不吱声。

提灯突然扬手把玉雕往后一抛，谢九楼猝不及防，眼睁睁看着它砸在石子滩上。

"没了。"提灯直着脖子说。

两个人沉默一阵，谢九楼穿起衣服，转身迈步："送你，见了他我就走。"

提灯踩着他影子跟上去，又被谢九楼回头吓得一退，听到他说："别得寸进尺。"

两人一个在前走，一个默不作声紧巴巴跟着，楚空遥见他们好了，摇着扇子凑过去："这会子又要进城了？"

谢九楼板着个脸，说："我就留一天。"

提灯抬头："两天留不留？"

谢九楼目光一扫，提灯立马低下头去。

寂静半晌，一群人怎么进城又成了个问题。

"只要大门开着，总能有办法。"楚空遥笑道，"左不过来招声东击西，咱们有鸟有鬼气，随便扔一个出去晃晃，还怕引不起乱子吗？"

囡囡正挂在鹤顶红身上，猝不及防被捂住脑袋。鹤顶红把她看起来像耳朵的位置捂严实，一伸脖子又想呛声："你才是鬼，你全家都……"

话骂到一半，不晓得触了他心里头哪条禁忌，竟咬舌不说了。

楚空遥脸上仍挂着笑，装没听到，继续往前走了。

提灯的包袱已经斜挎在谢九楼身上，眼看着离城门不远，他们正从戈壁走向官道，老远传来此起彼伏的呼喝声，还有踏起数尺尘土的马蹄声。

那叫声悠扬恣意，伴随着不羁的野性，没有具体的言语，更像喉舌间发出的一种扬威般的唱叫，提醒远处的人们，即将出现的是不得了的客人。

当下不止他们，连城门处所有的百姓官兵都一同侧身举目，往官道尽头望去。

一时间黄沙飞扬，最先露出的是一面黑旗，旗面随风摇动，上头火红的图案依稀可辨。提灯脸色陡然一变。

谢九楼没来得及注意，就被楚空遥拉住私语："瞧那旗子。"

旗上图案其实很简单，不过三条并行曲线，像风刮过下方一团火焰。

谢九楼双眉紧锁："蟒奴？"

楚空遥凝目道："是蟒人不错，可这架势，归不归奴籍，怕得另说了。"

"三百年前蟒奴在婆婆大陆已近乎绝种，有也不过三五成群在荒郊野外苟延残喘，见了人就躲，躲不过，便被拉到饕餮谷养着，日后送到城里供人驱使。怎么如今三百年过去，反而兴旺起来了？"谢九楼皱眉，"风头强悍到如此地步，莫非蟒人一族，身上的诅咒已经解了？"

"不无可能。"楚空遥道，"虽说他们三百年前是最低劣的人种，可再在那时往前数两百年，蟒人凭借血脉中生来旺盛的玄气，不也差点统治整个大陆吗？若不是那道传闻中会招来飞来横祸的诅咒，往后可没你老谢家两百年的荣光了。"

话说到这儿，他突然拿折扇一拍谢九楼的肩："你瞧。"

只见大批蝣人已成群结队踏上官道，皆驾上等马匹，暮春的天，仍着锦帽貂裘。队伍看似杂乱无章，实则分布井然，为首的一批人马中间，更是里外三层护着一辆华贵马车缓缓前行。

劲风吹过，掀起马车帘子一角，恍然可见端坐其中的蒙面巫女。

"好强的玄场。"谢九楼喃喃，"这批蝣人，没有一个是三级以下的刃者。"

再观城门处，守城官兵也不过一二级鞘者，外头的蝣人若要硬闯，易如反掌。

楚空遥心思却不在此，只眼中笑意更甚："活得久了还真是什么都能见着。"

"怎么说？"谢九楼问。

"看见刚才马车里的人没有？"

"那个巫女？"

楚空遥点头："若说世上什么人最恨巫女，蝣人称第二，无人敢称第一。传闻五百年前他们最鼎盛时突遭的那场诅咒，就是一个巫女所设。打那以后，世间蝣人元气大伤，血脉中的玄气看似激增，实则远远超出他们骨珠所能承受的能量。"

这并不是最可怕的。因着那个莫名的诅咒，蝣人一旦长到二十岁，体内积压的玄气无处释放，便会自成一股气海在他们体中扩散，届时本该为他们所用的力量就会成为杀死他们的利刃，丝丝玄气无孔不入，渗透骨髓，一旦发作，犹如被压倒在刀山火海，痛不欲生。

痛到神志失去控制之时，蝣人最先做的，是操戈斩断自己的手脚以求减轻充斥在体内的玄气所带来的痛楚，接着他们会慢慢被侵蚀五感，恨不能将自己掏心挖肺抽筋剥皮，最终玄气爆体而亡。

可这份诅咒带给蝣人的并不止于此。

第一个发现吸食中咒蝣人的玄气可使功力精益者已不可考，总之没过多久，整个娑婆便迎来一场近乎疯狂的对蝣人的猎捕屠杀。不久就有人抓捕大批蝣人，将其圈养在斗兽场，使其自相残杀，最后挑选出三六九等进献给不同家世的贵族。

蝣人也成了娑婆最低等的人种，被称蝣奴。更准确一点，他们已不被当作人，在娑婆世人眼中，与猪狗牛羊没有区别。

由此过了两百年，到谢九楼楚空遥他们这一代，除饕餮谷圈养的蝣奴外，世间蝣人已是少之又少，再无昔年辉煌之态。

"咱们都离世三百年了，想不到蝣人不仅没有灭绝，反把巫女什么的又供奉起来。"楚空遥唏嘘，"也不知当年他们那些死于巫女诅咒的祖宗们在天之灵怎么看。"

谢九楼瞥了他一眼。

楚空遥哂笑："也对，咱娑婆哪有什么在天之灵这种东西，连个鬼都没有。人死了就死了，剩个骨珠，化一把灰，轮回都入不得的。"

"说不定，是巫女解除了他们的诅咒，又或者帮了他们，也未可知。"谢九楼已无心继续探讨，只沉思如何早早儿进城的事。

"是吗？"楚空遥接话。他倒是有别的猜测。

楚空遥拨拉着扇子，状似无意瞟了提灯一眼。

后者正盯着那队蟒人出神。只见他们到了城门并未即刻进去，而是就地驻扎，大摇大摆在官道上喝起酒吃起肉来。

城门百姓无不瞠目结舌。

"好大的排场。"鹤顶红嗤道，"他们这样子是做给谁看？"

"就是做给百姓看。"提灯淡淡道，"只怕他们架子摆成这样，城里还会有人点头哈腰出来迎接……"

他话到此处戛然而止，不知想到什么，话锋一转，忽问："你们说，这些人进去，需要被查吗？"

远处河滩。姬差已走得两脚起了泡，不久前家里下人才做的新鞋此时也裂了边，她提着襦裙下摆，略蹒跚地走在满是石子的路上。

裙子已遍布脏污，盖着右脚的部分甚至被烧得残缺不全，但姬差脸上仍很干净，头发先前跑得凌乱，眼下早被她重新整理了一番，虽不如家里婆子丫鬟手巧，倒也看得过去。发髻间金钗步摇一样没少，若不看她浑身，只瞧脖子上头，还真一点风度都不差。

只脸色实在很臭。

"喂……"她试着喊了一声前头做轻衣男装打扮的人，"喂！"

那人不应，她弯腰捡起一块巴掌大的石头就砸过去。

第七歌耳朵一动，在石头正要落到她后背时侧身一躲，转身看过去："干什么？"

"你没长耳朵还是听不懂人话？"姬差问，"我叫你你不知道停下来？"

第七歌抄着手，似笑非笑："你叫我，我就得停？"

姬差微扬下巴。

"我不停，你要如何？"第七歌还笑着，眼底满是冰冷嘲讽，"叫两个小厮来，活活打死我吗，大小姐？"

最后那句话一出，姬差眼底便泛起阴毒寒光。

姬差又跟着走了两步，突然蹲在地上："走不动，不走了。"

"行啊，"第七歌面不改色，席地而坐，"反正闹着要进城的人不是我。"

"你……"姬差哑口无言，愤愤瞪了半天，最后把气咽下去，别开头，语气总算不那么冲，"……你为什么不给我搞一套？"

"你说什么？衣裳？"第七歌斜斜睨她一眼，"给你搞了，你穿吗？"

"你不给我怎么知道我不穿？"

"是——你穿——"

第七歌起身，慢悠悠踱步到姬差身边，背着手绕姬差转了一圈，一垂眼就是姬差满头的珠翠。她拿手随便拨了拨，姬差不耐烦躲开。

"你怎么不穿呢？"第七歌自顾自说道，"穿上了，还像昨儿那样，野狗快追到脚跟底下也得先把脸洗干净。洗着洗着头发乱了，还得拆了一头发带重新系一遍。命算什么？漂亮干净最重要。"

说完，第七歌抬腿便走，再不回头看。

没走出多远，第七歌听到身后传来一声小小的喊声："……喂。"

她止步回望，见姬差慢慢抬手，垂着眼睛，一言不发拔下自己头上所有簪子，扔在地上，又解了发带，将满头青丝盘在头顶，随后蹲下去，往脸上抹了两把灰，开口已没了底气："这样行了吗？"

姬差不动声色地扬了扬唇，背着手继续走："勉勉强强。"

刚走了没两步，她蓦地站住，疾步回来拉着姬差到一处草丛蹲下："别出声。"

河边两个蟒人抱着水壶正要取水，口中用她们听不懂的族语骂咧咧说着什么。

他们不远处的后方，跟了四个俊俏公子和一团长着竖瞳的黑气。

那对蟒人原在抱怨车中巫女娇气，眼见到了城墙脚下竟还要盥洗更衣，正蹲在河边嘀嘀咕咕埋怨，其中一个忽往脖子后摸了摸，转向旁边用族语问道："你挠我做什么？"

另一人不解："我没有挠你。"

过了一会儿，那人再将脖子一拍，怒视道："别挠我！"

二人正欲争执，忽瞥见打水的河里黑了一片，恰笼罩在他们倒影上方。细细一看，那黑黑的影子里还嵌着一双猩红的眼睛。他们颤抖着转头，后方树林全无踪迹，自身竟是被一团浓厚的雾气团团包围。雾气中央，骤然有一双暗红的眸子。

他们盯了不过半刻，眼睛便发直，双双向后倒去。

囡囡慢慢变小，变得再如巴掌大时，往后一跳，跳回提灯肩上。

一行人开始扒这两个蟒人的衣裳。

"待会儿提灯和鹤顶红先换上，过去再引两个蟒人过来，这事儿就成了。"谢九楼把扒下来的衣服扔过去，提灯却不接。

"我们去不好。"提灯说，"你和楚二去，他会蟒语。不然我们怎么开口叫蟒人过来。"

第三章

谢九楼一思忖，万一露出了破绽，提灯他们在这边也好先离开，那一堆蟒人，总伤不了他和楚空遥。四人把这两个蟒人搬到草丛，捆了手脚堵住嘴，即便待会儿醒来，也得在他们进城以后了。

回到河滩，谢九楼和楚空遥便前行走近那支队伍，提灯与鹤顶红并排站着，见前面两人蒙面走远，提灯忽一转身，又钻回草丛里去。

鹤顶红站在原地反应不及，刚要跟过去看提灯做什么，就见这人已经从草丛里出来，手上拿着昨夜谢九楼雕刻时用的刀——提灯今早顺手从谢九楼身上摸过来的。

刀上淋淋滴着血，提灯侧脸和下巴也溅了不少。

鹤顶红一愣："你把他们杀了？"

提灯没说话，只先摊开黑色皮革包裹的左掌，将刀面正反在掌心一擦，血迹便留在了皮革上，匕首锃亮如新。

"不然呢？"他低头收刀，只略抬头扫了眼鹤顶红，声音低沉冷漠，"眼下城门只进不出，城中定是发生了什么大事。等这两个蟒人醒了，到城门一闹，岂不麻烦。"

"可刚才……谢九他们说不杀的时候，你……"

提灯阴沉着脸，定定望过来。鹤顶红微怔，便不再说下去。

"那就别告诉谢九。"提灯说完，抬脚欲走，正打算去河边洗脸，脖子一侧传来冰凉而锋利的触感。

"不要动。"第七歌两指夹着极薄的刀片放在提灯颈侧，"刀刃不长眼，公子小心。"

鹤顶红神色一凛："你要做什么？！"

提灯倒握着刀刚放进袖子，此刻捏着刀柄的右手不动声色一紧。

"我不做什么，只不过想替我和我的朋友讨两件衣裳。"第七歌笑道，"既然你们已经解决了两个，何不再替我二人解决一双？"

提灯垂着眼，波澜不惊："你朋友呢？"

第七歌默不作声往草丛一望，说："她是个嗓子没把门的，此时已经在蟒军近处，若我一刻钟内没拿到衣服，你们就等着事情败露好了。谁也别想安然无恙混进去。"

鹤顶红已要欺身上手，提灯冲他道："替我打些水来。"

"可……"

"快去。"

提灯就地洗了脸，第七歌的刀没离开过他的脖子。

"一会儿他们回来，你就这么架着我，他们才会帮你。"

"用不着你教。"第七歌侧头问，"你当真配合我？"

"我的命在你手里，我必须配合你。"

"如果我把手拿开呢？"

"我会杀了你。"提灯说，"还有你的朋友。"

谢九楼他们回来的时候，提灯的脖子已被刀片擦出了血。被引诱来的蟒人早在路上让囡囡放倒，他们怎么也没想到，回到此处，提灯竟生了变故。

城门的蟒人没有上千也有几百，再弄两个不是难事。

第七歌的手架在提灯脖子上，她丝毫不敢放松警惕。待谢九楼他们再搬了两个人来，扒下衣服时，她又要除了提灯以外的所有人离开，回到蟒军驻扎处。

此时谢九楼已经怒火攻心，正待发作，就见提灯对他摇了摇头。

谢九楼咬了咬牙根，后退着往回走，眼神片刻不离第七歌那只手："他如果回不来，下一个死的就是你。"

第七歌弯弯眼道："放心。"

等人走远，第七歌才将手上得来的一套衣裳往草丛一扔，大声道："小五，换上。"

半晌，草丛堆里伸出一只纤细的手，慢慢把衣服拖了进去。

提灯轻笑一声。

第七歌说："你猜到我唬你了。"

提灯说："没那么确定。"

"你不反抗，不是怕我杀你，是怕我告诉他们，你刚刚杀了人。"

"我不是怕。"提灯纠正，"我只是不想。"

"是吗？"第七歌笑，"你是不想他知道，还是怕他知道？"

提及谢九楼，提灯脸一冷，显然不想同她说车轱辘话："我说了，他知不知道都无碍。我只是不想。"

"那咱们做个交易。"第七歌道，"我帮你杀了剩下的四个蟒人，你放了我。"

说话间刀片一直没放下来。

提灯说："你杀过人？"

第七歌嗤笑："你答应不杀我，我杀给你看。"

"那你杀吧。"

第七歌放下手，径直走到那四个昏迷的蟒人身边，甫一蹲下，划过其中二人颈间，乍见鲜血喷薄，再收手时，两个蟒人便断了气。第七歌抬头看向提灯。

提灯不言，换了蟒人服饰，迈步往谢九楼的方向走去。

那边谢九楼等了少顷，正按捺不住要寻回去时，提灯便出现了。

他一把将人拉过去，急急问："伤到哪里没有？"

鹤顶红和楚空遥也站了过来。

提灯摇头，摇到一半，忽侧了侧脖子："这边有点儿疼。"

谢九楼一瞧，果真有几条口子，想是第七歌手上没轻重，或是刀片太锋利，割伤了他。口子不深，但还是见了血。

谢九楼把提灯领口往下扯了扯，生怕衣裳料子捂到伤口。眉头紧皱着问："很疼？"

"有点儿。"

鹤顶红一听，提灯都喊痛的伤口，那指不定有多疼，赶紧凑过去伸长了脖子看一看，看了一眼，翻着白眼缩头回去。

楚空遥也凑热闹看了看，看完之后没吭声。

四人进了城，寻到机会便溜出队伍，躲到一处街角，将一身衣服换下，皆闷得满头大汗。

鹤顶红嚷着要洗澡，摸遍全身，凑不出半两碎银。

"我当多豪横的兵呢，穷成这个样子！"他咕咕哝哝。

楚空遥便说把自己一身宝贝随便拿点出去当了。

"不可，"谢九楼拦道，"你那些东西太过贵重惹眼，轻易拿出去，惹人生疑。"他左右思量，拦下众人："我有法子，在这儿等着。"

回来后，手中当真多了一袋子银两。提灯将谢九楼从上到下打量一遍，目光在他空空的右手指节上停留一瞬，并未言语。

城中果然突下禁令，严防死守，只进不出。由此要寄宿的旅客便骤然多了不少。

好一会儿找了间下榻的客栈，谢九楼放下银子，直说要四间上房。

第二日正值三月二十三，鹤顶红听说这天是无相天神的诞辰，街上很热闹，便邀谢九楼和提灯出门。

谢九楼早晨让小二帮自己去衣铺买件新衣服，小二拿了一堆衣服回来，但是没有谢九楼想要的黑色的，便挑了件湖蓝色的衣服穿着出门了。

谁知他刚一出门就碰上了提灯，见提灯怔怔看着自己，耳根忽地一烫，想着自己已许久没穿过这样明艳的颜色，如今穿倒还好，一旦有人正眼瞧着，便突觉不自在起来，于是慌乱别过脸。谢九楼一时不知该怎么办，就听提灯笑着说："这衣裳好看。"

谢九楼听后心中暗喜，面上却按捺着，又想：提灯也忒不会夸，怎么净说衣服去了，好像这衣服摆在那里，任谁来穿，都能被夸好看似的。

就没他谢九楼一点功劳吗？

提灯又说道："赶明儿试试鹅黄的。鹅黄挑人，却也衬人。你穿上，定好看。"

谢九楼深深低着头，忍不住勾唇一笑：该是这么个夸法才对。

无相天神华诞，向来为娑婆一大盛事。

无相天神身上传说太多，故事从来半真半假，就连现世诞生的故事里都掺杂着极大的恩怨爱恨。有人说他骨刻佛经，怜悯苍生，慈悲看世，堪与能仁神比肩；也有人说他是怨气所育，傲慢狂悖，偏执古怪，是永净世第一邪神。

总之世人不爱那些千篇一律的伟岸神佛——不是不好，他们也诚心供奉，可一个得道成神的故事看一万遍也总会腻的。倒是性格难定的无相天神，无论供奉的后果是降福降祸，反正越难捉摸，越有追随者愿意探索。

谢九楼与提灯上了穿城大道，道上已是万人空巷。

寿诞过了举城共庆的第一轮，眼下晌午，便是无相天神游城。

但见百姓挨挨挤挤分列大道两侧，正是人头攒动、喧哗盈天之时，长长的大道一头，该是城门前的拐角，远远走来一队仪仗，皆做神仙打扮，穿得五花八门，通身无一不是金碧辉煌。是城里的班子，年年这些时候便换了戏服，出来游街扮演。

打头两名尊者双手各举一把金顶宝盖织锦龙凤伞，身后是各路天神座下的神仙大士，有的俊美至极，有的丑陋不堪，大概是配合传说中无相天神至善至恶的性情，侍奉者中也没有一个打扮略微平庸的，不是美得出奇，便是丑得难以入目。这些神仙真实性并不可考，只怕大半都是民间杜撰。

往后便是无相天神了。只见十六人肩抬一无盖大轿，名"万象斋"，轿中绚烂夺目，无相天神端坐莲台，身披四层织金白绡，右臂佩戴着六环紫金臂钏，手持琉璃瓶，头戴面具，难辨雌雄。谢九楼定睛一看，那面具上竟是白茫茫一片，别说雕刻的五官如何，连个孔都没有。他以为自己眼花，还待再看，莲台上无相天神一扬手，便有水珠子溅到他眼中去了。

他猝不及防错开脸，抬手揉了揉眼睛，提灯见状立刻问："可有不干净的东西进眼睛了？我看看。"

"没事。"谢九楼摇头，还揉着，"水珠子罢了。"

"谁晓得他瓶子里头水脏不脏。"提灯仰着头问道，"还不舒服？"

谢九楼把手放下，眨了眨眼，眼角被他揉得略微发红："真没事。"

"你也太紧张了。"楚空遥原本在看仪仗，中途乜斜过来，"那水是什么东西？是无相天神舍去的真身。咱们身在娑婆的万物众生，是灰，是泥。一条命没了，玄者尚且能留个骨珠，寻常人直接就随风散了，魂儿都不能转世投胎。无相天神是怒火悲汤中熬出的唯一一滴甘露，舍点碎末下来，给咱们这些人，就能医死人肉白骨。真不真自不必说，你瞧着满大街，谁不是削尖了脑袋凑上去想沾点那'脏水'讨个吉利？也就你，滴了点到谢九身上，哪里就晦气死了？"

谢九楼转头，还没开口，那边鹤顶红已经撇嘴替他道："少啰唆两句吧。"

提灯没什么反应，又往街上一望，当真那些百姓都拥挤着地往前靠，巴不得多淋点无相天神琉璃瓶里洒下来的水。

倒是谢九楼，这次真切看清那无相天神的面具，确实白白净净。只怕面具下的人，目能否视物姑且不论，光说喘气，就够不好受的。

"怎么没个模样？"鹤顶红也发觉了，蹙眉道，"这队伍，还露个缺口做什么……"

楚空遥笑道："想知道？"

"你知道？"

"还要我少啰唆点吗？"

鹤顶红瞪了他一眼，不吱声。

"你说说，"谢九楼顶了顶他的肩，"我也想听听。"

楚空遥背着手，用折扇一下一下点着自己的背："这面具嘛，好说。"

他朝莲座扬扬下巴："看那上头的字。"

众人闻声便看，原来莲座底下刻着几行赤金梵语。

鹤顶红说："有什么玄机？我看不懂。"

提灯方念出那几行字来："如是我闻。神佛两面，众生千面。千面一象，一象众生。众生万象，是以，天神无相。"

楚空遥不知想到什么，忽道："听闻无相天神有面镜子，平日藏匿于永净世归墟处。那地方叫无境之境，没有时间，没有空间，但到了那里，有那面镜子，就能通晓外界万物的运行，纵观娑婆永净二世，遍查古今，犹如日月时刻监看着每一个生灵。所以他们说，那面镜子，是无相第三只眼睛。"

"奇了怪了，"鹤顶红道，"无相又没有模样，何来的眼睛？"

"今儿你倒是聪明了一回。"楚空遥调侃完，拿手往万象斋右前方空出来的一个缺口指道，"那个位置，是无相天神座下第一大护法——赤练圣手站的。"

鹤顶红懒得跟他计较："那扮演圣手的人呢？一个不来，总该有另一个顶上，如此空着，未免不体面。"

"那位置是特意空出来的。"楚空遥解释，"无相本为一滴甘露，娑婆亦非一日而成。当年笙鼗神的怨气与玄气在天地之间造出一片混沌，那便是娑婆前身。混沌之中，妖魔乱出。无相以无形无状之态游走其间，斩杀无数邪祟。一次功成回去时，竟不小心带了粒泥点子到永净世。那泥点子本是死物，兴许无相一身灵气过盛，待久了，便叫它也跟着活过来。活嘛，先是有命，知生死，再是有五感，通情欲。那泥点子在无相身边久了，竟也能思能感。"

楚空遥还欲再讲，熙熙人群中，迎面钻过来一个毛头小子，低着脑袋，不长眼似的，一头栽在谢九楼身上，把他撞得往前一倾。

谢九楼忙站稳，刚回头，就见那小子点头哈腰地赔礼道歉，一个劲儿说着"见谅"，只脑袋始终不肯抬起来，做小伏低的，就差把头往地上磕了。

等他道完歉，谢九楼也不恼，轻轻抓住这小子胳膊，俯身下去，只用二人听得见的声音问："要我见谅你撞了我，还是见谅你偷我钱？"

对方身体一僵。

谢九楼随即探手从这人腰间抓回自己的钱袋子，垂眼笑道："舌下藏刀，割人钱袋。下九流都惮用的伎俩，你小小年纪，跟谁学的？"

对方埋头不语，须臾，缓缓抬头。

谢九楼脸色一变："是你。"

第七歌将指尖夹着的那枚不过指节大小、极薄极锋利的刀片放入嘴中，藏回舌根底下，冲谢九楼咧嘴一笑："爷，又见面了。"

"谁跟你称爷！"谢九楼一把甩开她，想着她昨日拿提灯做人质的场景仍气得牙痒，眼下却没事儿人一样同他嬉皮笑脸，便更瞧不起了，"祁国境内，偷盗者，依律断一手，再送去枯天谷做一辈子苦役。你要不想去填那永远填不平的望苍海，就立刻滚。"

第七歌低眉顺眼："立刻就滚……立刻就滚……"

正与谢九楼擦身而过时，她忽一转身，眸光一沉，阴恻恻道："凭你是谁，也敢让我手走白活！呼喝我这个青天鬼，你那张嘴还不够格！"

说着便手过双唇，取出舌下薄刃，直直刺向谢九楼兜着钱袋的那只手。

岂料瞬息之间，第七歌余光只见对方从自己侧闪成残影，待要回身，脖子已被谢九楼自身后扣住。她抓着横亘在喉下的那只胳膊，欲借力蹬腿旋扭过头再脱身而出，谢九楼却抢先一步，抓住第七歌肩头将臂一绕，在她趁机面向自己时用力一推，对方便捂着心口仰倒在地，顿时要起，却气息凝滞，暂不能了。

原本拥挤的人群因着这二人打架竟自动让了一片空地出来，提灯早前一直看着莲座上的无相天神发愣，直到莫名被推搡着随人流退开时才注意身后发生了什么。

第七歌喘着气，喉中腥甜味直往上涌，狠狠瞪着谢九楼："穹刃？"

穹刃，便是刃者中功力仅次于顶尖者的四级刃。

玄门分三路玄道，即刃、格、鞘三者，刃者善攻击，多为将星、七杀、破军、贪狼主命格局；鞘者善防御，同级之中最克刃者，若二者狭路相逢，多为刃败；格者为世间最稀有的玄道，虽不善防御或攻击，却能以念力控制鞘者，同级间遇刃则败，遇鞘则成，故格者为求自保，总会想尽办法遍寻天下鞘者纳入自己门下。其间格者

第三章

多数天医入命，在医道或毒道天赋异禀，至强者能让妖魔绕道，秉性亦少有不极端的。

而无论是哪一路玄者，修为均是五重境界：一级为脉，二级为筑，三级为顶，四级为穹，五级无论是刃格鞘中哪种，皆为"突天"。寻常人的骨珠呈泥灰色，浑浊不堪；玄者则境界越高，骨珠越透亮，至突天境，骨珠便能与肉身分开独存。

突天者，每一百年赴登镜台比试。最后的胜者，直入永净世成神。

谢九楼本是四级刃者，平日刻意隐藏自己玄息，若非同级或更高一级的玄者根本无法察觉他的境界。如今第七歌迅速反应了过来，是谢九楼刻意为之，不再收敛。

"现在够格了吗？"他冷眼道，"当真要我押你去官府，安个偷盗的罪名？"

"我可没有偷。"第七歌捂着伤处邪笑，"我那是抢劫！"

"大祁律法，抢劫者，断双手！"

"呸！"第七歌忽恶狠狠高喝，"满桌蟠蛮子围着中原还没吃肉，你祁国算什么东西，就想摸边上桌！脚还没踏进来呢，就拿祁法治人了！做你的春秋大梦！"

谢九楼明显一愣。第七歌身后人群中，提灯已沉着脸，右手拿着一手灯，左手自靴口摸出那柄短刀，只等她一转过来，就飞刀过去割破她的嘴。

岂知谢九楼愣神不过转瞬，便平息道："小姑娘，口舌之快多是用性命来逞。世道之恶，比你的心眼儿大。别把自己的命拴在舌尖上。"

提灯握着刀柄的手指尖微颤，生生把正准备飞出去的匕首收了势，一转刀尖，藏在袖中。第七歌此时分明做男儿打扮，不料被谢九楼一眼看穿，气得脸上青一阵白一阵的，咬牙切齿一番，爬起来便跑了。

人群多数随着天神仪仗向前头街角涌去，剩下少数在这儿围观，如今热闹不了了之，那几个人便也散了。鹤顶红和楚空遥这才围过来，提灯也赶了上来。

先时谢九楼与第七歌本就是一对一，他们三个隐在人群中，若贸然站出来，以第七歌的狡猾伶俐，指不定会怎么当着大庭广众说这一帮子早有埋伏以多欺少。

提灯并未说话，只抓着谢九楼胳膊，谢九楼轻轻覆住他手背，低声说："没伤着我。"

楚空遥悠悠看着第七歌远去的方向："我看这小姑娘，迟早有天会栽在这股子伶俐上。"

说起这个，谢九楼便想着方才第七歌盛怒时口出之言，心思便沉了下来："你听见她说什么没有？"

"听见了啊。"楚空遥浅笑，宽慰似的拿扇子拍拍谢九楼的肩，"一朝天子一朝臣，这不是你该操心的事儿了。"

三百年前，谢九楼尚在娑婆，还是无镛城少城主时，莫说眼下一个小小的须臾城，便是娑婆大陆整个中原地区，也在祁国的版图之中。那时的祁国，已统治了娑婆中原两百余年。

虽说万物盛极必衰，他当年战死之时祁国已然式微，谢九楼亦知道国运衰退，大祁没落是迟早的事，如今亲耳听了，还是难免唏嘘。

脚下国土朝夕易主，可昔年为此沙场洒血的千万将士，如今又有几人记得他们的名字？又有多少人去在乎，他们的血，曾经是为谁而流？白骨沉沙，枉作空话。

谢九楼扯了扯嘴角，摇头笑道："只是觉得，现在这局面，蟒人作大，祁国伏低，中原仍是旧主，倒不像过了三百年，反像……回到咱们出生前两百年了。"

楚空遥不动声色瞟了一眼提灯，对方面不改色，收拾收拾还准备抬脚走了。

"眼下去哪儿？"楚空遥问。

提灯自顾自在前头不疾不徐地走，谢九楼和楚空遥负手跟在他身后，鹤顶红懒洋洋在最末走着。

"去找人。"提灯这话一出，谢九楼一下变了脸色，骤然止步，竟低着头想往回走，却又不愿意表现得太刻意，眼睛四处找路，一时跟只无头苍蝇一般慌张。

楚空遥拉住他："你做什么去？"

"我……"谢九楼难得如此局促，"我有事……"

提灯闻声也转了过来："什么事？"

"我有点饿。"谢九楼急急背过身去，说着就往反方向走，"你们先去，我填填肚子再跟上来。"

说完也不管旁边几个的反应，步子快得恨不得脚底抹油就离开了。

"欸！"鹤顶红叫了一声，眨眼间谢九楼已走出几丈远。

楚空遥左右瞧瞧，还是决定去找他："你们俩先去。"

又走一个，鹤顶红上一声还没欸完，又"欸"了一声。

只有提灯，看着谢九楼的背影若有所思，待那二人都走出视线，才缓缓回头接着前路迈步。

"莫名其妙。"鹤顶红赌气踢着脚下石块，"故事都没讲完呢，一个个慌脚鸡似的，哪里就急死了。"

"故事？"提灯开口，"什么故事？"

"就楚老二之前讲的嘛，"鹤顶红有一搭没一搭地说，"无相天神、赤练圣手……还有那个泥点子。"

"你想听什么？"提灯道，"我给你讲。"

鹤顶红眼睛一亮："你也知道？"

"不多。"提灯说，"你听了些什么？"

鹤顶红忙不迭道："听到无相天神有天在混沌除了邪祟回去，身上带了泥点子。

那泥点子被他灵气养着，竟有了五感，生出了想法。"

提灯垂眼走路，一面默默听着。

见鹤顶红说完了，他便笑了笑："其实到这儿，故事也差不多了。"

"那泥点子自打起了心思，便一直围在无相身旁伺机而动。"提灯说这故事，一字一句，说得很慢，"一日趁无相熟睡，它便攀上去，借自己的泥痕，一笔一画，把无相的天神，按它的想象，亲手画出了模样。眉眼鼻唇，皆穷它所想，竭它所能。"

"自此天神之相，因它而生。"

无相天神醒来之后，勃然大怒，将泥点子一掌打入无境之境，并命座下赤练圣手看管，直到它真身消散。泥点子毕竟不是永净世孕育而出，离开了天神，浑身本就不多的灵气也极快殆尽。将死之时，原在无境之境监守它的赤练竟玩忽职守，去混沌私会海中鲛人，导致那颗泥点子趁此脱逃。

"逃去哪儿了？"鹤顶红问，"还活着吗？"

提灯沉默一瞬，说："它逃回了无相身边。"

泥点子拼尽最后一口气，在无相手上画出第三只眼睛。那眼瞳很深，穿破无相的身体，像一道连通永净世和混沌的缝隙。

"泥点子就从那道缝隙中跳了下去。"提灯说，"它绝望困顿之际，最后一眼看向顶上的天神——那张由它亲手画出来的脸，永远都是那么漠然。"

鹤顶红只叹泥点子不值："那泥点子，真是生也天神，亡也天神。"

"它因天神而生，却非因天神而亡。"提灯拐过一个街角，"那泥点子殒命，杀它的是痴念。"

"所以无境之境里那面镜子就是这么来的？天神手上那第三只眼睛？"

提灯点头："泥点子坠入混沌，最后看了天神一眼，就因为那一眼，绝了它所有痴念。它凄然以自己生生世世不得好死为代价发出毒誓——若日后天神动了凡心，必要承受可见不可得之苦。只要天神在永净世一日，便只能拿第三只眼睛看自己顾念之人一日。岁岁年年，痛不可迁。"

"只能拿第三只眼睛……"鹤顶红埋头沉思片刻，"这意思是，天神要见顾念之人，只能透过那面镜子去看。他在永净世，镜子里看的是婆婆世，所以他与顾念之人，永远相望不相认？"

提灯默然。

"无相天神真被诅咒了？"

提灯转入一条小巷，走到尽头再拐，豁然见一处阁楼，楼下挂满五颜六色的幡，还有许多人物面具。

"无相天神一生刚愎自用，目下无尘，别说这个咒，只怕连所谓的情，他都不信自己会有。"他一面说，一面踏进楼底旁门处一个窄窄的木门，门里一条黝黑甬道，缕缕日光从顶上木板缝中泻下来。

提灯在过道中前行："所以无相硬生生把自己右手那只眼睛挖了下来，丢入无境之境，永不启用。"

甬道走完，挨着手边是一列长长的木梯，又陡又逼仄，头顶上隔着的木板挡不住嘈杂人声。

"那赤练圣手呢？"鹤顶红跟在提灯后头，踩着踏板，一步一声地问，"被无相天神罚去了哪里？"

梯子要走完，阁楼上人声也近了。

"无相天神手段残忍狠辣，罚一个圣手不缺法子。既然赤练要和鲛人私会，那他就……"

话到此处，提灯踏上最后一阶，在楼道口站定，冲戏班子里坐在最里头的一个鹅黄色长衫公子不轻不重喊了一声："叶鸣廊。"

楚空遥找到谢九楼那会儿，谢九楼正站在一条死巷口，双臂交叉，闭眼仰头靠在墙面装死。

楚空遥笑着问："你跑什么？"

"不跑，给人看笑话？"

谢九楼说完从巷子口走出来，听着周边百姓议论，方知是昨日随蟒人进城的巫女感念无相天神广散恩泽，特宣布在天神诞辰这日的申时于城中搭台，为城内百姓无偿占卜预测，前世今生，去路吉凶，有缘者皆可求得一二。眼下正是吉时。

那女巫的宝车辘辘而行，最后停在谢九楼对面的一处街口。

起先百姓不信天下有这等好事，虽远远扎堆七嘴八舌议论，却没一个人敢上前的。最后是家里三代杀猪的李屠夫，把手中宰刀往砧板上一劈，心想有便宜不占是痴货，我就去了，这下九流还敢讹上我不成？

便一屁股坐在女巫对面的长板凳上，横眉道："要报生辰八字吗？"

女巫蒙着面，只露出一双妖娆的眼睛，对他摇头，随后用蟒语说了句什么。

她身边一个颧骨高耸的瘦男人用通用语说："神女命令你闭眼。"

李屠夫迟疑一瞬，皱眉闭眼。只见巫女伸出一根手指朝自己眼角轻轻一擦，又将手指放在了李屠夫印堂处，自己也闭上眼。

片刻后，瘦小的男人说："可以了。"

李屠夫睁眼，听男人一句一句翻译，竟是把他祖上何处，因何来此，籍贯出身，连同家中几口人氏都说了出来。

李屠夫不屑："这些随便打听就知道。"

巫女喝了口茶，又缓缓开口。

便听她身边那男人道："你家夫人上月生了个男孩，在家中排行老二。因尚不足月，便没有取名，一家上下只管那孩子叫李老二。又因家贫，舍不得出钱请摸骨师傅来为他摸骨。然，李老二是万里挑一的玄种，自生下来，便是格者，不出八岁，定能修到'脉'境。"

李屠夫脸色变了又变，抓着汗衫衣角使劲儿擦手，坐立不安。

巫女扔出几粒碎银。

"神女念在你是今天第一个有缘人，把这钱送你。你拿着钱，快快去请一个摸骨师傅回家。若一切如她所言，希望你能好好栽培你的二儿子，不要辜负他的天分。"

李屠夫将信将疑拿了钱，健步如飞请摸骨师傅去了。

不过一时半刻，李屠夫匆匆跑回来，净是横肉的脸上因兴奋而不断淌汗，离巫女还有十几丈远便挥着手大喊："神女——菩萨——菩萨！"

他眼中闪着激动的光，一到台前便扑通跪下："菩萨神通广大……我家那小子……当、当真是个格者！菩萨保佑……菩萨保佑……"

娑婆大陆，玄者本就是少数，格者更是玄道中的凤毛麟角。入此道者，定为卧龙凤雏。只要不出大的差池，出人头地，名满天下，那是迟早的事。李屠夫一家三代以杀猪为生，得了这个儿子，得是祖坟的青烟把天下男人都给熏绿的程度。

楚空遥听着旁人这么议论，默默笑着看了看谢九楼头顶。

"你笑什么？"谢九楼问。

"没什么。"楚空遥干咳一声，望着四面八方往巫女占卜处蜂拥而去的人群，"今儿真是处处都有热闹。"

这种热闹，谢九楼从不感兴趣。

若一个人的命从出生就定了，不管怎么走都会是一样的路——信这话的人，还去算命做什么？算过了，难道就能改变吗？不信这话的人，更不必算。

活着最有意思的，不就是为了去追赶明天的未知吗？

但是他不找热闹，热闹却要找他。

台上巫女只往人群中一扫，扫过面摊上二人，便侧头对身边侍女耳语了几句。

侍女颔首走到桌前："两位爷，神女与你们有缘，邀二位过去。只求二位当个乐子，听她胡诌几句。"

二人对视一眼，便过去了。

楚空遥一身琳琅，率先在桌前撩袍坐下。

巫女还像先前那样擦拭眼角，将手指放在他印堂。

末了，听她身边的男人说："您的出身至贵至贱，奉承你的人也唾弃你，鄙夷你的人也羡慕你。你在太阳之下，你是地上的影子。太阳越强烈，影子便越黑暗。你在金银满地的深渊，注定会倾慕高高盘旋的鸟儿。你是浪子，临终却因爱而死。"

楚空遥的笑永远那样毫无破绽，他没有因为巫女的话有过一丝动容，怎么风度翩翩地落座，就怎么风度翩翩地离开。

接着巫女望向谢九楼。看来想溜也溜不掉，谢九楼摸摸鼻子，徐徐坐下。

他只感觉对方的手指刚碰到他眉间，就已经开始说话。

"你一生辉煌，荣耀加冕。你曾游走在最热烈的战场，用滚滚赤血划定国家的疆域，你屹立万人之上，心却无比寂寞。

"你死过两次。一次死在火里，一次万箭穿心。

"两次，都死得孤苦伶仃。"

谢九楼蹙了蹙眉，在心中嗔怒这巫女胡说——一个人怎么可能死两次？

他出于教养没有立刻睁眼，哪晓得下一刻耳边便是"滋啦"一声。声音虽微弱，谢九楼却听得很清楚。女巫骤然低呼着抽回了手。他还没看清发生了什么，对方已提裙起身，连宝马香车都赶不及坐，便逃离一般往来时的路上奔跑。

谢九楼追上去，也有很多想找她算命的人跟着追上去。

但是有数十个蟒人保驾护航，他们根本无法靠近前面匆匆离开的巫女，只瞧得见她随风飞舞的头纱。忽然，巫女停下脚步。她转过来，眼角不知何时流下一滴鲜红的血液。女巫走向谢九楼，把那只手举到他眼前。

那根刚刚还放在谢九楼眉间的手指，整块指腹，甚至第一根指节，都被烧烂了。

这回她用通用语一字一句地说："你逆风执炬，故而大火焚身。有神明赴火殉葬，他看到了我。他的血……在对我发出警告。"

神女说完，离开时再不回头。

谢九楼在原地长怔：他三百年前死于万箭穿心不假，可那大火焚身是怎么回事？自个儿又不是九尾狐，上辈子死了一次，一睁眼活过来，走了大运能做冥王，这也才是活第二次罢了。横竖不过两条命，除去死过的那次，现在活着的这次，哪里还有他不曾经历过的一次呢？难不成，在他不知道的地方，不知道的时候，有另一个谢九楼替他活过吗？

另一个谢九楼……他心中陡然飘过一点荒诞的思绪，可那思绪闪得太快，谢九楼还没有抓住便忘了。

蟒人巫女一去，遍地百姓更紧追不舍。偏她身后一排蟒人护卫二话不说便推搡着把这些人挡回去，一拥一退的，人群更如浪潮般前后涌动。

谢九楼被人潮带着进退失据，只觉快喘不过气来，正想找楚空遥一块儿离开，

却听脚边乍起一声清脆的哭叫。

他低头一看，自己身旁竟不知何时冒出来一个不及他膝盖高的娃娃，许是和父母走散，慌乱无措间，哭得涕泗横流。谢九楼举目四顾，实在不忍，便躬身将这孩子抱在臂弯，拍着背一下一下地哄。

他是久经沙场的人，手下夺走的生命不计其数，虽闲散了三百余载，经年下来骨子里透出的杀伐气却轻易消不掉。同提灯出来的这些时日，他几次负手上街，即便一言不发，周边的人没有不避着走的。

谢九楼的威严聚在眉目之中，一举一动已能震慑旁人。

哪晓得这娃娃很灵性，不过让他手法生疏地抱着颠两下，便立刻停止哭泣，环着谢九楼的脖子，冲他咯咯笑起来。

谢九楼见哄好了，还想问这孩子父母何处，没来得及开口，一抬眼就看到楚空遥站在他眼前。此时人潮已退，二人之间隔着这孩子，只见楚空遥随手从身边经过的武夫身上摸了把刀，一脸杀气，抬手便把那刀朝谢九楼横甩而来。

锋利的刀刃在半空打着横旋，几声破空之声后，刀尖已近在谢九楼眼前。

他瞳孔骤缩，紧抱着孩子侧身欲躲，脖子上突然一凉，再转眼，趴在自己肩上的娃娃竟就这么被飞刀斩掉了脑袋。

下一瞬，谢九楼怀中空空荡荡，方才还热热乎乎的男孩成了一堆裹着破布的细木棍子，组合在一起不过巴掌大小，自他胳膊磕磕碰碰落到脚下。

是偃术——以木头制成人偶，落地即活，生出皮肤毛发，替躲在暗处的操控者行事。术师技艺越高，越能以假乱真，人偶存活的时间也越长。随着被斩断的木脑袋一起落下的，还有娃娃伏在谢九楼颈侧时偷含于口中的刀片。

若不是楚空遥出其不意的那一招逼得谢九楼闪了身，叫那人偶出刀错位，只怕此时他已不是脖子一凉，而是浑身都凉了。

他垂眼盯着脚下木棍，沉思片刻，提脚把裹着木棍的布料一提，那件小衣裳便翻了个面，露出后头一张符纸。

楚空遥踱步过来，撕下符纸看了看，上头不过是随便写了个人名，编出了生辰八字，便用最粗浅的偃术造成了人偶。若在平日谢九楼兴许会警惕三分，方才那场景，分明是有人暗中作乱，猜准了他不会防备。

"我瞧瞧。"楚空遥凑过去看了看谢九楼颈下伤势，轻叹一声，"说深不深说浅不浅，再往里一寸，我都能给你就地办席了。就近找个医馆吧。伤成这样……最好别叫提灯看见。"

谢九楼拉起衣领捂住伤口，温热的鲜血很快浸透几层衣料濡湿他掌心。

跟着楚空遥慢条斯理走了一段，谢九楼忽将手搭在对方肩头，眼前开始逐渐发黑："你想吃席……可以直说……"

话音未落，一头栽在楚空遥身上。他合眼前，忽见后侧方街角处，有一人蹲在墙后。那人只露出半张脸，冲他冷冷一笑——是第七歌。

楚空遥属实没想过谢九楼会晕得这么快。

就刚刚那一刀，换三百年前，谢九楼挨完再飞身上马跟人干一仗都不在话下。

想来还是闲了太久，练功虽没落下，到底比不过实战来得实在。

好在包扎得及时，到底是穿境的刃，底子在那里，加之身边照顾的人是楚空遥，不过晕了小半个时辰，谢九楼便悠悠转醒。

"这衣裳是要不得了。"楚空遥把他扶起来，"找家铺子换一身吧。"

谢九楼颔首一看，确实是穿不出去了。从领口到胸前，血迹晕了一大片。

二人进到一家成衣铺，谢九楼一打眼，就瞧上一件挂在壁上的鹅黄袍子。

那袍子料子染得极好，既不过亮，也不暗沉，穿在身上淡雅得很。真如提灯所说，鹅黄虽挑人，却也衬人。谢九楼很喜欢。

才从里间试了出来，楚空遥见着他，倏忽一愣："上次瞧你穿这颜色，还是十七岁那年打马游街的时候。"

那年谢九楼率领七万无镛将士凯旋，兵马尚未进城，天子的封赏便已送到跟前。

无镛城主的身份已是位极人臣，再加一个五陵王的封号，整个娑婆，能与谢九楼比肩者，除了天子，再无第二。

那时的他风头无两，复命次日按旨游街，前一夜天子特意挑了件鹅黄云锦箭袖袍送到他那处，要他次日早上一定穿上，他却惶恐。

他的名字本为先帝所赐，取数中最大之"九"，这本已逾礼。加之先帝膝下八子，他比最小的皇子只晚出生不过一日。

母亲临盆那夜，谢九楼啼声未落，先帝的贺礼已先行送达，一起送来的，还有那道赐名手谕——望子扶摇上九天，信杀高楼寒。

先帝写这话、赐这名的用意已不可知。只是谢九楼出生后那十年，先帝尚在时，曾三次出都游玩，其中两次都由无镛城接驾，再论其他，平日更是动辄召见谢九楼，命他入天子府受先帝亲察功课，其所得宽恩厚宠更甚于先帝亲生的八位皇子。

数年来府中民间的风言风语从未停歇，偏偏继位的六皇子自小与谢九楼亲如手足，承袭帝位之后对无镛城的隆恩比上一位给的更多不少。

谢九楼再怎么守拙藏愚，也挡不住天子府吹过来的风。

他的名字已是招摇，偏偏那年天子再赐封号"五陵王"——九五九五，娑婆百万苍生，有资格承这两个字的却只能有一人。

天子……天子……

谢九楼忽意识到自己想入了神，赶紧冲楚空遥笑笑："难为你，还记得我那天穿的什么衣裳。"

"我能不记得自己那天喝的什么酒，上的什么楼，又蹬过哪匹马，可一定记得那日五陵王是何等风光。"楚空遥眉眼一弯，调侃道，"天子城的花，一开一年，都怕王爷不能过京赏个遍。"

谢九楼只摇头一笑，冲掌柜道："就这件了。你过来量量尺寸，把衣服再改改。"

两人回去的路上方说起先前的人偶娃娃。当谢九楼谈到自己昏迷前看到第七歌时，楚空遥哼了一声："这小姑娘未免气性太高。小偷小摸也就罢了，竟是个睚眦必报的主！稍有不如意，就想要人的命去！她哪晓得，今日她想要你的命，明日就有比她更恶更狠辣的人，想要她的命！这世间的路，岂是专为她一个人铺的？"

谢九楼摆了摆手："横竖没死。我提起来，倒不是要计较这个。"他顿了顿，说，"你可知偃术，是什么样的人才修得的？"

"我如何不知道？"楚空遥摇着扇子笑，"偃术嘛，实乃婆婆四大邪术之一，又在送鸾铃、请神影和洞机之后位，排四邪术之末。低可游戏小儿，高可谋财害命，炼至登峰造极者，能让手下木偶真如生灵一般，有想法，懂感情，可终究难成活物。"

他将扇子一收，指向谢九楼："我猜你想说的是，这术法虽很有意思，却不是谁想修都能修的。比如你我，就修不得。"

谢九楼否认道："我可没说它有意思。"又说，"你知道的，终究比我多很多。"

楚空遥对这夸赞却之不恭："我嘛，天下第一富贵闲人，可不就是这些用处。"

婆婆世本就是由笙鬘体中玄气与怨气所形成的一片混沌演变而来。万事万物阴阳共生，世间有秉玄气修玄道者，就有承笙鬘怨气修邪道的。

婆婆玄者多数是生来自赋玄气，从落地那一刻起，骨珠属于何道，那人一生便注定投入何道。

也有极少数生来平庸的，本非玄门，自己钻研门道潜心学习，日积月累下来，兴许老天开眼，通了他的玄根，便也能入道。

更有些觊觎玄门而不可入的，生来没有根基，又不愿努力，便会暗地生出法子，杀些低阶玄者，拾走人家的骨珠，再去黑市里寻些旁门左道，将别人的骨珠吞下去，设法融入自己的骨珠，这样也可一步登天，忽遁玄门。

只是能做出这种事的人必然心狠手辣，即便入了玄道，往往在别的事情上也会遭到反噬。反之，入邪道者亦然。

只一点，世间三种人：修邪道的、修玄道的与寻常百姓，前两者若想改道，必须先去一次骨根，从秉气者变成普通人，才能从零开始，另走他路。

所以修邪道的，不可能是玄者；修玄道的，也无法操纵邪术。

世上兼容阴阳两气之人，迄今尚未出现。

　　或许有，但绝对没人知晓。一旦暴露，必定引得阴阳两派皆人心惶惶，讨个世道不容的下场。

　　"那丫头既使了偃术，想来骨珠该是邪性。"楚空遥道，"我瞧她做事阴险决绝，定差不了。"

　　"按理说没错。"谢九楼眼色微沉，思索道，"可先前她在街上同我过招，竟一下辨出我是穿境刃者。邪道能感应出对手是玄者的身份，不难。可准确辨别出我是玄者中的哪一类，是什么境界的刃者，却得是玄道中人才能做到的。她既不是玄者，如何能一眼认出我是个穿境的刃？"

　　"这并不难。"楚空遥走得快，原本一直走在谢九楼前头一两步，眼见着再过一个拐角便是下榻的客栈，突然止步回头，仔仔细细看了谢九楼包扎的伤口一眼，又替他提了提领子，确保谢九楼的伤不易被发现后才接着说，"玄者中人辨别彼此的境界归根结底靠的是骨珠。就拿刃打比方：高阶刃若要刻意隐藏，低阶刃便感应不到；低阶刃不管藏不藏，只要是个活的，高阶刃都能感应得到。你与她街上过招时，并没感应到她是个玄者，可当你不再隐藏玄气，她却一下感应出来你的境界。这说明，她或许先前杀过几个比你低阶的刃者，将他们的骨珠藏在了身上。那些死去刃者的骨珠在感应到你的时候起了反应，得以让她推测出你的境界来了。"

　　"可我是四阶刃，婆婆没有五阶。若她杀的低阶刃者只是一二阶，也不能让她立马推我是个四阶来。除非……她身上藏的骨珠，仅次于四阶，是三阶刃者的……"

　　谢九楼说到这里，戛然而止。二人对视一眼，不约而同想到了什么，遂异口同声道："那几个蟒人……被她杀了。"

　　两人正说着，就走到客栈门口，与迎面而来的几人狭路相逢。

　　提灯一贯清冷出尘走在前头，身后跟着鹤顶红，还有位靠车辇出行的公子，约莫是腿脚不便，靠鹤顶红推着走。

　　谢九楼打眼见着他们，本当是自己眼花，看清来人确是提灯后乍喜——他从未设想过提灯今日还会回来，接着便看到提灯身后那公子。

　　他骤然愣住。提灯……竟把那个人带回来了。谢九楼只扫了一眼，甚至不敢细看，慌慌错开目光，只粗略瞥见那公子穿的衣裳亦是鹅黄的。

　　楚空遥也认出对面一行人，正想指给谢九楼看，却听谢九楼转过来冲他自嘲一句："我竟活成个笑话般了。"

　　说完，留下门口一堆人，自顾自疾步进客栈去了。

　　小二背着叶鸣廊上了楼，按吩咐把人放到提灯房里。

囡囡睡了一夜，自个儿待着正无趣，又不敢乱跑，听外头来了动静先跑柜子里藏起来，等脚步声消失，提灯叫小二把楼下那车辇找个地儿放好，小二出去了，门关上，几人才在房里找起囡囡来。囡囡闻声，便出来了。

叶鸣廊先听得柜子吱吱响，扭头一看，脑袋大小的一团黑气悬在他面前，嵌着双梭子般的眼睛，红得像个妖怪。

他微一张嘴，却是连声儿都发不出来。眼见着人就要怕得昏死过去，脸也发着白，就听囡囡轻轻呜咽一声，竟是也被他吓到了，嗖地一下，直往提灯怀里钻。

"别怕。"提灯搂着囡囡，低头安抚，"今夜和这个哥哥一起睡，他不会害你。"

叶鸣廊：……

叶鸣廊轻咳道："这个问题……要不还是……先跟我商量一下……"

提灯却不顾其他："你好生休息，我叫人送饭上来。吃过了，明儿再带你出去。"

提灯说完便要离开，却被叶鸣廊叫住，于是又问："还有事？"

叶鸣廊略显局促道："能否请公子差人去家宅，叫我家小厮替我拿套换洗的衣裳来？这衣裳若在平时也能将就，偏偏今日我扮过无相天神，一脱一换的，里头怕不干净。且过了节的衣裳，第二日接着穿，也不吉利。"

还有一层他没好意思说。方才与那位拿着折扇神仙一般的公子同行的另一位，虽先他们一步进了客栈，叶鸣廊没见到样貌，却把那人大概打扮看了清楚。

哪怕容貌模糊，却只要那一眼，叶鸣廊便知对方绝非凡俗。

若真论虚荣，叶鸣廊自认不算。可同人家撞了如此相似的一身打扮，那人又与眼前这两位公子认识，他日再见难免同行，自己何苦讨个没趣。自知同衣不同人，还硬要当个绿叶去衬红花，叫人看看什么叫东施效颦？这衣裳，还是能换就换了好。

"去你宅子叫人送来未免麻烦。"提灯想了想，"若你不嫌，把身上尺寸告诉我，我去成衣铺子给你买一件。"

"那麻烦公子了。"

叶鸣廊道了谢，报完尺寸，提灯细细记下，临走又问："要个什么颜色？"

叶鸣廊沉吟片刻："湖蓝吧。"

鹤顶红和提灯刚出来，就撞见楚空遥正抬手掩上谢九楼的房门。看模样，对方也是从屋里出来的。两人对上视线，楚空遥先问："到哪里去？"

提灯说："去成衣铺。"

"哦？可巧，我也去成衣铺。"

提灯朝紧闭的房门一瞥，问："那些衣裳，你看得上？"

"自然不是我要。"楚空遥握着扇子往门里指指，"早前儿落了件脏衣裳在铺子里差人洗，估摸这会子洗完了，我去取回来。"

"他怎么不自己去？"

"出不了门。"

"出不了门？"提灯一思忖，又问，"衣裳怎么弄脏的？"

楚空遥弯弯眼："自己问。"又冲提灯后头道："小鸟儿跟我去取衣裳。"

鹤顶红正抱着胳膊靠门发愣，听这话时竟没反应过来，愣后愠怒道："叫谁呢！"

提灯略侧过头："烦你替我去一趟。"

鹤顶红问："那你呢？"

提灯没有说话，视线定格在谢九楼的房门上。

里边儿谢九楼正脱了一件外衣扔到地上，一个人穿着薄薄一身里衣窝在桌子边生闷气。外头响起敲门声，他只当是楚空遥去而复返，便仍恹恹地问："还有事？"

外头安静一瞬，说："没事。"

谢九楼浑身紧绷。

提灯又接着说："没事……你让不让我进？"

谢九楼知道提灯要进来，他拦不住，便把头发一散，将披落在后背的部分拢作一把，全抓到一侧颈边，只这样还遮不完脖子前的纱布，稍微一动，细看就能瞧见。

他便蹲着，怀里团着那身鹅黄衣裳。提灯进来时，两个人都不说话，还是谢九楼自己沉不住气，略往后侧方扫了一眼，恍惚见提灯坐在凳子上，正歪着脑袋看他。

"你看什么？"谢九楼问。

"看你这回又使哪门子小性儿。"提灯说。

谢九楼心道这真应了楚二的话，于是冷笑："我可使不起。"他慢慢站起来，仍不转过去，揣着衣裳走到床前，"你不歇着，到我这儿来做什么？"

"来看看你。"提灯缓步走过去，这才问起他身上的衣裳，"离天黑还有个把时辰，你就睡了？"

谢九楼说："我不睡。"

提灯又问："既不睡，好端端的，脱什么衣裳？难不成这件也弄脏了？"

"哪有那么容易脏。"谢九楼顺着提灯的话接了，说完才一惊，扭头问道，"谁告诉你的？"

提灯已近他身侧，见谢九楼转过来的脸色，便知衣裳弄脏的事并不简单，当下并未急问，道："楚空遥。"

谢九楼蹙眉："楚二？"

提灯扫过谢九楼的脸，再慢慢下移到他脖颈处，见着他衣领上方被头发盖住的地儿，不动声色停留一瞬，淡淡问道："没什么大碍吧？"

谢九楼下意识把脸别向另一边，侧了侧身，挡住提灯视线："没事了。"

提灯垂下眼，突然轻声道："呀。"

谢九楼微微转过来，问："怎么了？"

"我戒指不见了。"提灯往四处看看，"你替我找找。"

谢九楼一听，先没多想，把手里衣裳放一边便弯腰找起来，一面找，一面问："你戴的戒指什么模样？"

提灯冷冷瞧着他后脑，无声靠过去，倾身时说道："铜的……"

一语未尽，提灯忽一伸手，抓着谢九楼胸前那把头发撩到脑后。

这动作来得快速麻利，谢九楼毫无防备，颈侧包着纱布的伤口已全然暴露在提灯眼前，渗到最外面那层的鲜红血迹依然触目惊心。

他再抽身捂着伤口看过去时，提灯神色已是一片冷然。

"谁干的？"他只听提灯从齿缝中挤出这么一句。

谢九楼退了一步，到卧房中间背对着提灯，却是如芒在背。

他低着头搪塞道："不仔细蹭到的。"

提灯眼底阴沉沉的，一步一步踏过去："你不告诉我，是怕我伤了谁？"

谢九楼故作调笑："你这模样能伤谁？"

提灯不吃这套，反手一扬，谢九楼只觉鬓边一阵凉风穿过，身后木门框上便钉上了一把匕首。

提灯冷冷吐出几个字："只要我想。"

楚空遥同鹤顶红取了衣裳回来，才一上楼就瞧见谢九楼房门大开着。谢九楼和提灯站在屋内，两人脸色阴沉得厉害。

楚空遥察觉气氛紧张，笑吟吟地帮谢九楼关上了门。

鹤顶红愣了一下，望着楚空遥道："你干吗？"

"人家吵架你掺和什么？"楚空遥睨着他，"难道你能替提灯吵去？"

鹤顶红一时语塞，撇了撇嘴："……我能。"

楚空遥忽然负手倾身过去："你事事替提灯考虑，你是他的小厮、下人不成？"

"小厮如何？下人如何？"鹤顶红扬着脸，倒逼得楚空遥微微一退，"提灯愿意，我便做。哪像你楚二公子，是整日高高在上、杀了人都要奴才擦刀的主子呢？"

楚空遥笑容一僵，瞳孔竟缩了缩："我们三百年前见过？"

鹤顶红冷笑："一只山野精怪，哪里能入二公子的眼。"

他转头便回房去了。

楚空遥瞧着他的背影，恍惚间看到鹤顶红的手腕处，自袖口露出黑色缎巾的一角。

是时谢九楼赌气从房里出来，两个人碰上面。这边谢九楼无缘无故被人划了一刀回来还要被提灯震慑，那边楚空遥又不知道哪句话触了鹤顶红的逆鳞受了一通阴阳怪气，俩难兄难弟一拍即合，决定先出去喝顿酒再说。

楚空遥边走边打量谢九楼的伤口："能喝？"

谢九楼："能喝。"

虽说一醉解千愁，可依谢九楼和楚空遥的酒量，真要喝个烂醉，是有些难的。

只是酒到深处了，难免会提及心中陈年旧怨。

譬如始终萦绕在谢九楼心头的阿海海。他身在局中，看不清楚，楚空遥作为局外人，经过了今日一事，倒是相当明白，只提点道："三百年，就是两只狗儿相伴也有感情了，纵使他刚来无界处时目的不纯，可时至今日，难道对你还只有图谋不成？别的不说，他若对你毫不在意，今日见你受伤，何必跟你赌气？"

谢九楼便沉默。

酒过三巡，二人到房门前告别，谢九楼进房时，却发现提灯没走，正低头盯着手中木雕出神。提灯听见开门声，才回过神来抬头望去，问道："这木雕是你做的？"

"是。"也不知是喝了酒的缘故还是心中愁云被楚空遥一语挥散，不过一顿饭的工夫，谢九楼便像不曾与提灯吵过一般，问道，"比起你那个玉的，如何？"

"自是比我做得好。"

谢九楼笑了笑，喃喃道："这也糙。须臾城里没有好玉，赶明儿有空到无镛城逛逛——也不知还在不在。若城还在，便去寻块好玉，我再给你做个新的。"

"这个就很好。"提灯说，"木头耐摔。"

提灯说完似乎听到谢九楼在笑。

"可还怪我？"

提灯没说话，只摇头。

谢九楼又问："你之后准备去哪儿？"

提灯沉默片刻，说："枯天谷，望苍海。"

"去那儿做什么？"

"找一个人。"

"又找人？谁？"

"巡海夜叉。"提灯说，"一只鲛人。"

须臾城三百年前本属祁国西部边境，望苍海作为流放之地，位置偏僻，环境艰苦，当年便是几大国的"三不管"地带。故而从须臾城出发，若一路快马，要到望苍海并不需要很久。难的是路线选择。枯天谷望苍海与须臾城隔了几个山头，直接穿山而行并非不可，数日脚程而已。若绕山而行，则要再耗费不止一倍的时间。

饶是如此，众人清早围坐饭桌时，都一致选择了远路，唯有提灯沉默不语。

昨夜鹤顶红担心囡囡，便把她接到自己房中睡了一晚，叶鸣廊一个人住着一间房，今早起来神清气爽，正一脸明媚要跟楼下众人打招呼，便见谢九楼闻声朝他望过来。

谢九楼今日穿了身湖蓝色的袍子。而他也是。叶鸣廊心里的明媚去了大半。

接着二人进行了自昨日相遇以来的第一次目光碰撞，皆在不动声色地打量对方。看清了谢九楼的眉眼之后，叶鸣廊心里的明媚彻底消失。

谢九楼那边倒没什么反应，看过了便转回去，对提灯耳语几句后，起身便要离开。

鹤顶红问："眼见吃完饭就走了，你做什么去？"

谢九楼道："买点换洗的衣裳鞋袜。"

叶鸣廊一听，也跟着叫着，想谢九楼替他也买一件来。

"要什么样子的？"谢九楼问。

叶鸣廊微微一笑："不是湖蓝……和鹅黄的就行。"

谢九楼面无表情应了，慢慢出门，转过街角，在没人的地段难以抑制地扬了扬嘴角。成衣铺子里间有几面镜子，往常谢九楼看都不看，今儿也不知怎么了，选好了布，同掌柜说完尺寸，眼睛不住地往里间瞟。最后心痒难耐，挺了挺背，背着手，若无其事走进去了。

一到镜子面前，他先站远了往里看，看镜子里头那个自己，窄腰宽肩，气宇轩昂，自是一派丰神俊朗。往年第九大殿里连一面镜子都懒得放的人，眼下对着自个儿是怎么都看不够。

谢九楼正面照完，又侧着身照照，镜子里他一身湖蓝锦绣，鲜亮却不艳俗，背颈挺拔，身板瘦而不薄，风度凛似山松，千般贵气浑然天成。

凑近了，他又拨了拨额前碎发，左右看看自己容颜，剑眉深眼，挺鼻薄唇，真是俊朗非凡。

谢九楼照着照着，不自觉又笑起来。

末了长舒一口气，昂首阔步走出去，鼻腔里轻哼一声：管你阿海海是真是假，提灯再念念不忘，到他谢九楼面前，也就那样。

他取了衣裳回去，却见大街上百姓又挨挨挤挤分列在大道两侧，彼此间窃窃私语，似是什么人物即将过街了。

他站在人群里，略一扬头，便能把街头街尾景况看个大概。

不多时，城门大开，却没见什么有头有脸的大人物，只是流水般缓缓涌入一大批蟒人，数量不小，从城外一直连续不断地进来。

谢九楼很快发现，进来的这些蟒人，全是妇孺，再细看，挺着肚子的孕妇居多。

他听旁边百姓议论，说是前些日子城主府满门被灭，全府上下无一生还。又说后来会主来了，清点尸首时没见府里公子和小姐的影子。按道理，城主宾天，该是其膝下公子或小姐按齿序继任一城之主，如今小主子们下落不明，地位仅次城主的会主便暂时出面主持大局，同时广发搜寻令，重金寻新主回府。

没多久，便传出城主府中冤魂作祟、夜夜扰民的谣言。

起先是府中外奴的亲眷，有那么一两个，不知何门何道、与府里哪位冤死的外奴有什么血缘的人，连续几日起早逢人便说，那死在了城主府中的家人近日给自己托梦，说旧主在黄泉不得安息，昼夜挂念自己的几个孩子，迟迟不愿度脱而去。他们这些在地府仍服侍着主子们的奴仆，得了空，便偷跑上来求人，恳请地上的人早日替他们找到那两个小主子。小主子回了府，报了平安，地下的主子们见了，才能安心地去。

谢九楼听到这儿，已然觉得好笑，便搭了个腔："是以这样，那个会主便愈发得了理，大张旗鼓要寻那两个孩子不是？寻到家了，若那些梦里的冤魂仍旧不散，要那两个小主人下去陪他们主子，那那个会主，是不是也就顺水推舟，答应了呢？"

身边几个议论的百姓抬眼看了看谢九楼，只摇头，并不接他的话。

谢九楼前半句话推测得不假，只是事情尚未发展到他的后半句。

城中会主召见了那几个外奴亲眷，一一查实后自是更急着找寻两个小主人下落。谁料没过多久，终日紧闭的城主府中竟夜夜传出啼哭声，男女老少都有，真好似有一府冤魂不肯散去。

若早时那几人被托梦的事尚可被视作谣言，现下空无一人的府邸夜里频频传出哭声，总是全城百姓多少都听见了的。

一时须臾城中人心惶惶，会主为安抚民心，断言是有好事者暗中作祟，除派人日夜坚守城主府外，又连发几道禁令，大半月来须臾城只进不出，不抓到装神弄鬼的鼠辈决不罢休。

可此举在百姓眼中无异于粉饰太平：鬼神的事，哪是你派几个小兵装模作样就能制止的。

果然安分了没两天，府里又有了动静。

这回不似之前哀声连连，反倒是夜色一深，满城酣睡之时，府中便红灯高悬，欢声笑语，热闹非凡。

宛若一府之人尚未被灭门一般，只把黑夜当白昼，喜气盈天。

"说起来，这城主府被灭门那日，正是迎了个小姨娘入府的时候！"

"那这岂不是红事变白事，入了阴间，生死颠倒，他们才在夜里丧事喜办？"

"谁说不是！"谢九楼听他们在自己身边七嘴八舌，"甭说大公子和小姐，就是那小姨娘，尸身也没找着！早就听说那姑娘才十六岁，跟府里大小姐一个年纪！城主比着生辰八字找的，连她什么模样都不知道。迎进府里，不为了享福，是为了拿她做不干不净的事，这才遭了反噬！"

"那府里到底什么光景？会主派人去看过没有啊？"

"怎么没去呢？"

府中夜半喧哗不是空穴来风的事，那是会主派的几个守门侍卫亲耳听见、亲眼瞧见，被吓得屁滚尿流连夜跑回家才让别人知晓的。

这事儿一闹大，会主哪能坐得住，青天白日便叫人开了城主府的大门，当着全城百姓的面一探究竟。

"满府的纸扎呀……就齐刷刷吊在房檐儿下，跟着风一荡一荡的。按死了的人头算，一个不落……连衣裳模样，都做出来了……这不是我自个儿在门外瞧见，我都不信！"

"还不止。想我们会主大老爷活了半辈子也是头一回见这场面，可当着全城百姓面儿呢，他哪能承认是鬼怪的事儿？当即就拍板说有人夜潜城主府故弄玄虚，赶鸭子似的让咱们散了。城禁是加了三重又三重，连只苍蝇都飞不出去。可你以为就完了？"

"哼，给鬼开了门，哪是咱们想完就完的。"

"就是这个理儿呢。那天的府门一开，可不遂了里头那些冤魂的意？当天晚上就有人家门口被挂了纸扎。有人半夜起来撒尿，正迷糊呢，头顶凉飕飕的，半睁着眼一看，白惨惨一张脸吊在门梁上对着他笑，当即就吓得屎尿失禁了。他家里人出来打着灯笼一瞧，那吊死鬼竟是不知从哪儿飘来的纸人！可怜了那人，就此吓病了，整日里吃不进一口茶饭，不出几日，瘦成了皮包骨头，竟就去了。"

"这事儿上报到会主那边，大老爷派人去取了纸人，满城没一家红白喜事铺子承认是自己做的。也不知谁想出来的法子，又开了城主府的门，把满府纸扎取下来一数，还真比上一回见到的少了一个。会主派人把那些玩意儿全收了，估摸也是忌讳，不敢烧，只在荒山挖了个冢，把那堆东西埋了。结果没几天，府里半夜照样敲锣打鼓！像是那些人都回来了！他们去那个荒山一看，前些日子的纸扎冢……竟被刨了！"

"这哪是人刨的！怕是那些东西自己跑出来了！"

"所以呢！咱们会主连夜请了一堆蟒人，他们凶煞重，玄气也重，说来压压这府里的邪气，顺便叫他们带着族里的巫女——巫女不是能通天眼吗？叫她瞧瞧，遗失的两个小主人，到底流落到哪儿去了。赶紧请回来，平息那一府冤魂的怨气！"

"今儿可算好些，听说是巫女的意思，蟒人请了一拨又一拨，咱们总算能出城了。"

谢九楼听到这儿，已觉得乏味，只暗忖着他们口中那个会主，当真是懂得循序渐进的好手。

天地间的人，若真能肉身虽去，魂灵永续，那再好不过。可在阴司无界处三百年，他知道，黄泉水涸，轮回路断。娑婆众生，死了便再没有来世。身是尘泥，骨珠一碎，连带着魂魄，也只能化烟化灰，随风而去。

他扭头要走，才踏出一步，忽地回望整条大街——

这般场景，他似乎在哪里见过。

抱虎峡

肆 暴打伥鬼

谢九楼回了客栈，众人只等他来，分别把各自的东西收拾好了便要走。

刚离开客栈没多远，提灯在街上一顿，只闷头往自己腰上摸了摸，嘀咕道："我的刀呢？"

这话本不大声，偏巧只叫谢九楼听到，于是也跟着提灯停下脚步，慢悠悠转过来："刀？"

提灯抬头望着他。

"你还想要刀？"谢九楼似笑非笑，眼底神色却是冷的，"几个门框够你砍？"

提灯愣怔一瞬，方知刀是被谢九楼悄悄收走了。眼下虽不服气，但也不敢吱声。

再到主大街上，那批蟒人已被接收，眼下恢复了往常秩序。无相天神诞辰第二日，节庆没过，百姓刚看完蟒人进城，热闹稍减，又被那边搭台唱戏的吸引过去凑作一堆。

人一辈子会路过很多人，彼此之间都是对方眼里的热闹，相遇的那阵儿就互相看看。这一场看过了，还要赶下一场热闹。

一行人在戏台下驻足少顷，只听报幕说今日唱的是《斩混沌》中的一折：慧天神疾手困疯虎。无相天神当年只身入混沌，在其间大开杀戒，将许多妖魔赶尽杀绝，却不知为何，也留了不少精怪的性命。它们多数身怀封印，虽苟活于娑婆世间，但因受制于无相天神的力量，或已长眠，多年不醒，或被困在封印之地，无解不得出。

枯天谷那只巡海夜叉，便是其一。

而眼前在他们面前演的这一折戏，则是早饭时分，一行人选择绕山而行的原因——须臾城与枯天谷之间，隔着八座山头，叫七星抱虎峡。峡中七山相连成线，形状犹如一钩弯月，弯月中央，便是最大的一座山，名虎啸山。

山上，封印着无相天神当年没有斩杀的一只猛虎。

楚空遥说："《斩混沌》这册子，本就是自古以来民间依着那些半真半假的传说编撰而成，且不说那些封印的妖魔鬼怪究竟存不存世，即便真有那些东西，到底和无相天神有没有关系，也未可知。"

鹤顶红道："百姓相信，那自然就有了。谁管无相天神呢。"

他们从戏台前离开，楚空遥瞟了一眼前边和提灯并肩而行的谢九楼，笑道："不过虎啸山那头老虎，倒确有其事。"

谢九楼无奈回头看了他一眼，知道他又要说那件事。

旁边被推着走的叶鸣廊欣然道："早闻虎啸山终年困着一只虎妖，虽凶恶无比，却不知为何从不下山害人。山下百姓时而听闻虎啸，也没人敢上去。"说罢轻轻叹了口气："可恼我生来残疾，行动不便。若非行动便要劳烦别人，是怎么也要亲自去看看的。"

"你不怕死？"楚空遥问。

"生死有命，真到了该死的时候，又岂能怪一只老虎。"

"叶公子想得倒很通透。"谢九楼的声音从前方不急不缓传过来，"可有时光凭耳闻，不一定能知晓真相。"

叶鸣廊饶有兴致："哦？"

谢九楼便解释："山上有虎不假，可那毕竟是妖，靠食人精气而活。若当真经年无人前去，它又如何能活？之所以从未听过它伤人的传闻，乃个别的缘故：这虎妖吃了人，吸干人的精气之后，又会把被害之人那一身人皮原封不动贴回骸骨。"

"骸骨披了皮，不多时便会复苏，行动自如，再看只如一个活人一般——这便是伥。伥鬼醒来，并不会记得自己曾被老虎所害，只会下山回家，一如往常那般活动。可暗地里，心智却被老虎操控，慢慢引诱自己身边的人上山为虎所食，如此一来，那老虎虽无法下山，却照样能吃人。且伥又生伥，成为它果腹之物的人只会越来越多。而那些伥鬼，则是害人害己却不自知了。"

叶鸣廊恍然，回神后不住赞道："谢兄真是见多识广。"

谢九楼本想说这在他们祁国是总角小儿都知道的东西，怎么三百年过去，反倒成什么罕见奇文了。

他悄悄瞥了眼提灯，对方不知道盯着地面在发哪门子呆。于是谢九楼只微微侧过头，留给叶鸣廊一部分轮廓分明的侧脸，客气道："不敢。"

谢九楼说完，又扫了一眼提灯，发现对方仍在发呆，忽觉好没意思，便转回头去，也不言语了。

叶鸣廊正听到兴头上，前头莫名不吭声了，意犹未尽着，还试探着想接着聊，

楚空遥便遂了他的愿，开口道："你可是在想，按道理，那老虎如此伤人，不出几年，该全天下都是伥鬼了才对，怎么百姓的日子如今过得依旧太平呢？"

"正是。"

"这里头有个典故。"楚空遥笑吟吟瞧了瞧前头——提灯已回过神，偏头一个劲儿往谢九楼身上打量，像是在找对方身上藏的什么物件。谢九楼察觉后，抬手拍拍他的肩，还说了声"看路"，这光景，是真不再留心身后几人谈论什么了。

他接着说道："婆婆大陆最中心地区，玄气充沛，是天子城所在。天子城脚下，有一繁华富饶之地，盛产美玉，叫无镨城。"

叶鸣廊："这我倒知道。那无镨城，如今依然在天子脚下。"

楚空遥道："从此时算起，该是五百多年前，无镨城城主的家祖还只是一个商户人家的家奴，连姓氏都不曾拥有，只一个贱名，唤作'中鸥'。中鸥此人，其貌不扬，也非异能者，却在玄道五行的事上天赋异禀，自小便对阴阳两术有过不少创造钻研。不过多年来一事无成，旁人只笑他不守本分，整日异想天开。

"一日中鸥陪家里小主人去七星抱虎峡的山坡上打猎，至晚未归。第二日他独自失魂落魄地回来，家里主人问什么他都不答，主人大怒，正要发落他，就听他前言不搭后语地说着什么'看见了山上老虎与一堆伥鬼，小主人也是伥鬼，想把他抓去献祭给老虎，被他逃了'之类的话。正说着，他家小主人就神采奕奕从外头回来，像是什么也没发生过一样，还嗔怪中鸥没等他就先行下山了，害他在山上独居一夜。

"中鸥见此，便知自己若不破釜沉舟，到了夜里，定会遭到化作伥鬼的小主人的报复。于是干脆一不做二不休，掏出早早藏在袖子里的被他削尖的木棍朝小主人扑去，一把就插中小主人的心口，一面攻击，还一面大声诉说小主人昨夜的种种行径。起先小主人被他刺伤，还一脸震惊慌乱，满眼无知，哪晓得中鸥的话说完，倒像是唤醒了他的记忆。就见青天白日下，活生生的小主人被中鸥刺出一身窟窿却不见流血，只如浑身血肉都被抽干似的慢慢干瘪下去，最后成了皮包骨头，倒地时都仍是一副不可思议的神情。

"岂料不过片刻，地上干尸竟又慢慢复苏，眼见着就要醒过来，满宅院的人尚且陷在悚然之中无法自拔，中鸥反应最快，当即去厨房灶头下抽出一把火，点燃了尸体。宅子里顿时尸臭盈天，而那只伥鬼，在火焰中不断翻滚尖叫，直到化成灰的最后一刻才停止挣扎。"

叶鸣廊叹道："如此，那中鸥真是一宅子人的恩人了。"

楚空遥不置可否，只笑问他："若是你自己的孩子，你是宁愿他如行尸走肉一般活着，即便肉身已死，但至少清醒的时候会笑会闹，还是宁可他化作一团灰，与你不复相见？"

叶鸣廊一愣。

"那家宅院主人怎么想的,我们不得而知。只是那天过后,中鸥便被逐出了家门。想来这也不该是一宅恩人该有的待遇。"楚空遥悠悠道,"不过那中鸥也算是因祸得福。他被赶出家门后,虽日夜食不果腹,但饥寒没有浇灭他想对付伥鬼的心。又不知过了多久,中鸥钻研出一帖符纸,那符纸若是贴在正常人身上,不会有什么反应;若贴在伥鬼身上,则是遇光即燃,燃则不灭。"

叶鸣廊思索道:"可他若要研制成功这样一帖符纸,没在伥鬼身上试验过,如何得知是不是有效的?"

"正是了。"楚空遥拿扇子点点他,赞同道,"中鸥研制这样的符纸,也并非一帆风顺。他数次只身涉险,一个人拿着半成品到七星峡中寻找伥鬼,又数不清多少次练手失败,多少次命悬一线,最后不断改进,他发现对于伥鬼最重要的就是那一身人皮——人皮若离了骨,它们就会惊觉自己已是死物。所以要对付伥鬼,就得剥下它们一身人皮,或将其烧得皮骨分离,这才让中鸥制成了这看似平平无奇的一张符纸。"

说着,他竟变戏法似的摊开手心,里头就是一张折成三角的黄符。

叶鸣廊惊道:"你竟有如此宝贝。"

"我有一个朋友,自小习得此家传密法,画符就跟玩儿似的,随便送我几百来张,并不稀奇。"

楚空遥把手里头这张放到叶鸣廊手里:"拿着暂且避避邪。"

叶鸣廊接过,一时道了谢,又问:"那中鸥是如何把这符纸发散出去,叫天下人都信他的?"

"这便是我说的'因祸得福'了。"楚空遥继续说道,"当年祁国还只是一方小国,天子四觅能人,礼贤下士。有一回微服来此,误入七星峡,走不出去,夜里遇见了伥鬼,恰巧就被中鸥救了。次日出去就帮中鸥免了奴籍,认定其为贵人,带在身边,赐姓谢。

"后话自不必说,天子带着谢中鸥逐鹿中原,成为娑婆一方霸主,安定之后赏其十一座城池,以无镛城为中心,周边十城皆囊括其中,划入无镛范围。谢家家主往后两百余年,便是无镛城的铁帽子王,世袭不降的城主。"

叶鸣廊听完,只道:"谢家家祖是极了不得的人,要得天子如此器重,光靠那点阴阳两术怎么能够?想是能力胆识缺一不可,可惜我生得晚,无幸瞻仰先人真容,与他阔谈一番。"

楚空遥弯了弯眼睛:"如今天下遍地姓谢的,想无镛城谢家后人,气度胆识,能与之比肩的,也就一位嫡系子孙。"

叶鸣廊忙问:"是谁?如今可还活着?"

"死了。"楚空遥眼底笑意更甚，"瑶刀月鬼，早在三百年前就死了。"

叶鸣廊沉默了片刻，自愧道："我还是孤陋寡闻了许多，从不知五百年前婆婆大陆有这一段历史，更不知无镛城曾出过几代谢家城主，甚至祁国曾称霸中原的往事，也未曾耳闻过。"

楚空遥蹙眉："祁国曾占领中原这般历史，你也不知道？"

叶鸣廊被这话问得耳根一红："确实没……"

话未说完，忽被提灯转过头打断："前头出城，路过七星抱虎峡，你们绕山，我要进去。"

鹤顶红问："你进去做什么？"

提灯说："找一样东西。"

"什么东西，要你进山去找？"鹤顶红急道，"不是有老虎吗？"

提灯不答，又转回去慢慢走着说："我进去，至多两天一夜就能出来，届时便在虎啸山后路会合。"

"万一……"

"没有万一。"提灯冷冷的声音传过来，"山里东西伤不了我。"

谢九楼一直没出声，至此方道："我陪你一起去。"

"你去？"楚空遥望着谢九楼，"龙吟箭又不在手上，你去送死吗？"

鹤顶红问："什么龙吟箭？"

楚空遥叹了口气，指着叶鸣廊道："方才我同他说这些野史，从伥鬼到燃伥符，你以为凭什么叫人信服，还不是那支龙吟箭。"

他问："可知无相天神的坐骑，双角白泽兽？"

鹤顶红点头："有些寺庙里的雕像都有，说是天神收服的一只野兽。"

"不是收服的。"提灯竟侧了侧头，突然开口，"是无相当年在混沌随手捡的。本以为是条狗，哪晓得越养越大，只能拿来当坐骑。"

提灯胸前吊坠蓦地跳到衣领外，那枚玉扳指鬼使神差地在领口使劲蹦跶。

他趁没人注意，悄悄把扳指藏回领子里，说："……不过无相很受用就是了。"

玉扳指又安静下来。

鹤顶红又问："那白泽兽和龙吟箭，和谢家家祖又有什么关系？"

楚空遥解释道："传闻那只白泽兽，当年被无相天神在混沌中捡到的时候，正被一头恶龙追逐。无相天神见白泽兽双目清明，从未杀害过生灵，便起了恻隐之心，将它从龙爪中救下，又拔了恶龙两角，移到白泽头顶，让它有防身之物。同时抽了恶龙龙骨，取脊下三寸处做成一张弓，以龙须为弦，又以龙爪为箭，龙尾作羽，制成了一支龙吟箭。一箭出弦，射伤了那只食人虎，将其封印在虎啸山。那套弓箭，也与恶虎放在一处,命它看守了。

"后来谢家家祖功成名就,仍醉心玄道五行,老了竟制出能操控伥鬼的邪符,便暗地里操纵着伥鬼,把那套弓箭,从虎啸山盗了出来。"

叶鸣廊想了想:"听楚兄方才那话,像是谢兄曾持有这龙吟箭不成?莫非……"

楚空遥含糊道:"这箭传……流落到他手里,因着一些缘故,已经断了。"

提灯要入山,鹤顶红断不肯撇下他不管,谢九楼既要跟着,楚空遥也不会单独行动,叶鸣廊虽行动不便,却是个极爱凑热闹的人,如此,一行人最终施施然起身向虎啸山而行了。

"趁天黑以前在山下找个地方下榻。"提灯叮嘱,"伥鬼虽夜里出行,但不敢乱入百姓家门。我们若露宿,虽遇上几个也能对付,但到底人多,容易走散,峡中伥鬼究竟数目如何,却不好估量。"

正说着,就见山腰处有一座道观,像藏在林中,虽有几分萧索,不过依稀还能见着缭绕香烟。

他们到道观门口时,正逢老道长出来洒扫。那老道清瘦至极,须发飘飘,慈眉善目,听闻他们无处下脚,便把人迎了进去。

只一件:要入观中休憩,须得沐浴净身,才能进房。

几人在洗漱房洗完后,谢九楼将提灯送到屋后正准备离开,提灯突然说:"我想泡脚,你泡吗?"

谢九楼也觉得最近奔波有些疲累,道:"那你等我去烧热水。"

提灯目送他离开,待谢九楼走远之后,抬手把门一关,挥袖熄了房中油灯,竟就上床卧着了。入夜晚风吹得紧,老旧木门砰砰地撞门槛。

月光透过薄薄的窗户纸渗进来,是青白色,丝丝缕缕,像许多眼睛凝视屋里,一点儿也不清透,死气沉沉的。

提灯背门而卧,自听见敲门声那一刻,便合上了双目。

门外人见里头不应,又连敲数下,只力道愈发轻了。

提灯仍充耳不闻。下一瞬,门板的窗格上贴上来一张瘦骨嶙峋的脸。那脸仿佛没有血肉,只一个头骨的轮廓,高高的颧骨在窗纸上映出两团黑影,接着便是颌骨。

门板被推开,发出钝哑的吱呀声。一条长而枯瘦的影子在地上拖行,来人脚步极轻,似游蛇一寸寸靠近床榻。一只干瘪得皮都起了褶皱的手掌放到了提灯肩上。

"谢九?"提灯没转过来,只把手伸过去。

"回来了。"一道苍老尖细的声音自他背后响起,"来取你的命。"

提灯像是笑了一下:"就凭你。"他缓缓自枕上转过头,睁开一双清亮的眸子,

第四章

房中桌上那盏琉璃灯随之悄无声息蹿腾出一束火苗。提灯看清来人，果真是那老道。只是此时这人已经没了白日所见时的精气神，面色萎黄，瘦如骷髅，一口尖牙占据了下半张脸，肢体僵硬，行动却迅速，只如一副活动的骨架。

"你也配！"提灯话落手起，肩上五指往前一探，死死抓住对方硬如钢板的小臂，顺势往下一拧，借力旋身而起，另一手拍向床板，往前用力，便把老道自床前掼退数尺来远。

二人杀出一阵劲风，竟吹得大开的门板轰一声合上，连同一房整排的五块板子都震了几震。

谢九楼端着盆热水回来的时候，提灯正坐在床下，想着怎么处理老伥的尸体。

听到谢九楼渐近的脚步声，提灯当即起身，将尸体扔进了床底。

谢九楼一推门，房里乌漆麻黑，提灯呆呆站在床前，眼睛一眨不眨地看着他。

"站在那儿做什么？"他放下水盆，朝提灯走过去，"屋里灯怎么灭了？"

提灯摇摇头："不知道。"

谢九楼笑道："该不会是怕，才躲那么里面去的？"

他说着，低头借着月光看到提灯的手在抖，问道："你抖什么？"

提灯左手先前砸老伥头骨时太过用力，被反震得厉害，眼下恢复知觉没一会儿，刚才活动着还好，一停下来，便有些发颤，也非他能控制的。

他垂着头沉默片刻，一点一点地抬起来，对谢九楼说："……我害怕。"

床底刚被塞进去的老伥：……

谢九楼在灶房先把水特意烧滚些，以防端过来的时候变凉。看到提灯将脚放进水盆后他问道："烫不烫？"

"不烫。"

谢九楼从包袱里取出火折子点了灯，房里又暖融融地亮起来。他熄了火折子，站在灯前，指尖把玩着那截火绒，火苗模糊的阴影在他棱角分明的下颌处摇曳。

"还怕不怕？"

提灯一眼也不看火，只对他摇头。

谢九楼笑了笑，右侧脸颊出现那个浅浅的酒窝。谢九楼看着提灯泡脚，并没有急着和提灯一起泡，而是忽道："小时候，我阿嬷经常守着我，给我洗脚。"

提灯静默着，片刻后才像是为了引谢九楼继续说下去一般小声道："阿嬷？"

谢九楼便絮絮说着："阿嬷，是我府里的家生女，祖上在祁国征战时被谢家家祖所救，便成了谢家建业后的家奴。我出生时，她的曾孙也才出生。我娘生了我下来，身体不好，她的孙女就是我的奶娘。谢氏子孙，无论男女，命终之地都是万里沙场。

自我有记忆起，家中的长辈，都在谢陵的衣冠冢里——身骨辟国域，衣冠驰故里，这是每个谢家儿女至死的信仰。祖母祖父早年亡故，我便叫她阿嬷。"

"阿嬷是世上最聪明的老人。谢府家规极严，凡到我跟前、手上和嘴里的东西，都要过下人的重重检验，我的行动更是随时有人知道。可阿嬷总能想到法子给我弄许多外头民间的稀奇玩意儿。"谢九楼道，"我初上学堂，认字念书倒也罢了，看个三遍便能背下。只学史让我头疼。我学不进，也总不愿学。可一日不学，便挨一日的家法。有一回父亲打我打得狠了，竟叫我下不来床，连发了数日高烧。阿嬷不知从何得来一本画册，古往今来那些大事或典故都似小人书一般画在上头。我得了那书，卧病时看得津津有味。下了床，再翻史册，随便也能记得一些了，再用点工夫，少年时候的课业竟也还看得过去。"

谢九楼今天白天上街，回去的路上恰逢城门大开，一大批蟒族妇孺被押解似的沉默着进城，百姓分列两侧，挨挨挤挤，窃窃私语。这场面他当时觉得眼熟，回去一想，不就是小时候阿嬷给他买的册子上，当时的两百年前，蟒族即将由盛转衰、被巫女下咒之前的场景吗？

当时他是看画的人，三百年过去，他站在人群中，倒像画中的人了。

提灯并不知道谢九楼在想什么，只说："你阿嬷，倒懂得什么是寓教于乐。"

他顿了顿，又抬头问谢九楼："你怎么就只知道牛不喝水强按头？"

谢九楼一怔："什么？"

提灯撇了撇嘴："没什么。"又道，"说你阿嬷真有意思。"

"这还不止。"谢九楼被提灯这么一提，又想起别的许多来。

"五岁那年，父亲领兵北定，又逢西夷作乱，朝中无将帅，我最小的姑姑便上了战场，那时她才十七岁，是个刚刚入穷境的刃。她是使剑的好手，剑上那把红穗子，就是阿嬷给她编的。

"小姑走的那天，一手牵着马辔，一手拿着剑，我只有她手里的剑那么高。后来她上了马，我追着她到城门，阿嬷在后面追我，我什么都看不到，只看见前方不断摇摆的马尾和她剑柄上那个穗子一样红，一样遥不可及。最后到了护城河边，她终于下马蹲在我面前，说：'九哥儿，今儿是十五，月亮很圆。你乖乖回去看月亮，记住月亮的模样。你数着，再有八个这样的月亮落完，我就回来了。'"

提灯突然别开脸抽了口气。

谢九楼问："怎么了？"

提灯指尖发凉，并不转过来，谢九楼看不见他的神色，只听他说："后来你也这样骗人了。"

"我可没有。"谢九楼失笑，没察觉不妥，只正经问道，"我几时这样骗过你？"

提灯不言语，只蜷了蜷手指。

半盏茶的工夫过去，他才低低问："你等到你小姑了吗？"

谢九楼说："八个月亮怎么够呢？翻了年，便是春天，风把西南的捷报吹过来，父亲也要回来了。我有时趁下人不在，就偷偷坐到角门上的门槛上等，一边背书，一边等我的小姑。终于有一天，有人送来一个锦盒。我还不知道发生了什么，谢氏府邸当晚就挂满了白帏。那晚父亲穿着鱼鳞甲回来，一身风沙，直奔灵堂，连战袍都还没脱，就跪在娘亲怀里号啕大哭起来。我被领到别院，身边都是被遣退的下人。所有人都不准待在灵堂，可所有人都听到了父亲的哭声。

"她是打完胜仗死的。听说是中了蛮夷蛊毒，半路难以忍受，挨不到回来治病，在夜里自戕了。我又听到身边的下人说：'去了的幺姐儿，以前在府里，也是咳嗽一声，就要惊动半城医馆的心肝儿。'"

说到这里，谢九楼笑了："哪里是半城？分明是满城。"

提灯说："你阿嬷呢？"

"阿嬷……"谢九楼将目光投到光晕远处，又道，"小姑的剑葬到谢陵那日，我没有哭。我一直都没有哭。不管任何时候，被父亲发现我哭了，都是要挨打的。所以我过得和小姑去世前没有任何区别。直到她走的第三年，那年中秋，我难得病了一场，娘亲陪父亲去谢陵扫墓，叫我在家休息。阿嬷来喂我药，我问阿嬷为什么第三十个月亮了，小姑还没有回来，阿嬷像是早就知道我会问她一样，从怀里掏出个穗子，那是小姑剑上的穗子。"

"阿嬷说：'谁说她没回来？前儿才回来了，你不在。她叫我把这个给你，就当看过你了。她嫁了人，嫁到了西边，就不常回来了。我问小姑嫁给了谁，阿嬷说：'她嫁给了月亮。嫁给了西边的黄沙，和十五那天的月亮。'"

提灯看着谢九楼："阿嬷把你唬过去了？"

"我又不傻。"谢九楼含笑道，"阿嬷告诉我：'九哥儿，你别难过。你会长大，和小姑奶奶一样，要看遍天南地北的黄沙，最后把你们的一辈子，都混在一捧黄沙里。谢家最后一个女孩儿已经去了，她留在了西边。阿嬷知道，你也要去的。不管你们去哪里，阿嬷都在这里。等你们都成了黄沙，天南地北的风就会把你们吹回来。那时姑奶奶们也好，哥儿爷儿们也好，都会回来，变成谢府脚下的泥，脚下的土。姑奶奶的穗儿在这儿，她找得到回家的路，所以阿嬷不难过，你也别难过。'"

提灯等了会儿，问："说完了？"

谢九楼说："说完了。"

其实没有。

阿嬷还说："你要想哭，就哭吧。哪有小孩子不爱哭的呢。"于是那晚他在阿嬷怀里大哭了一场。

谢九楼觉得，这样的事就不必告诉提灯了。

岂料提灯偏着脑袋，断定道："你哄我。你没说完。"

谢九楼想了想，又道："我听她说完，害怕以后自己成了黄沙，找不到回家的路，就缠着她也给我编了穗子。编完了，我不要，就放在她那里。我怕我带去了，就带不回家了。"

"你当真没哭？"

谢九楼信誓旦旦："当真。"

提灯紧抿唇，正斜眼审视谢九楼，就听外头空旷的山谷里传来阵阵拍门声。还有女子绝望嘶哑的惊呼："救命啊！救命——"

房内二人皆是一愣。又过了一瞬，拍门声再度响起。女子的叫声相当凄然，再一细听，似还稚嫩："开开门啊！求你们了！开开门——"

隔了几间房的距离有人开门出去，应该是鹤顶红那边也听见了。

提灯和谢九楼对视一眼，登时也要往外走，待二人一前一后跨出了门，提灯动作一顿，又抬脚退了回去。

"你先去，我在这儿等你。"他对谢九楼说。

谢九楼心想这样也好，若外头有什么危险，他姑且挡一挡，这里头总归是安全的，便把贴身藏着的短刀和两张画了朱砂的黄符放进提灯手里："拿着防身。"

符是他上山路上向楚空遥讨的。当年在无界处闲得没事便画了不少，殿里没地儿放，他便差人四处送，阴司里人人都有几张，再多的，便落到了楚空遥手里。三百年下来，没有上万也有几千。

只是谢九楼没料到对方如此思虑周全，出来竟还顺手带了些。路上瞥见楚空遥送给叶鸣廊，他便寻了个机会讨了几张回来，想着给提灯防身。

谢九楼走了两步，又转回来警告："刀，不许乱用。"

提灯点了两下头，待人走了，他合手将门一关，快步走回床边，自包袱里拿出火折子，蹲下身，冲床底躺着的老怅扬唇一笑。

谢九楼过了院子，正遇上前头往外赶的楚鹤二人，囡囡跟一张薄纸似的，别在鹤顶红腰间酣睡，一缕缕黑气丝儿往下垂，时不时跟着鹤顶红的步子荡几下。

离得越近，大门外的敲门声便越急迫，一墙之隔的女子连呼喊都带了哭腔："开门啊……求求你们了……开开门……"

门闩一取，那女子几乎是扑着破门进来，这时几人才看清，她肩上还靠着个昏迷的人。两个都不大点，估计十几岁，女孩子小脸尖下巴，细眉大眼，穿着不知从哪儿来的一套不合身的男子短打。身边被她搀扶进来的那个同她差不多高，脸上血污和头发遮了容貌，也不作女孩打扮，瞧不清是男是女，只知这状态，看起来该是受了伤。

他们把人迎进去，女孩子一跨过门槛便慌慌张张叫着："关门……关门……"

谢九楼只当是她怕风，正要关门时无意间扫了她身边昏迷那人一眼，竟觉有点眼熟。未及深思，合门时却听夜风如哨，谢九楼直觉般自心底生出一股不安，再侧耳，便察觉出一点异样。

茫茫山头，正值春色阑珊，此刻怎么连半声鸟叫都听不到。甚至有种死气逼近、杀意临门的压迫感。

他忽转头问道："你为什么喊救命？"

姬羡正从鹤顶红手里接过帕子给身边人擦脸，一听谢九楼这话，才恍然想起什么，回望过去见大门还没关上，当即颤着嘴唇道："有鬼……有鬼！关门！快关门！"

她起身冲过去，谢九楼双手还把着门框，姬羡见他不动，愣是自己两手合推一扇也拼了命要关门。岂料门还没动，她就先停了。姬羡望着门下山野，痴愣愣道："完了，来不及了。"

山下，一双双鬼火般的眼睛飘飘荡荡从旷野里升起。起先只是一星半点，眨眼工夫，便燎原似的亮了一片，下一刻，竟扩散得密密麻麻，望不到头了。

那些幽绿的眼睛让山谷都依稀明亮了些，光晕里是数不清的灰白麻木的脸。

仔细一看，他们并非在真的升起，而是顺着山坡，一步一步地往上走来，虽然肢体僵硬，速度却在加快。

林子里，山脚下，还在不断涌现出伥鬼，像浪一样一波波倾巢而出，毫无减少的迹象。只粗略一眼，也够触目惊心。

谢九楼当即疾步回庭，对所有人说道："东西全部轻简，马上进峡！"

他们现在在最外面一座山头，山下伥鬼全从正面上来，尚未围山，唯一的出路便是山后的峡谷，而且要不了多久，那些东西就会翻山追上来。

"进峡？"鹤顶红跑去门前看了看，"可峡里只有虎啸山！"

"那就上山！"

反正上山穿峡是早晚的事，如今他们被夹在伥鬼与虎啸山之间，与其直面不计其数的喽啰，不如破釜沉舟，解决山上那只老虎。

谢九楼捞起昏迷着的那人一条胳膊："楚二，你先背着这个带他们走，我带提灯和西院那个跟你们到山背脚下会合！"

西院那个，自然就是腿脚不便的叶鸣廊。

谢九楼至今都不知道提灯是从哪里找的这个人，又为何要一路带着他去望苍海。

既然不是什么阿海海，那叶鸣廊又是提灯的谁？

楚空遥伸手要接，却在看清他手上的人那一瞬挑了挑眉。

谢九楼由此也瞧了一眼，很快便明白楚空遥为何如此——他们跟这人实在有缘。

第七歌。

只是二人还不知道她姓甚名谁，谢九楼也顾不得许多："先带着，人命要紧。"

言语间，只听身后鹤顶红说了句："什么味儿啊？"

众人凝神一闻，先闻到的是一股难言的臭味，像腐肉，又或是尸臭——楚谢二人以前常年跟这些东西打交道，并不陌生，接着，便是极呛人的烟味，且自观里散来，愈发浓了。

几乎在那一刹，谢九楼和提灯住的那进院落，不知是哪一处厢房，乍现熊熊火光，烈火在短时间内快速蔓延，眼瞧着房子两边的封火山墙就快挡不住了。谢九楼心里一空，不顾三七二十一就要往里头冲，一边跑着一边脱衣裳，路过水缸伸手把脱下来的外袍摁进去浸了一下，湿没湿也不看，拎在手里又接着跑。

楚空遥背上第七歌，只管对站在那儿的两个吩咐："走！"

鹤顶红身子倒听话往前迈了，眼睛还盯着后院："可是……"

"先走。"楚空遥抓住他，"谢九楼也留下来了，不是只有你一个人担心。"

鹤顶红被他看得怔了怔。

楚空遥平时十指不沾阳春水，一身珠光宝气，巴不得睡觉都能从头打扮到脚，鹤顶红甚至怀疑等这人死的那天，棺材都得从无镛城里找水晶量身打好以后他才愿意优雅闭眼——花孔雀一样的家伙，此时却大剌剌背着个浑身污泥的人，配着这一身一丝不苟的华贵打扮，倒显得莫名滑稽。

楚空遥见鹤顶红愣在面前，又拽着他腕子扯了扯。

鹤顶红方才回神，随即不再多言，便低头走了。

提灯烧完老衩那会儿，房子还没燃起来，火舌才到床幔上头。他收拾了包袱要出去，走到院子里回头一想，等会儿出去早了，只烧着这一间房，谢九问他怎么着火的，他不好答。得让谢九没工夫问。于是他飞快扫了一眼蹿升的火光，迟疑一瞬，还是闷头走回门槛边，把包袱一放，抱膝坐在地上。

一时大火沿两边耳房烧过去了，烧出猎猎风声，他在风声里听见院外谢九楼冲过来叫他。提灯并不看火，自顾自垂着眸子到屋里给自己脸上抹了两把灰，还没来得及转脸瞧谢九楼在哪儿，就觉余光里残影一晃，谢九楼的声音已近耳畔。

"提灯！"

提灯被一把拉到门边，与此同时刚才站着的地方轰然塌下一根房梁，再晚一刻，这东西砸中的就是他的脑袋。

谢九楼惊出一身冷汗，再一低头，提灯只僵在他身前一动不动，像没反应一般。

他抖开来时在水缸里打湿的外衫，兜头罩住提灯全身。

"提灯……"谢九楼抓着提灯肩头摇了摇。

可提灯仍没回应，只一个劲儿低着脑袋，嘴唇轻微地张合。

谢九楼俯身去听。

"火……谢九……有火……"

谢九楼心头一急，竟忘了提灯平素是个最怕火的。

眼下这模样，是给彻底吓蒙了。

"别怕。"谢九楼给提灯严严实实裹上外衫，上上下下检查了一遭，顿了顿，说，"阿海海在这儿，你不用怕。"

他一只手拉着提灯，另一只手拎着包袱便冲出了院子。

离开火圈前他最后往里看去——这般大的火势，竟从头到尾都没听见同院子里道长的动静。

叶鸣廊住在西院，大火烧不过去，当下最要紧的是山脚步步紧逼的伥鬼。谢九楼带着提灯径直去了叶鸣廊房中，踹开房门，却发现对方已经失踪了。

二人面对空荡荡的房间有一霎的不知所措。

提灯的脸隐在头顶外袍的阴影下，几缕头发被衣裳上的水打湿，杂乱地贴在他颈侧和耳下，倒显得他暴露在阴影外那点下颌角更加苍白。

他略略垂首，尖俏的下巴上露出一点被月光照到的嘴角。

嘴角紧绷了一会儿，随即带着点讥讽的弧度微微上翘。

"笙……鬘。"

一行人会合已是午后。其实到了日出时分，山下伥鬼会恢复神智自行散去，只要熬过这一夜，白天便不会再有威胁。

当下最重要的是趁着太阳还没落山，得赶过去解决了那只老虎，以除后患。

谢九楼一路走一路琢磨："不对啊。"

提灯问："怎么了？"

"家祖五百年前便研究出了烧毁伥鬼的法子，一直到我父亲主家那一代，其间两百年，世间伥鬼虽盘桓在七星抱虎峡中，偶有流落在外的，但绝不会泛滥至此。"

提灯无声移开眼，不接他的话。

谢九楼想深了，也没注意，又自言自语道："难不成……是当年天子炼伥，叫谢家的焚伥符不管用了？"

提灯打了个喷嚏。谢九楼回神看过去，这才发现提灯头上还盖着他昨夜打湿的外衫，整个人被罩在袍子底下，跟个巫祝娃娃似的。

　　"怕是着凉了？"谢九楼说着，便伸手往他后背一摸，头发都还湿着，衣服也洇得湿津津的，"湿了怎么不吭声？"

　　正要叫提灯脱掉外衫，就听前头不远处的山石后有嘈杂声，生龙活虎，中气十足，像是鹤顶红在跟谁吵架。

　　"说了叫你别跟别跟！我们凭什么要送你回家啊！"

　　二人绕过山石，看到鹤顶红气得怒目圆睁，对面站着个锦衣华服的小公子，十六七岁，正叉着腰和鹤顶红对骂，谁也不让谁。

　　楚空遥、姬差、第七歌和囡囡在旁边坐成一排看热闹。

　　"那你一开始就别救啊！半路把我扔这儿撇下算什么？我搁原来那地儿还能找回去呢！"

　　鹤顶红气得眼珠子都要瞪出来："我救你我还错了是吧？谁叫你睡得跟个死猪一样！我要不救你，你竖着进山，横着出去！指不定变人变鬼回家去呢！"

　　"你这人怎么说话的！"

　　"我又不是人！"

　　那小公子眼看说不过，一口气都要分成三段儿来出，眼睛一挪，正扫到刚刚走近的谢九楼和提灯，一拂袖子，哼了一声："一堆妖魔鬼怪！"

　　谢九楼眉梢一挑，这四个字怕是怎么都放不到他和提灯身上。

　　再低头细看，提灯一路都拿他那件袍子把脸遮个严实，这下停下来，谢九楼一掀袍子，看到个黑猫脸。

　　提灯早前拿烟灰往脸面上厚厚抹了几层，袍子又湿，润了头发，就有几根往脸上贴，一贴就把下颌处的烟灰给化在水珠里，水珠沿着下颌角流到下巴，就把脸边沿给晕出了墨迹，中间还黑乎乎的一团，鼻子眼睛都要看不清了。

　　谢九楼冷冷睨了那小公子一眼，一言不发逮着提灯去找河沟洗脸。

　　提灯和谢九楼洗完脸回去那会儿鹤顶红和楚空遥去拾柴了，剩些小孩子在那儿。

　　一来所有人昨夜到现在都没填肚子，拖拖拉拉撑着下山不如补补精力；二来吵归吵，那小公子还是要送回去的，这么一耽搁，也不指望今天白天能进虎啸山了，干脆停留一晚，好好休息。

　　第七歌清醒了片刻，只确认自己和姬差脱了险，便又靠着姬差昏睡过去。那小公子精力却很充沛，远远瞅见谢九楼和提灯过来了，正愁找不到人解闷，哪想目光一扫到提灯脸上，什么都忘了，是眼也直了，嘴里一个字儿都蹦不出，耳朵通红，半晌才支支吾吾指着提灯问："你……你先前……不长这样啊……"

正巧遇见拾柴的两个抱着树枝回来，听见这话，楚空遥便笑："我瞧曲公子先前，也不这么结巴啊。怎么提灯洗把脸，就把你的口舌也洗去了不成？"

小公子姓曲，叫曲鸳，是山下豪商家的小儿子，生性不羁，眼高于顶。胆子不大点儿，野心却不小，就爱去些旁人不敢去的地方。奈何家里管得严，出门总要仆人守着。昨日趁自家家奴不注意，自个儿偷跑出来进了山，白日什么都没瞧见，凭着心大，入夜便寻个山洞睡了。被鹤顶红他们连夜上山时偶遇，念着好歹一条人命，顺手救了。

哪晓得这曲鸳一觉醒来，看见还是青天白日，传闻中的老虎一只没见着不说，凭空叫人给他挪了个窝。他气不过，便拧着鹤顶红要回去。

于是便有了今日午后他们瞧见的那一幕。提灯披着湿衣服吹了一夜的风，谢九楼担心他着凉，急着堆了草堆要生火，想着快点给提灯烤烤。他东一步西一步地忙活，提灯就在他屁股后头撵，再后头又跟着曲鸳不停追问。

提灯浑然听不到似的，只围着谢九楼打转。九楼收拾好柴草堆，寻了个空地蹲下。提灯也蹲下。曲鸳跟着蹲下。

谢九楼说："去包袱里取火折子。"

"哦。"提灯便跑去取火折子。

曲鸳咧开嘴，仰着脖子看提灯跑过去，又跑回来。

点了火，烟大，谢九楼把洗干净的外衣递给提灯，说："抱点柴来。"

提灯又跑去抱柴。

谢九楼擦了擦汗，说："帮我倒点水。"

提灯倒了水来给他喝。

曲鸳在旁边直勾勾注视着，瞧提灯如此听话乖巧，亲近之意溢于言表。

他目送提灯离开，悄悄凑过去问谢九楼："你是他爹？"

谢九楼手上动作一顿，睨了他一眼，眼风如刀。

"我瞧着也不像。"曲鸳嘿嘿一笑，"那你是他大哥？"

谢九楼继续忙活："你到底想说什么？"

曲鸳眼珠子转转，刚要说什么，听见隔着几块山石的鹤顶红在叫人。

说是一个火堆不够用，要再生一个。

"我去我去！"曲鸳两眼放光，一面往那边跑，一面不忘回头冲谢九楼叮嘱，"待会儿再和你说，啊！大哥！"

"大哥……"谢九楼嗤了一声，咬牙道，"大哥……"

那边曲鸳跑过去，刚和鹤顶红生了火，楚空遥就叫鹤顶红帮忙去剥野兔皮。

鹤顶红去了，留曲鸳在这儿看火。正看着，就见提灯手持水壶路过，要往谢九楼那边走。曲鸳早已伺机多时，眼睛一亮，他冲提灯招手，"欸！"

提灯停下脚步，垂眼沉默一瞬，才略侧过身，睥睨着曲鸳，长长的睫毛遮住了眼底的情绪，开口时声音已透出几分冷冽："有事？"

曲鸳心头闪过一丝怪异，但没有深思，只冲提灯扬扬下巴，美滋滋道："去给我倒点水来。"

提灯歪了歪头："我？"

曲鸳冲他挑眉。提灯在原地伫立少顷，接着，提着水壶缓缓迈步而来。曲鸳笑吟吟看他到自己身前蹲下。提灯举起水壶，递到曲鸳嘴边，曲鸳正要偏头去喝，就见壶口往下一倾，壶中清水尽数涌出，呲啦几声，浇灭二人身旁才燃起的火堆。

曲鸳愣了愣。提灯嘴角挂笑，慢慢凑近曲鸳跟前，眼神厉如寒芒："黄口小儿，也敢呼喝我来伺候。"

曲鸳一时反应不过来，仍被提灯压迫得愣怔，却听背后山石那边谢九楼问提灯跑哪儿去了，叫快点过去。提灯一下变了眼色，冲那头高高"哦"了一声，目光悠悠转回来，在起身离去时最后瞥了一眼曲鸳，唯余眼角一抹讥诮。后者呆坐原地，久不能回神。

那边谢九楼好不容易生起了火，等提灯跑过来，便道："东西放下，来把衣裳烤干。"

提灯抱着水壶，靠近谢九楼，见着火，又退了两步。

"别怕。"谢九楼选了个热气适中的位置，往地上一坐，拍拍自己身边的空地，"过来，坐这儿。"

提灯看看火堆，又看看谢九楼，最后拉着谢九楼的后衣领又往远处挪了一尺，方才坐下。谢九楼一面拿出包袱里干净的衣服，递给提灯让他擦头发，一面盯着提灯发呆的侧脸道："那小子很喜欢你。"

提灯问："谁？"

谢九楼噙笑说："朱门绣户，年轻可爱的曲小少爷。"

提灯偏头望过去，似不解道："有吗？"

"怎么没有？他刚才还问我是你的谁。"

提灯打了个呵欠："那你怎么说的？"

谢九楼眸光一转："我告诉他，我弟弟养在宅内，自幼胆小不亲人，叫他不要随便打扰你。"

这些都是假话，谢九楼说来唬提灯的。

他等了半晌，没听提灯吭声，低头一看，提灯歪着脑袋闭眼假寐。

谢九楼睨着提灯，轻轻一笑，懒得拆穿他，伸手烤衣服去了。

隔壁曲鸢拿着烤好的野兔送来时，恰撞见这"兄友弟恭"的一幕。

他先是停了脚，脑子里一片空白，接着，便顿悟了。

提灯对外如此恶劣蛮横，回了他大哥面前却表现得这般顺从听话，一定是被家里娇纵坏了的缘故。他又想，如此娇惯着长大的人，养出些小性儿，在外头张牙舞爪，也是应该的。便不由得再想起方才提灯傲慢的模样，忽觉提灯在他心中添了两分可爱出来。

曲鸢又屁颠屁颠跑过去，咧着嘴道："大哥，吃兔子。"

谢九楼见来人是曲鸢，便颔首，示意他把东西放下："多谢。"

曲鸢朝谢九楼又走近一步："大哥，我坐你这儿吧。"

谢九楼："嗯？坐这儿干什么？"

曲鸢冲他身边假寐的提灯扬扬下巴。谢九楼眉睫微凝，不动声色冷了脸，把手上烤干的外袍移交到曲鸢手上："你先烤烤衣服。"

曲鸢：……

谢九楼面不改色接过兔子，准备撕肉。这兔子烤好本就用一层洗净的树叶包住，眼下谢九楼两手拿着兔子，还不知道该把叶子搁在哪儿，才好盛放他撕下来的净肉。

曲鸢见状便把手中袍子往怀里一掖，拿过谢九楼手里的叶子道："放我手上。"

谢九楼便细细撕起兔子来。

"大哥吃得真讲究。"曲鸢嘿嘿笑。

谢九楼哂笑了下道："先把肚子肉撕下来，他爱吃这儿的。"

曲鸢眨眨眼，才反应过来这说的是提灯。

他曲鸢又问："大哥叫什么名字？"

"谢九楼。言射谢，九重楼。"

"好名字！"曲鸢赞道，"大哥上学堂的时候，一定很快就会写自己名字了吧？不像我，上学堂三年了还不会……"曲鸢正想顺着话头拍马屁，就见提灯睁眼醒了。

提灯先前是在装睡，后来不知不觉真睡了过去。

谢九楼探过头："喝点水，一会儿换过药，填了肚子就下山。"

提灯点点头。谢九楼把兔子肉递过去："吃点儿。"

提灯恹恹地拈了点放嘴里，眼皮子沉，喘气声也愈发重了。

谢九楼这才察觉不对劲，探手一摸，摸着提灯额头在发烫，面上也渐渐浮红。

曲鸢打量道："怕不是昨儿吹了风，着凉了？"

谢九楼沉着脸："昨儿在道观受了惊，又跑一夜，伤口流了汗又沾水，不好了。"

他把提灯扶起："我先下山，到山下镇子跟你们会合。"

曲鸢冲他嚷嚷："镇上运通医馆，报我的名字，大夫会马上应诊的！"

那头鹤顶红和楚空遥闻着动静也过来瞧怎么回事，曲鸳三言两语说了，他们便打算快点下山。正扭头回去，鹤顶红忽转回来问："叶鸣廊呢？"

曲鸳："谁？"

提灯一夜劳神，加之吹风受凉，伤口恶化，这才发了烧。

曲鸳说的那医馆并不难找，谢九楼遇见第一个就是，于是低头便进了。

又过了半个时辰，提灯服了药，在医馆睡下，鹤楚二人以及曲鸳便找来了。

第七歌一直昏睡，中途断断续续醒了几次，被搀扶着下山后先让曲鸳安置到了自己宅子里。姬差体力不济，昨夜也受了惊，瞧那模样，只怕得等两个姑娘休息好了才能把遭遇同他们说个大概。

几人接了提灯回去，曲鸳给他们安排上四间厢房。说是厢房，也并不太正经，其实是自家园子里绕池建的四间水榭，两两相通。

提灯睡在最好的一间，隔壁是楚空遥，跨过池子，对面便是鹤顶红，鹤顶红旁边则是谢九楼。

第七歌和姬差在另一处园子。

天将入夜，提灯退了烧，姬差睡一觉也醒了，曲鸳便差小厮丫头到各房去请，说到自己那方的院子里吃饭。

菜齐酒满，除第七歌还在休息，众人都到齐了。曲鸳做东，旁边挨着提灯，再过去是谢九楼、楚空遥、鹤顶红和姬差，鹤顶红怀里抱着左顾右盼的囡囡。

他们先齐喝了一杯，因着提灯有伤，谢九楼便只让提灯喝清水。曲鸳见提灯眼馋，偷摸叫了外头服侍的丫头倒了盅酒，趁谢九楼不注意放到提灯面前："你悄悄喝一盅，不碍事。"

席上说起今日找医馆的事，谢九楼先冲曲鸳道了个谢。

曲鸳挥挥手："不是什么大事。"

他又解释道："我八字官杀重，打小身体不好，也不逢好运道，没投生成个玄者，算命的还说我这辈子就是容易招惹阴东西的命。因着容易生病，我爹娘干脆在城里扶持了几间医馆，方便我有伤随时就医。这几间里，又数运通医馆最好，日子久了，一报我名字，伙计就知道直接叫好大夫出来应诊了，不会差遣些医术不好的来糊弄。"

鹤顶红便笑："照你这么说，这回你命里是该遇着山上那些脏东西，只不过我们出现，妨碍你招惹它们了？"

曲鸳"啧"了一声："我说你这人，不是，你这鸟说话怎么那么难听呢？好好一件事儿搁你嘴里说出来都晦气。"

说起这个，谢九楼倒想起什么，附到楚空遥耳边说了几句，接着，楚空遥便拿出几张符纸递给曲鸳:"以后若再要上山,夜里碰到不干净的,寻个机会贴到那些东西上头,它自己便燃了。你收着,也能防身。"

曲鸳接过一看,皱起眉头:"我怎么瞧着,这东西……这么眼熟呢?"

谢九楼心念一动:"你见过这符?"

这燃伥符在当今似乎并没几人知晓,除了他们几个,身上还揣着符纸的人,就只剩叶鸣廊。若曲鸳当真见过,他出现的时间又和叶鸣廊消失的时间那么巧合,说不定当真能问出点线索。曲鸳展着符纸来回地看,眉头越皱越紧:"我身边一个家奴,也喜欢研究这些玩意儿。"

谢九楼提到嗓子眼的一口气又落下去。

鹤顶红翻了个白眼:"谁想听你说这个!我管你家小厮怎么样呢。"

曲鸳不好意思地抠抠后脑勺:"你别说……他画这玩意儿,跟你们这还是有三分形似的。"

提灯本在一口一口呷酒,听到这话,蹙起了眉。

曲鸳把符纸收进袖子,又打哈哈道:"不过他那些东西都是自己瞎研究,那么多年也没弄出几个名堂的。跟我一样外行看热闹,不成气候。"

提灯突然起身向外走去。

"做什么去?"谢九楼拉住他。

"有东西落在医馆,我趁天没黑下来,去拿一下。"提灯抽出手,"你不用跟。"

曲鸳道:"那我打发两个小厮跟你去。"

提灯说:"不。"语毕便头也不回地走了。

提灯一走,楚空遥瞧出谢九楼心思不在吃饭上,知道他跟出去是迟早的事,便趁提灯不在,问姬差道:"你们是怎么受伤上山的?上山做什么?昏迷那人又是谁?"

姬差昨夜一时慌忙,没认出他们几个,如今得了喘息之机,在刚才吃饭的间隙,倒想起自己曾在须臾城外见过这一行人。

当时第七歌命她躲在草丛后头,待提灯杀了蟒人,第七歌便从后突袭,威胁提灯助她们进城。

这一行四人,都见过第七歌的模样,却没见过躲在草丛后的她。姬差记得,那时第七歌把从提灯手上抢来的衣裳递给她时,喊的是随口起的名字——"小五"。

当下瞧楚空遥的神色,是一早就认出她们来了,她是姑娘这事儿从昨夜就瞒不住了,但第七歌,对方应该还没察觉。

她放下筷子,擦了擦嘴,这才解释:"……我叫小五,昏迷那人……是我七哥。"

"这就奇了,"曲鸳一时兴起问道,"你叫小五,管排行老七的人叫哥?"

楚空遥含笑乜着曲鸳,并不打算拆穿:"无碍,有些人家里姊弟多,叫法也乱,不打紧。"

又问姬差:"你和你七哥好不容易混进须臾城,这会子上山做什么?"

姬差想了想,真假参半地说:"不是我们非要上山。我自小家里困苦,幼年饥荒,亲眷饿死大半,生死边缘,幸得一和尚路过,施以援手,救了我一条命。那和尚说,我生来是个天煞孤星,留在世间,只会克死所有至亲。若要得解脱,就随他去了,一生修行,永不入世才可。我家里人不信,非把我留在身边,不久前……遭了难,除了我……我和七哥,全死了。"

说到这里,她已几度哽咽,却只不过顿了顿话头,死死盯着碗盏,始终不肯落泪。

"我别无去处,却在这时想起幼时那和尚。和尚远居千里之外的雷音道,极道之处的渡厄山。我此去不返,混入须臾城,是想再回家看一眼。结果刚入城没两天,须臾城就出了事。这七星抱虎峡便是去雷音道的必经之路。"

"须臾城出事了?"谢九楼问,"什么事?"

明明他们离开的时候还好好的。

姬差摇头:"七哥只催我快离开,她说须臾城就要出事了,可我不知道要出什么事,就跟着她跑了。"

谢九楼忽道:"雷音途那和尚,可有法号?"

姬差愣了愣,别开目光含糊道:"想来是有的,可我记不得了。"

大哥和她说过,那和尚法号长不轻,她怎会记不得。只是出门在外,几经教训,姬差已学会话不言尽。

鹤顶红追着问:"那怎么还受了伤?"

姬差说:"我们本可以绕山而行,无奈在城中生了是非,有人追杀,只得破釜沉舟,长驱入山。哪晓得追兵还是追了上来。七哥与我皆是凡俗,只不过在城外之时,偶得了几颗蟒人骨珠。那晚追兵将我二人包围,七哥情急之下便将蟒人骨珠吞了一颗进去。"

玄道之中,若想进益,除刻苦修习之外,还有一个方法,便是吞食同类骨珠。

骨珠主人生前境界越高,吞食者将其克化后便越得神补。

吞并同阶或下阶者,在自己的境界里便能有所突破,若是吞食更高阶玄者骨珠,则能直接升一境玄道。不过风险也有。一是犯了杀戮,二来,向上吞并骨珠,若超出自己的克化能力,消受不动,则有玄气爆体、一命呜呼的危险。

楚空遥、谢九楼心知肚明,第七歌并非凡俗,她不是玄者,而是秉笙鬘怨气修娑婆邪术的,随便吞食蟒人骨珠,不死也要脱层皮。

"七哥借着那蟒人骨珠的力量,逼退了追兵。却因为身体难以克化蟒人三阶刃者的玄气,发了高烧,倒地抽搐,最后昏死过去。"姬差慢慢抬眼看向楚空遥,"接着便是入夜，山里出现大批伥鬼，我带着七哥逃命，遇到了你们。"

谢九楼问："那你七哥现在怎么样？"

却听一旁打趣声："九爷这是瞧不起我？"

谢九楼一怔，无界处闲散了三百年，他都快忘记身边这个人还有一个身份。

婆婆第一格者，天医入命，师承漠堃"穿骨手"白断雨的楚空遥——妖魔闻声避三分，至毒至圣医骨人。

谢九楼道："我竟忘了。"

初出无界处时，他与提灯渡河还历了一遭劫，只楚空遥一个，满河吃骨翁避之唯恐不及，排成桩子叫他一步一步踩过去的。

正说笑，这几句话也不知踩到鹤顶红哪根筋，就听他冷笑一声："九爷瞧不起，总有人记着。手毒心更毒的楚二爷，医术通天，一双穿骨手，不知道斩获多少名利，怎么敢有人瞧不起？"

楚空遥并不恼，只笑吟吟道："小鸟儿喝醉了。"

鹤顶红冷冷道："我清醒得很。天下没把你记住的，我都替你记着！"

楚空遥脸上虽还挂笑，眼里却不热了，也不搭腔了，鹤顶红说完更是闷头倒酒，席上一时安静如许。

谢九楼往院子外看了看，估摸着时间差不多了，说："我出去逛逛。"

曲鸳："我打发人陪……"

"不用。"

一桌子人离了两个就像走了一半，提灯不在，曲鸳也兴致缺缺，姬差推脱精神不济，很快也回房去，留下这三个，鹤顶红和楚空遥还在赌气。

"好没意思。"曲鸳一撇嘴，"散了！"

谢九楼负手逛到宅子东角门，沿着从医馆回来的路向前。

按理说这会儿工夫，提灯再落什么，也该从医馆拿回来了。

街道灯火阑珊，下层铺子多数在收摊，不远处一家酒肆门口，几个伙计在插门板，眼看就要关上，里头迈出一双黑底银白缎面云纹软靴。

再往上，那人一身青灰色玉带锦衫，手里勾着两壶酒，头顶对插一双金衣玲珑簪，长目低垂，不苟言笑，正朝谢九楼这边走来——是提灯。

谢九楼脚下一停，随即闪身进了右手边的暗巷。他贴着墙面躲在阴影里，目送提灯拔了壶塞后，一面喝酒一面行路。谢九楼登时脸色变得比他周身夜色更加深沉。

"不要你喝，就偷跑出来喝。"他正欲走上前把提灯抓个正着，就见那人在半路一拐弯，又进了另一条长街。

谢九楼赶紧跟上。

提灯七拐八绕，竟到了直达镇子大门的夜市。这里不似先前那窄巷冷清，人潮未退，几步便见三两行人。提灯喝完一壶酒，把空瓶放在脚边，面上已浮了醉意。

他酒量并不好。以往在无界处，为了避免酒后失言，平日几乎滴酒不沾。只有偶尔和谢九楼闹了别扭，不知道用什么法子哄人的时候，才会在入夜前喝几杯。

提灯放了空酒瓶，换上另一壶，拔了塞，又接着喝。

谢九楼只生怕他醉倒路边，本想上去把人挽住，但见提灯步态蹒跚，且行且饮，不想扰了他兴致，便就保持着一段距离，抄着手慢悠悠跟在提灯身后了。

谁料提灯一掉头，进了家墨汁铺子。

谢九楼对着那牌坊略一挑眉，斜倚在街角等提灯出来。他记得提灯在阴司时是最没耐心在文墨上耗时间的。过去那些年提灯对他言听计从，可只要谢九楼叫提灯陪他看会儿书，不出半个时辰，提灯就能在他旁边打起瞌睡。

若他非把提灯叫醒陪他不可，提灯几百年喜怒不形于色的脸都能拉到地上，一边厌烦不高兴，一边还臭着脸陪他。谢九楼自打发现这事儿后，三百年来也只有几次，想逗提灯玩儿的时候才会这么干。

怎么今夜喝的这酒，还能把人转性不成？

他抬头望着那轮飘飘柳条之上的月亮，刚等到提灯出来，眼前就生了变故。

一匹疾驰的黑马不知从哪里飞奔而来，在大街上横冲直撞，撞翻许多小铺地摊，惹出一片惊呼。马上，坐着高大的一男一女。男的一手拿着一把弯刀，刀上还淌着血，他的另一只手，却已经被砍断了。

眼看黑马就要迎头撞上行人，那男子飞快地将其勒住，马蹄高扬间，二人滚落下马。那女子扑爬到男人身边，把面门朝下的男人翻过来。

谢九楼这才看清，对方面色惨白，满头大汗，两眼近乎翻白，而被砍断的那只手腕，还在不断流血。

女子摇着男人，哭得脱力，语无伦次地说着什么，用的是蟒语。突然，那男的双目圆睁，满脸通红，整个人不自觉开始颤抖，额头青筋暴起，蜷在地上翻来覆去地打滚，嘴里发出痛苦的哀号，手中那把长长的弯刀却始终没有脱手。

下一瞬，他乍然跪起，扬起弯刀，去砍自己。

这一切都发生在转瞬之间，围观者甚至来不及做出准备便看到这一幕，瞬息之间，全场静默，连同那个女人，都呆立在了原地。

只有近处一家铺面前，传来不轻不重的脚步声。

提灯目睹完刚才的一切，淡淡扫了一眼男人的尸体，在众人未及反应前，自顾自抬脚离开了这里。

一刹过后，人群里才传出惊叫和喧哗。

谢九楼也缓了一会儿，眼见残局已不可挽回，只能把这当成乱世中落到自己眼前的一粒尘埃，心里暗叹过后，便在提灯彻底消失在他视野之前转身离去。

谢九楼走出不远，身后终于爆发出女子悲恸的哭声。

他终是不忍，摸遍全身上下，才察觉自己一两银子都没带。

谢九楼取下头顶的墨玉发簪，心道这兴许还值几个钱，只是不知那蟒人女子会不会收。他正要往回走，便听见女子泣血般对倒地男子的尸体嘶吼呼唤——

"阿海海！"

提灯迈进当铺的时候，谢九楼已经在他身后跟着走了许久。

铺子还开着，不净做当铺买卖，也卖些平常的金银器物和小玩意儿。

提灯要了几根上好的银针。

当铺老板好客，兴许是看出来人身价不菲，总之有求必应，嘴里喋喋不休地搭腔，赔着笑把东西摆出来给提灯一一挑选，两只眼睛从上到下把人打量了几遍。

提灯安静听着，视线只凝在身前一排供他挑选的器物上，时不时回掌柜两句，要么就点点头，站在铺子交错的灯影里，背影都温和了许多。

谢九楼知道，他这是喝醉了。提灯喝醉时，性子便比平时柔软。旁人说什么，做什么，不晓得他会真听进去看进去多少，但至少会做出一副随和温顺的模样，让人恍惚以为这是个极好拿捏的主。

比如眼下这般场景。掌柜一时夸他气度出尘，一时说到他衣着雅致，又谈起他顶上两根发簪绝非俗物，提灯都颔首致谢，算是应承了夸奖。换作往常，怕是一眼多的也不会给对方。

谢九楼倚靠在柳树下，含笑窥着提灯在一桌子金银前犹豫不决，等着看这人最后会挑出个什么花来。

提灯有这么个小毛病，像是天生就从胎里带来的。这毛病他清醒时并不会犯，只一喝醉了，就要四处去搜寻些宝贝来收在怀里，越多越好。

宝贝也讲究，不论价值品质，他只要那些闪着光的玩意儿。越亮，越耀眼，就越讨提灯喜欢。什么玻璃宝石金银水晶，一喝醉就不撒手。旁的管它价值通天，只要不亮不发光，提灯压根看不上。

最后他往往会抱着四处寻来的数不清的这些东西，通通塞到谢九楼手里。

接着抬起头，两眼希冀地等谢九楼一句"喜欢"。

今夜谢九楼只当提灯又醉了，跑来当铺搜罗些亮晶晶的玩意儿，待会儿回去塞给他。提灯还仔细挑着，目光在身下一排银针里来回看，时不时又抬眼望望柜台里头一枚鸽子血红宝石——实在太夺目,他很难不分心。

这时又听掌柜笑道:"您脖子上这玉扳指真好看。"

提灯似是被拉回一点注意力,迟钝而缓慢地跟着掌柜的话低头看向自己胸前那枚吊坠。他怔怔看了片刻,嘴角忽然漾出一个笑。

谢九楼站在原处,纵使瞧不清,也依稀通过提灯的侧脸辨别出了那个笑。

提灯都没对他这么坦诚地笑过。

提灯缓缓抬手摸着扳指,极罕见地耐心对掌柜慢慢地说:"一个故人送的。"

掌柜估摸自己是谈到提灯的感兴趣的地方了,赶紧接话道:"不知是什么故人?"

提灯抿了抿唇,声音放低了些,更像自言自语般答道:"你不认识的。"

谢九楼已在不自觉中慢慢在柳树下站直了身体,呼吸放得极轻,紧紧盯着前方当铺里走神的提灯。

半响,提灯脸上的笑不见了,渐渐失焦的双目透过脚下的地板不知望向哪里,抓着那枚吊坠喃喃着说:"叫谢九楼。死了三百年了。"

这边曲宅筵席散了,鹤顶红还没有要走的意思,一个劲儿捏着酒盅灌酒,喝得两颊浮红,连何时囡囡被楚空遥抱去房里睡觉的都不知道。

难为的是院子外头还有等着收拾的几个丫头。

他已大醉,头顶月亮在眼睛里晃成八个,正要抬手倒酒,被后头的人一把夺走。

鹤顶红红着两眼醉醺醺回头,竟是去而复返的楚空遥。

一刻钟前两个人还在赌气,亏得楚空遥脾气好,不多时便回来哄他。

"小鸟儿,一个人喝闷酒有什么意思?"

鹤顶红瞪着他,梗着脖子不说话。

"我刚才想起,上回给你讲无相天神,只讲了一半。"楚空遥一展扇,欣然在鹤顶红身边坐下,"要不要我讲完另一半给你下酒?"

鹤顶红一言不发抢回酒瓶,再往盅里倒,却是空的。

他闷闷不乐把酒盅一推,起身拖着步子就要回去:"我听完了。"

"听完了?"楚空遥合了扇跟在他后头,"几时听完的?"

"提灯讲完的……他也没讲完。不过到底比你尽善。"鹤顶红别开脸,"谁能指望你呢?"

"那他讲到哪儿了?"

鹤顶红脑子钝得慌,费了力去想,也只能模糊记着点片段,"无相……挖去了右手的第三只眼睛……泥点子……泥点子发誓要他一生……一生……"

他想得厌烦,一挥手道:"反正赤练要完蛋了!"

"赤练?"楚空遥道,"他讲到赤练了?"

鹤顶红敷衍着点点头,又极不耐烦道:"我今夜不想听,你不要讲。"

"那我给你讲个别的。"

鹤顶红眼看就要冲楚空遥发作:"我说你这人……"

"你可知道谢九那脖子上的伤是怎么来的?"

鹤顶红舌头一打结,差点跟跄,直愣愣道:"怎……怎么来的?"

楚空遥笑着往姬差的院子里指了指:"你乖乖让我扶回去,我好好同你讲。"

鹤顶红步子早飘了,楚空遥上手扶,他也没躲。

便听楚空遥低着声音絮絮说:"……当时我和谢九楼正在一家面食铺子里,那蟒人神女一来,指着个屠户说,你家才出生但未足月的李老二是个'格',日后有大出息……"

"等等,"鹤顶红停下脚步,轻轻推开楚空遥,"你……你说……那个尚未足月的孩子……叫李老二?"

楚空遥问:"怎么了?"

鹤顶红埋头深想,断断续续道:"一个月前……提灯,从无界处,送了个人出去……也叫李老二……"

楚空遥沉默一瞬:"小鸟,重名不违法。"

鹤顶红说不上来:"可是……"

楚空遥搂着他进自己房里:"还要不要继续听?"

"……要。"

二人进了房,外头便有敲门声。

谢九楼先提灯一步回来,此刻抱着胳膊站在门外,若有所思。

楚空遥见来人:"不去看着那位,到我这儿来做什么?跟丢了?"

"他就快回了。"谢九楼道,"你这会儿得不得闲?我……问你点儿事。"

楚空遥回望一眼床铺里头烂醉的鹤顶红,抬脚出去,虚掩上门:"问吧。"

谢九楼:"蟒语……你会多少?"

提灯入夜回宅,早有个曲鸳安排的小厮在角门等他。

那小厮身形挺拔,魁梧高大,在夜色下一面等待提灯回来,一面提着灯笼看书。

许是看得太过投入,提灯走近跟前,他也毫无察觉。

直到余光瞥见有人缓步从自己身旁经过,那小厮才蓦然回神,抬头一看,经过身边的客人正是自己主子叫他等的那位。

他赶忙收了书跟上去:"贵人回来也不说一声。我们等得久些倒不打紧,只宅子里夜凉天黑的，没个替您掌灯的人，您在路上出点什么好歹，可叫我家小主人如何过意得去。"

提灯目光一扫，这小厮高额阔腮，小眼塌鼻，脸上一颗痦子，牙也不甚整齐。虽其貌不扬，眉目间却一片浩然坦荡，眼神清明。他慢下脚步，让这小厮上前为自己带路，说道："我也有灯。只今夜出门急，忘了带。"

"这正是我们这些人的用处呢。"

就要进内院的当口，前头走过一间抱厦，须得上几步木阶，小厮侧身等提灯先上，提灯到屋檐口，吩咐道："过了抱厦，里头就亮堂了。你不必跟，劳烦为我打些热水到房里，我要沐浴。"

小厮应了，等在门口执灯，让提灯过了抱厦再走。

提灯将要离去，边前行边问："你是曲鸳小爷身边的人？叫什么名字？"

小厮说："贵人折煞我，我一个贱奴，哪有什么名字，连姓都不曾有的。只一个贱名，唤中鸥罢了。"

他说完，昏暗的抱厦里头没有回应。

中鸥悄悄抬头，只见提灯站在光晕之外，面容模糊，略微侧身回首，立如长松，问："你说你叫什么？"

中鸥忙低下头，抟直了舌头道："小的，中鸥。"

良久，他才听提灯说："中鸥，我才进这抱厦，身上戒指落了，不晓得被我一脚踢到了哪里。你进来，同我一起找找。"

中鸥立刻应了，只在心头疑惑：才接到这贵人时，没见他手上戴什么戒指。即便刚落了地，怎么也没听着声儿的？

到底是主子的命令，他不过略想想，却不敢不做。

中鸥躬着身，灯笼打得低低的，眼睛只往地板四处扫："这屋里没灯，又只我手里这一个灯笼。贵人歇着，我来找就是。免得一会子抓瞎，磕了哪里，岂不是我的罪过。"

他唠唠叨叨半晌，竟也没听身后吱个声。

"贵人？"中鸥半跪在地，试着喊了喊提灯，同时伸着灯笼往床榻底下找戒指，忽被人从后头拍了拍肩。

提灯负手站在中鸥后方的黑暗中，极缓地弯腰，凑到中鸥耳后："我也算，见过长辈了。"

这话莫名其妙，中鸥听得寒毛一立，举起灯笼回头，眼前是提灯半明半暗的一张脸。他刚要出声，就被劈掌打中后颈，登时两眼一黑，昏死过去。

房里没绳子，提灯将中鸥蜷成屈腿的姿势，把人推进床下，想了想，又不放心，

第四章

再寻了块干净抹布塞进中鸥嘴里。

这一掌劈下去，中鸥能睡到晌午，加之这一夜，这间抱厦不会再有人来，提灯估摸着，待中鸥被发现，怎么也得是自己离去半日以后。

这么一算计，无须担心什么。他又撇了撇嘴。但凡收拾个别的什么人，哪里用得着这么麻烦。

夜风偶过，清爽宜人。谢九楼站在廊中，目光幽深，脑海中不住想起来时楚空遥同他说的话。

"蟒语？阿海海……在蟒语里头，不曾有这个说法。"

"许是语调不同？白断雨教我蟒语时，蟒族已几近灭绝。他们的语言没有文字，流传的方式仅是口口相传。可蟒语在不同部落里，同样的意思，因着口音差别，听起来也大相径庭。所以他们没落那两百年间，随族人死去，最难考证的，便是蟒族消失的语言。"

谢九楼那时想了想，对楚空遥说："不。就是这个语调。"

楚空遥思索许久："我在记录蟒族人卷轴里看到过一次，不过书中也只略带着提了一笔，许是那东西不甚重要——保留记载的蟒语里头，有个叫法，和你说的相近，但只是相近，几乎只有咬字相似，说出来，音调却完全不同。若不刻意穿凿附会，把那叫法和提灯的叫法放在一起，听不出什么联系。"

谢九楼忙问："什么叫法？"

楚空遥便循着当年自己看过卷轴上的注音说了一句。

那说法咬字确实和提灯类似，只语调要高出很多。

"这已是蟒族里十分古老的语言。再要追溯，会别的叫法的蟒人，应该只存活在他们尚未没落的时候。也就是你我出生前两百年，距今……该有五百年了。"楚空遥解释。

谢九楼沉默一瞬，问："那你刚才的叫法，在蟒语里，是什么意思？"

"昵语，就是用来称呼对自己来说最重要的人。"

谢九楼回神，看着提灯走入院中。提灯……会是蟒人吗？不，不会。蟒人生来便是玄者，谢九楼身为四阶刃，娑婆世中任何玄者他都分辨得出。而提灯与他这么多年朝夕与共，骨珠没有任何玄气，是最寻常的普通人。

提灯发觉谢九楼一直望着自己，走到他身边："你有话要说？"

谢九楼沉默着，目光讳莫如深。

许久，谢九楼说："提灯，我们三百年前……再往前，是不是见过？"

提灯愣了愣，并未回答。

他躲开目光，谢九楼这次却一直等着，似是非要一个答复。二人正僵持不下，谢九楼的右手忽被抓住，下一瞬，食指上套了个冰冰凉凉的东西。他一看，竟是在须臾城被自己当掉的戒指。

这东西叫谢九楼神色一软，手上便松了力，定定瞧着食指上的铜戒，低声问："几时拿回来的？"

提灯道："你当掉的那天。"

原来那晚提灯无故消失那会子，是赎他的戒指去了。

不过谢九楼心生疑惑："哪里来的钱？"

提灯脊背一僵，立刻不吱声了。

"偷的？"谢九楼反应过来，正要问，"怎么能……"

话没说完，他手里又被塞进一块棱角分明的硬物。

是巴掌心那么大的红宝石。

提灯飞快地塞完，头也不抬地进了自己的屋子。

这边谢九楼刚和提灯交谈完，就又看到鹤顶红怒气冲冲从楚空遥房中冲出来，像跟人干了一架。

谢九楼和楚空遥眼风一对，楚空遥走到谢九楼身边道："你问了提灯没有？那'阿海海'究竟是怎么一回事？"

谢九楼摇头："他有意含糊过去了。"

"含糊过去？"楚空遥说，"你既知道他在含糊，便放任他含糊了？几时对你营里头的将士也这样惯着，我看你不消二十八岁，十八岁就能死在战场上。"

"你也来编排我。"谢九楼扯了扯嘴角，"并非我不想问，而是觉得，问了也没多大用处。无非是想知晓阿海海是不是我，我与他从前又是否相识。可相不相识，我好歹在世间活过二十八年，见没见过他，难道自己不清楚吗？倘若我当真见过提灯，哪怕一眼，我也不会不记得。他叫阿海海叫得那般熟稔顺口，必是早已唤过多次。可你我都清楚，在进无界处以前，从没谁这么叫过我。难不成，这世间当真有另一个谢九楼，在三百年前，与他相识相交过？他不愿意说，我又何必深究。"

楚空遥听完，捏着扇子按在谢九楼手上："你先不急。刚刚我途经抱厦，发现床底藏着个人。"

"人？"

"我给他灌了点水，点了几道穴，他便醒了。醒来还跟梦里一样，惊慌了一时，我叫他镇静下来，他同我说了一件事。"

"何事？"

"他是被提灯打晕藏起来的。"

谢九楼皱了皱眉："提灯？提灯不会这样……"

楚空遥抬手示意他稍等："你可还记得昨晚吃饭，曲鸳说他有个奴仆，素日最爱研究那些五行八卦阴阳符纸的东西？"

见谢九楼点头，他又继续道："提灯打晕的，就是这奴仆。你知道提灯为何打晕他藏起来？那是为着他的身份——这小厮，没有姓氏，只一个名字，唤中鸥。"

谢九楼彻底怔在位置上。

楚空遥乜斜着他："这名字你要是不记得，老将军把棺材板掀了也要起来打你一顿。"

谢九楼后背一凉："你什么意思？"

"你晓得我什么意思。"楚空遥道，"提灯怕不是他给你看到的那么简单。"

简单？谢九楼简直想发笑。光他看到的就已经不怎么简单了。

楚空遥又道："我左思右想，把咱们出来遇到的桩桩件件捋了捋，你猜我捋出个什么头绪？"

谢九楼心沉了下来，声音也沉着："什么头绪？到这田地了我还不知道头绪？咱们不是在你我死后三百年，而是回到了当时的两百年前。"

蟒人势大，祁国蛰伏，天下尚未三分，中原还没被统治，娑婆仍是乱世，谢家家祖中鸥还在商户家里做着小厮。如今本该在上山时化作伥鬼的小主人被他们无意救下，还有昨夜的蟒人，前脚小五还在饭桌上说须臾城要出事了，后脚谢九楼便撞见仓皇出逃的男女——男的拿刀砍了自己一只手，最后情急之下杀了自己，这分明是玄气爆体，承受不住的反应。女的明显是前几日受召才前往须臾城，当下又从城里逃出来——须臾城的变故，是蟒族巫女下咒了。

他们在经历两百年前的历史。而提灯显然知道这一切，所以才会在一开始发现他跟出无界处时勃然大怒，如今步步为营，一路走，一路想方设法将沿途的蛛丝马迹瞒住。

"他到底是谁？"

"是谁？"楚空遥摇着扇子，"我倒有个想法。你大可猜一猜，往高了想，别小看了你身边那位便是。"

"难道他真是蟒人？"谢九楼思索着，"可蟒人身负玄气，提灯骨珠寻常……"

"蟒人？蟒人有那么大能耐，能让整个娑婆时间倒退五百年？"

"五百年？"

谢九楼先是一愣，随即反应过来，是了，是五百年。

他们眼下在儿时两百年前，加上无界处度过的那三百年。故而从他遇到提灯那时开始算，刚好时间倒流了五百年。

"五百年……"谢九楼低头陷入沉思，俄顷，倏忽望向楚空遥，"怒火悲汤倒转一圈？"

这原本只是存在于古老传说中。

怒火悲汤，天地之源，阴阳两池依附共成，形如八卦圆盘，池中孕育能仁、笙鼍两神，而后才生日月星辰，再生万物。

然而，两池并非永恒静止不动。天地诞生前的无数个由迦以来，唯一拥有时间之策的就是怒火悲汤的运转周期。

传言能仁与笙鼍创造出时间之后，便将怒火悲汤顺转一圈定为五百年。若轮盘倒转，则娑婆世也将往前回溯。

怒火悲汤是万物运行的基石，世间生灵脱胎于此，若有生物要逆道而行，强行进入阴阳池扭转乾坤，无论神佛苍生，只会被池中的寒水岩浆腐蚀得血肉不剩。

"提灯哪有这等能耐？"谢九楼不等楚空遥搭话便自行否认，"他性子急起来是不着调些，可顶多也就是在自己身上动动刀子——不过吓唬我而已。他那风一吹三步倒的模样，动起真格来，又伤得了谁？"

"他昨儿才打晕了你老祖宗。"

"……那是他偷袭！"

谢九楼说完，自己也觉着牵强了些，想了想又道："就算他藏了些能耐，那能耐再大能大过天去？永净世三千神佛入那池子尚且化成血水，他是哪门子高手？能比神佛厉……"话到一半，谢九楼戛然而止。

楚空遥笑吟吟道："想起来了？"

永净世是有那么一位，在三千神佛中，入了怒火悲汤还能出来的。

当年能仁神将笙鼍脱去骨血的皮肉投入怒火悲汤，企图再造一个先天神与自己达成阴阳平衡以镇守天地。岂料那具肉身在池中化水后重塑时，携带了极重的怨气，将永净世一干自娑婆修炼而来的后天神佛全拉入池中给他造了骨头——这便是无相天神。

无相初次诞生之时，自怒火中来，只有一身森然怨念。能仁神为避免其搅乱乾坤，赶在天神出世前又把天神打回了池中。再以万字佛经刻遍其通身筋骨，束缚住无相满身煞气，天神方才现世。

楚空遥道："那万字佛经刻骨之痛，虽让无相天神吃了苦，自此断掉慈悲心，离于爱恨海，无忧无怖，但也保全了他一身基骨，使他入怒火悲汤时，可以只去血肉，

第四章

不化骨成灰。"

也就是说，世间三千神佛，唯独无相，伸手入池扭转乾坤后，还能保留一副白骨。

谢九楼低头，沉默一会儿方道："可提灯……不是白骨，是活生生的人。"

楚空遥不置可否："小鸟醉酒，同我说了个事。那日我在诞辰与他讲赤练圣手被罚的因果，才讲到天神与那泥点子的纠葛，你便走了。我为了追你，这故事也没讲下去。刚刚知晓，提灯已把后续又给他说了些。而这后续，竟还有我从没听说过的。"

"什么？"

"天神挖掉的第三只眼睛，原本在他的右手上。"

第二天第七歌休息了一天一夜，一早便能下床走动，会合时见着楚空遥他们几个，估摸是姬差同她说过前一夜如何被人所救，又如何得了楚空遥的帮助化开她腹中骨珠，如今再见，她面色竟不太自然，难得的是，也不似先前那般嚣张跋扈了。

曲鸾在门外送行，眼里谁都放不下，只拉着提灯怯怯地问："你还回不回来？"

提灯把袖角从他手里抽走："不回。"

谢九楼趁机拉楚空遥到一边："那个……你怎么处理的？"

楚空遥："哪个？"

谢九楼给他使眼色。

"你老祖宗啊。"楚空遥恍然后说，"我给他打晕扔回去了。"

谢九楼："嗯？"

"不然他一会子跑出来闹，提灯怎么收场？"

谢九楼想了想："你说得是。"

正当一行人同主人家告完别离去，提灯行至不远处，忽一回身："曲鸾。"

那边正要入门的小少爷闻声看来。

"日后，便不要再去七星抱虎峡了。"

入夜，曲宅一间黢黑的抱厦里，中鸥悠悠转醒。

他扭动左右两边齐齐酸痛的脖颈，不知手里被塞了什么玩意儿，只一味摸索着去找灯。昨儿连烛台都没一个的地方，眼下竟像有人故意留了灯似的。一时光起，照亮一堂，中鸥方才摊手去看掌中之物。

是一张折成三角的符纸，另附一薄笺，上书几行小字。

前辈不懈于道，志在四海，路达八方，为大祁两百年忠良死节之伊始。晚辈幸甚，愧以鄙薄之身亲仰谢祖高容，今呈一燃怅符以谢鄙非礼之举，实为取羊毫之末献与青鸟，望前辈不计前嫌，聊以解乏。

正是楚空遥的字迹。

从曲宅出来，离开镇子，往西数里，就入虎啸山了。

虎啸山山势险峻，又多杂草树木，山路多是断头小道，行动起来极为不便。是以月出时分，他们也才不过走到山腰。

总归入了山，他们是人找虎，不是虎找人，只要聚在一起，便也没什么怕的。

于是一行人择了个平坦的地儿，就地扎堆。

楚空遥和谢九楼去附近找干数枝当柴烧。

"横竖你不愿信，如今进了山，他自己寻的这个巧宗，看你信不信。"

谢九楼问："什么巧宗？"

楚空遥斜眼瞧着他："你就没想过，他突然进山，是为了什么？"

谢九楼微怔。

楚空遥弯腰捡着柴："这虎啸山，原本是无相天神镇压那只老虎的地方。那老虎，又被放在山里镇守无相当年屠龙的那套弓箭。你家老祖宗晚年时候，研究出操控伥鬼的邪符，便使唤伥鬼进山把那龙吟箭给偷了，成了你谢家传家宝。后来你被逼战死，那箭不肯弑主，也自折龙骨、自断龙须——可这都是咱们现在这个节点以后的事。"

谢九楼道："按道理，龙吟箭现下应该还好好放在山上。你的意思是，提灯进山，是要取龙吟箭？"

"这山里统共也就这么一个宝贝。"楚空遥把多出来的干柴扔到谢九楼手上，"你疑心自个儿不是他的阿海海，只因着你二人以前没见过。那你猜猜，他取龙吟箭，是要自己用，还是知道那是你的武器，要拿来送你？若他拿来是要给你，你还敢说他从前不曾见过你？"

二人抱柴折返，生上火，提灯无声无息又坐远了去。

临行前曲鸯给每人收拾了一个包袱，谢九楼拿过自己和提灯的，分别从里头掏出两包油纸包的干粮，打开一看，都是兔肉干。

谢九楼和其他人的一样，分成了几大块，唯有提灯的，全是撕成了细丝儿的兔肚子肉。谢九楼脸一沉："你吃我的。"

提灯不明所以，抬眼看着他。

"曲鸯那小崽子……"那么大包兔子肉，全撕成那么细的条儿，指定是他自个儿动的手，也不怕叫人细想下去就没了食欲。谢九楼没说下去，只把提灯的放在一边，从自己那包油纸里拣了个兔腿递过去，提灯便接了慢慢啃着。

前头火光照到这里已暗了不少，谢九楼瞥见提灯右手手背那条长疤，在晦暗光晕里忽道："提灯，同我说说，你的阿海海。"

提灯刚送到嘴边的兔腿蓦然停下，他缓了几息才愣愣转头看向谢九楼："什么？"

谢九楼还是第一次见提灯做出这般反应，眼底不知不觉便有了笑意，他藏好神色，又重复道："同我讲讲，你的阿海海。"

提灯脸上慌乱快掩不住了，呆若木鸡。

他彻底放下了手上兔腿，目光在谢九楼眉眼间来来回回，肚子里拐了八十个弯，急急搜刮着，回忆自己今儿是做了什么又叫谢九楼不高兴了，才要扯这一桩来寻他的不是。

他怔怔盯着谢九楼，说："我下次……不偷东西了。"

谢九楼："偷东西？"

提灯垂目去看他右手铜戒。谢九楼顺着看下去，顿时哭笑不得："谁同你说这个？我要听你讲阿海海。"

提灯僵着脖子不吭声，过了会儿，他小声道："你……不生气？"

"生气。"谢九楼往后一仰，两手撑在地上，望着月明星稀的天，脸侧的酒窝若隐若现，"你一边说，我一边气。说吧。"

提灯磨叽半天："他……"

谢九楼一下坐起来，屈起一膝，把胳膊搭在膝盖上，凑近提灯问："他穿鹅黄衫子好不好看？"

提灯仍怔着，声音小如蚊蚋："……好看。"

谢九楼又偏着头问："他好看我好看？"

提灯几度启唇，最后低头望着自己手上的兔腿。

谢九楼目光扫过他手中半个兔腿，道："我看你能躲几次。"

提灯低头吃肉不说话。

对面楚空遥无声挨着鹤顶红坐下，侧首在二人之间低低问："累不累？"

鹤顶红半边身子一麻，瞪过去，猝不及防离楚空遥太近，僵着脖子往后退："我几时说累？"

"鸟爪子小，习惯飞，不能常跑。"

"你……"鹤顶红憋着气，一时不知怎么反驳，干脆别开脸去。

"喝水。"楚空遥瞧他气得头顶鹤羽都快立起来，故意又逗道，"免得把羽毛也跑干了。"

鹤顶红幕地扬手把他手里水壶一掀，起身便走了。

一旁的第七歌和姬差虽没听到他二人对话，却也被这动静惊动得看过来。

第七歌脸色仍白着，尚未痊愈，幽幽冷笑："你倒是好气性儿，乐意这么伺候人。"

楚空遥捡起水壶放在一边，转着扇子玩："你旁边那位也不差。"

姬差听不着似的，只管埋头把第七歌才吃剩的兔子肉包好放回行李，又拿出绢帕给第七歌擦手。

"她？"第七歌顺势睨了姬差一眼，勾唇道，"她懂什么。"

姬差手上一顿，对着第七歌翻一个白眼，似是早已习惯这人的言谈姿态。

她细细给第七歌擦了手，又从后头找出水壶来："喝水。"

第七歌正要接，忽地目光一凛，低声道："什么声音？"

那边提灯和谢九楼也极敏锐地察觉了。

有东西在离他们很近的地方，轻轻地踩碎了一片枯叶。

那绝不是夜风无意，而是一种危机临门前特有的安静，安静下蛰伏着浓浓的杀机。一行人不约而同往传出动静的右侧看去，同时缓缓站了起来。

伸手不见五指的黑暗中，一片片灌木后，露出双双发绿的眼睛。

那绝不是人，没有人的眼睛长在不及膝盖的位置。

"……提灯！"鹤顶红从左方树林子里匆匆赶回来，"那边有……"

话音未落，他便住了嘴。

一群人面前，明灭着许多双泛光的绿眼，似才浮出水面一般陆陆续续自暗处显现，伴随着窸窸窣窣的。

很快，那些眼睛把他们围成了半个圈。

灌木丛里的声音渐渐大了起来，是野兽示威时喉间发出的呼噜声。

"我竟忘了，"提灯后退着，开口道，"伥，也不全都是人。"

他们慢慢缩小彼此间的距离，直到六个人肩背相贴，灌木丛里的东西也露出了本来面目，是一群鬣狗。准确地说，是一群死而复生、已成伥鬼的鬣狗。

"不应该啊，"楚空遥皱眉，"这玩意儿喜欢吃腐肉……小鸟，你刚刚说，那边有什么？！"

一语未尽，他们面前最近的那只鬣狗已经龇牙咧嘴，眨眼间便朝离它们最远的姬差身上扑去。

这动作来得极快，不过晃眼工夫，鬣狗便从他们眼前跃过。

姬差退了两步，仰头只见鬣狗飞身而来，惊惧之中摸出第七歌早前给她的刀片，可因着过于慌乱，竟拿不稳，落在地上。

姬差拿胳膊蒙着脸跌倒在地，下一瞬，鬣狗却从她肩头跨过，似是咬住了什么，一面啃食，一面发出低吼。

众人齐齐转身，方见姬差后头不过一尺远的地方，一人一狗撕扯在地。

那人几乎被鬣狗刚才的一口咬断脖子，却依旧力道蛮横，口中嘀嘀作响，四肢僵硬，枯瘦如柴。竟也是个伥鬼。

鬣狗食腐，即便它们成了伥，那些死去的人也还是它们的猎物。

这一幕叫他们来不及反应，已见更远处的林子里，一群群野伥怒目圆睁冲他们

袭来。六个人快速应变之下,两两相背御敌,谢九楼护住第七歌,楚空遥护住姬差,提灯则与鹤顶红互相照应。

与此同时身后一片鬣狗也举力出动,越过他们扑向那一波伥鬼。一时林子里断骨之声四起,那些躲开鬣狗的野伥还在朝他们袭击,伥与伥,伥与人,无一不是短兵相接。

今夜伥鬼不如前夜那般势大,只是些散乱在山野处的小伥集结起来。瞧着数目,不过百尔。寻常伥鬼忌惮楚空遥,不敢近身,便瞅准了身边的另外两对攻击。偏楚二身上揣着谢家燃伥符,借着这个空隙,他穿梭着在伥鬼身上贴了不少,又带着姬差游走回火堆旁,抬脚一踢,火星迸溅,沾上符纸便陆续燃烧起来。

一只只伥鬼成了行走的火种,顿时野伥被毁去大半。剩下几十只还在和别的几个人纠缠。

伥鬼这东西,论打斗不行,难缠在死不干净。要么剥皮,要么火烧,否则倒下又能起来。可人的体力毕竟有限,这只才给敲晕,那只又转醒,解决一个容易,麻烦的是四面八方都有突袭。

姬差自小娇生惯养,家中三进宅门十年也不出几次,今日长途跋涉本就叫她筋疲力尽,眼下与野伥对打,楚空遥再怎么周全也做不到眼观六路。正是一众手忙脚乱的当儿,角落草丛里,就在她一丈开外,忽蹿出一只伥来,许是瞅准了姬差无力反抗,两颗 绿眼珠子直勾勾的,双手成爪状,奔着要她的命来。

换作寻常,这么远的距离是有反应时间的。奈何姬差体力不支,勉强站着喘气,哪里注意得到扑来的伥鬼。

第七歌眼尖,抬手才割开一只伥鬼的喉咙,又兼顾侧身大喊提醒道:"姬差!"

姬差气力用尽,耳边只有模糊的打斗和细密的嗡嗡声,旁人说什么,她已听不清了。

第七歌看着姬差,回首,正前方是两只正面扑来的伥鬼。

若她此刻闪身去救姬差,那么重重包围下,谢九楼的后背必受重创。

第七歌只犹豫了片刻,便将身一错,举着刀朝姬差身侧的伥鬼扑去。

提灯在火光中只一瞥,便见谢九楼身后空出一片。

"谢九!"他停下动作大喊。

来不及了。谢九楼身后的伥鬼,不过咫尺便能掏进他后背。

谢九楼闻声望去,只见着提灯一张苍白惊慌的脸,竟好似在一刹那血色便全退了,时间停伫在那双发红睁大的眼里——谢九楼恍惚,三百年间,似乎从没在那张脸上读出过这般近乎绝望的神色。他左右两侧各跃出一只鬣狗,在身后伥鬼碰到他的前一刻咬住其喉管。

楚空遥敏捷地闪到谢九楼身后，冲第七歌呵道："作什么死！"

第七歌半蹲，扶着已经昏迷的姬差，垂目不语。

恶战已近尾声，只剩三两只野伥苟延残喘，鬣狗大快朵颐，四野归寂，忽闻遥遥一声虎啸。只见遍地伥畜皆是躯干一震，举凡能动的，竟都一下跑得一个不剩。

众人得了喘息的机会，纷纷寻着可倚靠的地方休息。

提灯手里还握着谢九楼给的短刃，只别在手臂上，袖子遮掩住了。

他慢步走过一地狼藉，到第七歌身前，略一停顿，又接着往丛林深处走。

第七歌沉默片刻，起身跟了上去。

行至幽暗无人处，月光被他们头顶交错的枝叶切割成雪花般的碎片，零零碎碎洒在树荫之下，提灯的声音方缓慢地传过来："谢九脖子上的伤，是你的手笔？"

先前姬差情急之下摸出刀片之时，他才意识到，谢九楼侧颈处那等模样的伤，该是什么东西划出来的。

第七歌无声跟在他后头，没有接话。

她初入峡谷遇见伥鬼昏迷那晚，被楚鹤二人所救，次日楚空遥化了她体内蟒人骨珠，趁她清醒时，警告过她。

"你那日叫的那位'爷'，确实是位主子。不过下边的，都管他叫九爷。

"九爷身边有个活冥王，须臾城外你也见过，还曾拿刀架在他脖子上。

"你别觉着拿刀威胁过，那活冥王就好欺负。

"旁的什么都不打紧，唯那位九爷是他的逆鳞。

"前几日你在须臾城刻意伤了人，这事儿九爷不跟你计较，他却是发了疯地要杀人。凶手他没找着，你便记得揭过不提，就当那一刀子不是你划的。

"那活冥王几时问起，你别充脸子出来顶下。别怪我没提醒你——他若是知道伤的来处，谁都保不了你。"

第七歌放慢了步子。

提灯听她不答，哂笑一声："不是你伤的，那便是你家小五伤的。"

她立刻停下："是我伤的。"

提灯原本负手走在前头，此刻也止了步。

前方顶上空出一片黑天来，浮云走过，一束森冷月光射下。

提灯一脚站在月光里，大半个身子隐在黑暗中，徐徐转过来："哦？"

第七歌无端僵直了身板，后颈处寒毛倒竖，垂在两侧的双手亦握成了拳。

她昂首吸了口气，才吸进一半，月光底下那个漆黑的人影竟已如鬼魅般出现在她眼前。第七歌瞳孔骤然一震，眨眼间只觉后背一痛，竟是被提灯捏住衣领掼到树干前，横臂死死别住了喉间命门。

她脖子上一凉，是极薄极冰冷的刀刃正抵在她喉前。

"你听着，我不管你是男是女，是七是六，下次要是再敢对谢九做这种事情，我就从这处割开你的喉咙，放干了血，明白了吗？"

她听见提灯恨不能将她咬碎的声音压低了从牙根处挤出来，横亘在她颈下那只小臂也用力得似要把她的锁骨压碎。

"听明白了吗？！"

第七歌借着时隐时现的月色看清提灯淬毒般的眼神，那是比一万只伥鬼压境时来得更浓厚百倍的杀意。喉间刀刃再进半寸，她便能当场血洒幽林。

第七歌凝视他良久，点了点头。

远处，乍起嘈杂之声。他二人一愣，那杂乱正来自他们休息的地方。

俄顷，提灯听见楚空遥大喊："谢九楼！"

提灯拿刀的手一颤，飞一般冲了回去。

他到达原处时，满地泥土好似被掀翻一层，尘灰滚滚，楚空遥衣衫凌乱，和姬差一起昏倒在地，鹤顶红嘴角溢血，尚在呆怔中没有回神。

"谢九呢？"提灯扫视了一圈，又问，"谢九呢？！"

鹤顶红浑身一震，六神无主地指向远处："那只老虎……它……谢九楼……"

他本想说那只老虎突袭时，动作极为迅猛，他们还在休息，谢九楼最先反应过来，因着它体形过于庞大，几个人还得照看昏迷的姬差，眨眼下来便是数个殊死搏斗的回合。他们体力不支，谢九楼见势飞身上了虎背，瞅准时间把自己手中木簪插进了老虎一只眼睛。

那老虎当即发了狂，没等谢九楼下来，便胡乱冲撞到了远方。

楚空遥本想追过去，才抓着老虎尾巴，就被硬生生拖拽了数尺，随后被虎尾甩开，撞上身边树干，昏迷了过去。

提灯压根没有听完，便直往鹤顶红所指方向追去。

"提灯！"

"别跟过来！"

鹤顶红还欲再唤，前方身影已没入幽林中无边的黑暗中。

夜色浓稠，偌大的山野里树影婆娑，丛林上方枝繁叶茂，挡住了来自苍穹里唯一的那点光，叫人连一丝老虎的踪迹都无处追寻。

提灯站在山间，周边大树如重重鬼影，四顾之下，除了他自己急促的呼吸声再无半点动静。

他找不到谢九楼。多耽误一刻，谢九楼就多一分危险。他抬起右手，触碰到左臂自指尖缠裹到手腕的那层冰冷皮革时，才发觉自己的手指已经颤到连皮革都解不开了。

提灯定了定神，低头认真摸索着皮革的开口处，额上滴下豆大的冷汗，口中语无伦次地低喃："谢九……你等我一下……"

须臾，皮革被解开，提灯一圈圈散开绑带，露出这只手自腕骨往上的真容。

是森森白骨。提灯以白骨执刀，划开右掌掌心，二掌上下覆合，血液顷刻间分作数支流向白骨四处。下一瞬，那一副白骨上出现密密麻麻的鎏金梵文，好似佛经印刻其间。梵文之上，反射出隐约的血光。

鹤顶红倚树而坐，仰头看着漫天星辰，耳边窸窣有了动静，他扭头一看，楚空遥这时才悠悠转醒。

他正要搀扶着对方起来，就见囵囵从包袱里探了个脑袋出来，两只眼睛一动不动对着上方。楚空遥亦是凝眉远眺，目光聚在一处，神色深沉，一言不发。鹤顶红顺着望过去，只闻远处风过山林，安静得很。

下一瞬，忽有金红血光自林深之处迸发，向天而出！那光束先拢作一处，冲至高处时，光晕渐渺，正中一线却愈发刺目。正叫人看得生出幻觉，以为那光就要化成一柄利刃劈下来时，它又乍然四散，如开扇般指着各个方向倒了下来。

无相天神令。起四海，动山河，天神发令，万物奉音。

他二人顿觉耳膜一震，似有气波荡平山野，连心跳都跟着空浮一瞬。

接着，便是更远处，传出老虎震耳欲聋的惨叫，接连不断，起伏不定，犹如其身翻滚在地，饱受折磨。

提灯循着那惨叫找到老虎时，谢九楼还昏睡在树下，呼吸微弱。

他跌跌撞撞跑过去，蹲在谢九楼身前，试着喊了喊："谢九……谢九……"

暂时没有摸到什么伤口，提灯只瞧着谢九楼脸色变得灰白。他还要再细看，一旁空地上又传来一阵虎叫。

这一叫，才吸引了提灯的注意。

那老虎不知受了什么伤，两只厚实的前掌一直捂着头，不停晃荡脑袋，喉咙里断断续续发出低吼，约莫是疼得厉害。

提灯眸光一紧，死死睨着它。

过了会儿，他才扶着谢九楼靠在树干前，摸出匕首，一步一步朝老虎走去。

那老虎光是卧着便到他大腿，此刻提灯离它愈发近了，它倒像是认出他来，喉咙里还因疼而浅浅低吟，动却不怎么敢动，只往后蹭，退了略微半步，提灯定在它身前，它便也彻底老实下来。

身前的人慢慢矮身，老虎低着头，等了半晌，却没听到别的响动。

它试探着抬头，刚仰起脸，一把利刃直直戳向他受伤的右眼。

一时鲜血迸溅到提灯的下巴和鼻梁上，老虎发出长长的哀叫，却也不过摇了两下脑袋，再不敢有别的动作。

"不长眼的东西，这瞳子拿着没用，留下做什么！"

提灯白爪般的左手抓住老虎脑后，一把向下扯去，强迫老虎扬起头来，右手沿着老虎眼眶，从血肉中挖下它那只被谢九楼刺中的眼睛。

老虎的叫声已近嘶哑，饶是如此也不敢放了嗓门吼叫，只断断续续张着嘴低噘，听起来更似哭喊求饶。

掌心大的眼珠子落到提灯脚下，他拾起放在手里，拔出谢九楼的木簪，在虎皮上擦了擦，恨极道："别脏了他的簪子！"

他把簪子收好，别在腰间，又向老虎更近了一步。

老虎动了动腿，没敢退，只一味缩脖子。

提灯突然伸出一手抱着它整个头颅，叫它抵在自己胸口，另一手的刀尖对着老虎颈下血脉，下一个动作便要把刀整个插进去。

"提灯……"身后的谢九楼发出无意识的呢喃。

提灯顿了顿，看着自己放在老虎头顶那只白爪，沉默一瞬，又把老虎扯起来，垂眼道："得闲再扒你的皮。"

他松手，收了刀，自怀中掏出皮革快速绑好，才回到谢九楼身前。

"谢九？"谢九楼咳嗽了几下，皱着眉头睁眼。

提灯紧绷的脊背霎时松了下来，只屈膝靠他更近，小声道："你醒了？你……那畜生有没有伤你？"

谢九楼舒了口气："无碍，你呢？身上怎么全是血？脸上也是血？"

他举起胳膊给提灯擦了擦脸，这才勉强叫提灯面目干净了些。

血是老虎眼眶里头迸出来的，提灯身上没伤。

提灯低了低头，说："不是我的……那老虎受伤了，给我蹭着了。"

"受伤？"

提灯蹲在他身侧无声抽回手，放在自己膝盖上，躲开谢九楼视线，含糊道："它……把自己眼睛挖了。"

谢九楼半天没声儿。

过了会子，只听他道："许是我簪子插它眼睛太深，它受不住痛，便自己挖了。"

"……嗯。"

老虎弱弱地叫唤了一声。

谢九楼又道："我从东被它背着冲过来的路上，把你给我找回来的戒指弄丢了。你替我去找找，好不好？"

他怕提灯不答应，又补充道："我只怕夜里风吹下雨，泥巴一盖，明儿再想找，就找不着了。这老虎在这儿，要伤我早伤了，眼下挖了一只眼睛，还能不知道利害？不敢动我的。"

提灯虽不愿这个当头离开他，但迟疑片刻，还是沿东去了。

"……我只找一刻钟。"

谢九楼笑："好。找不到就回来。"

他目送提灯远去，待看不见时，方转过头，对着低头吃痛的大虎，脸上已没了笑意，只淡淡道："要想他放过你，一会儿就跟紧我。"

老虎将埋在前掌中的脸抬起看了他一眼，也不知听没听懂。

戒指被谢九楼自个儿藏在身上，提灯去而复返，自是没有找到。

谢九楼说："没找着就算了，说不定明日它自己就跑出来了。好好睡一觉，天亮了，就不怕了。"

提灯轻轻"嗯"了一声，没再说话。

老虎把谢九楼甩下地那会儿，他背后和腿都撞到了石头，若不是由远及近的一阵气海，叫那畜生忽如掏心掏肺般疼得打滚，他说不定真就成了它腹中之物。

眼下一身疼痛，可因着筋疲力尽，他累得够呛，没一会子便睡了过去。

正迷迷糊糊时，谢九楼手腕痒痒的，像有谁抓起他的手。

谢九楼睁开眼默默看了少顷："在做什么？"

提灯猝不及防，愣了愣，方低头轻声道："我看你有没有受伤。"

谢九楼失笑："受不受伤的，哪里用得着这样仔细？"

提灯久不言语。

谢九楼正以为提灯熟睡时，听到提灯说："别把后背留给别人。"

"好。"

"别受伤。"

"好。"

次日早上天亮，二人正卧眠树下，就听鹤顶红由远及近喊过来："亏我们找了一夜！你俩倒好，在这儿睡得不知姓什么了，半点不叫人省……"

被吵醒的巨虎从树后缓步绕上前，伸展四肢，打了个呵欠。

鹤顶红动了动唇，几个箭步原路退出几丈远，躲到了楚空遥背后。

——鸟怕猫，自古如此。

楚空遥笑着抬手往后护了护，瞧那老虎右眼上已糊了一团黑红的血痂。

"睡醒了，也该下山了。"他冲树下二人道，"这畜生倒让你们收拾得服帖。"

第四章

提灯一面起身，一面斜乜那老虎：楚空遥这么一提醒，他才想起这畜生还没处决。

老虎低着脑袋往谢九楼腿边上挨。谢九楼正给提灯拍完后背的泥灰，这会子大腿贴过来一个热乎的身体，便随手在老虎顶上蹂了两下。

提灯说："先走吧。"

众目睽睽，也不方便拿它怎么样。

下山路上，鹤顶红先凑过去："提灯，昨儿那光是怎么回事？"

提灯垂着眼，装不明白："什么光？"

"就昨儿，"鹤顶红说得兴起，"你去找谢九楼那当头，林子里冒出光来。嚯！地皮都哆嗦掉一层灰似的，不是你捣鼓的？"

提灯摇头："我没见着。"

"怎么会！那光只要在山上的都能……"

鹤顶红话没说完，提灯转身要去挨着谢九楼。才一扭头，方晓得谢九楼旁边，那老虎竟已跟了一路。谢九楼也不吭声，任它跟着。

提灯在他跟前顿住脚："你喜欢？"

谢九楼抱臂，垂眸看着老虎，扬唇一笑："还行吧。"

提灯便盯着老虎陷入了沉思。

"想什么？"谢九楼拉着提灯继续下坡，"是不是觉得能留它……"

"留它的皮下来给你做毯子。"提灯仰头，眼珠子似乎亮了一层，"如何？"

谢九楼：……

谢九楼扯了扯嘴角，委婉道："时令未至，过冬再说吧。"

提灯一愣："过冬？"

"是啊，过冬。"谢九楼并未注意到提灯神色，只踏上前方青葱山路，悠扬道，"今年冬天，若陪你在娑婆界过，便能一起看雪了。"

无界处没有四季之分，谢九楼已三百年没见过大雪。

"能和你看一场雪，也是极好的。"他说着，侧首看向提灯，对方却不知想到什么，低头不语。

"……提灯？"

提灯闻声抬头，怔了一瞬，忽笑了笑："那你可记好，算我欠你的——第一样有了，便是娑婆的雪。"

老虎成了囡囡最喜欢的坐骑。一行人沿路走，沿路观赏，囡囡躺在虎背上，时而仰面朝天，时而趴着打盹，丝丝缕缕黑气垂在虎肚子两侧，飘飘荡荡。

提灯见它招囡囡喜欢，扒皮的事便也按住不提了。

"总该取个什么名字。"谢九楼道,"大黄?"

楚空遥摇头:"不雅。"

"那叫什么?"

"小黄。"

谢九楼:……

"提灯,你觉着哪个好?"他转而问道,"大黄还是小黄?"

提灯沉默一瞬:"它不是本来就有名字吗?"

"有吗?"

"老虎。"

众人:……

鹤顶红隔得老远,听他们商讨半天,一撇嘴道:"不是过冬要做成毯子吗?!就叫毯子得了。"

于是老虎有了名字。除了它自己,大家都很满意这个名字。

行至半山腰,提灯不动声色慢了下来,最后止步道:"我方才打眼见着草丛里有个东西,像谢九的戒指。"

谢九楼下意识摸了摸自个儿别在腰间的硬物:"有吗?"

"有的。"提灯道,"你在这儿等我,我去瞧瞧就回来。"

毯子瞧着他的背影歪了歪头。

提灯前去的方向,似乎是它的虎穴。一时提灯负手回来,谢九楼大马金刀坐在石头上,躬着身,两肘搁在膝盖上,百无聊赖翻叶子玩:"找着了吗?"

提灯摇头:"泥太厚了。"

谢九楼颔首低笑,末了又道:"那走吧。"

只是嘴上说着,身子却没动,像还在等什么。

果不其然,提灯趁机从背后掏出一弓一箭,递给谢九楼。

那是一把极轻巧的弓,不过比小臂略长,象牙白,箭身更是一尘不染,连尾部箭羽都好似闪着银光。

谢九楼看着这支自己用了二十年的龙吟箭,并没有接,只问:"哪里来的?"

提灯垂目,正琢磨找个什么借口糊弄过去,谢九楼就给他找了说法:"找戒指路上捡的?"

提灯赶紧点点头。

谢九楼又说:"不该啊。这龙吟箭,三百年前就折了,怎么会出现在这儿?"

提灯眼珠子又悄悄乱转起来。

这时谢九楼又自答道:"该不会当年山里本就不止一支,世人不知道罢了?"

提灯一听，又点点头。

谢九楼忍着笑接过弓箭，自叹道："当年我满周岁，阿嬷端着托盘让我抓周，我第一个拿的就是这张弓，父亲自此便把它挂在了我的摇篮边。后来箭断了，龙骨成灰，我再想起，只叹是自己糟践了它。天神之物，岂是我婆婆凡俗能染指的。谢家两百年，它也就认过我这么一个主。如今再得一张，倒沉得叫我不敢拿了。"

提灯嘀咕："拿了就拿了，天神叫你拿的。"

"什么？"

"没什么。"提灯道，"你既用着称手，就当从这儿借的，日后无须再用时，还回来便是。"

转眼大半日脚程，他们才下了山。

毯子因为外形凶恶，只怕随着他们去找客栈要吓走大半个地方的人，便叫它驮着囡囡，绕山下小镇，穿林过去，在镇子外等他们。

鹤顶红一脚跨进镇子，一面抱怨："早晓得就绕峡走了。进山这一程，耗费的时辰还不如绕峡呢。"

他越想越不甘心，转问提灯："提灯，你当初为何非要进山？"

没等提灯答，谢九楼便在一旁说："擒了虎，解决了世间伥鬼之患，难道不值？"

鹤顶红皱紧眉头——不是不值，只是提灯不像那么为世间着想的人。

他拉着提灯小声问："你当真为这个？"

提灯想了想，当下也没别的理由敷衍，便道："是。"

鹤顶红神色愈发怪异。楚空遥伸出指尖弹了弹他额前皱出来的高低眉："你当初执意要跟着，这会子又何必疑神疑鬼。"

鹤顶红躲开："动手动脚的，做什么。"

楚空遥偏头，含笑道："小鸟，刚用完我，就嫌弃起来了？"

"我几时用……"鹤顶红话到一半，咬住舌头：毯子没离开那会儿，他确实一直逮着楚空遥躲老虎来着。

正说着，远处人群里传来高昂的一声大喊："大哥！"

这声音显然是冲他们所在方位来的，即便不是，也足够引起一条长街的人注意。众人朝声源处看去。下一刻，提灯听见谢九楼叹了口气。

来人正是曲鸳。原来这曲鸳在宅子里闲不下来，他们离开不过半日，他便闷得浑身不自在。又惦念着提灯去时的叮嘱，怕自个儿执意跟进山要惹得提灯生气，便打起主意，带了三两随从，绕过虎啸山，在山下他们必定会落脚的镇子里等着。

才到一天，曲鸳无事在镇上游荡，便撞见了他们。

他瞅着谢九楼背上背的弓，新奇得紧："原来大哥进山是寻宝去了？"

谢九楼不置可否，拉着提灯要去找客栈。

"……客栈我找好了！早给你们定了四间房！跟我来！"

曲鸳一片盛情，他们本还客气了一下，直接被一句"救命之恩"给堵了回去。订的是最好的上房，不出所料，提灯被安排在曲鸳隔壁，鹤顶红在最后，中间是楚空遥和谢九楼。

这几日正是踏青节，镇子里烟雨蒙蒙，入了夜的沿河两道，青石板缀着三两青苔，沾着雨水，有在檐下卖些解馋小食的，也有推着车摊出来卖各色灯笼的。曲鸳撺掇着各人吃了顿好酒，自己先酩酊大醉被搀扶回去，也不知是装的还是真醉了。

那边楚空遥早在席上就给鹤顶红灌了足足三瓶清酒，拉着人离开时鹤顶红已失大半神智，任楚空遥如何拉扯，毫不反抗。他没有直接拽着人回房，而是带鹤顶红出了客栈，到青石板小桥下的河岸长廊漫步吹风。

明月高悬，河面波光粼粼，似明月垂影打碎其间。因着鹤顶红走路不稳，要人支扶，楚空遥便领着他沿廊壁走在阴暗处，一手扶着，一边低头与其低语。

又听鹤顶红含糊咕哝："那两个小丫头未免太自利了些！好歹救她们几次，谢也不说一声，提灯还没找着呢，天一亮就急着走，火烧她们脚后跟似的！"

这说的是第七歌与姬差。

当时提灯摸黑去寻谢九楼，第七歌也回来，正碰着姬差醒了，眼见天蒙蒙亮，鹤顶红放心不下，说要去找提灯，第七歌却拉着姬差要下山，不与他们一道。

楚空遥道："当今乱世，两个姑娘独自出门在外，自私谨慎些，反倒更好。"

"谨慎……"鹤顶红嗤道，"怎么不谨慎？见了那么几次，也算生死相交过，咱到现在还不晓得她两个姓甚名谁！我看那个什么小五，只要有她七哥在身边，准吃不到一口亏。"

"你又何须艳羡旁人。"

鹤顶红没听清："什么？"

楚空遥抿唇而笑，放慢了步子："这回想听我讲完赤练的故事了吗？"

鹤顶红醉得脑瓜子一团糨糊，这会儿谁跟他来说什么是什么："你讲吧。"

他迷糊听着，昏沉沉在楚空遥臂弯里打起瞌睡。

"这赤练圣手，原是无相天神在混沌收服的一条九命毒蛇。因法力高强，甚合天神心意，便被留了性命，由天神带回永净世，赐予四肢，成其座下护法。"

鹤顶红听到这儿，蹙眉道："一条蛇，长四肢，该是个什么怪物？那天神就不能行行好，顺便给赤练化成人样？"

"天神收服赤练时，自己都没个人样，又哪里知道何为人样，何为美丑？"楚空遥接着说，"后来那粒自混沌被天神带上去的泥点子以下犯上，触怒无相，无相天神将其关在无境之境，命赤练在外把守。赤练却化作天神之貌，遁入混沌，去私会一个鲛人，那泥点子也因此得了可乘之机，回到天神身边，对其下了诅咒。"

"天神震怒，夺去赤练双足，将其打入凡尘。又说赤练既然要样貌，那便赐他一副好样貌，要扮天神，便让他自天上地下不断轮回，永生永世对过往一无所知，只能坐在莲座上扮天神。唯有一样——他若与那只鲛人相见，便能即刻恢复记忆，可代价就是看着那只鲛人在他眼前死去。直到赤练再次失去记忆，鲛人才能复活。如此，赤练唯一夙愿，便生生世世不可实现。"

鹤顶红只听到一半便说："这天神也太狠心，如此绝情，必遭报应。"

"他遭了报应。"

"哦？"

楚空遥停在檐廊拐角处："这事传到能仁神耳中，佛祖感叹无相天神太过乖戾，不惜耗尽半身法力催动天神骨上佛经，将其打入娑婆，要他学会对苍生二字心怀悲悯。无相天神是天上地下唯我独尊的神，目下无尘，能仁神便让他在娑婆世里做最为低劣的生灵——做泥土，做草木，做蝼蚁，做猪狗牛羊、野兽畜生。每入世一回，天神方能多一分对生命的敬畏，直到他真正通性，领略何为生、何为灵，才能投去做人，而后知七情，晓六欲，习爱恨，懂贪嗔，历经怨憎求不得，最终自食无情之恶果。"

"那他现在到哪一步了？"鹤顶红紧着问，"转世为人了吗？"

楚空遥笑着反问："那你呢？"

鹤顶红怔了怔，知道他这是又起了促狭心思，不会把故事接着往下讲，便瞪了他一眼，一甩袖子离开了。

枯天谷

五 天神诅咒

翌日清晨，四人同曲鸳道别，就上了路。

穿过七星抱虎峡，离枯天谷还有一日脚程，他们须得再露宿一夜。若速度快些，兴许能赶到谷内当年楚空遥他师父置的一处别院——如今那院子在不在，须得另说。

"不过那天神也是罪有应得，多吃些苦头再回永净世也是好的。"鹤顶红在提灯旁边念叨得紧，说完了才见提灯直着两眼出神，遂伸手到他眼前挥了挥，"提灯？"

提灯恍惚回神："怎么了？"

鹤顶红歪了歪头："我同你说，赤练和无相天神的事。"

"赤练？"这么一说提灯想起上次同他在须臾城并没讲完的那回，"你几时听完的？"

鹤顶红打哈哈："就……就前两天。"

他把自己和楚空遥的事儿含糊过去，挑着想说的话讲："那赤练与鲛人被无相天神惩罚，受了诅咒，一个永生永世只能在望苍海里做个夜叉，一个陷入无止境的循环，断了双腿忘记一切，只在凡尘扮他的天神。两者一旦相见，赤练恢复记忆，鲛人就会死去。这天神下的诅咒未免太过恶毒。"

提灯收回眼神，淡淡道："无相也为此付出了代价。"

"那倒也是。"鹤顶红点点头，"做风做雨，做草木尘泥、野兽畜生；世世飘摇，被众生踩在脚下，再到众生中去。随万物死，随万物活。堂堂天神，尝遍世间苦，我想他每一次回去，又被打下尘世时，必定恨极了能仁。"

提灯讽刺道："你高估他了。"

他说："天神无悲无喜，无爱无恨。只因自怒火悲汤中带着怨气降世，才生性暴虐，好杀嗜血。能仁将他投入凡尘，是要他找回身为一个天神应有的悲悯。无相之所以叫无相，正是他身入凡尘、体悟众生的结果。他兼众生之相，便为无相。观众生者，不知众生苦，便难垂慈悲目。何为天神？天神不在世人头顶，而在世人脚下。唯有任众生践踏踩唾之身，才有资格步天成神。天神恨不了能仁。他为世间第一蠢笨，数次轮回，最后一世，方才通晓爱恨。"

"最后一世？"鹤顶红问，"天神已经轮回到最后一世了？"

提灯沉默一瞬：“或许还在哪处做牛做马吧。”

鹤顶红又叹息：“那赤练与鲛人，岂不是不得解脱？”

"赤练与鲛人所受诅咒，其实要解也不难。"

鹤顶红："你如何知道？"

"我猜的。"提灯扬唇，睨了鹤顶红一眼，"你就没有想过，赤练当初为何要扮作天神的模样去见那鲛人？"

鹤顶红微微一愣。

又听提灯说："赤练真容是一条七彩大蛇，被天神擒获后又被赐予四肢，彻底成了一个怪物。无相天神不知美丑，那泥点子给他画出绝世容貌，下场却是被他幽禁在归墟。可耻于自己外貌的赤练对此却艳羡无比，这才偷偷化成天神的样子去见自己的心上人。若他有一副拿得出手的好样貌，又何须扮天神？"

"所以他是……因为自卑？"

提灯不置可否："无相赐他一副与自己三分相似的好样貌，夺他双腿，贬他入世，还羞辱地让他在凡尘也格外在意自己容貌。鲛人不上岸，赤练难下水，两者永不相见，违之即生死断肠。所以，如果要破咒——"

"让赤练以本相真身去见鲛人，方得解脱。"他说完，又以几不可察的声音垂目笑道，"可惜了，笙鼍殚精竭虑，也不知道此法。"

出了镇子，与毯子和囡囡会合，一行人入夜方到枯天谷。

枯天谷是婆娑大陆几大国的无人管制地带，因着穷山恶水，又挨着鲛人所在的望苍海，有巡海夜叉坐镇，妖魔横生。只有各国的囚犯被流放到此处，要么困在谷内茧花林，成为妖魔果腹之物，要么受刑去填望苍海，一生皆不可出。

他们落脚外围，毯子先去探了一圈，果真不见楚空遥他师父盖起来的那座别院。

鹤顶红稍显落寞："怎么才过三百年，那院子也不见了……"

楚空遥闻言便对着他笑："小鸟也知道那院子？"

鹤顶红看了他一眼，难得地没有找话说他。

楚空遥突然想起，以往每年过冬白鹤南迁时，总有一群会在他院子后的松林落脚休憩。他忽问："小鸟，你有没有去过那片松林？"

鹤顶红只是起身去拾柴。

一时几人生好了火，提灯还是远远靠树坐着，一个人在漆黑树影底下，往身边包袱里搜干粮。楚空遥望着，冲身边谢九楼问："就这么让他赌气？"

谢九楼眨眼道："我有法子。"

不一会儿，火堆边两人挪到离提灯不远不近的地方，交谈声断断续续传到提灯耳边。先是楚空遥不知见了什么玩意儿："我瞧你这鸽子血，倒很正，怕是几百年也难挖出这么一个宝贝。"

谢九楼道："你喜欢，便让你多瞧几眼。"

"我说你也不是什么小门小户出来的，怎么就抠搜成这样？我既说了喜欢，这宝贝也不是你的命根，怎么就送不得我？"

谢九楼借着火光往后方树下瞟。提灯仍一本正经弯腰在包袱里翻找东西，耳朵尖儿却已经高高地立起。谢九楼无声弯了弯眉眼，转回去和楚空遥接着道："虽然这宝贝不是命根，但若想要更好的，怕是不能了。"

楚空遥道："这宝贝虽好，却不至于绝无仅有。别的不论，只白断雨老头子盖的这别院后头的空地，埋酒的那块儿，满地酒坛子下头就有一颗。当年被他挖出来，说这东西年纪比他还大，不归他，竟又原封不动放了回去。我有幸见过一眼，但说光泽，就比你手里这块厉害不少，就怕拿出来，光彩能跟月亮比。"

"白断雨收养你时业已两百来岁，这东西若还在，也不知成精没有。"

"一块石头，如何成精呢。"

交谈声渐渐杳然，提灯立起来的耳朵尖也慢慢放了下去。

夜半，毯子的鼾声轰隆作响，一个瘦长的身影自树下而起，往西边一处荒草地走去。这块地再过一百年，该被一个叫白断雨的百岁老人盖起一处别院。接着再过一百年，他会收养一个孩子，取名楚空遥。可现在它只是一块荒无人烟的杂草地。

提灯手里勾着八角琉璃灯，一步一步踩在草根上，正闷头感知脚下，忽闻背后一阵窸窣响动。

"谁！"他话未出口，已嗅到来人气息，即刻松弛下来。

谢九楼故作厉色地质问："夜里不睡觉，打着灯来这儿做什么？"

提灯小声说："你也不睡。你也来。"

"我来，是来抓兔儿狗的。"谢九楼低头问，"你来做什么？"

提灯问："什么是兔儿狗？"

"长双长耳朵专偷听我说话的狗儿，你是不是？"

那边火堆旁，寒风一过，毯子一个喷嚏，惊醒了鹤顶红。

醒后鹤顶红干脆蹲下身，看了身边的楚空遥许久。

楚空遥突然睁开双眼，道："又来了？"

鹤顶红垂目同他对视着，说："楚空遥，你要没有这张脸，该有多好。"

楚空遥坐了起来："小鸟，我们以前是不是见过？"

鹤顶红："没有。"

他腕子上的缎巾被抓住一个角。

楚空遥问："那这东西，你从哪里得的？"

"这东西与你什么相干？"鹤顶红握紧了拳，眉头紧蹙，面上骤然浮现嫌恶之意，"你也配问？"

楚空遥心下一愣，随即便掩盖了过去，只笑着解释道："这分明是我的……"

鹤顶红没等他说完便甩开他起身，视线森寒，俯视道："你发哪门子癔症？"

他回身往自己睡处走了两步后，心里憋闷不过，再转回来，已是一脸怒气，直冲到楚空遥身前，凑近了，压低声音问："你以为你杀了他，他的东西，就都成你的了？楚二皇子？"

他呼吸急促，楚空遥怔忪着，竟看见方才短短两句话后，鹤顶红已红了眼眶。

接着又听鹤顶红说："你除了这张脸和他一样，别的哪一处比得过他？"

楚空遥这张风华绝代的脸，并非世间独一。

楚二之所以叫楚二，是因他还有个一母同胞的大哥。

"当年你杀他，一剑封喉。血溅在这张脸上，立刻有人捧水上来给你洗干净。他横尸在你脚下，只被当作敝屣，无人在意。你把剑扔给随从，擦都不愿意擦，说怕脏了你的衣裳。楚二……楚空遥！他死的时候，你有没有跟他一起痛过？！"鹤顶红骤然伸手到楚空遥脑后，扯住他的头发，逼他仰起脸来。

火光跃动间，鹤顶红说话时，恨不能咬碎牙根："故人已逝三百余年，你每每对镜自照，至亲之面，可曾入眼？"

楚空遥吃惊之色只在眼底停留了片刻。鹤顶红和他挨得太近，泪滴在了他脸上。他冷眼缓缓道："原来你恨我，是为这个。"

"我说过，你不想记得的，我都替你记着。"鹤顶红踉跄着后退，脸上泪痕未干，"若我再不记着，这世间，便没人记得他了。"

"那你之前……"

鹤顶红眼风如刃："如果不是你这张脸，我就是死，也不会让你靠近我。"

楚空遥微微启唇，最终只是一言不发盯着鹤顶红。

俄顷，鹤顶红回身之际，忽闻身后一声冷笑，接着楚空遥便如疾风一般把他推到树下，横臂抵住他喉咙，叫他动弹不得。

楚空遥目眦欲裂："我就是杀了他。拿我的楚氏剑，一招下去，飞红三尺远。怎么，原来你也看到了？你几时看到的？何不早些同我说说？我告诉你他死得多痛苦。他死在大殿上的时候，最后一声弟弟都喊不出来，巴巴望着我，跪在我的面前，拿他的血给我祭剑！你那时在哪儿呢？你怎么不救他啊？怎么不像现在这样义愤填膺站出来为他说话啊，啊？！"

"啪！"鹤顶红扬手落下一记耳光，楚空遥被打得别开了脸，侧颊隐约显现五指红痕。

毯子背着囡囡在一旁进退为难，只能断断续续低啸。

鹤顶红麻了一条胳膊，面上泪迹纵横，喘了两口气后，抬脚便走。

楚空遥仍低着头，一场混乱已叫他衣衫凌乱，形容倾颓。

闹这一通，谢九楼跟提灯回来时，毯子不知在原地闷头走了几个来回，一见二人走过来，就昂着脖子叫唤，巴不得他们赶紧注意到楚空遥的异样。若不是不会说话，只怕早就把事情翻来覆去讲了几遍。

楚空遥枯坐树下，垂首不语。谢九楼环顾四野，决定先去把鹤顶红找回来。

提灯指着卧坐在地的毯子："让它去。"

谢九楼想了想："也好。"

毯子得令，和提灯对了个眼神，便蹿进夜色。

"阿九……"树下蓦地响起一声低唤，那是谢九楼的乳名。

他不觉一愣，蹲过去，伸手拍了拍楚空遥胳膊："怎么了？"

楚空遥的头垂得很低，低到谢九楼看不清他的神色，只能瞧见他搭在膝上苍白的手腕，还有碎发下密密颤抖的睫毛。

"当年……我杀了我哥，你怎么想？"

谢九楼手臂一僵，估摸着猜到了先前这二人是如何闹起来的。

他叹了口气："楚氏剑……是邪剑。楚二，这不怪你。"

楚空遥闭上眼，彻底不再说话。谢九楼便也不再打扰他，过去和提灯坐在一起。

一时谢九楼不知想到什么，絮絮说道："枯天谷的望苍海，是不平之海。每年娑婆大陆无数末路之徒为了避免死罪，都选择流放到此，戴上镣铐，一块石头一块石头地搬，搬进海里。听说望苍海被填平之日，就是阴司黄泉泉眼重活之时。届时……无数娑婆生灵，都能保留一丝魂魄，投胎转世，再也不会落命成灰，随风而逝。"

提灯说："假的。"

望苍海填不平，黄泉也不会再次汹涌。谢九楼在阴司做了三百年冥王，从未见过冥桥下干枯的河床里有过一丝甘泉，更没见过一个能蹚过河水去往生的魂魄。

那地方更多被叫作无界处，是外头所有流离失所的生灵最后的避难所。

娑婆险恶，有能者凭其能找到无界处入口，进了无界处，身后万丈红尘抛诸脑后，无论国界种族，所有过往，一概抹去。无界处一旦进入，不管是谁，从此都只剩一次选择的机会。若要出去，就是再度拾起凡尘，往后再想进，便不能了。

谢九楼在娑婆世死后很长一段时间，记忆都是空白。他似乎终日浑浑噩噩，半梦半醒，打了二十八年走马灯，再清醒时，已高居无界处第九阎罗殿，身边是阴司差使，来者都尊他一声"九殿"，却没一个向他解释一切发生的缘由。若不是还有个楚空遥和他一样，他当真要以为生前死后只是两个毫不相干的泡影。

至于提灯，提灯是在那之后不久出现的。那时的谢九楼已习惯无界处的日出日落，提灯就在一片暮色里出现，跪在大殿中央。

谢九楼看见他，在干涸的黄泉中，他众生无轮回的信仰第一次被撕开一条裂缝：他一定在某一世见过他。

此后二十八载娑婆苦航，他只在醉酒时入梦一晃。

四周渐起浓雾，提灯安静看着谢九楼陷入昏睡，不远处楚空遥亦沉沉睡去，这才缓缓起身。毯子驮着两眼紧闭的鹤顶红和囡囡出现在浓雾之中。

"还算有点用。"

提灯等它轻轻放下他们，便弯腰拾起琉璃灯，转身朝浓雾更深处前去："走吧。"

提灯走了许久，四周已被夜色吞噬。他手里那盏八角琉璃灯散发出的微弱光晕勉强能照亮身边老虎的斑纹，竟是连路也探不了一寸。他走得沉着稳定，虽目不视物，脚下却如行坦途。不知走出多远，提灯把手放到毯子头顶，百无聊赖之下，问："听说过玉骨修罗墓吗？"

毯子在他大腿边上，老老实实低头走路，不敢出声。提灯便自答："天地万物相生相克，有极阳之怒火，便有极寒之悲汤。有无量圣佛，自然也有无极修罗。天神生来两面，一面是佛，一面是魔。佛的那一面，他们端端正正摆在永净世，相顾静好。魔的那一面，他们各自找地方藏着，不叫人发现——这些东西，又被叫'神影'。玉骨修罗，就是永净世某一尊佛藏起来的神影。"

当神影身上的邪怨足够强大的时候，它们与佛就成了两个个体。虽是一神的两面，却有各自的意念。

毯子低低叫了两声。

"你问我？"提灯觑着前方浓浓的墨色，指尖伸进虎毛里挠了两下，惹得毯子脊背一僵，"无相天神，身兼千面。区区一个神影，那点怨气，藏什么？永净世那帮废物，谁敢说我半句。"

毯子又叫了两声。提灯的视线似是找到一个定点，他慢了下来，最开始行走时带动灌木叶响动的沙沙声也没了，落脚时与地面的撞击声变得清脆，寒意自身下传了上来，就好像……他们踏入了宽阔无垠的冰面。

周边依旧伸手不见五指，提灯的声音在愈发诡秘的四野也跟着冷冽了两分："玉骨修罗墓里，装的不是修罗。修罗和先天神祇一起自怒火悲汤中相依相生，灵魂不死不灭。那个邪怨强大到自己无法掌控的佛，在他的影子即将脱离自己的时候，不惜刮骨克敌，取了自己一层玉骨灰，把他的神影塑出实状，做成了一口棺材，将其永远镇压在望苍海。"

"可不管人，还是神，欲望一旦被压抑，只会变得越来越凶猛。那口空棺材，多年后变成了一道门，一张血盆大口。只要往棺材里投喂一个天神，那道门就会打开，门内，是所有天神的归墟。"他忽地低头看向毯子，"你知道吗？先天神祇魂灵永存，要毁掉一个神，就毁掉他的归墟。"

提灯说完，停下脚步，目光从毯子头顶移到了正前方。

半晌，他启唇道："笙鬟。"

浓雾退去，提灯站在水上，对面是一个看不清容貌的娇小女子，旁边坐着昏迷的叶鸣廊。女子披着对她而言过于宽大的袍子，戴着全脸面具，浑身上下只露出一双锐利的眼睛。这双眼睛，提灯曾经见过。在当时的惘然河下，囡囡的房顶上，姜昌曾给她画过一幅丹青。即便浑身被烧得溃烂，这双眼睛依旧很漂亮。只是如今身体里换了一个主人。

"无相，"女人的嗓音是十六岁少女独有的稚嫩，她看着提灯裹紧皮革的左手，还有右手手背上的长疤，"好歹是脱了我的骨血生出来的，怎么混成这样。"

"骗十六岁的姑娘，拿他哥哥性命跟你交换身体，你又好得到哪儿去。"

笙鬟眼角微缩，语气顿沉："一时委于凡人肉身罢了。"

她抚上叶鸣廊木椅扶手，问道："你来找赤练？我正准备把他投进去。"

提灯弯了弯眉眼，抬脚朝笙鬟走去："不是被压在河底吗？怎么什么都知道？"

话音一落，他又佯装顿悟道："我忘了，你是创世之神，什么东西逃得过你的耳目？可惜……"

提灯停下暂停一瞬，拔出匕首，猛然朝笙鬟疾速冲去："我找的是你！"

笙鬟掌下蓄力，一脚退了半步："就凭你？"

"两个肉体凡胎，谁也别计较谁！"

提灯疾行如电，奔走间已割破自己掌心，取下胸前扳指，鲜血染红杂玉时，他屈膝半跪，蓦地把扳指往凝成玻璃的水面一掼，唤道："白泽！"

那边笙鼟也举手掐诀，五指朝天，自袖中放出缕缕鬼气："魑魅！"

不过瞬息，提灯身后迸发出浅淡蓝光，聚作一处，隐约勾勒出半人高的两角神兽，毛发银亮，脊生绿尾，双眸如蓝海，四足飞走。仰天长啸过后，它便疾驰而去，与两尾交叠的幽冥鬼影缠斗起来，看得毯子目瞪口呆。

未及眨眼，便见前方提灯侧首而视，毯子收到暗示，一个激灵，咆哮着往远处叶鸣廊那里奔去。待毯子把叶鸣廊朝他们来时的方向推走时，它最后回头看了一眼——提灯与笙鼟早已纠缠得不分你我，肉身互殴，也快得只见残影。殊死搏斗间，每一次朝对方下手的招数都想将对方置于死地。毯子望着修罗场一般的水面，心里一凉：那晚提灯对它下手时，终究是慈悲为怀了。

那边斗得如火如荼，白泽打得魑魅连连败退，提灯却似乎渐显颓势。

匕首在搏斗时不知被扔到了何处，笙鼟和他身上都见了血，二人额前和嘴角皆是血迹斑斑，分不清是对方的还是自己的。提灯一条腿错了骨，笙鼟右手亦被折断，面具也被打落飞走，露出满是伤疤的脸。

不多时，提灯不再出招，只迂回躲避防护，引着笙鼟随他的轨迹踏步落脚。

笙鼟招招布满杀机，正当提灯缓气的当头，一个眨眼，心口便探来一只手。他一个错身，笙鼟指尖自他胸前划向上方，登时从锁骨到下颌，蜿蜒出五条长长的爪痕，条条淌血，颈下的伤深得可见森森白骨。

下一刻，提灯上腹迎来笙鼟发力一脚，直被踹出两丈远。提灯浑身是血地蜷缩在水面，一动不动。笙鼟冷眼看了片刻，正要抬脚，便听几声轻咳，提灯呕出两大口血，竟又颤巍巍翻了个身，撑着水面跟跟跄跄爬起来。

鲜红的血液糊了他的眼，提灯勉强把双目撑开一条缝，勾唇笑道："不跟你打了，我认输。"

白泽昂首挺胸，踏着小碎步回到提灯身边。笙鼟后方轰然坠落下两条鬼影。

"认输就滚过来。"笙鼟两手垂在身侧，血顺着指尖逐渐流到她脚下，"你要叶鸣廊，那就拿自己换他。"

"跟你说了，我不要叶鸣廊。"提灯笑一声，震得胸腔咳一声，"我拿叶鸣廊，是要引你出来，母亲。"

他歪了歪头，似在思索："你算得上我的母亲吧？"

笙鼟蹙了蹙眉。

"比起被镇在山下的雪、夜、沙三个魔头，我总算拿得出手些。"提灯无声抬起手，放在白泽身上支撑自己不倒下，"你要拿叶鸣廊去喂修罗棺……他一条妖蛇，够格？"

"你到底要说什么？"

提灯嘴角的笑慢慢漾开："拿你自己去喂，更好。"

笙鬘眉头紧皱，直觉叫她心头感到不安，正要往提灯那边过去，脚下便突起五边光环，每一边都有血画好的五行图，而她站在中央，脚下踩的噬神符，俨然组成了一个玉骨修罗开棺印！这便是提灯先前不断迂回防护时，引她跟着下脚的玄机。笙鬘心里一空，欲脱阵而去，却是一步也挪动不了。

她挣扎了几下，只见着脚下血光错乱间，逐步形成了一个棺盖。

水面下渐起开棺声，一寸一寸露出一个漆黑的四边底洞。

笙鬘抬眼，目光恨不能杀人："无相……"

提灯退了几步，仰头睥睨着她，悠悠道："永净世的仇，我会让他们给你一个交代，母亲。"

"永净世那帮废物，我一个也不信。"

"我也不信。"提灯唇边还挂着笑，"那不妨碍我让他们交代。"

他挑了挑眉："下次，别投胎成佛了。"

笙鬘骤然直坠而下，嘶吼道："无相——"

那声音不久便杳然在水下。四周再次陷入黑暗和寂静，前头被打倒的魑魅再一次有了复苏的迹象。提灯心底划过一丝怪异，尚未深思，身后蓦地透来丝丝金光。他回头，乍见两扇高不见顶的鎏金大门向左右打开。魑魅彻底复苏，两团鬼气迅速蹿起，往这边袭来。提灯拿起八角琉璃灯，往大门飞奔而去。

魑魅几乎快吞没他的脚后跟，又被白泽撕咬开。连那些远射的金光在他身边都如梭闪过。提灯一脚跨进大门，白泽随即飞驰跟来，只听震耳欲聋似天崩的一声，大门合上，光线消失，把咫尺之遥的魑魅关在门外。提灯漫步在渺无边际的门内，四顾着除了他和白泽以外空无一物的黑暗。

这里静得出奇，除了他的喘息什么也听不到。远处依稀闪现着萤火。白泽细细鸣叫一声，叼住提灯衣角，将他往一处引去。他跟着白泽跑了很远，穿过一片飘荡的萤火，跑到了黑暗尽头，那里只剩一星火光忽隐忽现。提灯止步，急促的喘息下举起琉璃灯到自己眼前，光晕下浮出一个女子英气而冷峻的眉眼。

提灯轻声道："三姑娘。"

女子缓缓睁眼："百十八，你来了。"

第五章

无镴城

蟒人百十八

百十八第一次见到那个打马游京的贵人，是在十五岁那年，被拉去斗兽场的路上。他坐在那个关了他十五年的铁笼子里，一如既往地蓬头垢面，双手搭在屈起的膝盖上，一身破破烂烂的狗皮衣裳，春夏秋冬都这一件。

百十八手脚各戴着二十斤的镣铐，靠着身后一根根小臂粗的铁杆，身体随笼车轮子的滚动而晃悠，手脚间的锁链叮当作响。铁是特地从无镴城打造的混钢铁，是娑婆大陆最坚硬的铁，专门为防他们这些被圈养在饕餮谷的蟒人失控所用。

斗兽场在天子城，他们这一批被挑选好的蟒人自最北方的饕餮谷被护送着一路南下，等着四月十八那天，在五陵王的寿宴上给人助兴。

当今的世道，蟒人无比稀少，除了那些在山野间挣扎求生的，便只剩饕餮谷里经人圈养起来，在二十岁之前被分为三六九等，供各个不同品级的世家大族挑选，送到其府上，或用以练功，或用以奴役的。细说起蟒人，在世人眼里，和猪狗牛羊没有区别。非说哪里不一样，无非是蟒族骨珠里有与生俱来的那点玄气。也正因着这点玄气，才叫他们在玄道中人眼里显得珍贵。

两百年前原本兴旺的蟒族在须臾城遭巫女诅咒，从此去了大势，多年后被人发现吸食蟒人玄气大有神益，此后在世求存更是艰难。食蟒之事至今，已在各国王公贵族中蔚然成风，祁国尤甚。

也有那么几个不爱的。去岁无镴城城主谢九楼生辰，天子照旧召人来京，为其操办生辰宴，同时令百官赴宴。宴会之上，天子命人赐给谢九楼一颗上等的蟒人骨珠，对刚成为四阶刃者没几年的谢九楼而言最为神补。

那位城主当下只对着桌上盛宴看了一眼，随即起身，道了句"无福消受"，便在众目睽睽之下离了天子府。

次日无镛城一封谏书直达天听，谢九楼亲笔写下洋洋洒洒数百来字，陈尽残害蟒人之弊，称其为古今第一恶俗。整封谏书上劝天子，下斥群臣，就差他当面挨个指着人鼻子骂恶心。

此举触怒各封地领主，唯有天子一笑置之，命令他去西南打了几个月蟒人撒完气再把人召回来就大事化小，自此按下不提。

又是一年四月，恰逢谢九楼领兵凯旋，天子正愁今年寿宴如何操办，有人献策，说九爷不爱吸食蟒人玄气便罢了，斗人这一出，总不会不爱。

斗人，顾名思义，如斗鸡、斗虎、斗兽，把挑选好的蟒人放进斗兽场里，解了镣铐，让他们自相残杀，看客下注，赢到最后的蟒人能有一顿饱饭——蟒人一年也就这么一顿饱饭，谁想吃，得在斗兽场里拿半条命去换。

这是百十八被拉去斗兽场的第三年。他第一次来天子城斗兽场是十三岁，和他一批来的二十个蟒人里，九十四打败了他，赢得了那年那顿饱饭。

上一年他打败了九十四，成为斗兽场有史以来最年轻的魁首。今年百十八仍和另外十九个蟒人一起，二十辆笼车排成长长的队伍，首尾各有两个驯兽师持鞭看守，加上饕餮谷的使臣和商人，游蛇穿林似的颠簸了两个月，途中病死三个蟒人，最后赶在五陵王生辰前抵达京都天子城。

彼时他们刚刚行过主城大街，要过一处繁华之地，再进支路去往落脚的场所。从护城河引的活水自城东流向天子府，流成一条数丈来宽的小河。

河两岸尽是红楼酒馆，落英飞柳，鱼戏璧光，好不热闹。正行进着，忽见前头尘土飞扬，竟是两列巡防官兵驰骋而来，举旗开道："贵人游京，闲者避让！贵人游京，闲者避让！"

他们的笼车被赶到街角壁下。百十八佝偻着坐在笼子里，身上的镣铐沉重得让人动也不想动一下。他就在熙熙攘攘的人群后见到了那位贵人。

百十八缓缓抬起懒倦的眼皮，透过自己乱糟糟的打绺的头发和铁笼缝隙，再透过不知道多少层的人影看过去，看到马背上穿鹅黄锦绣箭袖袍的将军。

鞍马扬蹄上河桥，也敢与风笑。

百十八的目光短暂地停留一瞬，又垂了回去。

谢九楼身边的楚空遥同他驾马齐驱，正谈笑间，楚空遥拿扇子打了打他的肩。

"怎么？"

"你看。"

谢九楼顺着对方扇子所指回首一望。围墙边上，望不到头的一列铁笼子，每个里头都有一个蟒人。楚空遥说："按规矩，蟒人进京，是每年六月的事。偏生你今

第六章

年回来，就提到了四月。你猜是为什么。"

谢九楼蹙了蹙眉，回头道："走吧。"

翌日是谢九楼生辰，他一早接令，天子及天子城百官在城中斗兽场设宴，一是为他接风洗尘，二来便是给他庆生。

天子高居正中观景阁，左右二阁设百官之座，谢九楼在右边第一个，旁边是楚空遥。直到申时，他才姗姗来迟，只穿着一身黑锦亮面便装，头发高高束起，远远对天子行了个礼，便撩着衣摆跑上楼去，在楚空遥身侧大马金刀地坐下，陷进椅子里，一腿屈膝踩着脚踏，身子往后一靠，喘了几口气，闭眼假寐起来。

"你这谱摆得未免太大了，"楚空遥撑着身子靠过去，"从上到下就等你一个来了才能开席。一身脏得像个叫花子……做什么去了？"

谢九楼睁开一只眼，扬唇道："遛狼。"

两年前的冬天谢九楼率兵驻扎漠堇，在大漠里头捡到只快饿死的小狼。小狼被发现那会儿，两头老怖狼已经冻死在雪里，只拿肚子并在一起把小狼夹住，使其因此少受了些风雪，多活半日，等到了带兵巡察的谢九楼。他那时才丧父不久，母亲也因此一病不起，缠绵病榻。谢九楼瞧着小狼可怜，一时动了恻隐之心，就捡来养在身边，一养就是大半年。等到启程回无镛城的时候，要他把狼放回大漠，他也舍不得了，干脆带了回去，也说给母亲解闷。岂料人还没到，母亲行将病故的消息便送到了路上。

那晚才长到谢九楼大腿那么高的怖狼，背着他飞驰了一天一夜，把谢九楼送到谢府门前。十五岁的他不眠不休地伏在狼背上，一遍一遍喊着："乖孩子，快点，再快点。"

谢九楼赶到时，小狼累得瘫倒在谢府门口，门外已挂满白缎。

谢家家训，凡天子令，有召必应。谢九楼送母亲的骨珠入了谢陵，带上那匹怖狼，又去了西北。直到去年，他孝期未过，天子竟大张旗鼓为他操办生辰宴。谢九楼中途离席，天子再召，他只说家中小狼无人照料。生平第一次，就这么轻描淡写地抗了旨。

他说遛狼，也不是敷衍——天子城处处看守森严，禁止野兽上街，不像在沙场野外或是谢府，能让他的狼随便乱跑。

怖狼天性好动，让它跟着谢九楼在城中规规矩矩待着已是束缚，再日日拘在笼子里，没两天便神情郁郁，打不起精神。他爱他的狼，便寻了个机会，趁晌午时分拿笼子把怖狼运出城去，放到郊外，陪它尽兴玩了一个多时辰。等一拍脑袋想起来下午斗兽场的生辰宴那会儿，已来不及收拾了。他一路飞奔回来，狼也没空送回驿站，只牵给斗兽场外的驯兽师傅看着，便进来赴宴了。

"说起来，"谢九楼睁开眼，随意看了看，"往年这席，他都要在他的天子府办，今年怎么舍得屈尊到这儿？"

刚一说完，便听天子传宴。侍仆呈菜，下头空寂了半日的斗兽场传出一串哨响，半地下的四面木栅门打开，放出十七个蟒人。

数十斤的锁链被他们的双脚拖行在身后，与满是尘灰的地面摩擦，发出沉重的哗哗声。十七个蟒人沉默地站在斗兽场里，等待驯兽师上来解开铁链。

咔嗒两下，百十八手脚一松，锁链暂时被人抱走，他微微抬手，看到自己皮开肉绽的一双手腕。链子太沉，每个蟒人手腕上的伤都没有愈合过，无一例外，全是手铐磨出来的。谢九楼正摘了颗葡萄扔进嘴里，嘴还没合上，就见着这一幕，当即皱眉道："这是在做什么？"

"你常年不在京都，不晓得这出。"楚空遥面色倒很平淡，"每年六月，会有一批蟒人送到京里来，为的就是这一场搏斗——不然昨儿我怎么告诉你他们提前来了，还能为什么？"

他拿扇子指着对面百官一扫："这搏斗原本，一来是给他们看。一批蟒人十来个，个个都是饕餮谷选出来最上乘的。送到这场子里斗完，上头的人也看得差不多了，下来就能直接挑看中的买了去，价高者得。"

"二来……"楚空遥脚尖踩了踩地，"还有大批不为买人，只为看这一场来的，就在下头买注。哪个蟒人赢了，买他赢的自然就挣得盆满钵满，这又是斗兽场的一笔生意。今年，又有第三个目的。"

那就是庆祝谢九楼的生辰宴。

谢九楼阴沉着脸看着下头一堆蟒人："这是把他们当什么，牛吗？马吗？！"

楚空遥沉默一瞬："食蟒之风肆然两百年，早在你出生前就在这片地上盛行！莫说谢家，就是整个天下，难道只有你一人反对过？可为何始终声势微末？

"自然是上头视若无睹。别说上头，就是民间，蟒人已是众生里的极少数，刀不宰到自己身上，谁会真切地觉得疼？几百年了，蟒人早被当作猪狗看待。纵使猪狗被杀时犹有凄然嘶嚎，难道人听见，因着那两分怜悯，就自此不吃肉了吗？"

"将军是将军，你管不了天子的天下。"楚空遥扇子一展，凑过去挡着脸，"去年他给你办寿宴，你给他难看。今年还给一次？莫非日后，他为你操办一次，你就撕一次他脸子不成？看看就过罢，哪日蟒人死绝了，苦难也算解脱了。"

谢九楼不言语。他何尝不明白，蟒人的祸，不是天下赶尽杀绝的祸，而是骨血里受的诅咒的祸。若不是他们注定会在壮年暴毙，即便人少，又何至于无法反抗。

谢九楼缓缓靠了回去，望着底下一个个黑漆漆的头顶陷入沉思。

哨声又起，有人从上头扔了一只活公鸡到场子里。这鸡便是今天胜出者的食物。

活鸡落地，十七个蟒人竞相朝它扑去，斗兽场尘烟四起。很快，他们当中有人开始攻击其他人。楚空遥悠悠看了半晌，见谢九楼脸色仍不怎么缓和，便说道："你瞧他们，觉着哪个会赢？"

谢九楼不答，楚空遥方道："放心。蟒人凶恶，但鲜少伤害同族。斗兽场一趟，于他们而言就是争一口饭。对方倒地不还手，就是认输。"他呷一口茶，指着场中最高大的九十四，"我赌他赢。"

谢九楼垂目片刻，指向另一个："他。"

百十八正大杀四方，反拧着一个蟒人的胳膊再探手钩住对方的脖子顺势飞身上肩，一面掰对方脑袋，一面躬身下去抢人家手里的鸡。

楚空遥顺着他指尖所指看过去："那个？未免太小了些。"

谢九楼这才笑了笑："他那么小，却能被挑到这个地方来，没点本事怎么行？"

说话间百十八鸡已到手，一掌拍向那个蟒人后颈，借力扬腿退出对方肩头，待行将落地时再并腿往前一踢，前头的蟒人只觉五脏一颤，脊骨咔嗒作响，向前扑倒，再起不能。场上很快只剩下九十四和他。百十八背对栅栏门，手里拿着早已在争夺中扑腾死去的鸡，看到九十四对他偷偷一笑。这是他们二人之间不成文的秘密，从前年九十四打败他开始。

去年他赢了九十四，他和九十四一起分了食物，得到半只吃剩的腌火腿。今年这只死鸡，不管谁赢，他们也会一起分。九十四对他笑着，目光移到他身后慢慢打开的栅栏门上，那笑突然凝固了。同样凝固的，还有右方阁楼上的谢九楼。

门里，走出来一只半人高的怖狼——那是他的小狼。

谢九楼扭头看向正中观景阁的人，天子也看向他，对他笑得意味深长。

下头斗兽场，怖狼涎水垂地，双目猩红，一步步逼近百十八的身后。

谢九楼正欲发声，被楚空遥打断："没用。瞧它的眼睛，被控制了。"

场内一声咆哮，百十八抓着鸡闻声转头，接着一愣——还有加餐？

怖狼蓦地朝他扑去。楼上一片哗然，看客兴奋得宛如见到百十八杀人那回。

"百十八！"九十四大吼一声，冲过去将百十八拦腰抱开，二人齐齐撞到斗兽场的石墙上，跌落在地。

怖狼很快刹住，掉了个头，又要往他们这边袭击。九十四和百十八分头沿着石墙两边跑，怖狼看了一眼，直直去追后者。眼见狼爪子就要拍到百十八背上，阁里欢呼声高涨，忽有一支飞箭破空而来，发出一道尖鸣后，怖狼被一箭穿喉射中，顿时踉跄倒地，侧卧在一旁，被养得油光水滑的肚子急切起伏，几个挣扎过后，眼里褪了红。隔着数里，谢九楼似乎听见它鼻息间一声细细的呜咽，像那年风雪呼啸，它从父母怀中探出头来，轻叫着朝他讨奶喝。

他的小狼呼吸渐止，望着他的方向合上了眼。场中一片静默，众人注目之下，谢九楼头也不回地转身离去。八岁那年父亲杀鹿，告诉他："我给你的教训，你若记不住，日后自会有别人教你。"

三年后。

无镛城离天子城极近，策马只需半日。谢九楼出了宫门，上马赶回家，黄昏时到谢府门前，脸上已欣然换了副神色，眼角眉梢都神采奕奕起来。只管把马牵给小厮，自个儿三两跨步跑进角门，一路直奔内院，上了台阶再过一道门，两步跳下去，一手摸过廊下的柱子，一面跑着，一面往里头喊："阿嬷！"

不多时，从园子里月洞门走出个两鬓斑白却腰背笔直、双目清澈的老妇，笑道："九爷回来啦。"

此次出征，一去半年，谢九楼今日回来，先去天子府复了命，再回的谢府。

谢家虽是百年世家，近几十年因着战乱去了不少儿女，加之旁支纷杂，主脉凋零，到了谢九楼这一辈，谢府就只剩下这么一个主子。

他年幼失了唯一的小姑，十五丧父，十六丧母，十七便任一军主帅，被封五陵王。偌大一个城主府，上千人丁，能叫他亲近的只剩一个阿嬷。

这次去之前，谢九楼先拿出一府上下所有外奴的卖身契，一契又附了十两银子，好叫那些愿意离开的放心拿着细软拖家带口地离开。这么一来，一府上下顿时去了大半人口，留下的多是自建府起就服侍的人，已在这府里成了家立了根的。他又清了自己那一房许多人，只留几个小厮丫鬟每日打扫。

如今再回来，已过弱冠，谢府独他这一处院子，格外清静。

一时在碧纱橱后换了衣裳，来偏厅吃毕了饭，谢九楼见阿嬷手里密密缝着双鞋垫子，便问："这是给我做的？"又道，"年前叫我带去的还没换过来，不急。"

阿嬷只静静看了他一会儿，说："去过祠堂，便回房吧。"

谢九楼应下。入了夜，自祠堂出来，却见阿嬷打着灯笼在门外等他。一见到他，便迎上去。

"夜里风寒，祠堂这一片儿又黑。我总说叫九爷带个人，爷惯不听的。"

谢九楼说："阿嬷，叫我九哥儿就好。"

"少城主时该叫哥儿，如今成了爷，就该叫爷。哪日府里添了新的少城主，自然有我们叫'哥儿'的。"

谢九楼只管低头笑，侧颊出现一个浅浅的酒窝。

"九爷这年纪，早该成家了。"阿嬷叹了口气，"是老爷夫人走得早……"

"阿嬷——"

第六章

"爷先听我把话说完。"阿嬷这回没任由他糊弄过去，"我们当下人的，再没规矩，也不能做您的主。今儿一早天子城来人，送来了饕餮谷的言三小姐。说让她先在我们府上住着，和您培养培养感情，若是情投意合便成亲，若是不合再做打算。府里没动静，乃因着天子下了密诏，此事不允许任何人对您提前透露。姑娘是顶好的姑娘，阿嬷看过了，就是脚大了些，鞋都破了，这才连夜给她补一双。"

　　谢九楼一愣。

　　又听阿嬷说："送人来的管事告诉我，昨儿都抬去天子府去验过身了，天子又不知怎的叫送来无镛城——兴许是姑娘不合他意吧。我只盼着爷就算不喜欢那姑娘，也别再亏待了她。"

　　阿嬷说完，领着谢九楼到了园子门前，便自行告退，留他一个人伫立沉思。

　　如今祁国各城城主，虽受辖听命于天子，但也保留着自己在封地的领主权，除了无镛城这种直接归属于天子的练兵之地，其余城主多数时候与天子之间的利益交换也需要谈判。饕餮谷自两百年前收留了最后一批集体逃难的蟥人后，便将其世世代代圈养在自己的地盘，逼人繁衍子嗣，再以此为基业不断壮大，拿蟥人到各城与领主做交易。如此一家独大，注定是要被盯上的。那地方易守难攻，偏偏这回被兵强马壮的漠堑人看上，防不住了，才找天子借兵。

　　谢九楼这半年出征，为的就是这回事。那边饕餮谷的置换条件，就是送谷主三小姐入天子府。如今这姑娘送去天子城不合圣意是意料之中的事，可依天子的性子，当真会这么好心，成全他谢九楼一桩姻缘？

　　谢九楼想着，不自觉就在外头站了许久。凉风习习，忽将他吹醒了神。他推门进去，房中烛火跃动。百十八坐在床上，两腿叉开，屈膝踩着床沿，双手搭在膝盖上——一如他以往坐在笼子里的姿势。今夜他手指头还勾着一盏八角琉璃宫灯，里头烛火已灭，只剩个灯罩子在他腿间晃悠悠地荡。

　　这灯是三姑娘的灯，多年前饕餮谷谷主到天子城赴宴，从天子府给她带了一个回来，她很喜欢。百十八自五年前到斗兽场便吸引了不少买家，从十三岁到现在，多少笔冲他来的生意都是三姑娘挡下来的。起先有人来买，三姑娘只说他太小，暂且不卖，后头人家找上谷主，指名要交易，报了天价，是三姑娘一句"日后要拿百十八当嫁妆"才免了他被买走。

　　蟥人嘛，但凡被买走，下场大多是死之后被剖骨取珠。三姑娘挡生意，是一次次在救他的命。尽管他的命到了二十岁也迟早也会没。

　　年前饕餮谷找天子城借兵，条件是从谷主三个女儿里挑一个送去服侍天子。大小姐一心渴望天家富贵，二小姐性子软弱无比，谷主说，只有三姑娘有定力，去了那水深火热的地方能有一方天地。

三姑娘却对百十八说:"我志不在后宫。

"……百十八,你要不要活命?"

百十八知道,如果没有别的办法,他跟着三姑娘被送去天子城,就离被杀的结局不远了。其实百十八对会不会死、什么时候死都无所谓。他们这样的人,生来就是等死的。他这时还不懂人们口中的"苟活"是何意,他只是想起,九十四当年被买走时,一步步回头,冲他喊:"活着!百十八,活着!"

九十四大他三岁,现在应该早就死了。

三姑娘救他那么多次,他也该救她一次。百十八点点头。百十八能幻化成别人的样子,从模样到身形,甚至是声音都,能做到一模一样。这是他与生俱来的一点奇能,只不过不能维持太久。这事只有三姑娘和九十四知道。

他化作三姑娘的样子,被送进天子府。

百十八能还原自己所看到的三姑娘的一切,可是在他认知以外的,他还原不来。

验身的嬷嬷立马发现了他的秘密。嬷嬷派人到天子跟前传话,天子听了,垂眼一笑,下了个密诏:此女转送无铺城主府。

百十八辗转到了谢府,在房里坐了半日,趁着没人,变回原来的样子。

第一件事就是把鞋撑破了,衣裳也刺啦裂开几个口子。

阿嬷进来瞧时,他才又变成三姑娘。她偷偷往他手里塞了两块糕,又看了看他的脚,便关门出去。

手里头的糕香得馋人,百十八一口两个,嚼都不带嚼。既觉着没尝到味儿,又觉着这辈子没吃过这么干净稀奇的玩意儿。

他竟也能吃笼子外的那些人吃的东西了。

房门"吱呀"一声,有人进来。百十八身子一僵,来者不是阿嬷,是个四阶的刃。他也是。只是他因着要扮三姑娘,特意收了玄息,对方却没有。骨子里对同级玄者的敌意叫百十八警觉起来。

谢九楼看过正堂,一转身,就见这么幅光景——床上的姑娘右脚绣花鞋破了个洞,把床当地来坐,姿势洒脱不羁。视线再往上移,对上一道直直的目光。

谢九楼不着痕迹地退了退——坐姿倒也罢了,只是别家姑娘也这么不怯生,两只眼睛睁得溜圆,一动不动盯着人看的吗?不是说女孩子,都娇得很吗?

百十八眼也不眨,和谢九楼面面相觑半晌,歪了歪脑袋。

谢九楼反倒不自在起来。他收回目光,定了定神,往前一步,先伸手去拿百十八手里的琉璃灯。百十八下意识把灯抓紧,又忽想:要听话。

三姑娘说,要听话。他便慢慢松了手。

谢九楼把灯放在一侧架子上,迟迟不愿转回去。他手里摆弄着灯,来来回回把

第六章

上头每一寸都看了几遍，又拿袖子在那上头煞有其事地到处擦，擦得一点灰也找不着了。他叹了口气，想去打仗了。

谢九楼左看看右看看，正欲道别，便听到百十八肚子响了。

"你饿？"他问。

百十八偏头看看谢九楼，发觉谢九楼也看了过来，想刚才那句话兴许是谢九楼在问自己什么。谢九楼心想好歹是搭理他了——这意思摆明了就是在说饿。

谢九楼一骨碌跑出房门："你等会儿啊。"

他一跑，百十八也想跑：这指定是到阿嬷那儿告状去了。

以往在饕餮谷，蟒人饿急了偷食儿的事也不是没有。得先想办法开笼子，这步不难，找几根铁丝就开开了，难的是弄开身上的锁链。那东西里头有磁，要特定的钥匙才能开。他们打不开，只能拖着四十斤的链子去偷食。

链子笨重，蟒人就算摸到储粮的地方，要逃走也极其艰难。

百十八饿得眼冒金星的时候也不是没动过偷嘴的念头。

还没来得及，已经有人以身试法，结局十分凄惨。

那时百十八只有七岁，但是受罚的蟒人被抽打致死的场景他到现在都还记得。

百十八抱膝坐在床上，守着门缝等，没等到拿鞭子来抽人的阿嬷，等到端来一大碗鲍鱼羊肚鸡汤面的谢九楼。他还没下床，先咽了口口水。

谢九楼一边放碗，一边说："我晚上不爱在房外安排人守夜。没端茶的丫头，就自个儿去小厨房看了看。下午吃的鲍鱼羊肚汤还剩半碗，就着给你下了点面，你……"他转头，发觉百十八缩在床角，直勾勾盯着桌上那碗面，怕是一个字也没听进去。他过去把人拉下床，拉一下，百十八不动，拉两下，百十八把袖子抽回去。

拉第三次，百十八半信半疑地挪了挪屁股。

"下来吃面。"谢九楼说。

百十八磨磨蹭蹭下去了，坐到桌边。谢九楼见他干坐着不动，便拿起筷子，递到百十八眼前："给。"

百十八低头，看完筷子，又去看谢九楼的手。那双手手指极长，骨节略比指骨宽，指腹和掌中都有茧，手掌也大，手的主人瘦，故而手背青筋很明显，金丝回字纹压边的黑锦窄袖袖口处的手腕腕骨也极突出。

百十八蜷了蜷指尖，他跟他有一样的地方，手上都生着疤。他的疤在右手手背，很长一条，因着要扮三姑娘，露出来的伤他都给抹了。谢九楼的疤则是在手掌上，细碎的，多是尚未愈合的刀剑伤。

百十八看了半天，还是没接筷子，因为他不会使筷子。三姑娘是会使的，外头的人都会使筷，只有蟒人不会，蟒人从来只用手。他不敢接，一接就暴露了。

谢九楼递筷子的手在半空悬着,见对方不动弹,只道这姑娘莫名又怕羞,遂放下,干咳一声道:"我……我走了。"

他言毕起身,揖了一揖,便开门离去。

桌上,鸡汤面凉了下来,凝了薄薄一层油。

百十八望着筷子沉思,未几,抓住筷子,手握成拳,两筷子并在一起放到面汤里试着一挑,面条挂在筷子上,刚挑起来,很快滑下去。他顿了顿,又试了一次。面汤溅了他一下巴。百十八眼一沉,把筷子放到旁边,准备伸手到碗里捞面。袖摆伸到眼前,百十八又住了手。这衣裳铁定要淋一袖子汤。他抿了抿唇,两手撑在身侧,默默等到面汤彻底凉下去,捧起碗,一点一点往嘴里倒。

翌日早饭是清粥小菜,谢府突然多了名"女子",谢九楼很不适应,是以食欲缺缺,拿勺子舀两口清粥,又举筷夹几根煸鸡丝,正欲送进嘴里,余光见百十八捧着碗,一仰头,把粥尽数倒进嘴里。

旁边的筷子勺子一样没动。

谢九楼:……

想是昨儿饿厉害了,面也没吃饱。他问:"……再来半碗?"

百十八这回猜到他意思,盯着他的脸,眼珠黑黑亮亮的。

谢九楼一早上给百十八添了六碗粥,还加了半碗,但对方仍是光喝粥,不夹菜。

他琢磨着是早上的小菜不合人心意,中午特地叫小厨房撤了早晨用的食材,换批不重复的,变着花样做了几道硬菜。

哪晓得到了正午用饭,两个人大眼瞪小眼,百十八愣是一口没吃。

他端着碗,欲言又止:"……不合你口味?还是积食了?"

百十八坐得板正,一声不吭。

谢九楼蹙了蹙眉,发觉异样:这"姑娘"从昨夜至今,没说过一句话。

饭毕撤了菜,百十八眼珠子滴溜溜跟着撤菜丫头离去的方向转。

入夜谢九楼照旧去书房,离开时回头道:"若饿了……就去书房找我。"

他往外抬了抬胳膊:"往左走,过两条游廊就是。"

百十八对着他,歪了歪脑袋。谢九楼张了张嘴,扭头出去。

次日,百十八也不说话,谢九楼找了个时间问百十八:"你不会说话?"

百十八只拿一对黑漆漆的眼珠子望他。谢九楼试着伸手过去,隔着衣裳袖子抓起他的手腕。百十八下意识往里勾手抵抗,刚一使力,就想起三姑娘的话,便任谢九楼拉过去。谢九楼牵着他摸到自己喉结,微微仰起脖子,"啊"了一声。

喉结下方的震动传到百十八指腹,惹得他指尖一麻。接着谢九楼又牵着他摸到自己喉下。百十八这才明白，对方是要他也出声。他跟着"啊"了一次，用的是三姑娘的声音。谢九楼蹙眉：会说话，难道是听不到？

"你既不聋，也不哑，为何不说话？"

百十八这会子又瞪着眼不吭声，还毫无愧意，一个劲儿在他脸上看来看去。

谢九楼气性儿上来："你非要如此，便罢了。"

一句话说完，赌气似的起身去了书房。

第二日早上百十八却不像前两天闷头吃粥了，有一口没一口，心不在焉。

谢九楼总觉着，眼前这姑娘总朝他瞟。每回他一看过去，对方就把头埋进碗里。莫名叫人看着……感觉很心虚。

正吃着，阿嬷那房的大丫头来传话，说请九爷吃完了饭过去说事。

百十八一见有人来，显而易见地紧张了。谢九楼心里头存疑，只按捺下，先去了阿嬷那边。自打府里清了人，空出不少园子，谢九楼也曾叫下头打扫一间出来专供阿嬷住，阿嬷却不肯，只守在她住了一辈子的下人房里。这会儿谢九楼来了，她也只是远远迎出来，并不叫谢九楼进去："九爷您且看看。"

谢九楼接过她递来的一块布料，极软的缎子，亮黑色，抖开一看，竟是他平日里穿的一件睡衣。

一问方知，厨房遭窃，阿嬷让人在夜里设局抓贼，谁知那贼狡猾得很，最后只抓到那贼身上的一件衣服。

"本想着既是家贼，留了件衣裳，也很快就能查出来是谁。"阿嬷叹了口气，"结果她几个把这衣裳拿过来给我一瞧，这料子，还有花样，这不是我亲手给你缝的！想这贼，不只偷食儿，主子们的东西也没少动，实在猖狂。"

说到这儿，阿嬷便问："九爷这两日，都是在房里的吧？"

谢九楼咳一声道："一直在的。"

"那这贼便是一早就动过手了。"阿嬷说，"我说九爷在房里，料他多长十个胆子也不敢动手。"

谢九楼沉默一瞬："那贼……可看清模样了？"

阿嬷摇头："听她们说，披头散发的，又没点灯，看不清。只晓得是个男贼。"

"男的？"

阿嬷点头："说个子还不小，怕只比九爷矮半个头。光着膀子，皮包骨头的身板。咱内宅哪有这号人，还能有假？"

谢九楼回园子里，刚抬脚跨进月洞门，不知想到什么，竟第一次在家里察觉到玄息。他沿檐廊走到房前，见言三姑娘不在，便四处看了看，这才发现那人蹲在院子墙角一棵梨树下。

那树是谢九楼小时候娘亲陪着他亲手种的，他爱惜得很，即便不在，也随时吩咐府里小厮看着，有个刮风下雨的要护，有虫子蛀了更得提防。

百十八正掰了树枝折成对等的两截拿在手里当筷子，照脑子里回忆的谢九楼使筷子的姿势跟着学，那落叶就是菜了，他试着夹起来。

奈何怎么学都不对劲，手指头的位置总放不对，一拿捏，筷子在他手里就劈叉。

正学得如痴如醉，身后谢九楼忽然弯腰："在做什么？"

百十八手里树枝一扔，弹跳着起来。

两个人面对面站在叶子半落光的梨树下，谢九楼负手而立，瞅了一眼百十八扔出去的东西，顿时眉睫一跳："这树枝，你折的？"

百十八看他问完，自顾自揣摩着，走了两步，举手抓住头顶一簇枝叶往下拉，把自己掰树枝造成的那个缺口指给谢九楼看，还簌簌摇了两下。谢九楼转身闭眼，深吸了一口气，平复过后，再转回来道："我这两日去军营看看，不回来。有事你就找外头的那几个丫头，或者阿嬷。"

百十八目送他离开，目光定格在他手里攥着的那件睡衣上，也不晓得把话听懂没有。

俄顷，谢九楼出府，天空中盘旋的一只乌鸦终于飞到他刚才离开的院子里。

那是百十八两年前救下的一只乌鸦——不能说救，只能说是放过。

两年前百十八一如既往被拉来斗兽场，那次胜出者的奖励是乌鸦肉。

那天他赢后下场被带回笼子里，驯兽师从笼子的缝隙中把乌鸦递给他。他两手抓着不停扑腾的乌鸦，看看乌鸦，又看看驯兽师手里的鸟笼，又看看自己的笼子。等驯兽师一走，他就把乌鸦放了。后来那只乌鸦总飞来找他，嘴里时常叼着些亮晶晶的东西。有时是块碎玻璃，有时是还没生锈的废铁，有时是透明的弹珠。

有时也叼些虫子，百十八饿急了也送到嘴里吃。

九十四见了总说："它记得你，它很喜欢你。它不会说话，只能送这些亮亮的东西来告诉你。"

眼下乌鸦落在百十八手掌上，鸟喙一张一合，他掌心多了颗金珠子。

金珠子他认得，过去外头的人来饕餮谷买蟒人，看货的时候手里就掂着这东西。驯兽师们等闲也总从兜里掏一颗出来，对着太阳看看，又放嘴里咬咬，咬完就笑，那是他们笑得最开心的时候。

百十八收起金珠子，不知怎么想到了谢九楼。他要是把这金珠子给谢九楼，谢九楼会不会笑？一连几日，他都没机会送出去。谢九楼不见了，吃饭不见，睡觉不见，早晨也不偷偷溜进来跟他一起躺着等天亮。但是百十八很快就把金珠子的事抛诸

第六章

脑后。因为谢九楼不在，他可以关起门来用手吃饭。

布菜的丫头本顾念九爷没立规矩，她们应该在一旁侍奉着饕餮谷的小姐用饭，哪晓得言三小姐独居的头一顿，菜刚上完桌，她们等了会儿，就听从来不开金口的小姐说话了。

百十八努力回想着谢九楼每次等丫头们布完菜说的那三个字，又自己在心里头默念了几遍，确定自己念得像那么回事儿，就磕磕巴巴开口道："下……去吧。"

他不知道这几个字的意思，但他记得，每次谢九楼这么一说，身边的人就会走。三个字被他念得抑扬顿挫，几个丫头听着这语调，面面相觑，最后只得应声退下。

门一关，百十八把袖子卷起来，大快朵颐。

府里家贼一连几天没了动静。这样的相安无事一直持续到谢九楼回来那天。那个傍晚，回到自己家的谢九楼清晰地看到，言三小姐见到他时，眼里是深深的沮丧。

言三小姐今日面对晚饭依旧是一筷子不动。谢九楼发现，她看菜的眼神相当萎靡，是一种幽怨颓丧、五味杂陈的萎靡。

入夜他去书房，摊开了从楚空遥那儿打劫来的一堆蟒语册子。

蟒族的语言，只能口述，没有文字。册子上多是楚空遥从大大小小的古籍里扒拉出来，总结到一起，对照着意思，用中土语言拟声标注出的蟒语念法。

谢九楼觉着三姑娘有古怪。这古怪，还和厨房里偷食的家贼有关。

他听闻她自小生活在饕餮谷，虽非玄者，却也练就一身好功夫。耳目健全，能说能听，偏偏对他的话没有反应，这不是听不到，而是听不懂。

饕餮谷在大祁境内，堂堂谷主的女儿，怎么会听不懂中土话？

他思来想去，想不明白这事和那偷食贼的联系，但却清楚，饕餮谷中除了祁人，还有另一个有自己语言的种族——蟒族。言家百年驯蟒世家，家中子女无一不会蟒语。她既听不懂中土话，谢九楼便使用蟒语试试。

他记得自己找上楚空遥谈论这事儿，对方只打趣："说不定那贼，和三姑娘是一个人。"

谢九楼起先一听，只觉得荒谬。模样尚且能易容，姑娘和男子的身形骨架大有不同，如何轻易改变得了的。

楚空遥却笑："你府里上下饿成那样，要夜里偷食的，除了早上只喝三碗粥的言三小姐，还能有谁？外贼？哪个外贼敢在你眼皮子底下飞檐走壁闯进来，就为吃口烧鹅？"

"可白日里是她自己不吃，没人拦着。"

"兴许白日里不是她不想吃，而是她不能吃。"

谢九楼陷入深思。是哪门子禁忌，只能喝粥，饭菜却吃不得？又或者是当着他的面，才吃不得？他对照着楚空遥标注的册子挑了些要紧的蝤语来记，记着记着，心思就飘到那上头去。

谢九楼满脑思绪理不出头绪，一时烦闷，便开了门踱步出去。

他一面默记方才背的那些蝤语，不知不觉就走到卧房门前的小院。

仲秋时节，院子里的梨树几日便落光了叶子，剩一身枯枝，伶俜对月。

谢九楼走出檐廊，缓步到树下。一眼见着一截枝头处，被百十八折出的断口。

那两根齐平的树枝，还扔在树下。言三姑娘当时拿在手里，是想做什么？他正望着它们出神，就听右后方小厨房里传来动静。

谢九楼神色一凛，悄然挪步到小厨房门前。途经卧房时略微滞留了一瞬，念及言三姑娘并非玄者，听辨不如玄者敏锐，所以多日来注意不到小厨房的异响也是正常的。不知出于什么念想，谢九楼自打回府一直都敛着玄息。

故而此时在厨房翻箱倒柜的百十八丝毫没有留意到外头有人在悄然靠近。

他变回了自己原本的身形容貌，三姑娘的衣裳穿不上身，是以一连多日，只要谢九楼夜里一去书房，他就变回来，再到柜子里头找对方的衣裳套上。

百十八没穿过那么轻便的料子，跟厚重又破烂的狗皮相比，谢九楼屋里随便一件套在他身上都轻飘飘的跟没穿一样。

他也不会系衣带，只草草披上，随便胡乱打几个结，确保衣裳在身上不掉就行。

谢九楼捅了窗户上的绿纱，从那纱眼儿里，就见着这么个光景。

偷嘴的贼在房里四处搜罗，顶多能叫人瞧见个侧影，许是身板单薄，谢九楼一件睡衣叫他穿在身上也空空荡荡。

前几日家贼安分了些，府里捉贼的风头也没像早前那么紧，婆子们虽不守夜了，却记着把要紧的熟食都锁在柜子里。眼下房里能吃的，只剩剁碎的鸽子肉和蟹黄，还有大米和些许擀面皮，都是生的，留着明儿一早给谢九楼和言三姑娘包云吞和小菜用。

谢九楼本以为屋里没吃的，这贼就识趣了。他本意也不想叫府里下人大张旗鼓把人抓起来处置，只念着今日自己碰上，把这家贼捉住，私下里赶出府就好。

幼时他与父亲去蜀南，沿路遇到不少难民，白花花的银两揣在身上他却施舍不出去，只因那些灾民并非乞丐，他们只想讨一口饭，不要钱。

父亲告诉他：乞食而不乞银财者，必于末路之中身怀苦楚。

府里这么多天没少过一点细软，这贼只奔着吃的来，罪不至死。

他还等着人收手离开，下一刻，就看见自己难以置信的一幕。

那贼走到剁烂的肉泥和蟹黄前，伸手一抓，把那堆肉泥捧起来，埋头便吃。

谢九楼瞳孔放大，忙不迭要破门进去制止，却瞥见对方拖地的裤脚下，露出的那双锦面攒丝绣花鞋——那是阿嬷给言三姑娘做的鞋。

百十八因着原身骨架，脚穿不进这鞋，便一路趿着，留个脚后跟露在外头。

谢九楼门也没进，立刻回卧房看三姑娘出了什么差池。

卧房极静，灯火俱灭，没有一丝声响。

他候在廊下，敲了敲门："三姑娘？"

房里没声儿。谢九楼想了想，又用蟒语叫了一声："三姑娘？"

房里依旧很安静。谢九楼蓦地推开房门，屋子里床幔飘动，衣柜大开，床上只放着一套脱下来的袄裙，除此之外空无一人。

他站在原地，怔忡间，似乎想明白了一些东西。

厨房的板门被破开时百十八正埋首在一堆肉泥里吃得忘我，等他听见了声儿，还没来得及抬头，手腕已经被人抓住。

他双手还捧着肉泥，茫茫然抬首一看，对上谢九楼幽深如水的一双眼。二人同时屏住了呼吸。百十八微张着嘴，唇边还有一圈肉末，眼里满是惊慌和无措。

这便是谢九楼见他的第一面。而谢九楼早忘了自己那时的神情。他只是望着百十八的脸，朦朦胧胧间，笃定自己一定见过这个人。

谢九楼愣神的当儿，百十八缓过来，一甩手，撒丫子就要跑。谢九楼转身探手，扣住百十八肩头，放开玄息，欲一举将其压制在自己手下。

哪里晓得这小家贼也是个穿境的刃，为了脱身，干脆不管不顾，也把玄场放开了来跟谢九楼过招。一面打，一面往门外挪。眼见好端端一个厨房被弄得一片狼藉，谢九楼皱眉，动手时顺便用蟒语低喝了一句："不许跑！"

百十八一个激灵，竟就此住手，僵着身板儿不动了。

三姑娘说，要听话。

谢九楼哪能料到他说不动人家就真不动，猝不及防，出手的一招差点没收回去，一掌快拍到百十八面门，堪堪在方寸间转了力，打到地上。好不容易收招，他朝百十八恶狠狠一瞪眼：说停也不能是这么个停法！自己再迟点，保准伤到他。

百十八呆呆站在原地，对谢九楼瞪过来这一下不明所以，只咬着嘴里半口肉，抿着唇，不敢嚼，也不敢咽下去，两眼视线直直的，带点紧张，又怯生生的，在谢九楼脸上逡巡。谢九楼弯腰捡起脚边打落在地的木架子，气得连蟒语都懒得去想，往灶前一指："去那儿站好，不许动。"

百十八看看他指的地儿，又看看他，又看回那地儿，估摸到意思了，磨磨蹭蹭站过去。

谢九楼忙活一阵，把小厨房收拾出个干净样来，去墙角抱了捆用剩的柴，窸窸窣窣到灶前生火，接着便洗锅。

百十八眼珠子跟着他跑，时不时还往门口瞟——他不想受鞭刑。这是百十八这么多年来第一次真切感受到恐惧。他越想，越频繁地往虚掩着的门缝瞟。似乎听见拿鞭子的人的脚步声似的，后背跟着不知不觉出了细汗。

"你看什么？"谢九楼负手挡在他面前，瞬时便遮住了百十八所有的视野，只剩一领子花纹繁复的衣襟。百十八无声抬眼，只和谢九楼对视，不吭声。

谢九楼扭头对着他刚才瞄的地方，蹙了蹙眉，过去把门闩插上。

随即转身问："还冷吗？"

板门一关，断了荆棘鞭抽到他身上的路，百十八对着此刻严丝合缝关上的门，愣在原地。刚才那句话该不会是在告诉他，不会挨打吧。

谢九楼不会包云吞，就将厨房里的面皮切成条，等水开了，蟹黄和肉泥捏成团儿，一骨碌倒下去，煮了会儿，再下切成条的面皮。

肉丸子混着面皮起了锅，他又随便撒了些葱花和盐，端到一旁的饭桌上。

他回头，冲百十八招招手，百十八不动。

他又招了招手，朝桌子点点下巴："过来。"

百十八试着抬脚，见谢九楼没有阻止的意思，才犹疑着过去。

肉丸子面旁边就是装筷子的竹筒，那是平日厨房的婆子们偶尔做饭时候用的。

谢九楼揣手等着百十八拿筷子，等了半天，百十八果真不动。谢九楼了然一笑，四处瞧瞧，到放碗的柜子里找了把勺子，递给百十八。

百十八正要接，谢九楼心肠一绕，换了只手，用蟒语说："这个，用左手。"

百十八看看勺子，看看他，将信将疑拿左手接了。

手腕一伸出袖子，露出两圈绕着手腕的疤。

谢九楼不着痕迹收在眼底，坐下时趁机垂目看了一眼百十八的脚腕。这会儿百十八人坐着，即便穿着谢九楼的裤子，也露出点脚踝来。果不其然，两脚脚踝处和手腕一样，各有两圈凸起的细细的疤痕。那是多次在同一个地方反复受伤才能长成的疤。谢九楼才在疑惑，言三姑娘是找了个什么替身，只听蟒语，不懂通话，能吃生肉，却使不来筷子，还有小小年纪就有如此强大的玄场。

原来是从小就身负四十斤镣铐长大的蟒人。

传闻里饕餮谷当死侍培养的杀器，一群视命令高于一切的动物。

那边百十八饿得慌，一勺子肉汤送嘴里，烫得不轻。

谢九楼眼见着他烫得眉头紧皱，忙道："吐出来。"

百十八舍不得。谢九楼伸手就去捏他的下颌，指尖用力，捏得百十八吃痛，别开脸吐了。谢九楼叹口气，拿了把勺子，自个儿舀了一勺汤，吹凉了喝下去，教道：

"要这样。"

百十八学着他的样，舀一勺，吹两口，一面吹，一面瞧着谢九楼，见对方点头了，才把肉丸子往嘴里送。吹个几次，便知道怎么吃才不烫嘴。

谢九楼抱着臂，坐在另一侧桌边，静静等他吃完。

好在面皮切出来的面条也不长，百十八吃到后头，汤冷了，直接抱着碗，拿勺子把面条混着汤赶进嘴里，吃得一滴不剩。

吃完，他慢吞吞抬头，又无措地看向谢九楼，手都不晓得往哪儿放。

谢九楼往门口示意："你走吧。"

百十八走了两步，忽然转回来，轻轻搁了样东西在谢九楼面前。东西放完，一溜烟跑了。谢九楼低头一看，竟是颗金珠子。

他挑了挑眉——小家贼还知道付他体力钱。

次日一大早，谢九楼看了一晚的蟒语册子，估摸府里该做早饭时，便亲自去厨房吩咐，说昨夜言三小姐饿了，他拿房里的备菜弄了些肉丸，叫他们早饭还做云吞，不加面，蟹黄不够，就剁些虾凑合。

待吃早饭时，百十八和他一人一碗，这回丫头们只送了勺子。

谢九楼巍然坐在桌前，因他心里有了数，便没急着拆穿。百十八仍化作言三姑娘的模样，见好不容易有一日吃饭不用筷子，用的还正巧是昨夜才学会使的勺子，精神都好了一倍，两眼烁烁瞄着谢九楼，只等他一吃，自己也上手。

谢九楼眼底藏着笑，身边越是瞄，他越不动，等百十八开始坐不住了，他才轻轻抬了抬手。百十八立刻捧碗，刚碰到勺子，顿了顿，特地换左手来使。

谢九楼慢悠悠用右手拿起了勺。百十八送到嘴边的动作登时一停，勺子里云吞凉了，他还盯着谢九楼动起来行云流水的右手，一脸茫然。

谢九楼乜斜着他，用蟒语问："怎么不吃？"

百十八一愣，对着左手的勺子沉思片刻，试着换到右手，两手刚要交接，他又蹙了蹙眉，还是用的左手。只不过接下来的时间里，他一声不吭，第一次无心吃饭，满脑子都充斥着对自己的怀疑。

午饭和晚饭还得用筷子，百十八又当起入定老僧。

这天夜里他本不想再去厨房，可百十八在府里这些日子把五脏庙养叼了，一天一顿的日子，恍惚离自己已太远，他饿得翻来覆去地不爽快。

最后一次。百十八心想，就一次。

厨房里备好的熟食照旧被锁着，这回墙柱的钉子上挂了块生猪腿，看起来倒很干净。百十八其实分不清生熟的区别，以往那么些年，外头的人往笼子里扔什么他吃什么，别说生熟，好肉坏肉都是混着吃的。

如今到了这地方，他只晓得，白日摆在桌上的和谢九楼给的，就好吃些。夜里自己偷的，没那么好吃，但也比以往的好太多，至少不会吃到一嘴的血和泥。

他把墙上挂的猪肉，捧到嘴边，仰起脖子，一口撕咬下一块。

正嚼得腮帮子发酸，有人从后头一把掐住他后颈脖子。

百十八脊背一凉，绷紧脑后筋，被人拎着转过去。

——谢九楼。

"又在吃什么？"谢九楼目光沉沉，板着个脸，蟒语说得愈发熟练，"吐出来。"

也不知是不是错觉，百十八和他对视了会儿，眼里竟像是升起一股隐隐约约的恼意，生了反骨一般，嘴里故意嚼得比先前更卖力。

谢九楼倒吸一口气，撒了手，转而去掰百十八的嘴，要把那块肉给抠出来。

结果被百十八咬了一口。趁谢九楼抽手的当儿，百十八缩到一边，急慌慌把肉给咽下去。他就是恼了，为谢九楼前一夜骗他使左手的事。百十八这辈子被打过骂过，被当畜生给人拿来撒气过，但从没被人骗过。这是他第一次尝到被骗的滋味儿。

谢九楼擦了擦百十八咬出来的牙印，背着手凝视着他好一会儿，微微倾身问："生气？"

百十八侧身站着，一个劲儿拿肩膀撞墙，垂着眼，不说话。但谢九楼知道他在偷偷瞄他。谢九楼颔首一笑，从怀里掏出橱柜的钥匙开了锁，从里头拿出碗米饭和半碗松茸鱼翅鸡骨汤，生了火，往锅里搁上蒸板，不多时汤和饭就热了。

他把饭泡到汤里，取了勺子，只往桌边走："天要亮了。一会儿可有人来。"

见他不动，谢九楼把眼一瞪："真不吃？"

百十八垂首沉默了一会儿，悄无声息地走过来。

一低头，看着碗里的勺子，迟迟不动手。

谢九楼说："我话只说了一半。这个，能用左手用，也能用右手用。"

百十八偏着脑袋望他，眼里是明晃晃的质疑。

谢九楼竖起三根指头："我不骗你了。"

这些话全是他白日一早在房里练熟的蟒语，每一句都在夜里派上了用场。

百十八赌气似的拿右手一把抓住勺柄，眼珠子还在谢九楼脸上盯着。

谢九楼抄着手，一副"你尽管吃"的神情。吃了一口，见谢九楼依旧泰然自若，百十八埋脸到碗里吃起来。谢九楼这才慢慢靠近他坐下，用手撑着下巴，低声说："以后我没叫你吃的，别乱吃。"

眼前黑漆漆的头顶稍稍一顿，百十八抬头，嘴角还粘着米饭："乱吃？"

"乱吃。"谢九楼解释，"咱们是人。是人就不能吃生的。"

第六章

百十八微怔:"……人?"

谢九楼又点头重复:"人。

"一日三餐,吃饭睡觉的人。"

百十八不知听没听懂,对着谢九楼发了会儿呆,又低头吃起饭来。舀一勺,吹两口,再吃进去。谢九楼始终没有揭穿过他,两个人过着白天打哑谜夜里开小灶的日子,一过就是大半个月。

一天,谢九楼一如既往地给百十八做了饭,看着人吃完,含笑道:"我带你去个地方。"

百十八已很信任他,起了身便跟着谢九楼走。越走,眼前的路越熟悉。未几,谢九楼拉着他转过一道回廊,再行数十步,就是言三小姐的卧房。

百十八再迟钝,这下也反应过来了。他想逃,但谢九楼拦住了他的退路。二人在门前站定,谢九楼一手拦着百十八,一手轻轻推门。房门敞开,屋内月影冷冽,不见一人。他缓缓转头,眼眸幽深:"你究竟是谁?"

百十八直直对上他的眼睛,呆愣着,俄顷,低下了头。

百十八这时才发现,被谢九楼揭穿也好,自己坦白也好,他连一个说得出口的身份也没有。他是一个蜉人。哪一个呢?第一百一十八个。

他没有名字。饕餮谷每一个圈养场里,都有第一百一十八个出生的蜉人。

那晚谢九楼瞥见窗台下那盏八角琉璃灯,那是三姑娘给百十八的灯。

三姑娘给他时告诉他:"以后的路,只有它陪你走了。"

百十八说了自己的经历,谢九楼听完,开口道:"我给你取个名字。"

百十八仰头等着,眼珠子又黑又亮。

谢九楼说:"叫提灯,好不好?"

"提,灯?"

"提灯。"谢九楼用中土话又说了一遍,"愿君长顾我,提灯到天明。"

提灯一遍一遍想过自己的新名字后,进房打开梳妆桌的镜奁,从里头叮叮当当倒出一堆硬硬的东西,又敛到怀里,拿衣裳兜着,递到谢九楼面前。

谢九楼一看,那一堆多是些弹珠或透亮的碎片,有玻璃的,岩石的,依稀还有几颗成色不好的玛瑙,但都被清洗得很干净,多数也被保存得很完好。烛光一照,便是一堆细碎的光。

这是这几年,乌鸦叼给提灯的所有东西。他从遥远的北方被拉到无镛城,前路茫茫,除了三姑娘的灯,这就是唯一的家当。提灯见谢九楼光看不动,便把它们拢作一堆,又往谢九楼面前推了推。谢九楼问:"给我?"

提灯使劲点头。门外乌鸦怒啄窗棂。无镛城盛产稀世矿石美玉，谢九楼当然不知晓提灯为何收集这些在街边地上随手都能捡到的玩意儿。

　　但他把那些亮亮的珠子和碎片用缎帕包好，对提灯说："我很喜欢。"

　　提灯微微仰起头，嘴角勾出弯弯的弧度。

　　第二天一大清早，谢九楼喊上他那房所有伺候过提灯的一二等丫头，举凡见过言三姑娘模样的，全退了卖身契，又配五十两银子送回了本家，实在不愿走的，便分别安排去了谢家几处庄子帮着管地。

　　自此那一处园子，除了他和提灯，再没有第三个人。

　　他自个儿给提灯端了早饭，二人吃毕，方才见了阿嬷。

　　阿嬷听完，细细看了提灯半响，缓缓笑道："那阿嬷再给小少君做双鞋子。"

　　谢九楼搀着她出来，阿嬷且行且道："小少君长得是极讨人喜欢的。九爷说他是蜉人，想来过去吃了不少苦吧？"

　　"该是的。"

　　"日后小厨房也不会有贼了？"

　　谢九楼颔首低笑，没有否认。

　　阿嬷四指拍了拍他的手背："九爷不爱热闹，这园子没了人，虽清净，但九爷自己，才多大？也就是个半大小子，哪里又会照顾人呢。赶明儿我亲自挑几个丫头，都是今年家里遭了变故逃难来的。我瞧着可怜，从贩子手里半买半收进府里，听话机警，信得过。"

　　谢九楼说："都听阿嬷的。"

　　谢九楼再回去，提灯又蹲在那棵梨树下。他眼皮一跳，大步流星走到提灯身边，第一件事就是检查梨树哪处枝头又被折成了筷子。

　　提灯侧仰起脑袋，无声注视着他，手里拿的是上次那两截树枝。

　　"提灯。"

　　"嗯！"

　　谢九楼蹲下去，还没来得及开口说完，就听提灯两眼一亮，重重应了他一声。

　　他觉得好笑，提灯这是新鲜劲儿没过，听谁叫这俩字儿都兴奋。

　　谢九楼摸到提灯手里那两根树枝，拿过去，把玩着道："要不要学使筷子？"

　　提灯学了两天怎么使筷子。在第二天的午饭时候，他用沉默表达了抗拒。

　　阿嬷派来四个使唤的丫头：春温、秋筠、淡月、微云。春温把菜布好，领着其他三个退下，帘子一关，谢九楼正要吃饭，就瞅着提灯不对劲。

　　提灯不动筷子了，像最初来府里那样，对着一桌子好菜，光看不碰。

第六章

谢九楼问:"怎么不吃?"

提灯低头,不说话。半晌,嗡声道:"……勺子。"

他说得一点儿底气也没有,怕谢九楼不答应。从昨儿起,谢九楼叫他学着拿筷子,前几顿饭,每回提灯拿起来一夹菜,筷子劈了几回叉。谢九楼见他对着吃的干着急,便松口叫提灯不使了,吩咐人递勺子,下一顿再学。两顿饭下去,提灯眼明心亮,摸清楚谢九楼的脾性,回回都装模作样拿着筷子劈几次叉,就哄得谢九楼让他使勺子。哪晓得谢九楼把他这点儿小机灵看在眼里,今日早饭一过,对他笑眯眯道:"家里勺子丢了,午饭只能使筷子。"

提灯闷闷不乐一个早上。到了午饭时间,他开始在饭桌上磨蹭。

谢九楼铁了心不惯他:"没有勺子。不使筷子,就饿肚子。"

提灯对着脚尖郁闷了半天,最终还是摸到筷子握在手里。

谢九楼一只手拿筷子,另一只手指了指拿筷子的手,教导提灯:"这两根手指,放在这儿。"

提灯目光对着盘子里的菜,依着谢九楼刚才的指导,试着夹了一筷子菜。

夹进碗里,他马上抬眼看着谢九楼。

谢九楼面带赞许点了点头:"再夹一次。"

提灯又缓慢而用力地夹了一筷子。等他再度望过去时,谢九楼说:"吃饭吧。"

提灯眼睛一亮,暮地把右手两根筷子并起来握住,伸出左手就要往盘子里抓菜。

谢九楼早有预料,一把抓住提灯手腕,拎着他袖子慢慢提上去,拿到一边:"不,准。"

提灯显而易见地不开心了,他甚至想收回自己的玻璃珠。

这顿饭吃了小半个时辰,暂时消耗了提灯对食物和谢九楼的大半兴趣。

饭后他蹲在屋檐下,乌鸦又给他叼来一颗金珠子,他藏在怀里,躲着谢九楼生闷气。谢九楼也不恼,只装看不到,自顾自去外头晃了一圈,回来时手里提着一个油纸袋和一个布袋子。

提灯瞧见这人过来,转了个方向接着蹲,只拿后脑勺对着谢九楼。

谢九楼在他身边石阶上坐下,慢悠悠拆着油纸袋子,里头露出软软的几块白糕,还是热的,才出锅。提灯闻着味儿,悄悄侧过脸来。

谢九楼捧着手里的糯米豆馅糕递过去:"要不要吃?"

提灯视线凝在白糕上,又挪上去对着谢九楼。谢九楼明白那意思,无非是在问他:又要用筷子?他拿起一块递给提灯:"这个可以用手。"

提灯将信将疑,见谢九楼没骗他,便接过张嘴咬了一口。

一口进去,又甜又糯,馅里带着点儿油,糯米皮咬开,豆沙立刻化在嘴里。

提灯忙不迭去咬剩下的，谢九楼笑吟吟看他吃完一块。提灯咂咂嘴，目光转向他手里的布袋子。谢九楼刚刚看得出神，略不好意思，这才回神，咳了一声，松开袋子口。

"北方的奶疙瘩，要数漠堑做得最好吃。"他一面说，一面从口袋里拿了奶白色的一块出来，"今儿你运气好，有个漠堑人来城里，最后一袋叫我买了。"

谢九楼把奶疙瘩塞到提灯手里："尝尝。一点一点儿嚼，别全吞了。"

提灯放进嘴里，皱起了眉。

谢九楼又笑，笑出右侧脸颊那个酒窝，两眼弯弯道："多吃几次，就好吃了。"

提灯点点头，手伸向那包糯米糕，又把奶疙瘩往谢九楼那边推了推："多吃。"

谢九楼：……

夜里谢九楼无事，想起阿嬷重孙年初出生，自己当时不在，便琢磨着，到玉室里找了块巴掌大的翡翠石，照着生肖，打算雕个小老鼠。

提灯刚跨进房门，就见谢九楼拿着刻刀凿翡翠，手里老鼠已经成形，登时来了兴趣，站在谢九楼旁边看。

谢九楼低头问："喜欢？"

提灯抿嘴，眼神直勾勾的，答案全写里边了。

谢九楼顺水推舟："你明儿把筷子使顺了，我给你做个更漂亮的。"

提灯一早起来，坐在饭桌边，等春温秋筠上毕菜退出去，他便把面前那盘凉拌香菌鸡脯丝一根一根给自己夹了一碟子，剩下的又夹到谢九楼碟子里。

夹完便放了筷子，也不吃，只一脸希冀望着谢九楼。

谢九楼斜眼扫一下提灯，又垂目看看自己面前那一碟子鸡丝，心道这小兔崽子一旦有目的了，开窍得比谁都快。他苦口婆心教两天，连哄带骗的，还比不上昨晚一块破石头。谢九楼轻笑一声，装不明白，问道："你不吃饭，看我做什么？"

提灯以为谢九楼忘了，慢吞吞抬手，食指指头摸到筷子，有一下没一下地按住那一端翘起筷子，试探道："……使顺了。"

"哦？"谢九楼看了眼筷子，只说，"提灯真厉害。"

他本想再兜着圈子逗提灯一会儿，哪晓得提灯听他说完，只愣了愣道："厉害？"

谢九楼点头："厉害。"

提灯默默抿着嘴，拿起筷子，喜滋滋埋头喝起粥来。这一句夸奖让他将找谢九楼要玉雕的事儿忘得一干二净。

捉弄计划被迫中断的谢九楼：……

今日提灯穿了件青灰色暗花缎夹袍，是阿嬷花了两天时间从府里挑出来的料子，又缝了些花样上去，衣裳合身了，衬得提灯愈发清瘦。

当时那衣服送来，谢九楼伴嗔道："他最不讲究，一天到晚往地里滚的。给他穿鲜色，不出半日就疯跑着弄一身泥。"

阿嬷说："弄脏了再做。府里绸缎堆成山。九爷又不穿，拿来糊窗子不成？正好都给了小少君。"

谢九楼说："我是沙场马背上颠簸惯了，穿黑色脏了污了也瞧不出，省事。黑色哪有阿嬷选的青灰好看。我想穿，穿不了，提灯多替我穿穿。"

提灯不知怎的，忽道："你穿黄色。"

谢九楼问："什么？"

提灯垂头沉默片刻，又摇头："没。"

午饭前趁提灯在院子里跟乌鸦玩的当儿，谢九楼去了趟打铁铺子。

再回来时，乌鸦已经飞走了，提灯又坐在台阶上看蚂蚁。

他总玩不腻的。过去在笼子里，他跟什么关在一起就看什么。跟鸡鸭关在一起就看鸡鸭，跟牛马关在一起，就看牛马。实在没得看了，他就从脚下笼子的缝隙里去看地上的蚯蚓蚂蚁。

十八年在笼子里就这么看过来了。提灯正看得出神，眼前就出现一双一尘不染的鞋面。谢九楼背着手，弯腰问："猜我给你带了什么。"

提灯两手撑在自己靴面上，仰着头，眼珠子亮晶晶的："老鼠。"

"那是给阿嬷小重孙的。"谢九楼凑近，神秘兮兮，"我给你打了支筷子。喜不喜欢？"

提灯脸一冷："不喜欢。"说着就低头又要看蚂蚁。谢九楼捏着提灯的衣领提了提："先看看。"

他从身后摸出那根筷子握在手里，掌心一摊："瞧。"

那是支成色极好的玉筷子，玉身碧透，比寻常筷子小上许多，不过草根粗细，大的那头四四方方，尾部是圆尖的，顶上又有两边各自凿了一条细细的玉沟绕着筷身盘旋到底，里头填了融掉的金珠子，又封了层鎏金粉，像两条交缠的小金蛇，极其精巧。谢九楼捏住筷子头轻轻一拧，只听"咔嗒"一声，约莫一个小指节长的地方就这么拧开了，像个小帽似的。把顶上帽子打开，筷子里头是空心的。

谢九楼颇为自得道："用你的金珠子做的。"

提灯："金珠子？"

谢九楼："嗯。"

提灯不知想起什么，在自己身上摸了摸，又跑去房里的枕头底下翻翻找找，最后抓着个东西塞进谢九楼手里。

谢九楼一看，又是颗金珠子。

提灯说："筷子，两支。"

这是要他给他做成一对。他收起五指，眼睛微眯，躬身凑到提灯面前，板着脸道："你还挺贪心。"

提灯瞟左瞟右，就是不看谢九楼，站得笔直，装聋作哑。谢九楼蓦地一笑，揣着金珠子一溜烟跑出去，声音追不上人，飘荡在房里："等着啊！"

正巧泉城送了批正值时令的柑橘到府里，昨儿使臣来访，谢九楼见过，今日却把那批橘子忘了。阿嬷派春温她们送来两盒，提灯瞧着新鲜，在谢九楼回来以前一口气吃了三个，吃得汁水横流，弄得脸上和袖子上都是。

正啃得忘我，眼下伸过来一只手把他手里半个橘子拍落："连皮啃什么！"

提灯一抬头，是谢九楼。他是不晓得这玩意儿须剥皮吃的，剥皮后将一瓣一瓣的橘子放嘴里吃，当真比带皮吃时甘甜了许多。

谢九楼趁提灯闷头吃橘子的当儿，把新做的那根玉筷子和之前做好的玉筷子放一起，说道："这簪子做一双，倒也好看。"

提灯脑袋一顿，后仰起来看他："簪子？"

谢九楼恍惚反应过来，提灯出了蟒人的铁笼子，对外头的一切都是一无所知的。

吃橘子不知道剥皮，吃饭只会用手抓，那些寻常人司空见惯的东西，提灯一个也叫不出来。甚至蟒语，提灯都说得不如他利索。

"提灯，要不要出门逛逛？"

无镛城主府极大，提灯以此为一方天地，乐在其中，从不知晓府里通往外头那道角门，他也可以跨出去。

主城道上繁华，谢九楼对提灯道："我带你去个地方。"

提灯只眼睛一眨不眨观望两侧的风景，半个字也没听着。笼子里和笼子外，是两个人间。他们走入一处雕梁画栋的宅子，里头假山活水，飞檐翘角，富丽堂皇堪比谢府。谢九楼和提灯自后门进。

如今已是十月下旬，楚空遥这几日打点整齐，就要去枯天谷了。他师父白断雨在那穷山恶水处盖了座园子，每逢冬季，便有一群白鹤南迁，行至那园子落脚歇息。

楚空遥为此还特意辟了个小院，凿出一个池塘，里头养些小鱼，落脚的候鸟们会去池子边上捉些来吃。

也常有南迁时受伤的，楚空遥年年能捡到几只，无一不是给它们疗了伤，再放生出去。

"今年去那么早？"谢九楼凭栏站在檐下，檐外秋风掠过，刮起一院落英。

提灯站在角落一棵桂花树下，身上披着阿嬷缝的灰鼠毛罗面披风，正仰头往枝干缝隙里看，肩头挂满簌簌抖落的花叶。

"不早了，老头子飞书来了三封，我大哥已到了。"楚空遥顺着谢九楼的目光望去，二人视线皆凝在桂花树下那个人影上，"那就是假的'三姑娘'？"

"他叫提灯。"谢九楼目光融融，说着便往那边唤道："提灯！"

提灯闻声转头，团绒毛领下一张不过巴掌大的脸，长眉亮目，满头桂花。一见谢九楼朝他招手，撒腿便跑了过来。谢九楼凑到他耳边低低说了句什么，再透过窗子往屋里一指，提灯两眼一亮，瞅准屋里几碟子上好的方糕，打开门帘钻了进去。

"蟒人？"楚空遥笑吟吟睨着提灯，"他倒很听你的话。"

谢九楼离开时打劫了楚空遥一马车卷轴。上头悉数记载蟒族遗失的种种语言，晦涩难解，许多甚至连楚空遥都不曾遇见过。一众随行的侍卫小厮都被谢九楼打发着先领那一马车卷轴回去，留他和提灯单独去瓦子里闲逛。

时值入冬，长街烟火缭绕，瓦子里有卖零嘴小吃的，也有说书逗乐的。谢九楼知道那些人的叫嚷在提灯耳朵里无异于天书，便干脆带他到了另一方热闹繁华地，一眼望去，全是吃食，让提灯眼花缭乱。

许是自小没被善养过的缘故，十八岁的提灯身量并不及谢九楼高大，与之同行，头顶也不过才到谢九楼的下颔角。

蟒人除了训练之外，整日都被关在阴寒潮湿的地牢，如今在府里好吃好喝养了近一个月，提灯身板虽还瘦削，面色到底不似先前那般白里透青了。

他生性好动，脱了那笼子，一个人拘在谢府也能玩得不知姓甚名谁。府里人大多不知情，撞见了也只当这是谢九楼哪儿来的远亲。起先他还会怕人怕生，府里大小丫头，不管误打误撞碰到了谁，提灯都不敢动弹。可日子一长，疯玩起来连阿嬷都拿他没法。只有谢九楼的话他是极听的。

举凡谢九楼从练兵场回来，提灯一听人叫"九爷"，定是第一个撒腿跑去迎的。

他自是不晓得"九爷"何意，只听人人都这么称呼谢九楼，便以为这就是谢九楼的名字。到现在春温秋筠几个都知道，哪日犄角旮旯里找不着提灯，甭管谢九楼到没到场，喊一声"九爷"，比什么法子都见效。

谢九楼爱看书，府里没人来访时，提灯便坐在书桌旁陪他，时常一陪就是大半天。谢九楼拿着蟒语册子抑或别的，提灯挨着他坐在几案另一侧，手里拿些机巧的小玩意儿玩——多是谢九楼幼时娘亲所做，年日渐长，阿嬷舍不得扔，刚好拿出来给提灯新鲜新鲜。

只有这光景里，提灯才甘愿安安分分地静坐。闹市中人潮拥挤，谢九楼和提灯被推搡得越挨越近。突然，谢九楼的衣袖被扯住，他蓦地看向提灯，只见提灯停在原地，略在他前头半步远的距离，正回头两眼亮亮地望着他。见他愣住，又扯了扯他的衣袖。谢九楼回神，视线顺着提灯示意的方向找去，原来是卖糖炒栗子的铺子。

　　他顿时失语，干咳一声道："想吃？"

　　提灯点点头。他不会中土话，要借谢九楼之口与别人交流。

　　二人逛到黄昏，沿路买了许多府里不常见的零嘴，谢九楼笑道："路上有几家铺子，你就长了几张嘴。买那么多，隔一夜，便不能吃了。"

　　边说边给提灯才到手的山楂糕掏钱。

　　夜晚，房中烛火灭了，谢九楼却睁开眼，夜不能寐。

　　他始终想着白日临走时楚空遥同自己说的那一番话。

　　那时楚空遥说："既是蜉人，作为言家的仆人送去天子城，就当在名册上等待清点。提灯替了三姑娘，却没人去笼子里替他。凭空消失一个蜉人，天子城那边，怎的半点风声也没透出来？"

　　"我何尝没想到。"谢九楼说，"我只是捉摸不透，他明知三姑娘被替，还要送到我手里，是个什么目的。怕只怕，从谢府不知情被迫接言三小姐入府起，就已经入了他的套了。"

　　天子故意拖延他回府的时辰，趁机下密诏把提灯送进谢府。偏府里没人做主，只能迎接言三小姐入府。他日天子将提灯顶替之事拿到明面上说，若谢九楼谎称不知情，那便是饕餮谷欺君，提灯必死无疑；可若是谢九楼承认自己知情，那便是整个谢府欺君。

　　无论如何，难以两全。天子至今按兵不动，不过是留够时间给谢九楼，要他缓过神来看清处境。他蹙起眉头，不知不觉又叹了口气。谢九楼辗转难眠，又想起白日和提灯的对话。

　　"提灯，要不要学中土话？"

　　提灯想了想，点点头。

　　谢九楼晓得，他说什么提灯都会答应，但中土话，要的是听说读写，样样都不简单。生搬硬套，提灯必不喜欢。

　　得从兴趣下手。

　　谢九楼问："你最想……先学什么？"

　　提灯思索半晌，学着用自己并不懂的中土语，磕磕绊绊地说："九，爷。"

提灯学了整整两个月中土话，三天打鱼，一个月零二十七天晒网。

谢九楼面沉如水："今日这一页背不完，别想吃饭！"

提灯两手抓着书，瞄一眼书，又抬眼瞄瞄谢九楼。谢九楼站在他旁边，冷着脸，不为所动。提灯装模作样埋头看了会儿，眼珠子一转，悄悄抬起脖子，试探着冲谢九楼喊道："九……爷。"

谢九楼指尖一颤。他蓦地转过去，正对上提灯仰着脸，唇角略弯，眼珠子玻璃一般明亮地望着他。明知道这是在故意讨好，谢九楼想气又气不起来，眼神还凌厉着，语气却缓和了，说道："我教你学中土话，是叫你这么用的？"

提灯不说话，又往他身边挪了挪。

谢九楼耐不住，瞪了提灯一眼，狠狠道："今日便罢了。明儿再这样，说什么也不管用，把手洗洗，剥橘子吃。"

次日府里第一株红梅开了，提灯欢欢喜喜闹腾一场，爬到顶上摘了最好的那枝塞给谢九楼。谢九楼瞅着提灯高兴，若这会子叫人去读书，必是立马愁眉苦脸。他于心不忍，心想，明天吧，明天一定叫提灯把这两日落的都补上。

一晃眼到了明天，提灯睡大觉。

谢九楼瞧窗外天色，如今入了冬，愈发昼短夜长，提灯昨日疯玩一天，定是累坏了。他想着，提灯过去十几年，春夏秋冬都困在笼子里，北边那么冷，天一凉连床被子都盖不上，没过过一个温暖的冬天。

今日就算了，让提灯赖赖床。下回吧，下回一定叫提灯把功课都补上。

下回复下回，下回何其多。

眼见到了年关，提灯的功课本越积越厚，一摞摞堆在谢九楼手边，从起初谢九楼见了就心烦，到现在书面积了层灰谢九楼也稳如泰山当看不见。

那天小年，无镳城下了场雪。提灯在院子里和淡月微云一起堆雪人，乌鸦在窗台边搭了个窝。阿嬷一手挂着给提灯新年缝的冬衣，一手拿着盒鸟食，春温秋筠跟在后头，端了两盘热气腾腾的羊肉竹荪饺子。

谢九楼坐在正厅几案前，手执书卷，对阿嬷说："横竖没外人，叫上外头三个，一起吃了吧。"

阿嬷一面喂乌鸦，一面道："煮了一大锅，厨房剩的有。统共端来那么两盘，再叫咱们分了，还不够小少君塞牙缝的。"

谢九楼看看门外正在雪地里撒欢的提灯，摇头笑道："几时他念书能像吃饭那么上心，就好了。"

阿嬷扫了一眼垒在他手边快有半臂高的书本簿子，宽慰道："人各有福。他过去那么多年不念书尚且过来了，如今在这园子里，少认得几个字，也无妨。"

谢九楼不知想到什么，沉默了一瞬"待会儿，叫她们把桌上这堆书……撤了吧。"
　　黄昏时谢九楼骑马，孤身去了趟城北乱葬岗，至晚方归。
　　同日深夜，府中走水，大火自谢九楼卧房烧起，冲天火光彻夜长明，一直到破晓才被浇灭。谢九楼那一处园子被烧得只剩残垣断壁和一具焦尸。
　　天明，谢府发出讣告，言三小姐因昨晚园中失火不幸丧命，尸身择日送回饕餮谷。
　　消息上达天听，不出三日，谢九楼被召至天子府。
　　雕龙大殿，金碧辉煌。谢九楼单膝跪地，垂目看着一尘不染的玉砖。
　　"朕一直在等你，阿九。"天子赤脚走下玉阶，青丝半束，长衣拖地，"等你先走出这一步。"
　　"言三小姐已死，留一具面目模糊的焦尸，死无对证。可一个四阶蟒人，请朕的摸骨天师去谢府一趟，不难找吧？"
　　莫说谢府，天底下四阶蟒人何其罕见，只要提灯还在祁国，要找出来简直轻而易举。
　　"饕餮谷几十万人命，无镛城主府上下几百人丁的脑袋，阿九，你保是不保？"
　　谢九楼放下一膝，双腿跪地，语调四平八稳："陛下有命，微臣悉听。"
　　一双手缓缓覆在他的肩头："阿九，为朕炼伥。"
　　谢家家祖谢中鸥，自小研习五行玄道阴阳两术，壮年时研制出世间第一道燃伥符，符纸附伥鬼之上便可自燃，伥鬼不死，火势不休。此符一出，两百年间，几乎将世间伥鬼赶尽杀绝，免一大祸。中鸥其人，也被举世誉为娑婆降伥第一人。
　　然而举世不知的是，他到了晚年，心思偏离正轨，研究术法竟至走火入魔之境，昏聩一时，制出了绝无仅有的炼伥符。此符可使伥鬼听命，如傀儡一般任由炼伥人驱使。谢家传家武器龙吟箭，便是谢中鸥控制伥鬼从虎啸山偷得的。
　　伥鬼非剥皮火烧不可命绝，若祁国组建出一支伥鬼大军，那一统娑婆大陆，指日可待。好在中鸥临死前幡然顿悟，将自己炼制的最后一批伥鬼遣至漠埊，又同楚空遥的师父白断雨合力将其封印在大漠之下，炼伥之术，从此也在娑婆销声匿迹。
　　"朕知道，谢家子孙不会让炼伥术彻底消失。"天子倾身，望着谢九楼冷冷的眉眼，"阿九，你生来就是为朕的江山而战。"

　　祁国攻克大陆中原之初，国主念中鸥军功，将无镛城周边十城一齐划入无镛范围。娑婆多战乱，谢家为尽忠侍主，历代多出武将。谢氏儿女以恭谨为家训，最忌功高自傲，是以两百年来，无镛城这一支军队，不管历经多少朝代，都有一个响彻大陆的名字——十城军。
　　谢九楼率兵前往漠埊，十万将士，难以朝令夕往。行军二字，并非说走就走。

他在军营起码要先待上一个月，与手下一干人等筹划好一切之后，再待粮草上路，最后开拔。约莫是在军营过夜的第三天，谢九楼正与手下几个副将秉烛夜谈，府里外门的侍卫竟快马赶来军营，落地便跪在大门外求见谢九楼。

召人进来，那侍卫又三言两语说不清楚，言辞间颇有忌讳，最后只说："九爷回去看看吧。小少君……不太好。"

谢九楼冒着风雪疾驰回府，远远地，就见东角门边上，两个高高挂起的大红灯笼底下，提灯坐在门槛台阶处，身边放着那盏八角琉璃灯。兴许是烛火燃了太久，宫灯顶上一层厚厚的积雪，琉璃罩子里，烛光忽明忽灭。

提灯在明暗交接的光晕下，抱着膝盖一动不动，雪落如针，寒风刮得人脸生疼，他却像毫无知觉，两眼无神盯着脚下，嘴唇不断张合，念念有词。

他的肩头，大雪已积了半指来厚。

谢九楼下马飞奔过去，从侍卫手里接了伞，挡在提灯头上："这是在做什么？！"

侍卫凑过去，在他耳边小声道："听春温姑娘说，已坐了一天了。"

"提灯，"谢九楼蹲下去，一把抹去他头顶和肩上的积雪，又唤，"提灯！"

提灯愣了愣，呆呆怔了半晌，才慢慢抬头看向谢九楼。

他一张脸已冻得发青，目光在谢九楼脸上逡巡良久，忽醒神似的，低头四处在雪地里摸找。不一会儿，找着一根树枝。提灯蓦地拉住谢九楼，用树枝在地上不停写字，因着身体在雪里冻了太久，手腕僵硬，写出的字也歪歪扭扭。

写着写着，提灯开口，牙齿打着战，断断续续念起地上的字来。谢九楼听了片刻，才听出提灯这是在背书。嘴里念的，手上写的，全是他前些日子要他学的。那时提灯懒惰，总想方设法撒泼耍赖地逃学，今日却不知为何着魔般把这些功课捡了起来。

提灯一面念，一面死死抓着谢九楼的衣袖，边写字，边抬头慌慌地看谢九楼，魔怔一般，一刻也不敢停。

"提灯……提灯！"谢九楼夺走他手中树枝，"你告诉我怎么了……告诉我怎么了？"

话音刚落，有人来传话，说阿嬷请九爷尽快到园子里去，还额外叮嘱别带提灯。

谢九楼盼咐侍卫在这边照看，刚抬脚要进去，又被提灯拉住衣摆，拖着他，不要他进去。

"别怕，"谢九楼解下披风披在提灯身上，"我就出来，你在这儿等我。"

风雪呼啸，进到院里那一刻，谢九楼霎时手脚冰凉。

纷飞玉屑里，端端正正放着一个半人高的铁笼子。那笼子每根栏杆都是小臂粗细，用的是无镛城特产的混钢铁，坚硬无比。里头两副二十斤重的镣铐，以磁铁为锁，此时已快被大雪淹没。这样一套器具，因天子之命，无镛城每年要造二十个运往鬻饕谷，用来关押蟒人。自谢九楼继任无镛城主起，这东西便不再生产。

笼子里的栏杆上还有干涸的血迹，显然是从饕餮谷运来的——又或者，这就是当初装百十八的那一个。

"扔出去。"谢九楼缓缓侧首，眼底已是一片森寒，对身边跟进来的侍卫吩咐道，"马上扔出去。"

那侍卫迟疑一瞬，骤然跪下："天子下令，要这笼子……与将军一路同行。"

谢九楼手背青筋暴起，对着笼子伫立少顷，最后转身朝东角门而去。

侍卫只觉身旁刮过一阵热风，谢九楼的声音传来时，雪地已不见人影。

"把这笼子从西角门运去军营，别过东门。"

谢九楼回到门口时，琉璃灯已经熄了，提灯还在灯笼下来回踱步，低着头，嘴里一刻不停地背书。

他疾步走到提灯身边，生怕提灯听不清，一遍又一遍地说："不背了……提灯，不背了。我不会把你送回去，你永远也不会回去的。"

背书的声音依旧持续了很久，不知何时雪停了，那声音才慢慢小下去。

谢九楼感觉一双手小心翼翼地轻轻抓住他的衣裳，在这个隆冬的夜里，两人皆静默无语。

谢九楼忽道："提灯，我要去很远的地方了。"

提灯指尖一顿。

"你要不要跟我走？"

"要跟。"

离大军开拔尚有月余，提灯在军营里，从小士伍做起。

这里几乎没人认识提灯，可谢九楼的几个副将都尉和校尉都是见过他的。

一日练兵，谢九楼的副将宴光一眼看见站在士伍里的提灯，清瘦的身板，白得略带着些病态的一张脸——是提灯常年被关在地牢的缘故，那一身盔甲，仿若下一刻就能把他压垮。

"九爷，"宴光斜身凑过去，"您真让他当个士伍？"

谢九楼站在操练台上，腰间一把瑶刀，台下是肃然不动的数千练兵将士。

他脸上没有一丝波澜："谁家的兄弟儿子从一进军营就当校尉的不成？别人做得，他做不得？"

宴光沉默一瞬："士卒进军，徒步而行。只怕提灯小少爷，吃不住这个苦……"

"当年我从父征战，不也从士卒做起？"东风呼啸，卷起混着黄沙的飞雪，映在谢九楼深如幽潭的眼底，"他要坐车、坐马，得靠自己一身功夫去换。"

谢九楼睨了一眼宴光，眉宇间似是闪过一丝笑意："你别小瞧了他。"

饕餮谷练出来的蟒人，是刀锋，是兽爪，是蛰伏的危机本身。直到被拿去交易前的最后一刻，他们都不是待宰的羔羊，而是死神手中最冰冷的利刃。

谢九楼的冷漠面具只戴了一个白天。

入夜，左右副将自他营帐退出，营里两盏昏黄的油灯依旧摇曳。

谢九楼窝在椅子里，盯着那点豆大的灯芯，"啧"了一声。

他脱下板甲，换了身便衣，背着手起身，咳了两声，左看右看，看着看着，就走到营帐外头。这会子天黑，又因着是在城内军营，入了夜大伙到底不似真打仗时那般警惕，不少帐前灯火也不甚亮堂。

谢九楼昂首挺胸，身板笔直，落脚在每一个不见光的黑暗处。正走着，后头传来交错行进的脚步声，两个低级士卒抱着洗漱的木盆朝前头走，一面走，一面嘀嘀咕咕说着什么。谢九楼忙不迭转过身去，就近面对着身边的营帐"罚站"。

二人的声音从他背后一路飘过。

"你看到那人了吗？那脸巴掌大点！"那人刻意咬字道，"长得是真……"

"不像一个当兵的。"

"就是可惜——白净是白净，手脖子和脚脖子上那疤，丑了点儿。"

话音未落，二人后颈蓦地一股剧痛，竟是被不知哪里凭空飞来两块极尖的石子儿打在了关节处，疼得他们两眼一黑，耳朵直嗡鸣，别说惦记什么，一时连路都看不清了。

那晚一间新兵营房里，一群枕着箭筒睡觉的士卒，每一个都僵着身子，彻夜难眠。

白日里统帅万军的九爷站在门前，轻轻敲响他们的门板，和颜悦色道："我今夜和你们挤一挤。"说完便大步流星走向角落最后一个空床位，开门的小兵在寒风中瞬间清醒，眼前这一幕令他呆立原地，久久无法回神。

谢九楼每走一步，床板上就惊坐起一个睡眼蒙眬的将士，装了弹板似的。直到走到最后的提灯面前，他看到双亮亮的眼睛。

提灯坐在床上仰着头，一如既往对谢九楼弯着嘴角。谢九楼也笑，倾身，于一众注视下把自己才摸过黑炭的五指在提灯脸上擦。

擦完再刻意离远一点端详，接着一皱眉，又凑近在提灯鼻尖上补了两下，方才满意道："明早起来不准洗脸。"

提灯在自己脸上摸了一把，放下手，四个指尖一片焦黑。

他垂目对着自己的手指看了半晌，再扭头看看身边闭眼安睡的谢九楼，又看看手指，他想不明白，便拉上被子躺下睡了。

房里剩下的其他人，脑子仿佛一半清醒，一半在梦中。

眼下才开年，外头长日里还下大雪，营房埋着火塘，一个个半大小子进来就抢离火塘近的炕。提灯不跟人抢，每晚都睡在最边上。今夜谢九楼来得猝不及防，提灯旁边床位平日空着，被子早不晓得被谁搬去盖了，现在就一块木板子，上头一层草垫，别的都没有。

他倒无所谓，双手枕在脑后，仰面朝天，就要这么睡了。

次日早上，营房的几个小士伍起来，都发现他已经走了。几个人一面松了口气，一面互相责问："九爷啥时辰走的都不知道！睡得跟猪一样！"

"你好意思说我？你知道？说不定就是你呼噜声把九爷吵走的！"

"我呼噜？我还说是你放屁把九爷熏走的呢！"

正吵嚷，有人注意到边上的提灯："欸，那个……提……提灯？"

提灯听见旁人叫他，闻声望去。

他因着要进军营，来之前被谢九楼抓着连着几天恶补中土话，学到勉强能听懂日常交流的那些话，尤其是军队的指令，谢九楼把他训练得很敏锐。

但说和写，比起听的能力就差了许多。

谁的话到了他那儿，基本是只进不出的份儿。

喊他的那人叫洛桥，小伙子小麦色的肤色，浓眉大眼，说话带点北方口音，笑起来一口白牙。第一次跟提灯搭腔，提灯只看过来，也不吭声，叫洛桥有点儿局促。

他挠了挠后脑勺，试探着问："九爷今早走那会儿，你也没听着？"

提灯点点头，意思是听着了。放洛桥眼里，意思是"没听着"。

洛桥见这人沉默寡言的，话也搭不下去了，打哈哈道："睡，睡挺好。"

说完正要下床，忽"咦"了一声。

他穿了鞋走下去，来到提灯面前，弯腰道："你脸怎么干净了？"

提灯和他对视着，歪了歪头。

"这可不行。"洛桥古道热肠，"昨儿我可听见了，九爷叫你不准洗脸。你这脸现在白净的，当心九爷看见，军法处置！"

他四下看看，一拍脑门，把提灯拉扯下来，抓着人就往院子里篝火堆旁边去。

洛桥蹲下，提灯也跟着他蹲下。

篝火燃到半夜就熄了，此刻只剩烧焦的黑木。

洛桥两手按进漆黑的木屑里头搓了搓，抬起来就往提灯脸上抹。

一边抹，一边念叨："你就委屈一阵子。脏是脏了点，不碍事儿。也别怨九爷啥的。我虽才来，但听他们说，九爷是极好的人，待底下将士们也很好。他这样对你，想必是你年轻，犯了什么错。又兴许是他看重你，见你孱弱，想锻炼锻炼你，也未可知。"

说到这儿，他"嘶"了一声："你这模样，满十五没有？"

大祁律例，男子年满十五方可参军，低于十五者，不得虚报年龄以参军，防止家眷冒领军补。

提灯终于开口了，说得很慢，好在吐字清楚："十八。"

这回答似是出乎洛桥意料："比我还大一岁呢。"

他又领着提灯到洗脸盆边上："看。"

提灯低头一瞧，水面照出的那张脸，黑得让他快认不出自己。

早上练兵那阵，谢九楼和之前一样，状似不经意地逛到提灯这一支队伍来，眼光一扫，见着人群里头黑黢黢那张脸，蹙了蹙眉。

提灯眼珠子也正跟着他转。谢九楼负手站在千夫长后头，皱眉盯着提灯，目光一动，示意提灯好好听千夫长说的什么。

提灯这会儿瞳子和脸一个色，眸光熠熠，见谢九楼也看着自己，便对对方缓缓展开一个弯起唇角的笑。

谢九楼：……

正午休憩，士卒们全凑在伙房抢饭，提灯一个人回营房，抱着包袱坐在炕边，吃阿嬷临走时偷偷给他塞进去的零嘴。他吃一片阿嬷买的雪花糖，又咬一口阿嬷亲手蒸的酥酪。阿嬷把这些东西塞进包袱里时，谢九楼就在旁边。明明看到了，刚要开口阻止，阿嬷一个眼神，谢九楼又只好闭嘴。

只等提灯抱着沉甸甸一袋子来到这儿以后，他才再三叮嘱："不许一顿吃光。要先吃饭。"

提灯应了，然后每顿都先吃零嘴。

他低头看看包袱，怀里糖片和酥酪剩得不多，只好舔了舔嘴，慢慢收起油纸。

包袱还没系上，听门口传来一句："你一个人在这儿，偷开小灶？"

提灯听不懂什么是"开小灶"。

洛桥进来，追问："你吃的什么？"

此话一出，提灯身体一僵：淡月和微云每次想抢他吃的，就会这么问。

他看了看洛桥，慢吞吞把包袱打开，抬手递过去。

洛桥伸脖子一觑，眼都亮了："你要分给我？"

提灯垂首，点点头。

"那我不客气了啊。"洛桥拈了一小撮糖片放掌心里，挨着提灯坐下，喜滋滋尝了两口，"我长这么大就没吃过这种味道的玩意儿。"

有点儿甜，又不腻，还清凉爽口。

他拿肩碰了碰提灯："谁给你做的？"

提灯想了想："阿……嬷。"

洛桥说："我阿妈也给我做了煎饼，叫我带路上吃。不过没你这金贵，都是些顶饱的玩意儿。"

提灯问："煎饼？"

"对啊，煎饼。"洛桥打量他神色，"你没吃过？"

提灯摇头。

"早知道就留些给你尝尝。"洛桥又拈了片糖片放嘴里含着，比画道，"米浆做的，一张得……有你三个脸那么大。刚出来，热乎的，又软又薄，咬一口，满鼻子都是大米的糯香。我一顿能吃十张。带上路了，放几天就变硬。硬有硬的吃法，那时候煎饼边上是脆的，里头筋道，很有嚼劲。"

他眉飞色舞："我阿妈做得最好吃。"

提灯咽了咽唾沫。一时又瞥见洛桥颈下一张折成三角的符，穿了根细线，吊在脖子上。洛桥说着说着，没听见提灯搭腔了，一抬眼，顺着提灯视线，瞅见自己戴的那块平安符。

他把手指往衣服上擦擦，再把那符夹出来："你在看这个？"

提灯没说话。

洛桥笑道："这是我阿妹给我求的。"

"阿妹？"

"嗯。"洛桥努努嘴，眼底一片暖意，"她开了年才满八岁。去年冬天，听说我要南下参军，一个人大清早跑庙里找住持请了这张符。那天我们全家找了她两个时辰，才见着她跑回来，就是为了给我求这东西。"

提灯凝视着洛桥手里的符，沉默不语。

"你别小看这东西，其实咱军营里好多人都有。"

"都有？"提灯问，"符？"

"不是。"洛桥说，"不一定是符。就是都有这么个东西，从家里边带来的，算个念想。"

洛桥问："提灯，你有没有？"

提灯愣了愣，突然低头在包袱里翻翻找找。没一会子，听得叮当响。他摊开掌心，是一对戗金玉箸。

洛桥看得两眼发直："你……你家里……让你带那么值钱的东西？"

别说一对，就是上头挖指甲盖大一小块下来，都够他家那块地两年的收成。

提灯扬起下巴点点头："让我带。"

洛桥一言难尽："你……你家这条件……怎么还叫你来参军呢……"

第六章

提灯说:"他叫的。"

"他?"洛桥问,"谁?给你做这簪子的?你阿妈?"

提灯不理解洛桥为什么说人总要加个"阿"字,阿妈、阿妹。

他思索片刻,放低了声音,含糊道:"阿……九……爷……"

洛桥微怔,房中陷入寂静。良久,洛桥恍然大悟:"你阿爷给你做的?"

"阿爷?"提灯琢磨着,这俩字和谢九楼的名字大差不差,便使劲点头。

门外,"阿爷"隐在窗户后,已经快气得七窍生烟。

谢九楼正打算进门,又听洛桥对提灯道:"今儿早上千夫长的话你听没听见?"

他在门外暗自嗤了一声:这不是抓着二叔公问排第几,尽做无用功吗。

果不其然,提灯没吭声。

洛桥便说:"九爷这回北上,只带三千精锐。且除了副将和都尉,其他人都不指定!有想法的就往上头报,不管报了多少,只要最后那三千个确定下来,全记二等军功……二等!那换平日里,得杀这个数!"

洛桥比了个二,意思是两千个人头。

"……不过千夫长也说了,九爷这趟出征,没有个名目,也凶险得很。要去的,就得做好把身家性命搭上的准备。我倒是想好了,横竖得去。那军功一立,我阿妈阿妹这辈子都不消愁了。提灯……你去不去?"

洛桥来之前想,提灯那么瘦弱一个人都被逼来军队,想必家里是有说不出的苦楚。争这二等军功的差事儿,说不定他比自己还积极。

雪花糖片吃完,洛桥觉着,提灯这家境,犯不着为这点军功涉险,他定是不去的。

提灯低头收拾着包袱,也不晓得刚才洛桥那么一大堆话他听进去几句,只不咸不淡地说:"去。"

洛桥一愣,又道:"那你……去不去做九爷的帐前侍卫?"

提灯手上动作一停,抬头道:"九爷?"

这才是谢九楼大中午跑这一趟的目的。

洛桥点头:"早上千夫长说了,九爷要从去的三千人里头挑个帐前侍卫,给他放哨的。同吃同住,给九爷当护卫。虽然我觉着,九爷……应该也用不着别人来护卫……"

不过这差是肥差,消息一出来,各个能报名的征兵帐子都是挤破人头的光景。

提灯昂首:"我护卫。"

谢九楼在门外,忍不住低头笑了笑。

洛桥问:"你也要去?"

提灯点点头。

洛桥挠挠后脑勺："我也要去报来着……一会儿顺便替你报了！不过……你这身板，到时候比赛，要是吃不消就别硬撑啊。"

　　他拍了拍提灯的肩："等兄弟我征上了，照样带你吃香的喝辣的！"

　　提灯听不懂中土话里这些俗语，只能学着洛桥的模样也抬手拍拍对方的肩："我也带你，吃的喝的！"

　　这一回征名，报的人远超三千个。眼见着还有大半个月就要上路，副将宴光给谢九楼出了个主意：反正关着也是关着，不如叫报名的将士们比试比试，除去报了名的百夫长和千夫长，剩下的士伍和士伍，士伍和十夫长两两相对，谁赢了，谁就进这支三千人的队伍，打到名额满为止。谢九楼的帐前侍卫，也从这些人里挑。被挑中的，旁人不服气，照样能下战书，赢了就顶上去。

　　军营里头最不缺莽夫，不过短短十日，三千大军便基本定下，提灯和洛桥皆名列在册。往后的比拼，便是争谢九楼帐前护卫的位置。私下里，已经有看热闹的士兵趁夜下注。

　　提灯的名头在这期间日渐打响，也有人说："他那点功夫，也就打打咱们这些兵豆子。能进那三千人里的，越打到后头，哪个不比他强？真要跟那些人抢，赢不了。"

　　宴光从后头一把撩开帐子，把几个小兵吓得够呛，捧在掌心嗑的南瓜米登时撒了一地。他借着那盏半枯的油灯看了看他们的注盘，面不改色放了一粒碎银子在赌注最少的那一堆铜板里："我买提灯。"

　　谢九楼倒一连数日都不曾上练兵场看过，一直到赛事接近尾声，才闲逛似的去那边走了两步。

　　才刚到门闸处，就见着提灯一个人站在圈出来的赛场中央，脱了盔甲，一身束口麻衣，护腕还是春温秋筠给他做的那副，面前几丈开外都是待上场的老兵——说是老兵，至多也就比提灯大四五岁，而正儿八经有些资历的百夫长和千夫长，都不得参赛。

　　谢九楼站在远处，笑吟吟看他比了一回。

　　起先赛场迟迟没人肯出来，提灯等了会儿，说："五个。"

　　意思是让五个一起上。

　　俄顷，圈外才有人对过眼色，慢慢出列。

　　提灯一脚略退半步，微微侧身，朝他几人颔首。

　　接着便闻几声暴喝，眼前五人齐刷刷向他举拳袭来。

　　满场除了他都非玄者，提灯老老实实记着谢九楼的话，收好玄息，数场打斗，

第六章

皆靠肉搏。

半盏茶不到，上场五人全部落败。

谢九楼在场子后暗处看完，低眉浅笑片刻，负手离去。

约莫是嫌这样太慢，他离开时，隐隐约约听提灯在身后赛场上说："十个。"

大军开拔前最后两天，比试尘埃落定，提灯成了谢九楼的帐前护卫。

他值夜第一晚，戴着比自己脑袋大了一圈头盔，身上那件临时找出来的铠甲松松垮垮，手里握着对他而言并不合适的长剑，在谢九楼营帐前站到深夜，方才等到里头一众下属退出来。

不多时，听见背后有人重重咳了一声。提灯扭头，谢九楼正撩开帐子探出半个身体，悄悄冲他招手。提灯眉梢一喜，跑过去钻进谢九楼帐子里。

谢九楼取了他的头盔，又取下他腰间佩剑："冷不冷？"

提灯说："不冷。"

如今正月已过，正是孟春，夜风料峭，提灯浑身却还暖烘烘的。真如春温所言，像个烧不尽的小火炉子。

谢九楼走到衣架旁边，从后头拿出一个小布袋子，放到提灯怀里："尝尝。"

提灯眼一亮，低头把袋子扒开，看清里头的东西，肩又塌了下去。旋即把袋子推回去给谢九楼："不要，不好吃。"

那是袋新鲜的奶疙瘩，谢九楼下午回府取物件，沿途糕点铺子都关了门，只在路上碰见卖这个的，便顺手给提灯买了一袋。

他凑过去小声说："这是我专给你买的。军营里其他人想吃都没有，独你一份。"

提灯闷声琢磨了会儿，低低问："……一份？"

"一份，"谢九楼重复道，"就只给你。"

好一会儿过去，他身前被推过来的那袋奶疙瘩又无声无息被提灯拽了回去。

翌日，开拔前夕，谢九楼特许三千将士出营半日，在城内四处逛逛。

傍晚提灯抱着袋奶疙瘩坐在营帐前，一面吃，一面四处看。有人从他面前过，他吃得更带劲。

彼时谢九楼正在营帐里写那封要传到楚空遥手里的飞书——漠堑之下，当年白断雨与谢中鸥以邪克邪，利用一件法器合力封印近千只伥鬼。

那件法器，正是诅咒了楚家两百年之久的邪剑——楚氏剑。

三千精兵北上，天子给的名目是沿途采办，顺便安抚数月前战败在谢九楼手下的漠堑。这次十城军没有直行，而是从西南绕上去，先到骄山下的漳渊，等待与楚空遥会合。

此外，他还要长驱漳渊之下，取一样东西。

楚氏剑相传为永净世仞利天宫上一位天神在偶然中误打误撞来到凡尘，机缘巧合下捡到的一把宝剑，年深日久，那宝剑不知怎的生了邪怨，将那位天神刺伤后便自堕娑婆。因为在天神身边修行太久，楚氏剑威力极大，初初落入娑婆时一剑斩入极北的大漠，将那片草原劈出一条天堑般的深谷，自此那地方才有了名字——漠堑。

而楚氏剑，为了躲避天神的追捕，打那以后便不知所终。又过多年，方才出现在大渝楚氏宫廷，被半神白断雨捉拿，与祁国谢中鸥一起，将其和上千只被炼化的伥鬼封印在了漠堑那条深谷之中，至今已有两百年。

一条深谷，两百年不见日光，不走活物，只关着千只死尸和一把邪剑，抛开别的不谈，光是里头的瘴气就能把人毒死。

谢九楼此去漳渊，便是要去渊水之中找一只神兽——鼍围。

水怪鼍围，人面羊角虎爪，因其身携异光，举凡现身之处，方圆数里皆可驱散黑暗，使人视物。更重要的是，传说中，那只鼍围奉无相天神之命，守着一样宝物——天神泪。

相传当年娑婆世尚未成型，还处在一片混沌当中时，无相天神赤手空拳，日日飞身潜入混沌诛杀里头一众邪魔，没有哪一次不是满身煞气，浴血而归。坊间对此有两派解释：一说天神疾恶如仇，心怀慈悲，此举是为日后娑婆世间的芸芸众生免除危机；二说天神生性残忍嗜血，混沌中无数妖魔正好让他大开杀戒，满足自己屠戮的欲望。

总之那些混沌中的妖兽被天神单方面屠杀的年头很久远了，直到娑婆现世，上古妖兽被杀得所剩无几，还有少许在天神一念之差下留了条性命的，也多是被封印在高山低谷，被永生圈禁，不得解封。

不过但凡被无相留了条命封印起来的，都是有天神令在身，奉命镇守宝物的。

譬如虎啸山那只老虎，守的是天神抽龙骨、拔龙须做的龙吟箭；望苍海那只鲛人，守的是天神取山精做的三叉戟；而漳渊那只鼍围，则是当年天神在杀它时不慎落了一滴天神泪，便因此得天神收手饶它一命，命其好生看守那滴眼泪。

"这典故是最没由来的。"楚空遥赶到骄山下，听谢九楼说起此事，便笑道，"无相好端端杀着水怪，平白无故掉哪门子眼泪？那天神几时如此多愁善感了？再说，你不是从不信神佛之事的吗？就连这支龙吟箭，你都觉着是谢家人为了点儿莫须有的神秘，添油加醋要把这玩意儿跟无相天神扯上关系瞎编的。这会子又信誓旦旦要去漳渊取天神泪了？天神知道他在你这儿招之即来挥之即去吗？"

"这是两码事。"谢九楼一本正经辩驳，"这滴水有没有另说。难不成就不能

是前人到漳渊底下遇见过，瞧这水性质奇异，又有神兽镇守，便联想到前人所言的那些乱七八糟的天神传说，索性自己上了岸，也将就着这条件，杜撰出一个新的谣言。到时候旁人去看，一见，真有这么滴水，又有这么个神兽，便一传十，十传百，传成天神的东西了，也未可知。刚刚你也说了，这天神泪的典故，最没个由头，无凭无据的，信他做什么。"

二人正争论着，有人打帘闯进来。军营驻扎重地，谢九楼尚且重甲在身，这人打扮却与楚空遥如出一辙地张扬：一身赤红绫罗华衣，墨玉腰扣，右侧配一狼牙坠子，左边挂一根白骨长笛，脚踩麂皮宝靴，身形飘逸，俊朗不凡，头上黑发银冠，高高束着马尾，此时散了几绺下来，略显凌乱。

白断雨一面往里走，一面两手叉腰骂骂咧咧："老子今儿真是杵拐杖下煤窑，步步都倒霉。"

他指着楚空遥道："我就说不宜出门不宜出门，你倒好，你拉着我就往这鸟不拉屎的破地方跑，鬼在后头撵你一样！这下好了吧！"

他一摊手，转了半圈，展示自己浑身狼狈，又往帐子外指指："老子就心血来潮耍只鸟！那小兔崽子，不就抢他只乌鸦嘛，跟刨他祖坟似的，我才拔了根毛，扑上来就冲着我咬！"

说着又伸出两个指头，"跟那乌鸦一起，一个天上飞，一个地下跑，追了我整整二里地！"

面前两个人听他说完，楚空遥先把手一抄，凉悠悠道："你惨咯。乌鸦最记仇咯。"

谢九楼也面无表情把手一抄："我们提灯倒是不记。"

一般有仇马上报。

话音一落，提灯抱着乌鸦从外头顶着营帘气冲冲跑进来。

白断雨一转身，两人对上眼，怀里乌鸦吱嘎叫，提灯就要扑上去。白断雨也撸起袖子作势要打，旁边两个一看不对劲，一个上去拦住提灯，一个上去拦着白断雨。

谢九楼："提灯……提灯！听话，别闹。"

楚空遥："你说你一老头子，跟人小孩闹腾个什么劲！"

提灯在谢九楼怀里手脚并用挣扎半天，挣不脱，冲白断雨龇牙："……还毛！"

白断雨："我不是还了吗！"

提灯："你的！"

白断雨："滚！"

楚空遥眼疾手快，往白断雨头上一薅，听见"哎哟"一声，白断雨捂着脑袋，回过头来瞪着楚空遥。

楚空遥耸耸肩："拔你点人参须，死不了。"

他捏着两根头发朝提灯递过去，笑眯眯道："小提灯，还你的。"

提灯看了一眼，还张牙舞爪要去逮白断雨。

白断雨捂着头哂笑："你当老子没扯过！他要老子还那一根乌鸦羽上的小毛，那么多！几千根！老子还得起吗！"

提灯继续扑腾："不管！"

白断雨气得吹鼻子瞪眼，伸脖子直骂："老头子是人！人跟乌鸦能一样吗！你晓不晓得两百岁的头发很脆弱的！"

提灯听不进去："一样！就一样！"

"……滚一边去！"

白断雨吵累了，一撩衣摆往椅子上一坐，端起手边茶水往肚子里灌。

又冲乌鸦喊道："别叫了！难听死了！"

乌鸦一愣，叫得更激昂了。

谢九楼挡在提灯跟前，正要安抚，就听后边"欻"的一声，竟是楚空遥抓住白断雨的马尾，将扇子打开一扫，生生割了寸把长的一撮头发下来。

"小提灯，"楚空遥笑吟吟道，"这下够不够？"

提灯抱着乌鸦，愤愤盯着他手里那撮黑发半晌，最后甩开谢九楼，一扭头冲了出去。

"楚——老——二——"白断雨咬牙切齿，"你皮痒了是不是？"

"您老人家安健长寿，再活两百年，这点头发随便长。"楚空遥从他后头绕上前，走了两步又回头，"再者原就是你的不是，好好的，扯人家乌鸦做什么。"

"我闲，行不行？"

"这倒是不假。"谢九楼听这话也跟着打趣，"两百年前到大漠底下封千只伥鬼不够，还非要把他老楚家的剑给一起封了。这下好，要解封一个，另一个也得跟着跑出来。"

白断雨屈起一条腿踩在坐的地方："这不是没办法吗。"

他解释道："人无相天神到这儿来，想杀谁杀谁，想封印什么就封印什么，那是因为人家是天神，天生神力，手指头一挥，万般法门。咱是凡人，是肉身，咱没有人家那神力。那我和你老祖宗两个人，要封印那一千只伥鬼怎么办？只能借助同等神器的力量。"

他看看楚空遥："这不正好嘛，那时候楚氏剑又现身了，又一个烫手山芋，他们楚家老祖宗拿着也没法子，我和谢中鸥一合计，干脆以邪克邪，一封封俩，让它们在漠堑底下相互克制着，免得寂寞。"言毕又瞥一眼谢九楼："哪晓得两百年过去，人家在地底封得好好的，你们谢家又要给挖出来。"

这事情牵一发而动全身，如若当真要把底下的上千只伥鬼解封，那楚氏剑没了压制的力量，势必逃脱。当务之急，要么就是找到另一个能代替伥鬼的神器将其二度封印，要么，就直接毁了楚氏剑。

谢九楼想了想，忽问："若我毁了所有伥鬼，楚氏剑会跟着毁灭吗？"

白断雨一只胳膊搭在膝盖上，含笑打量他，问道："你觉得这法子，我和谢中鸥当年想不到？我俩为何不直接毁了伥鬼和楚氏剑？是舍不得吗？是觉着它们讨人喜欢吗？"

谢九楼：……

白断雨叹了口气："楚氏剑先不说。那伥鬼，谢中鸥之所以不毁，不是他不想毁，而是他毁不掉了。"

伥鬼，本为死物，乃躯体死去后就着皮囊再度复苏的行尸走肉，属有命而无灵者。当年谢中鸥炼化了伥鬼为自己所用后，思及它们剥皮火烧即刻毁灭的弱点，硬生生在谢府花了整整两年改造出一只剥皮不死、火烧不化的母伥。若那母伥再触碰别的伥鬼，很快便能将其同化。

然而谢中鸥没有想到，这一招，彻底断了自己所有的后路。

"等到他后悔的时候，已经晚了。"白断雨说，"他炼化那堆伥鬼的本意，只是想拿来对抗别的伥鬼，又或是必要时分，拿来保城护民也好。可这母伥一炼出来，不管是杀人也好，杀鬼也好，什么玩意儿一旦被他的伥鬼碰到，下场无一不是演化为最终不死的形态——明白吗？意思就是，他搞这一出，不但杀不死别的伥鬼，反而让伥鬼在被伤一次之后，彻底没了弱点，无穷无尽了。"

"哪怕最后天下伥鬼都听他使唤又如何呢？死不掉了啊，这玩意儿始终存活在世上，那就是个隐患。这也是为什么，他最后把伥鬼赶到漠堑底下，也还是把驱伥的法子传了下去。怕的就是他死后有朝一日它们被放出来，天下人拿它们没法子。那时候到底还有谢家子孙出来掌控一下局面。"

白断雨说完，起身拍拍谢九楼的肩，凝重道："谢小将军，谢独苗——传宗接代，任重道远。"

谢九楼打开白断雨的手，转身垂视着几案上那一张地图，沉声道，"那不如现在就让伥鬼绝后好了。"

谢九楼从营帐出来那会儿，天空月明星稀。提灯蹲在帐子前，正拿石子儿在沙地上乱画，乌鸦不知道飞哪儿去了。他手握虚拳走到提灯身边咳嗽一声，提灯手上顿了顿，转到背对他的方向，接着玩沙子。这是还在为今天的事跟他置气。

谢九楼一只手藏在后头，悄悄挪过去蹲在提灯面前："提灯，你在做什么？"

提灯不吭声，一个劲儿埋头苦画，手上很忙活。

他低头一看，提灯画了个小人儿，穿着束口便衣，腰扣两边挂着狼牙和一支白骨长笛，头顶上正正劈下三道天雷。

谢九楼：……

原来在作法。他在心里替白断雨念了声阿弥陀佛，接着便把藏在背后那只手伸到提灯面前："瞧，这是什么？"

提灯抬眼，微微一愣。是谢九楼拿玉做的，掌心大的一只小乌鸦，两只爪子抓在一根树枝上，树枝底部磨平，可以端端立起来。

那乌鸦神态栩栩如生，连爪子上的指甲和身上的羽毛都雕刻得十分精细，正是谢九楼给提灯买奶疙瘩那晚回家拿的东西。彼时玉雕尚未完工，他想着带在路上，有空便做做，早些做完，免得提灯路上枯燥。

提灯没伸手去拿，只看了会儿，又望向谢九楼。

谢九楼奇怪道："怎么了？还生气？"

提灯慢吞吞把视线挪回那只玉乌鸦身上，指着它翅膀一处道："这儿，多了。"

正是今儿被白断雨拔毛的地方。

谢九楼沉默一瞬，计上心头，忽自顾自喃喃道："我雕了好久哦。"

提灯：……

他偏头盯了谢九楼眼睛一会儿，问："不高兴？"

这次换谢九楼不吭声了。提灯悄悄把谢九楼手心里的玉乌鸦摸走，揣到怀里，一双眼还在盯着人看，看谢九楼神色有没有变。谢九楼仍是那副黯然的模样。

提灯闷闷道："九爷，不要不高兴。"

谢九楼嘴角仍是控制不住地扬了起来，脸上的酒窝久久未消。

这玉雕实在做得小巧生动，提灯一连几日爱不释手。

这晚谢九楼和楚空遥正在帐子里商议寻找矗围的事，提灯盘腿坐在几案另一边捣鼓那个小玉雕，白断雨手里抓着把地瓜干，一边啃一边进来瞎转悠。

提灯先是闻着了甜味儿，余光瞥见来人是白断雨，一扭脖子，又往里坐了些。

白断雨看在眼里，也一甩头发"喊"了一声。

楚空遥眯了眯眼："你成天从哪儿搞的这些东西？两百来岁的人了，还贪那点零嘴。"

"你管我。"白断雨腿一提，踩着椅子边坐下去，眼珠子扫了一遭提灯，恍惚一怔。

这背影，竟是有些熟悉。他正凝目看着，忽被楚空遥打断："看什么？"

白断雨蓦地摇了摇头："没什么。"

这么一来，那点缥缈的熟悉感随之烟消云散。嚼着地瓜干，白断雨又在没话找话："说起来，不止这些好吃的宝贝，举凡是稀奇的，有意思的，掘地八尺，我白断雨都能找出来。"

说着就冲提灯挑眉，眼底满是耀武扬威。

提灯瞪了他一眼，彻底把头转过去，留个后脑勺对着白断雨。

"你又掘着哪门子买卖了？"楚空遥帮谢九楼查着卷轴，有一搭没一搭地回嘴。

"不告诉你。"白断雨嘿嘿一笑，身子掉转，两腿并起来挂在一边扶手上，整个人窝进椅子里，故意冲提灯大声道，"嚯！可是好大个宝贝！打不赢撞不破，谁遇上都得弄个头破血流！这不，我才一发现，眼下营里的人都在往那儿凑热闹，就图开个眼界！"

提灯耳朵尖慢慢竖起来。

谢九楼和楚空遥知道白断雨是个惯爱把一分说成八分的性子，都只笑笑，没有放在心上，既见着提灯很感兴趣，索性给了提灯一个台阶："提灯，你在这儿坐久了，要不要出去逛逛？"

提灯一转头，两眼发亮："嗯！"

这会儿天已彻底黑了下来，虽说是二月，最近却有最后一场倒春寒来袭，前几日还明媚的天儿渐渐又冷下来。

夜也还长，提灯出了营帐，一路上除了巡查卫果真没见几个士兵，想来真如白断雨所说，都挤在宝贝那儿凑热闹。

军营驻扎的地界不大，提灯循着嘈杂声沿路找去，很快便见着极僻静的一处，在不显眼的角落里，离普通营帐稍远些的位置，竟还搭着个帐篷。此时帐篷外熙熙攘攘尽是人影，有几个执着火把，却照不出里头东西的模样。

提灯停住脚，犹豫了片刻。这块地方，谢九楼曾同他叮嘱过，不要靠近。他站在原地，回首四顾，又踮了踮脚，企图能窥探到那营帐里宝贝的一点面貌，奈何人群拥挤，实在瞧不到。

提灯盯着脚尖琢磨：既然九爷都让他来了，那儿又有那么多人，今晚过去看看，当是不会有事的。

想着，他便踏了出去。提灯走得愈发雀跃，不由得便加快了步子，赶到人群外，游鱼似的，逮着缝隙就往里钻，挤得满头汗，终于挤到了前边。

他扬着眉毛往里眺，视线越过前头几人的肩颈，可算见着了里头全貌。

只一眼，他便定在当场，手脚冰凉，如坠冰窟般一动不动。

提灯忘记了呼吸，刺痛感从头皮一路蔓延到全身，最后他僵着身板，逃难一般退了出去，跑向众人身后那片漆黑的老木林子里。

那边谢九楼看卷轴看得眼酸,休息的当头,想起来才问:"老头子,你说你见着的那宝贝,到底是什么?"

"笼子啊,"白断雨抛起最后一点地瓜干的碎末用嘴接着,"不晓得谁藏的,里面也没关人。得到我腰那么高的一大笼子。"

提灯不知跑了多久,四周除了黑压压的树影已看不见一丝光亮。他随手一摸,摸到棵老树,便停了步子,倾斜身体往树干上一倒,头脑昏沉沉地偏靠过去。

这林子想是经年少有人至,他一路踩着极厚的陈泥和树叶,这会子停下来,连带着踩在泥土和枯枝上的声音也停了下来。

提灯喘息粗重,耳边嗡嗡直响。湿冷的夜风吹过他后颈脖子,往衣裳里一灌,衣裳黏糊糊贴到背上,凉得他后脑那根筋突突地痛。

他又想起营帐里那个笼子。当时他身后的士兵拿着火把,他借着火把的光往里看,那笼子也被照得发红发亮,像在熔炉里似的。

他常年坐的那个地方,还留着斑斑血迹。那些血迹是洗不掉的。他年复一年、日复一日坐在那里流血,血把那块地方染了一层又一层,早融进了那几根铁栏,成了笼子的一部分。

就像那个笼子,也成了他的一部分。提灯上气不接下气地喘息着,靠在树下休息,却越休息越累,耳边的呼吸声一声接着一声,一口气还没吐完,他又听见另一声。

他猛地绷紧脊背。这里有另一个人。不过瞬息,一股强硬的力道从他身后袭来,提灯猝不及防被推过身,一头撞向树干。

提灯余惊未散,一上来就被擒住了双手,眼下被辖制住,脑子却还是空白的,这人说的什么,他一句也没听见。许是接连受惊反应太大,耳边的嗡鸣声非但不止,反倒愈发尖锐,刺激得他头痛欲裂。

蟒人因着天生和训练的缘故,五感比寻常人灵敏,提灯抓着最后一丝清醒,嗅出了这个人的味道。

这是早前他尚未搬走时,和他一个营房的士伍,不过比他大两岁。提灯第一次去澡堂,不知道在哪儿打水,还亏得他帮忙,才学会了规矩。

后来竞选帐前侍卫,提灯瞧他身形和模样与谢九楼有两分相似,便格外手下留情。

提灯脑海里恍惚闪过谢九楼的模样,麻木之下,似乎恢复了少许知觉。

他的脸被别在树干上,侧颊逐渐感受到树皮的粗糙,手腕处被压制的疼痛逐渐取代了耳边尖锐不止的嗡鸣。

他反手挣脱身后的束缚,趁对方不备抓向其小臂,翻身的同时提膝一顶,将那人胳膊反向拧了几乎一圈。提灯反应迅猛而快速,痛感传到对方身体之前他已先听

见了惨叫。他在极度混乱的思绪下一遍遍告诫自己，要听谢九楼的话，要控制玄息，不能失控，不能杀人……到底还是失了控。

等他两手扭断那人的脖子时，对方的两条胳膊已经被卸了。

天色泛白，提灯就这样站了许久。最后在一片死寂中，他听见了谢九楼的呼喊。

彼时谢九楼已找了提灯大半个晚上，军营驻扎地界搜了一圈，因念着提灯以前在地牢待得很久的缘故，自从到了谢府，便极不喜一个人待在黑处，故而才迟迟没到这林子里来看。

提灯躲在刚发新芽的树枝上，透过层层枝叶往下看，不远处的树下是他昨夜失手杀死的士伍，再远处，谢九楼拿着龙吟箭四顾而行。一面走，一面在喊他的名字。

提灯又往后缩了缩，身体蜷得更小了些。

就在谢九楼快要靠近那具尸体的时候，丛林外有人疾呼"九爷"，竟是说昨夜见着一个肖似提灯的身影往营外官道上跑了。

谢九楼即刻追了出去。

提灯扒开前头的枝干往前蹭，看着谢九楼消失的方向，最后慢慢躲进了更深处。

良久，天上乌鸦盘旋而来，几声鸣叫过后飞进提灯怀里。

这回它嘴里叼着颗不知在哪儿刨到的翡翠石头，品相低劣，里头几乎全是白絮，兴许是哪处采矿扔出来的边角料。

提灯把这块翡翠石头擦了擦，藏进衣裳里，只等着天一黑，再下树去，又或者再在上头待一晚，推迟一天思考他将何去何从。

二月的倒春寒快结束了，这是最冷的一晚。阴云蔽日，天上下起了小雪。提灯在树上蜷到傍晚，才慢慢摸索着下去。乌鸦又飞去了远方，他呆愣愣站在林子里，看了看望不到尽头的幽深处，又扭头瞧着出口。

他还是想回去找谢九楼。

他发现自己除了谢九楼的身边，无处可去。哪怕是被塞进那个笼子里。

提灯迟疑着，渐渐朝林子外迈步。才走了不远，前头急匆匆跑来一个人，只隐约看见一个轮廓就朝他招手："提灯！是提灯吗？"

提灯捏紧了手，没有吭声。

那人跑到他面前，撑着膝盖弯腰喘气："可算找着了，九爷喊你！"

提灯不动声色退了半步："……九爷？"

"他怕你饿着，叫我们随身带着干粮，找着了先喂你点儿。"对方从兜里掏出半块用布包好的肉干，"你先吃着，我带你去找九爷。"

布是军营里大伙最常拿来揣干粮的布，伙房发的，每人都有几块，上边有十城军的标志。

提灯将信将疑伸手去够，拿了半块肉干，一咽唾沫，埋头狼吞虎咽起来。

正吃着，那人拍拍他的肩："提灯，那后边……是什么？"

提灯闻声转头，未及看清，一张大网铺天盖地将他擒住。

他下意识抬臂格挡，可身边蓦地窜出一个人影，伙同刚才那个一起，逮住抽绳，疾速向两侧收紧，捆成死结之后，将提灯困在了网里。

原来这两个人，早已守株待兔了一个昼夜。这是昨夜提灯从人群里逃走时便注意到他的两个士伍，也是平日酷爱和昨晚死去的男人拉帮结派的同伙。此二人本也存了心思，哪晓得才从后头跟上便目睹了提灯几个呼吸间杀人的手段。

其中一个脑子转得快，以前就对提灯语调奇怪的磕磕巴巴的说话方式存疑，又联想到提灯逃跑的场面和与他那副身板并不匹配的力量，昨夜便抓住另一个想跑的士伍吩咐："别走。这小子八成是个蟒人，得想法子抓起来，别让他跑了。"

"我听说……"那人凑到同伙耳边嘀咕，"……你去拿了网还有东西，我在这儿守着。"

另一人方去了，哪晓得回来路上见着谢九楼要进林子，瞅准谢九楼心急，想法子胡诌了提灯的去向，才把捕网偷摸拿进来。

提灯饿得两眼昏花，对周遭的防备去了一半，来人一说是谢九楼派来的，又给了粮食，这便中了套。

提灯被迫团在那张网里，身子弓得像虾，前头两个一路拖行，他在后头手脚并用地挣扎。网是每根麻绳都绞了细钢丝的网，是十城军专做来捕捉野兽的玩意儿，牙咬不断，手撕不破，提灯抓着麻绳冲他们嘶吼，身下的衣裳在拖行时被磨破，雪地留下的痕迹中逐渐掺进了血丝。

起先他不知道自己要被拖去哪里，直到回了军营，那两个人一路走，绕开人流，把他拖往最僻静的那个帐篷。

提灯像条濒死的鱼一样在网里扑腾，吼叫声嘶哑，双目猩红。

他被那两人提着手脚扔进笼子里，脊骨才一撞上冷硬的栏杆，便向铁门扑去。

对方眼疾手快上了锁，骤然起身，从后头掏出一根长长的策马鞭，往笼子上奋力一抽。提灯浑身一僵，竟不动了。那人早有预料，阴恻恻地笑。他听说，不管多强大的蟒人，一旦发狂，只要听见鞭子的声音，立马就能安静下来。

那是蟒人打小的噩梦，如规训大象时捆在脚腕上的铁链。当象还是小象的时候，就给它们的脚腕上套一根铁链。小象会无数次试着挣扎逃跑，但因为力量太小，总挣不脱那根铁链。等到它们足够强大壮硕的时候，即便能挣脱，它们也不会反抗了。

这里的动静渐渐吸引了周遭的士兵，每一个探头进来的人，都会被告知，原来笼子里这个打败了所有十夫长和士伍的帐前守卫，是一个蟒奴。一个如猪如狗的蟒

第六章

奴，竟然生生同他们做了数月战友，把所有人的脸皮踩在脚下。

帐外簌簌下起大雪，他们把笼子推到雪里，扯出提灯的双手，给他重新套上那副二十斤的锁链。

"瞧……这是什么……这是什么！"他们抓着提灯手腕上和镣铐吻合的疤痕激动得发抖，"哪有那么怪的疤！这就是戴镣铐戴出来的！这是人能长的疤吗？！"

他们看提灯的眼神不再像看朝夕共处的战士，不再带着当初被他打败时的不甘和一点点敬仰，他们开始用看一袋黄金、一道美味的眼神看他，那点不甘和敬仰变成了厌恶与垂涎。

又是一道鞭子下来，提灯伸在笼子外的手臂起了红痕，冒出一串血珠。

被风雪吹散的血腥气此时似乎能飘进每个人的鼻息，叫他们闻得双目发亮。

"……提灯？"洛桥见着不对靠过来，慢慢扒开人群，看清笼子里混着一身血泥的人，突然暴起，"你们在做什么？！"

拿鞭子的人抄着手，慢悠悠走过来："我们做什么，轮得到你管？"

"不要以为九爷和白先生他们出去了……"洛桥咬着牙，忽然一把撞开他们，冲向人群之外。

"他要去报信！"

"给我抓住他！"

洛桥被一拥而上的人群扑倒，数不清的拳打脚踢随之而来，不久他便失去了意识。乌鸦不知何时盘旋在了头顶，发出一声声悲鸣。

周围被动静招来的士兵越来越多，很快就会惊动副将宴光。

那人丢了鞭子擦擦手，随便抽了把刀："今天这蟒人，咱们见者有份！"

话音未落，顶上乌鸦俯冲而下，在他拿刀的手上狠狠撕咬下一块血淋淋的肉来。

那人一声痛叫，捂住了手，微眯眼，盯住还在他身上不断扑打的乌鸦，脸上肌肉微微抽搐，瞬息过后，一把抓住乌鸦，两手将它身体一拧，积了一层薄雪的地上洒出一行鲜血。

笼子里传来撕心裂肺一声哭号。提灯双手被铐在笼子外，脸上的泥和泪混在一起，发了疯地想将手抽回去，又想伸手去够乌鸦的尸体，镣铐不停撞击在冰凉的铁栏上，伴着提灯的哭喊，响彻了一片雪地。

那人把乌鸦一脚踹到笼子面前："哭什么，你马上就去跟它做伴了。"

他高高举起那柄重剑，对准提灯栏杆外的双手，正要砍下去，耳边乍起尖锐的气鸣声，一支飞箭破空而来，直击他肩下三寸，将他钉在了营帐之上。

大祁境内，有此箭法者，不过天子与谢九楼尔。

周遭瞬间安静下来。众人在屏息之下，听见身后踢踏的马蹄声。

谢九楼高居马背，左手紧握白弓，垂在身侧，两道目光比刺穿那人身体的矢镞更加阴冷，平静之下难掩盛怒，周身威压似是让穿林的寒风又刺骨了几分。

提灯头也不抬，伸长了手够到笼子底端，从雪地里刨出乌鸦分成两截的尸体，混着泥血捧在手里，一动不动。

它死得太过仓促，最后一声鸣叫还停在舌上，鸟喙大张，双目里的愤怒甚至来不及被死亡带来的震惊所取代。乌鸦身体太小，像从小没吃过一顿好饭才瘦骨嶙峋的百十八，刚刚在谢府搭完过冬的鸟窝就被带去战场，死在了春天到来的路上。

很快，它血液凝固，身体僵硬，尸体的温度被这场纷飞的大雪同化。

提灯随着乌鸦尸体的冷却安静下来，像跟着它的死去而死去。被钉在营帐上的那人还在嘶吼挣扎，箭矢卡在他后背肩胛骨上，犹如倒刺，动一下便痛如挖骨。

谢九楼自马上扫腿而下，疾步走到笼子前，拔出腰侧短刀，电光石火一瞬，笼子的锁链和提灯双手的镣铐从中断开，他躬身探进笼子里，扶着早已麻木冷漠的提灯慢慢出来。

往回走了几步，身后传来那人的咆哮："那是个蟒人！是个逃出饕餮谷的蟒人！"应是用力太猛，竟在空旷的沙地上听到了回声。

周遭风雪更冷寂了些。谢九楼置若罔闻，拉着提灯缓缓地走。

"你早知道！"那人愤恨道，"你包庇他！瞒着所有人，包庇一个蟒奴！"

谢九楼上坡的步子一停，满场寂静。

众目睽睽下，他微微侧脸，挡在提灯面前："是。所以呢？"

那人咬了咬牙，双目凸出，满眼血丝，破釜沉舟道："那我们呢！你把我们当什么？！让我们跟一个蟒人同吃同睡！我们是猪狗，是畜生吗？！"

人群中这才起了窃窃私语和些许嘈杂。

谢九楼极慢地转过身，冷冷扫视了在场所有或高阶或低阶的士兵，忽从身边一人的手里拔出一柄重剑，眨眼间飞身闪至那人面前。二人近在咫尺，四目相对，那柄重剑插进那人肩上一寸的营帐，谢九楼握着剑柄，骨节泛白。

他一字一顿道："我把你当人。和我，和蟒人，一样的人。"

"呸！"那人啐了一口，眼里恨得能滴出血来，"你到底是为他，还是为蟒人，你自己清楚。"

"今日任何一个蟒人站在那里，你都是一样的下场。"谢九楼说完，扭头面对所有人，"今后十城军中，凡以种族之论视蟒族为低人一等者，犹如此臂。"

话音方落，乍闻一声惨叫，谢九楼手起剑落，竟生生斩断那人一条胳膊。

一时血溅三尺，营帐一壁尽染，淌下数行红泪。

"自己滚回去。不许给水，不许喂饭，军医不许包扎。"

这人一没害命，二没当逃兵，按理谢九楼没有明面上的理由杀他。此令一出，便等同判了死刑。

提灯一路回房，从谢九楼扶他到床榻坐下，到打来热水给他擦干净，又处理了伤口，除了把乌鸦护在怀里，始终没有任何反应。

谢九楼蹲在他身前，才给他抹了肋侧和外臂的药，正要处理手上的伤，终是忍不住抬头，低低唤道："提灯……"

提灯垂目，同谢九楼对视半晌，用蟒语回应道："百十八。"

是没有名字的蟒人，百十八。

谢九楼喉间一紧，一遍一遍低声道："也是提灯……是阿嬷……和九爷的提灯。"

那晚提灯沉默得反常，不管谢九楼对他说什么做什么都反应平平，只死守他的乌鸦，纵使睡觉也要把它的尸体握在手里。谢九楼睡到半夜，骤然睁眼，发现提灯早已不在帐中，连同他一起不见的，还有桌上那个玉雕小鸟。

他正要出去找人，便有巡防兵求见，来者跪在地上，脸色微白，往帐外指道："九爷……"

谢九楼出去一看，是白天被他砍断手臂那人，此时已成了一具看不清本来面目的死尸，在场的没人敢吭声，即便凶手不在，但是谁下的手，个个心知肚明。

"可能是不小心撞哪儿了。"谢九楼急着去寻提灯，随便看了一眼，只在离开时吩咐，"扔林子里，喂乌鸦吧。"

这一夜似乎很长，他走遍了地界里几乎所有的营帐天都没亮。他抓到营房后偷偷打盹的守卫，看见半夜聚在一起煮肉汤的伙夫，甚至还端了两窝吃酒赌钱的士兵，可就是找不到提灯。

他站在营帐前的火架边，对着仍旧飘雪的黑天呼出一口白气，忽然想起个地方。

笼子已经被搬回了那个偏僻的营帐，谢九楼举着火把，从外头打起帐帘，只见提灯抱膝缩在笼子里的一角，脚边是乌鸦发硬的两截尸体，右手握着他亲手给他做的玉雕。提灯亦浑身是血。

谢九楼点燃外头的火架，丢了火把走到笼子前蹲下，用蟒语问："不睡觉，跑来这里做什么？"

提灯只拿下巴枕着膝盖，始终盯着笼子底，并不说话。

"提灯，"谢九楼眼角微微发红，低头吸了吸气，抿嘴笑道，"阿嬷来信，说想你了。明天天一亮……你就回家。好不好？"

他一边说，一边摸到被提灯合起来的铁门。谢九楼悄无声息地试着把门打开，刚开了约莫一掌宽的缝隙，门底突然搭上一只手，阻止他的动作继续下去。

提灯终于有了反应。他缓慢地抬起眼皮，略略低头，叫自己下半张脸隐在谢九楼视野以下的暗处，摆出那样防备的姿态，又瞪着眼珠子，直勾勾盯着谢九楼。

接着，"砰"的一声，提灯把门关了回去。

像一只在野外待得太久、彻底看透所有带着企图而来的猎人的小兽，即便被关进笼子，也倔强得谁都无法驯服。要么活在自由里，要么死在笼子中。

这声音刺痛了谢九楼，仿佛在明晃晃地告知他——他从这一刻起，在提灯那里，从唯一的九爷，变成了与他人无异的"笼子外的人"。

他不敢再看第二眼，只能在提灯沉默而驱逐的眼神里起身离去。

提灯看着他的背影，看谢九楼再度走进这个雪夜。从营帐被吹起来的缝隙里，提灯看见他沿来时的路往回走了几步，倏忽又停下。

谢九楼仰头呵了几口气，再转回来，脸上一片平静。

然后他一脸平静地钻回营帐，径直走向笼子边，学着提灯的样子抱膝坐下，在笼子外偏头一靠，闭眼就睡。眼角的泪痕都还没来得及干。

提灯一愣，皱着眉头瞅了他好一会儿。瞅着谢九楼像是真睡了，便自顾自沉默了许久，再一转身，背过去靠着笼子也睡了。

次早天明，雪意稍杀。

谢九楼出去给提灯打了热水，又端来早饭，提灯一口不吃。

漳渊那只鼍围常年沉睡在渊底，而天神泪据传就放在它腹腔第三块鳞片的下方。

那日楚空遥和谢九楼把白断雨带来的上古卷轴翻了个底朝天，才查到鼍围这东西，要拿一面楼兰铃鼓方能唤醒。

而他们手里的卷轴上却没有那面铃鼓的相关记载。

故而昨日一大早，白楚二人又快马加鞭赶回枯天谷，搜罗那铃鼓的下落去了。

这几日十城军便空闲下来，谢九楼干脆连营帐也不肯回，营中诸事交给宴光处理，提灯不吃饭，他便也不吃，宴光派人送了饭来，一律被他拒了回去。

正巧第二天楚空遥先白断雨一步回来，听闻谢九楼在这块地方，又在宴光那儿把前两日的事了解了七八分，刚摇着扇子要去看看热闹，就碰见把一盒子饭菜往回端的伙夫。

他笑吟吟把人拦下："这是做什么？"

那伙夫愁眉不展："九爷一天三顿从外边端饭菜进营帐，哪样端进去的，又哪样端出来，想是笼子里那小公子不肯吃。哪晓得我们被打发去给九爷另送的饭菜，也是一样。一连三顿了，还没进帐子，就被他一个手势打发回来。"

楚空遥摇着扇子吩咐："他不吃归不吃，你照样把这饭菜送进营子里，说是给九爷的。等时辰一到，再进去把食盒端出来。一日三餐，照我说的做——切记，要

第六章

179

把这吃的送到他眼前放下。"

那伙夫虽不解，却也照做。硬着头皮把饭菜送到笼子边，说："九爷，这是楚公子吩咐的，您多少吃两口。"说完便退了出去。

谢九楼仍挨笼子坐着，没有吃的打算。

不一会儿，笼子里一阵窸窣——提灯这才察觉，谢九楼的饭菜一口没动。他坐起来了些，看看地上的食盒，又看看谢九楼，张了张嘴，最后又一屁股坐回去。

晌午伙夫来收了饭菜，又记着楚空遥额外教他的，把营帐里两个人的饭都备上，一起送进来，一份放笼子面前，一份放谢九楼面前，免得九爷劳心劳神，天天亲自出去给提灯端饭。

这场面有些诡异：伙夫顿顿提着两份饭放进营帐里，到点了又原封不动收回去，接着锲而不舍地再送两份新做的进去，时辰一过，又来收拾。

知道的说那笼子边坐着个九爷，不知道的还以为供了两位神仙，好酒好菜让人祭祀着，一顿不落。

一连三顿过去，提灯坐不住了。谢九楼顿顿陪着他，顿顿不吃，坐在笼子边一动不动，倒像跟他赌上气似的。饭菜撤了又上，上了又撤，他硬生生见着谢九楼从始至终滴水未进，到底是急了，一骨碌坐起来，面朝谢九楼蹲着，紧锁眉头，眼睛一眨不眨把人盯着，臭着一张脸。

谢九楼淡淡扫了他一眼，声音沙哑道："你不吃，我不吃。"

提灯是常年饿过来的，饕餮谷没拿他们当人来养，为了激发他们的兽性，多数时候都是让他们饿着肚子抢食，才有他十三岁那年三天不吃还能上场打死一个蟒人的场面。可提灯知道，谢九楼再是百炼成钢，也跟他们不一样。

他赌气，总不能一口气赌下去把谢九楼饿死。

提灯抬手抓着栏杆，摇得笼子哐当响，谢九楼看过来，他就拿眼神往饭菜上引，示意谢九楼吃饭。谢九楼不理他。提灯沉默了很久，最后推开铁门，一声不吭地把自己那份饭菜拿了进去。

这天伙夫收拾完食盒，忙不迭跑去跟楚空遥报喜，说那两人终于肯吃饭了。

楚空遥没说什么，只从袖子里掏出一团线，叫伙夫再送饭时，悄悄塞进谢九楼手里："你只管给他，他知道该怎么做。"

那是一根很长的线，团在掌心里也有一块鹅卵石大小。

谢九楼起先拿着什么也没做，直到下午和提灯吃完了饭，伙夫来收过，营帐里再也不会有别人进来的时候，他才蹲到笼子面前，第二次试着伸手开门。

提灯的神色一下子警觉起来，可因为对面是谢九楼，他没有立马阻止。

谢九楼打开铁门，又慢慢去拉提灯。

提灯往后退，退到脊背抵住了栏杆，浑身紧绷，两眼死死盯着谢九楼。当手腕被拉住时，他握紧拳头，不肯伸出去。

"我只给你一样东西。"谢九楼说。

两个人僵持了很久，提灯才缓缓松了力道。谢九楼拿出那根细细的线，在自己手腕上绕了一圈，打了个死结，又拿另一头系到提灯手腕上。

"以后在看不见我的任何地方，你只要拉一拉这根线，我就会出现。"谢九楼靠在门框上，"提灯，我不会再跑去相反的方向。"

提灯把手揣回去，眼皮低垂，两排浓黑的睫羽盖住他眸子里的神色。

白断雨带着打听到的消息赶回来，还没找着谢九楼，就被楚空遥拦着拿笼子的事一顿数落。老头子从头到尾听了，过意不去，临到头连营帐都不好意思进去，总怕见着提灯，自个儿又不会哄孩子那套，怕搞得无言以对。

好在那线足有三丈来长，谢九楼被请出去，几个人凑在帐子外头，理出了个大概的头绪。

白断雨长话短说："……那面楼兰铃鼓啊，据说是两百年前，漳渊底下那只鼍围某天正睡觉的当儿，听着岸上有人摇鼓歌唱，情不自禁便游上去看了。结果一看，是个妙龄少女，歌声极其动人，长得也美貌无比。那鼍围生怕自己面目丑陋吓到人，就日日躲在暗处听人家唱歌跳舞。哪晓得有一天，来了一伙强盗，要把这少女抓去祭祀，少女挣扎不得，鼍围便浮出水面把强盗吓跑，救了她一命。"

楚空遥"啧"了一声："你这讲故事的功夫留着去哄提灯——说重点，那铃鼓现在在哪儿？"

白断雨"哎呀"一声："就在对面红州城，离这儿一条河，河对岸就是。这事儿还跟他有点关系呢。"

"跟提灯有关系？"谢九楼蹙了蹙眉，正要往下听，攥在手里的线团忽然被扯了扯。

他心里一空，也不管是不是错觉，转身就往帐子里钻。

提灯坐在笼子一角，已经对着手腕上这根线瞧了半日，刚试着一扯，视线前方就投来大片阴影。

"提灯？"谢九楼微微躬身，小心问道，"怎么了？"

提灯抬眼瞄了他一下，低头不吭声。

谢九楼踟蹰片刻，才又重新退出去。

刚和白断雨说了没两句，线又被拽了拽。谢九楼掉头进去，这回提灯攥着那根线，从笼子顶的间隙里偏头往上看，目光在谢九楼脸上游走，勘探完他眼底的情绪，再埋头看线，看完又装作无事发生。谢九楼似乎明白了，提灯在试探什么。

果不其然，他第三次出去没多久，手里的线又动了动。

如此来回数十次，谢九楼不厌其烦地进，提灯不厌其烦地扯，每次都能看见谢九楼斜倚在营帐边，抱着胳膊带笑问他："提灯，你找我做什么？"

提灯总躲开视线。谢九楼最后一次出去，提灯安静了下来。他便也索性听白断雨把情况交代清楚。

"……这少女和鼍围啊，一人一兽，就这么在这儿结下缘分，日日在约定的时间里见面，一个在岸上，一个在水里，你唱歌我戏水，慢慢儿竟成了知己，开解彼此的寂寞。可世事难料，最是好景不长。一日那少女慌忙跑来岸边，满身狼狈，找到鼍围，告诉它自己要永远离开了。"

"原来当时那伙强盗，并非半路打劫做什么强抢民女的勾当，而是那少女到了年龄，该去做他们的圣女，可她不愿，这才逃到了漳渊，在鼍围的庇护下度过了一段相对安稳快乐的日子。"

"只怕要做的这圣女，不是寻常人以为的圣女。"谢九楼皱眉道，"不然怎么会叫她怕成那样？宁可流浪也不肯屈服。"

"这还有后话。"白断雨说到这儿，"对了，传闻里那少女还有个妹妹，自小当男儿养的，为了保护她这姐姐，杀人放火一样不落，手段向来狠绝歹毒，比起男人，倒更果敢得多。"

楚空遥问："那铃鼓呢？"

"这不就要讲了吗，"白断雨顺手掏了身边路过的士伍腰间水壶，喝了一口润润嗓，"那少女告诉鼍围，自己绝不屈服。她要拿她的灵魂，去和神明做交易，她要复仇。"

身边两人不约而同陷入寂静。

白断雨嘿嘿一笑："讲到这儿，有没有觉着熟悉了？"

"圣女、强盗、楼兰……提灯。"谢九楼琢磨着开口，"这少女……该不会是两百年前……那个蟒族巫女吧？"

白断雨打了个响指："不错。那群强盗不是强盗，而是当年盛极一时的蟒人。"

他转而看向楚空遥："乖徒儿，还记不记得，当年我告诉你这段野史，后面讲的什么？"

楚空遥说："巫女对蟒族下咒，用的是婆婆邪术，请神影。"

"就是请神影。"白断雨道，"婆婆四大邪术：送鸾铃、请神影、洞机和傀术，这请神影就排老二。加之第一送鸾铃早已在世上失迹，所以神影这玩意儿，一旦被请来了婆婆，那就是最强大的一股邪力。"

"这便是那少女说的，和神明做交易？"

"是交易啊。"白断雨解释道，"这神影是个什么东西？那是满天神佛压抑在暗处的另一面，是他们难以磨灭的欲望和邪念。一个凡人，要请神影上身替自己做事，那不得付出点代价？越是厉害的神影，力量就越难以反抗，相应地，要催动它们，所付出的代价也就越大。你要叫醒一匹狼还得喂人家吃的呢。所以那巫女，就把自己的灵魂，拿去当敲门砖，请了一位神的神影上身，替自己下咒。"

楚空遥难得不机灵一回："哪一位神？"

"给你讲故事你就真不当正事儿听。"白断雨恨铁不成钢地抄起水壶往他脑门一敲，"都是神影了，人家神仙能让你知道这影子是他的？这腌臜玩意儿能是什么光鲜宝贝不成？别说神仙了，十城军里边抽几个兵来站一排，你能光看影子就认出谁是谁啊？小偷做坏事儿还知道蒙个面呢，哪个神仙会大张旗鼓告诉别人自己的神影在干哪门子勾当？"

楚空遥吃了一记打，保持沉默。

白断雨又道："说回这铃鼓。当初鼍围和巫女结缘就是因着这面鼓，所以那鼍围听对方做了这个决定，就想帮人一把。毕竟是上古神兽里边能从无相天神手底下捡回条命的，哪能没两把刷子？

"女巫不是要把自己的灵魂献祭给神影吗，这灵魂一献，连着肉身也就给那只神影霸占了，意味着这姑娘从此在世上就消失了。鼍围为了给她留一线生机，就把她灵魂的一部分留在了那面鼓里，并和巫女立下约定：当铃鼓在漳渊再度响起之时，就是他们互相唤醒彼此之日。届时巫女不论在天涯海角，因为本灵的召唤，一定会奔往漳渊赴约，完成和鼍围的最后一次重逢。"

谢九楼听着，心念一动，忽问："意思是巫女至今还在世上？"

白断雨点头："是，也不全是。还活在世上的是她的肉身，里头是霸占她身体的神影。而她的灵魂只有残片，存留在那只铃鼓里。"

"如果找到巫女，那提灯身上的诅咒……"

"应该有法子能解。"白断雨舒了口气，活动活动筋骨，嘱咐道，"事不宜迟，你准备准备，动身前往红州城。我也不知道这面鼓怎么辗转到他们手上的，想是费了人不少力气，且我听说那位少城主相当难缠——轴，特别轴。此行道阻且远，得去探一探路，再看看这铃鼓是直取还是智取。"

谢九楼："智取？"

"这直取嘛，就是那小子肯给，我们就拿回来。"白断雨咧嘴，"他要是不给，咱们就智取，俗称——偷。"

谢九楼告别白楚二人，后者各自回了营帐，他还是帘子一打，回到提灯身边坐下。

天已黑了，侍从把外头火堆点燃，帐子里昏黄一片。

谢九楼叉开两腿，屈起膝盖，取下腰间那柄短刀，拿在手里把玩。

他看着帐壁上的火影，缓缓说道："提灯，我们四年前，是不是见过？"

提灯原本正对着鞋尖发呆，听见这话，随即一怔。

"那天我穿了件鹅黄袍子，骑马上桥，楚二叫住我，叫我往后看。我看到一排铁笼子，笼子里都是蟒人，但我没看见你。"谢九楼轻轻笑了笑，"后来在斗兽场，我坐在阁楼上，楚二问我，下头那么多蟒人，哪一个会赢，我指着你。楚二说，你那么小，怎么会赢。那是我第一次看见你，你却没看见我。接着我的小狼发了狂，我怕它伤到你们，把它射杀在场上。"

他转头打量着提灯："你怕吗？你那时候那么小。比现在还小，坐在笼子里，怕没笼子一半高。"

"我本来不记得的。哪想过年，阿嬷给你做了冬衣，你说让我穿黄色的，我便在某天突然想起来了。"谢九楼低了低头，眉眼弯弯，"原来我们提灯，很早以前就认得我了。"

提灯抿了抿嘴，两只胳膊叠在膝上，把半张脸埋进去。

"过年……怎么像是很远的事情了。"谢九楼望向帐顶，呵了口气，"那晚下大雪，这笼子被送进府里，你在雪地里边哭边写字，我发现你的时候，你已经冻得连一口完整的气都呼不出来。从那时起，我就知道，你是极怕这东西的。天子命我沿路带上它，为的是威慑我。我更清楚，如若非带上它不可，便不该带上你。可我不知死活，在心里存着点侥幸，总想着把东西藏好，不叫你看见，就是护好了你。

"可'爱护'一事，当是论迹不论心。纵使我心中如何设想得如何周全，它到底还是伤了你，这便是我的过错。我又如何不知……你留在谢府，才是最好的周全。"

"可是提灯……"谢九楼顿了顿，长长舒了口气道，"我幼时在家中陪伴娘亲，没有上过战场，从不知晓在意之人如何面对生离死别。父亲不喜言谈，每每离家，却都不忘和母亲互相道别。这是他远征时最重要的事——离开前，总要对娘亲说一句'常添衣，多加饭'，次次不落。那时的我并不明白，这短短数字，只道平常，究竟为何值得次次提起。"

"直到父亲战死。阿嬷告诉我，娘亲坐在院子里看了一夜的梨花，从始至终没有流下一滴眼泪。那时我才恍然，娘亲的眼泪，早在与父亲一次次的告别里流干了。"他吸了吸气，指腹摩挲在那把刀的刀鞘上，"原来父亲说'常添衣，多加饭'的时候，就是在道别。"

提灯已悄悄坐直，朝谢九楼靠了过去，两个眼珠黑漆漆的，片刻不曾离开谢九楼的侧颜。

谢九楼絮絮说着："娘亲从不过问父亲的归期。战场之上，生死难料。他们把每一次告别都当成永别，告诉彼此，常添衣，多加饭。穿衣吃饭，人之根本。因为他们知道，重逢永远不可期，所以说了这句叮嘱，就像有另一个自己时时刻刻陪伴在对方身边。"

"可是提灯，"谢九楼转身面向笼子，也望着提灯的眼睛，"这是自欺欺人。"

他眼中眸光微颤："那年我快满十五岁，跟着父亲打了一年的仗，那场战役，我们原本胜券在握，可敌军早策反了谢府一个家奴。那个家奴在谢府待了二十年，父亲看着他长大，看他娶妻生子，看他给自己的父母养老送终，那是在谢府长大的家生奴。所以当那个人把娘亲病故的假消息密传到父亲这里，父亲没有生疑。短短一夜，他就生了满头白发。后来再上战场，被敌军副将一刀砍下了头。"

"父亲对娘亲说了半生永别，最后还是死在对娘亲的挂念里。"谢九楼眼角无声滑下一道水痕，"所以提灯，我希望我们……永远不要对彼此说出那句话。"

常添衣，多加饭。一句永远在等待重逢的永别之语。

"可我没有想到，我终究没有给到你周全。兴许父亲说得对，没有十分的把握，就不要把危险带到在意之人身边。"

谢九楼用拇指将刀身抵出一寸，凝视着锋利的刀刃："这是无镛城最好的钢铁打出来的武器，是天下最快的刀。我在娘亲死后，拿着这把刀，一个人冲进敌军阵营，杀死了当初砍下我父亲人头的将军。你知道吗，当时我十六岁，他们的胳膊和腿比我粗上一倍，可他们的喉管照样那么脆弱，并不比寻常人硬上几分，依旧一割就破——人的弱点，一旦被彼方获悉，其他地方再是刀枪不入，整体也不堪一击。父亲如此，他们如此，我亦如此。"

他把这刀放进提灯手中："这是婆婆最坚韧的武器，削铁如泥，鬼神来了也逃不掉它的攻击。你拿着它，可以砍断蟒人身上的每一根锁链，杀死所有威胁你的敌人，也可以……一刀挑断这根线。"

谢九楼缓缓起身，打开了笼子，开始往外走，没有再回头。

他要离开，继续自己的征途。

"提灯，春天到了。你是自由的。"

谢九楼徐徐走着，一步没有停留。夜已深了，驻扎地界极静，只远处徘徊着巡防兵的脚步声，还有他经过一顶顶营帐时，火架上偶尔传来的噼啪声响。

他将手腕上那根线绕在指尖，有一下没一下地搓捻着，却不敢回头看。这线长长地拖在他身后的地上，他不知道线的另一端，是仍被人牵着，还是早已被挑断。

谢九楼越走，步子越发慢，神色也越发暗淡下去——他感受不到来自线 那一端的任何拉扯。

他几乎笃定，提灯走了，只留下这根能让人在不知不觉中断绝关系的线，在他迈出某一步后早已默默离开。

他回了营帐，坐在床前，低头看着指尖的那一条线从脚下一路延伸到帐子外，到达他的视线再也触及不了的夜色中。

他一动不动坐了半晌，一股久别重逢的感觉从营帐四面八方席卷而来。

这感觉叫他无比熟悉，是遇到提灯以前，与他常年做伴的孤独，早成了他盔甲的一部分。

谢九楼忘了自己是何时脱下那部分名叫孤独的铠甲的，兴许他曾意识到，但他还是选择性地忘了。如今再度捡起，他却不似当初那般刀枪不入。

忽然，手里的线动了动。谢九楼一愣，连呼吸也停滞。他定定地看着，发觉并非自己眼花——脚下的线，在慢慢被扯起来，一点点绷紧。绷直后，线便不动了。

谢九楼对着线怔了许久，蓦地一笑，隔着帐帘问道："提灯，要不要我做你的阿海海？"

一只五指修长的手打起帘子，帘子后露出提灯清瘦不少的脸："阿海海？"

第二天谢九楼起了个大早，带着宴光和四五个人去河边沉笼子。

宴光见他来真的，一时忍不住出声提醒："九爷，这是天子……"

"沉。"谢九楼眸光阴肃，看向旁边把着笼子等待的几个人，厉声道，"在等什么？"

那几个人闻言，忙不迭闷头把笼子往河里推。

过了几日，谢九楼同楚空遥、白断雨二人跨河前往红州城会见那边的少城主阮玉山，哪想那阮玉山比白断雨所说更不通情达理。三人原为表诚意，连半个侍从都没带，是以提灯也被留在营里，结果谢九楼到了城门，人家一听是为铃鼓而来，根本不见。

堂堂无镛城城主，祁国境内便是皇族宗亲见了也要给三分薄面，敢如此对待他的，也就红州阮玉山一个。

"红州城这地儿，从来就是祁国边陲关卡，两百年前是穷山恶水，易守难攻。当年你祁国多大点儿，"白断雨走边往嘴里扔花生米，伸出一根小指，拇指掐着小指最末端那个指节，"蚊子再小也是肉，蟒人、大渝国、南理洲，两百年前多少比祁国强的老大哥想把这块国土给吞并了，都得从红州开始打。就因着阮氏守在这儿，打不下来，当时的国主才有韬光养晦的机会。"

"穷山恶水出刁民。"他又往身后遥远的红州城城门指了指，"这边陲地带，住的都是些什么人？那是远古时候被流放到这种蛮荒之地的人的后代，骨子里就是一堆流氓坏蛋。他老阮家要是没点手段，在这地方，光拿你老谢家以理服人的那套，还真不一定能让这儿的刁民听话。刁民这东西，跟野马一样，不听话，那就是内忧；可一旦服管，就是解决外患的好武器。"

"所以说，"白断雨吃完最后一粒花生米，喝了一口楚空遥给他递过的水，"人家性子轴点，那是应该的。要是没点牛脾气，边境怎么守？现在娑婆大陆，还有你们祁国什么事儿。"

一路说着，便回到驻扎地界。

"话是这么说，可现在这武器对准的是咱们。"谢九楼道，"阮玉山那宁折不弯的性子，还真是跟传言所说没有两样。"

楚空遥说："实在不行，那就偷。"

"偷也得有个法子。"谢九楼凝眉，"眼下这状况，城门都进不了，更别说拿铃鼓了，边儿都摸不到。"

白断雨"啧"了一声："那阮玉山是不通情理，不是不懂进退。你去第一次，说想谈谈铃鼓的事儿，他不让你进。你去第二次，说以城主身份过境到访一下，他还不让你进？小儿尚且知晓事不过三之理，他一个城邦之主，基本的礼仪还不懂？"

"这都是其次。"谢九楼接话，"如今咱们奔着铃鼓去，阮玉山已知道了，就算放我们进，也自然有所防备。咱们几个如果要偷，也是分身乏术：一来在座都是玄道上乘，届时无论谁去偷，偷的当头若收了玄息，束手束脚，一旦失手，绝没有第二次机会；二来若放开手脚，凭我们几个的玄境，那铃鼓失窃，阮玉山必定将矛头指向不在场的那个人，到头来若激起一场恶战，得不偿失。"

"说起来，咱们要铃鼓是为了天神泪，这阮玉山千方百计寻到铃鼓，所为何事？"白断雨不知想到什么，望向楚空遥，"他跟你差不多大，也二十好几了……是不是至今未娶？"

楚空遥道："娶了你也不能从人家夫人下手。"

白断雨道："我不是这意思，我听说他两三年前……"话音未落，被营地里一阵嘈杂声打断。三人闻声望去，竟是前头两拨人在推搡。像是谁跟谁起了纷争，其他士兵分成两伙，各自拦着一方劝架——也不乏起哄看热闹的。

谢九楼蹙了蹙眉：这几日营里风波不断，上头个个在他面前俯首听命，下头一有空子就乱作一团，他早想找个由头好好规整一回，眼下就是送到面前的机会。

他沉着脸下马，沿路扬手示意身边的侍卫噤声，一步步走过去，那两拨人里，眼尖的已远远看见了他，没看见谢九楼的，却还在吵嚷。

慢慢地，多数人都瞧见了谢九楼，便渐次安静下来，只吵架那几个还在兴头上，有人拦着，手脚也不安分，急吼吼作势要给对方打过去，嘴里也骂骂咧咧。

吵架的两个，一个面对他的方向，一个背对着他。

谢九楼心里升起一股不祥的预感。

正当此时，面朝他方向的那个士兵满脸通红，气得语无伦次冲对面骂："你就瞅准今儿报复了是吧！滚回你畜生窝里去！"

那边也不甘示弱，静了一瞬，兴冲冲骂："……王八羔子！"

谢九楼一听声儿，牙缝里发出"嘶"的一声，疾步过去抓住提灯衣服领子就往一边角落里拎。一面拎，一面冲远处喊："一个也不许跑！叫宴光给我过来！"

白断雨和楚空遥站在不远处看着热闹的场景。

"你说……"白断雨摸着下巴琢磨，"如果咱们几个进了红州城，就搁阮玉山眼皮子底下坐着，一个也不跑，那时候他铃鼓再失窃，还能不能怪到我们头上？"

"阮玉山是愣，不是傻。"楚空遥睨着他，"他既知晓我们为铃鼓而来，那为铃鼓设下的防备必是四阶玄道以下者不可破解的。咱们几个都坐着，这营里还能派出哪个阮玉山不认识的四阶玄……"

楚空遥的话中断，白断雨含笑乜斜过去。

主帅营帐，谢九楼端坐在几案前，盯着手里的书卷，一言不发。

提灯盘腿坐在侧边，闷头玩着手上的玉雕小鸟，如坐针毡。

坐得腿麻了，提灯把背打直，一面跪好，一面拿手指头对准立在桌边的玉雕轻轻一弹，乌鸦侧倒下去，发出"咚"的一响。

他赶紧瞟一眼谢九楼。谢九楼无动于衷。提灯又伸出一根指头摸到小鸟翻起的一条腿上，慢慢往下一按，眼见小鸟要立起来，他又倏地放开。

又是"咚"的一响。谢九楼依旧没有反应。提灯两眼不住地往谢九楼脸上扫，手指头一刻不停，谢九楼越不搭理他越来劲。

营帐里一片肃静，只桌上咚咚响个没完，提灯脑子转得飞快，正思考怎么让谢九楼理会理会自己，楚空遥便打帘进来叫谢九楼出去一趟。

提灯见状要跟，被楚空遥拿扇子隔空一点："不许跟。"

提灯又怏怏坐回去。身边才空了没一会儿，白断雨撩开帐子跳到提灯身边，搓着手道："小——提——灯——"

提灯神色一冷，拿眼珠子淡淡一瞥，转了个方向背过去。

白断雨步子一跨，跳到另一边："小——提——灯——"

提灯皱眉，起身就要走。

"欸欸欸——"白断雨赶忙把人拉住，"别晃别晃……说正事儿。"

提灯压根不听，甩着胳膊要挣开。

白断雨眼睛一眯，松开手便道："走，走，走。走得远远儿的，最好别管你家九爷的死活。等他劳死那会儿，你也这么走！"

果不其然，提灯脚一顿，扭过头来："九爷？"

谢九楼同楚空遥商议完二访阮玉山的事宜回来，就见白断雨围着提灯乱转。

提灯手腕绑着根约莫一指宽的漆带，连接手掌那半副薄而贴身的手套，亦是全皮制成，只包住指根，露出五指。若不细看，与寻常黑皮手套无甚差别，只有使用者方知，腕上那一圈漆带中储存有数百来根树胶水针。皮套四个指根下皆设有机巧扳扭，而手背那一面对应设有针囊，只要握紧四指，再趁机扣动指下扳扭，手指对应的针囊便会射出胶针，同时腕带处的储备针亦会穿过手背顶替上一根胶针。

四指齐按，便是四针齐发。白断雨抬着提灯胳膊，叫他胳膊打直，再用手对准不远处上午同他吵架的人，下令道："按！"

提灯蜷起拇指，按下食指按钮，一根细如毫发的胶针在眨眼之间射中那人后颈，一息过后，对方无声倒地。提灯神色一亮，收回手，放在眼下翻来覆去细细端详。

白断雨一脸得意叉着腰："好玩儿吧？"

话音未落，就见谢九楼从一边过来，语气不悦："你又乱教他哪门子功夫？"

"什么叫又？！"白断雨陡然拔高音量，"我教人很随便吗？当年你家老爷子叫我收你我还不收呢。"

"你那是不想收吗？"楚空遥在旁边插嘴，"你那是前一天才输了他骑射，第二天他爹过意不去非叫他跪在毓秀阁门前找你拜师道歉，你放不下那个脸。"

"他胜之不武嘛……"白断雨讪讪的，又擦了擦鼻尖嘀咕，"小崽子作弊，拿龙吟箭出来跟我比骑射，谁能赢。"

谢九楼没跟着斗嘴，只扫了一眼提灯，转身就走。提灯紧紧跟上去，就走在谢九楼后头，噤若寒蝉。阴雨天脚下湿滑，他们走的那一片是河滩石子地，谢九楼在前大步流星地走，提灯一时跟急了，脚下打滑，踩空一步，直直向后摔倒。

身下石子虽硬，提灯摔打惯的，却没有大碍，正撑着地面要起来，谢九楼听着动静转身，原还冷着的脸，一见提灯摔在地上，眉睫一跳，脚先迈了出去。

提灯见状，立马一屁股坐回去。

想了想，又捂住后头："……啊。"

这一声叫得有些做作，谢九楼懒得拆穿他，只蹲在提灯身后检查他后背："摔哪儿了？"

提灯摸摸左边，谢九楼看过去："这儿？"

提灯又摸右边，谢九楼也跟着看："这儿？"
　　提灯还想换地方，谢九楼噌地站起来走了。提灯一骨碌从地上爬起跟过去。
　　一下就跟到了营帐里头，谢九楼看似手头忙活得紧，一刻也闲不下来，其实什么也没干，就是不搭理提灯。
　　转眼入夜，后者始终跟个尾巴似的，谢九楼走到哪儿跟到哪儿。见前边的人始终不肯回头看他一眼，提灯干脆抢先一步蹿到谢九楼跟前："九爷。"
　　谢九楼正把才从东边架子上拿到西边的披风再拿回东边去，提灯这么一挡，他行云流水地收手转过去，当听不到。
　　提灯又往他身后跟追了半步："九爷。"
　　谢九楼仍不理。忍住，不能笑。
　　提灯一眼觑见，也笑："阿海海。"
　　谢九楼终于还是笑了出来，突然他瞥到一旁的漆带和手套，问："那是什么？"
　　提灯照着先前白断雨教他的，只说："玩具。"
　　那针囊里的胶针，最外层是薄如蝉翼的树胶，远程射击到人皮肤上只会有极细微的触感，顶多使人觉得被蚊子叮了一下。然而因着树胶本身的黏性，待胶针击中目标，外头一层胶皮留在皮肤上，里头的药水便会通过针眼上极其细微的小孔快速流进去，不消半刻，药效便能发挥到全身上下。
　　傍晚被提灯射晕的那小子便是如此。
　　药是白断雨特地调的，名字叫睡不醒，其效果类似蒙汗药，让人中了针剂后瞬时倒地，失去意识几个时辰，再醒来浑浑噩噩过上几天，等体内残留的东西排出去了也就慢慢转好了，于人体没大碍，说是玩具也不为过。
　　提灯没有在这个话题上过多停留，他牢牢记得老头子叮嘱他的，不要把老头子给他这些的真实目的告诉谢九楼。
　　他指着谢九楼的领口问："符？"
　　"符？"谢九楼蹙眉，"什么符？"
　　提灯说："洛桥，阿妹的符。"他歪了歪脑袋，"你的？"
　　谢九楼愣怔片刻，竟苦笑了一下。
　　他耐心解释道："洛桥的符，是他阿妹给他求的。"
　　提灯点点头。军营中的人，大多身上都带着些诸如平安符之类的小玩意儿，那是家人给即将奔赴战场的他们留的念想。
　　"提灯，我没有家人了。没人给我做这些东西。"
　　娘亲也曾在他未及十四那年给他做过一个穗子，那是去寺庙求的红线做的，为即将第一次奔赴沙场的他和父亲祈福。

后来连同父亲的那个穗子，被谢九楼一起扔进他十六岁时烧光敌军粮草的那把大火里，给他的父亲陪葬了。

提灯的视线盯着谢九楼的眸子，他透过谢九楼的眸子，看见四五年前，那个骑着怖狼疾驰整夜回到家，却依旧没有见到母亲最后一面的少年呆坐在府邸前无措的模样。谢九楼就是从那时起彻底孤独。如今少年青涩的面庞已被数年的黄土尘沙吹得坚毅果敢，唯有提到家族二字，才会被眼神出卖最后那点没能及时飞奔到母亲怀中的遗憾。

提灯说："我做。"

他掏出一块成色低劣的翡翠，那是乌鸦生前叮给提灯的最后一件礼物。

提灯又把谢九楼赠予他的短刀拿出来，摊在谢九楼眼前。

谢九楼忍不住笑："你打算做什么？"

提灯一时想不出来，又把两样东西往前递了递："先学。"要做什么到时候再说。

谢九楼问："要我教你？"

提灯使劲点头。谢九楼缓缓拿下他手中匕首："要学玉雕，不能用这把刀。"

二访红州城，谢九楼以十城军的名义，带着队伍浩浩荡荡进城做客。

阮玉山披坚执锐，立于城主府高高的石楼之上，垂目与马背上意气风发的谢九楼遥遥对望，各怀心思。

十城军三千精锐，谢九楼只带了三百进城，其余依旧在城外安营驻扎。

他身侧是白楚二人，早上提灯托故不想进城，谢九楼念着阮家夜宴，依提灯的性子必坐不住，便也应了。

哪知他身后三百士兵队伍中，提灯正混在其间。

白断雨和楚空遥合计让提灯去偷铃鼓，瞒着谢九楼，一是担心谢九楼不答应；二来，即便谢九楼答应了，又怕他心中对提灯挂念甚深，在阮玉山面前露出马脚。

是夜，阮氏宴请十城军，露天摆宴，夜空之下，主宾围坐篝火，同赏傩舞。

红州为祁国西北边陲，地势险恶，多旱少雨，城邦建在飞沙走石之上，建筑也多为夯土形式，至今仍被不少中土之人视为蛮荒之地。而城中之人似乎对此不以为意，更有甚者，仍坚持着自远古部落流传下来的一些祭祀之俗，比如猎头。

提灯脱下一身冰冷铠甲，只着便装，遮掩容貌，行至阮氏禁地鬼头林前。

林前空地布了三行五列刃者侍卫，皆是三阶境界，提灯躲在暗处，隐了玄息，举臂将戴着胶针的手背对准那十几个守卫，接连五击，在他们呼救之前便将其齐齐击晕在地。

他记得老头子交代的：阮氏藏宝，必将重物安置在红州城看守最严密的禁地之内，铃鼓不出意外定放在鬼头林后的石窟中。眼前十五个三阶刃者守卫不过是层层防护中最低一级，人守不如机关守，外头的安排，只不过为了在突发状况时有人前往城主面前禀报，真正的利害，都在那片黑黢黢的鬼头林中。

林子里只一条通幽小径，小径两旁，全是细密排列的一根根木桩。

栽入地下的木桩一头削尖指着天，上边插着一个个人头。放眼望去，鬼头林难见边际，粗略估之，当以千计。

这是红州城数百年来的习俗，他们坚信，从别的种族中猎来的人头，通过他们的祭天仪式，几经洗礼，再安插到鬼头林中，就能变成守护他们的神。

提灯越过横陈在地的士兵，落脚于那条幽径前。

林子里漆黑如许，道路尽头却见隐约华光。

他还记得老头子说的，鬼头林那条唯一的路，一定不是正确的路。正确的路，在那些木头桩子的间隙里。当你的脚踩上那条小路时，林中杀招将至。

那怎么办？提灯问。

老头子说，硬走。这便是给偷盗者设置的关卡，是四阶刃该使的本事。阮玉山设这一重，目的不在确保能把人拦下，而在确保通过关卡的人，就是我们中的一个。寻常三阶玄者早被拦在第一关之外，四阶的除了他阮玉山，只剩我们几个。届时宝贝一旦失窃，红州城就能有正大光明的理由，把麻烦找到谢九楼头上去。

只是阮玉山千算万算，没算到白楚谢三人之外，还有一个提灯。

提灯迈步踏上第一块石板，左右两方四支飞箭穿林呼啸而来。

他后仰倒下，双脚踏地，脊背即将贴到石板那一刻再打挺而起，向前翻转一圈后，躲过了再次自六个方位袭来的冷箭。

两侧林立的人头两两对望，大部分都是白骨残骸，一个个空洞的眼眶如幽灵般注视着他。

提灯玄场尽开，闪身翻腾，十八年如履薄冰的蟒人生活使他能轻松应对眼下这点机巧之术，很快他便麻利地穿梭到道路末端。

他匆忙地奔跑着，可渐渐地，速度在两侧人面的注视下越来越慢。

他渐渐从那些木桩上的人头里认出一些熟悉的面孔，那是过去遥远的记忆中，他年纪尚小时，在笼子里目睹的被买走的同族。

提灯慢下步子，迟缓地辨认着或近或远的人头。那是一种族人之间如丝如缕的联系：即便这里许多面孔提灯不曾见过，他依旧能敏锐地感觉到那一个个头骨下曾经鲜活过的蟒族血脉。这是蟒族散落世间的一隅陵墓，红州城在饕餮谷购入无数蟒人完成他们自古以来的祭祀。如果没有三姑娘，兴许一年之后的他，也将是这片林子中的一员。

提灯潜入那座流光溢彩的石窟，里头珍宝遍地，琳琅满目，铃鼓就在最尽头的一张檀木桌上，犹如被供奉一般放置于那个两头树杈形的木架上。他步步逼近，目光却被墙壁上一幅淡雅的丹青所吸引。画中人倚坐在一把楠木太师椅中，手执书卷，仪容瘦削，眉眼明秀，双目间却有一股挥之不去的病态慵倦之气。

　　落笔者应当对此作品极其上心，画上人的衣褶青丝，一分一毫都很细致。抬眼望去，画中人宛如将从画中款步而出。

　　丹青左侧留白处落有双款，言简意赅，上方以黑笔书"阿四"，下方再用朱红小字写"玉山赠"。

　　提灯眉头紧锁，凝视画中无比熟悉之人，心如擂鼓。就在他停步桌前，伸手触碰那幅丹青之时，房中左侧层层帷幔里，传来微弱的咳嗽声。

　　提灯蓦地转头，喉间发紧，有一个人的面庞已在脑海中跃然浮现。

　　他将脚步放得极轻，越靠近幔帐，指尖越发颤抖，直到他撩开最后一层帷幔，从一掌宽的缝隙里见到床榻上昏迷不醒、面色苍白的故人。

　　提灯呼吸猛然一顿——是九十四。在两年前被买走，于幼时的百十八而言如兄如父的同伴，此时早该死去的九十四。

　　沙地上，篝火照得夜空亮如白昼。阮玉山窄颌凤眼，端坐主位，目光掠过右侧的谢九楼，带上点促狭的笑意："瑶刀月鬼……你的刀呢？"

　　旁边白楚二人脸色微变。世人皆知谢九楼的这外号是他五年前为父报仇所得，结果再大快人心，终究也抵消不了他丧失双亲的痛苦。

　　这就好比两百年前蟒人独霸一方，一来中原犹如蝗虫过境，烧杀抢掠无恶不作，方才得了"蟒蛮子"这一称呼。谁又敢在那个时候跑到蟒人面前来一句："听说你叫蟒蛮子，请问到底蛮在哪儿？"

　　阮玉山这话，问得不客气。

　　谢九楼啜了口酒："送给家里孩子当玩具了。"

　　"谢九爷年纪轻轻，就有孩子了？"阮玉山哂了一声，"也是，大祁战神，又岂是靠一把刀来立足的。"

　　谢九楼淡淡翻过："都是伏于天子脚下的臣子，哪里来的神。"

　　"九爷不信鬼神之说？"阮玉山追问。

　　谢九楼并不言语。

　　"阮家不为天子而伏，只为大祁而伏。"阮玉山冷笑，话里话外都是刺，"倘若天子害民，阮氏便起兵换主，绝不愚忠。"

　　远处篝火映在杯中残酒中，谢九楼把玩杯盏的指尖一顿。

第六章

阮玉山却又把话头转到了白断雨身上。

"听闻毓秀阁阁主,娑婆半神,一双穿骨手,能医死人,肉白骨?"

"我的医术再神奇,那也还是人。"白断雨瞥他一眼,"死人都硬了,要怎么医?我又不是菩萨,洒两滴水就能使白骨复生。"

阮玉山眼中一暗,又扬眉道:"那将死之人呢?"

"看离死多远吧。"白断雨嚼完嘴里的羊肉,擦擦嘴,放下帕子,屈起一条腿踩在坐垫上,"差一口咽气那种,也还是悬。"

阮玉山还要开口,就见前头急急跑来一个阮家的侍卫,人还没到跟前,已经连滚带爬跪了下来,嘴里冲着谢九楼喊着他们听不懂的红州话,像是很急。

阮玉山只当铃鼓出了动静,斜眼盯着谢九楼,抬手示意对方:"你慢慢说,鬼林石窟,怎么了?"

那人往石窟方向指着,说了短短几个字。

谢九楼还没听明白,只见阮玉山忽地起身:"阿四?!"

话没说完,抬脚就往外赶,走出沙地几步,才意识到身后一堆人还看着,又转过身来,正好谢九楼借机道别:"阮城主若有事,我等也就先行告退。"

兴是事发突然,阮玉山慌了神,只略朝谢九楼点了点头便连步奔走,不过半刻,再瞧不着人了。谢九楼望着他离去时带飞的沙土兀自出神,只有楚空遥和白断雨暗暗对了个眼色。

昨日楚空遥找到谢九楼,商议着今天再进红州城,先按捺下铃鼓之事,只进来打探打探阮玉山的态度。谢九楼便诚心坐下和阮玉山吃这顿饭,是以方才那侍卫来报时,他也只有疑惑,并无慌张,这些阮玉山亦看在眼里。

夜里回营,提灯早早地坐在帐前木阶上,撑着下巴闷闷不乐,以至于有人到跟前了都还没反应。谢九楼背着手,慢慢弯下腰,突然出声:"在想什么?"

提灯一愣,看清来人,方才迟钝地摇了摇头。

谢九楼把他拉起来:"今日都做了哪些活?"

提灯回忆着白断雨教他的:"练功。"

谢九楼"唔"了一声,拉着他往帐子里走,身后跟着白楚二人,提灯看见白断雨朝他竖了个大拇指。

"还有呢?"谢九楼问。

提灯又说:"喂马。"

四个人进了帐子里,提灯桌上摆着几沓宣纸,上头工工整整写着谢九楼早前要他熟记的诗词。

"这是你写的?"

谢九楼没有回头，问完便径自走过去随手翻了翻。

提灯又望向白断雨，对方正拼命示意。

"嗯。"他点点头。

屋子里沉默一瞬，听谢九楼道："你今日在军中，练了功，喂了马……还做完了功课？"

提灯又应一声。一边的楚空遥默默闭上眼，吸了口气，转头便钻出帐子。白断雨见状也跟着钻出去。才走出不远，楚空遥冷冷问道："那些都是你教他这么说的？"

白断雨得意道："除了我还能有谁。"

想了想，又道："不过那些事儿不是他干的，是我找人帮忙干的。"

楚空遥叹道："我本念着教唆提灯偷铃鼓之事，阿九他吃饭的时候只能察觉端倪，但顶多过了今晚就会反应过来。如今看，不用等了。"

"你认为他已经发现了？"白断雨微怔，"不会吧？"

夜半，营地悄然。提灯睁眼，无声出了营帐。白断雨早等在营地后那片林子里，一觑着提灯现身，便急急招手："这儿！提灯……这儿！"

提灯跑到他面前，白断雨摊手："鼓呢？"

一面说，一面就等提灯把鼓从怀里掏出来。那鼓不过巴掌大，却很精致，侧边漆面还缀着玛瑙宝石，白断雨琢磨着，要不要把宝石取下来给楚二编点好看的。

"那……"他朝提灯挤挤眼，"没发现吧？"

提灯摇头。白断雨咧嘴一笑，抬手摸摸提灯头顶："好孩子……"

话音未落，提灯身后出现一道颀长的身影。

谢九楼抱着胳膊，斜斜倚靠在一棵老松边。月光落在他肩头，他臂弯处挂着一件披风，身后葳蕤火光使谢九楼神色晦暗不明，只知道他正定定望着这里。

白断雨嘴角的笑僵在脸上，见谢九楼冲他偏了偏头，赶紧抱着鼓一溜烟跑了。

提灯不明所以跟着转过去，正对上谢九楼的眼睛。

提灯只攥着裤子边不动，谢九楼踩进草丛里，一步步过去，问提灯："冷不冷？"

提灯抿抿嘴唇，不吱声。

他今夜自打回来便怏着，心里揣着事儿，对做什么说什么都迟钝得很。

谢九楼垂头，凑到提灯眼前看了会儿："我们提灯，也有阿海海不知道的心事了。"

提灯目光在谢九楼脸上逡巡。他不是不想说，是不会说。

九十四枯如槁木的身体和缠绵病榻的模样给了他太大的震撼，寻常人于天地不过一粟，蜉人更是朝生暮死。他从未设想过有朝一日会和早已离别的同族重逢，更

第六章

没料到，昔日那样生机蓬勃、坚不可摧的九十四，到了一定年岁，生命便如摧枯拉朽般枯萎下去。当时他站在九十四的床前，身后帷幔飘飘，夜风里传来渐近的脚步声。他知道自己拿了鼓，该走了，可他挪不动步。

九十四陷入昏迷，瘦得两颊也凹了下去，似乎被梦魇缠着，始终在皱眉呢喃，提灯像看到一条曾经奔腾不息的河流在渐渐消逝。

突然，九十四猛烈咳嗽，蓦地醒来。他和提灯四目相对，那对了无生气的眸子在尚未清明时就带着恨意，直到在蒙眬里看清眼前人，才倏忽露出诧异的目光。他剧烈喘息了两口，伸出那只皮包骨头的手，想喊一声"百十八"，话未脱嗓，又再次咳嗽起来。

提灯听见有人闻着咳嗽声进来查探，他知道自己必须走了。

临走前最后一眼，他看见九十四急火攻心喷出一口暗红的鲜血。

提灯挂念着那幅画像，一夜恍惚。

他难以将自己目睹的一切组织成语言告诉谢九楼，从他和九十四的开始，到如期而至的告别，再到眼下让他猝不及防的重逢。提灯正想着，忽听谢九楼问："提灯……你是不是下个月就满十九了？"

蜉人一生潦草随意，却只有一样是要在饕餮谷记录在簿的，那便是生辰。因为驯兽师要按出生时间把他们分圈编号。

提灯生辰是三月二十三，过了这个月，就将近了。提灯说是，谢九楼心更沉了一分。他决定明天就拿着鼓去往漳渊。可天还没亮，阮玉山已带兵来到十城军营地前，讨债来了。尘烟如雾人如蚁，黑压压的大军分成两拨，肃杀之气横扫沙场，却只闻猎猎朔风摇动旌旗之声。

两方麾下皆是数千将士，对峙在河这岸广阔平坦的沙石地上。

提灯有一匹敏捷的汗血马，那是他成为谢九楼近侍不久后楚空遥送的。

如今他勒着缰绳，高居马上，伴在谢九楼右侧，坐姿亦如身下的马匹那般挺拔。

两军首领相隔不过数丈，二城之主，不会动辄开战，阮玉山带着这些人来，不过是要谈判。阮玉山的目光如一把利刃扫向提灯："阮某金杯玉碗邀你赴宴，只当是招待贵客，不想九爷带了个分身，人在我宴席上，心却在阮家石窟殿里。"

谢九楼并不辩驳："楼兰铃鼓，有能者得。阮公子当初谋取它的手段，我等不得而知。但既然明面上没有给出说法，怕是也谈不上光明正大。天下乌鸦一般黑，岂有两样的。许你驶暗水，就不准我搭暗桥？"

阮玉山的脸沉了下去："铃鼓一物，你还是不还？"

"谢某此行，奉的是天子的令。阮城主若有异议，大可将此事报达天听，恳请陛下定夺。"

阮玉山眼睛微眯，扬起手中红缨枪，双腿已将马肚子夹紧："我管什么天子！"

眼见他披风飞舞，人就要往谢九楼奔驰而来，千钧一发之时，阮玉山身后响起一阵不疾不徐的马蹄声。有人自他后方大军中缓缓上前。那人在这春光融融的时节仍披着极其厚重的狐氅，大氅笼罩住全身，挺阔的帽檐盖住他低垂的脸，只露出一双瘦骨嶙峋的勒着缰绳的手，血色全无，犹似发青。

阮玉山气焰顿消，无不担忧道："阿四……"

昨夜他赶回壁宫，九十四已昏迷不醒，等医官费力救了过来，对方竟不似以往那般对他冷眼相待，反而拼命抓着他的手，追问当日红州城进了什么人。

待阮玉山交代完，方发觉铃鼓业已失窃，九十四便无论如何也要在今日同他一起来见十城军。他担忧九十四的身体，却又顾及这是对方第一次主动央求于他，万般衡量，还是把人带了过来。

九十四微微抬手，挡了阮玉山想搀扶的动作。

提灯紧盯着帽檐下的阴影。

他看见那双熟悉的瘦如竹节的手慢慢扬起，拨下那顶宽大的帽子，九十四清瘦而苍白的脸显露在料峭寒风里，他身上那件狐氅像一面空荡的旗帜，风再吹大些，就连支撑旗帜的那具身体也要倒了。

提灯呼出一口发颤的气。

接着，九十四的视线穿过层层风沙，凝在提灯的脸上。

他用蟒语说道："百十八，过来。"

那匹汗血马似是听懂了这片陆地上古老而即将消匿的语言，在提灯身下躁动不安，马蹄踏着步。

提灯勒紧缰绳，第一次有了一种名叫悲凉的情绪。

他听见身侧那匹黑鬃宝马缓缓踢踏上前，挡住了九十四的视线。

谢九楼用着平静却足以让所有人听清的蟒语问道："我的人，凭什么听你的话？"

九十四先愣了愣，而后用更为紧迫的声音唤道："百十八！"

"他叫提灯！"谢九楼毫不留情地打断，尘沙飞扬，把字字沉稳而足够有威慑力的话带到对方耳边，"十城军主将近侍，大祁最坚韧的武器，以一抵百的将士，是来自无镛城主府的提灯。这里，没有百十八。"

九十四瞳孔缩紧，无声和谢九楼对视着，眼中血丝愈发明显。

突然，他喘息急促，自胸腔憋闷出一口鲜血，铁锈味充斥在口腔之中，九十四伏在马背接不上气地咳嗽，三两声后，便摇晃着跌落下去。

"阿四！"阮玉山跨下马背，急急接住坠落的九十四，不知九十四想叮嘱什么，死死攥住阮玉山的衣角，几次开口，最后还是昏迷过去。

"阿四……阿四！"阮玉山搂着人唤了又唤，定神片刻，朝谢九楼投去恨恨一眼，将九十四抱上马，往回疾驰道："回城！"

阮玉山的态度只强硬了不到半日。起先是有骠骑兵到十城军营地外传令，要求白断雨即刻入城。结果没人搭理。

半个时辰过后，阮玉山派来个使臣，先求见谢九楼，而后再说请白先生入红州城主府诊断。白断雨不见。

谢九楼打发人把使臣送走，再去帐中，白断雨正横卧椅子里，双腿搭在扶手上乱晃："姓阮那小子，他是既要也要。既要老子给他看病救人，还要铃鼓。合着天下便宜都是他阮家的，求人还拉不下脸，老子谁也不惯着。"

楚空遥摇着扇子睨他。

白断雨眯眼笑："除了我的宝贝徒儿。"

不多时，阮玉山亲自来了。

一句多的也没说，到了营地前直接跪下，铿锵有力地重复着一句话："红州城阮玉山，拜请白先生入府诊病！"

时至傍晚，二月的蒙蒙细雨纷纷洒落。远处持续回荡着一声声逐渐沙哑的呼喊。

"红州城阮玉山，拜请白先生入府诊病！"

雨愈发大了。

"红州城阮玉山，拜请白先生入府诊病！"

白断雨窝在被子里，翻来覆去，被吵得无比烦躁。

谢九楼和楚空遥撩开帐子闯进来："你当真不管管？"

白断雨一把盖住脑袋："不管！"

"待会儿淋病了你要治的可不止一个。"

"半大小子淋点雨，得哪门子的病！"白断雨说，"随他去！"

谢九楼扶着椅子坐在一边："他都这样了，你干脆就坡下驴跟他走，把人治了——就当替我治的。人治好了，铃鼓的事就叫他一笔勾销。"

楚空遥笑道："阿九这法子很好。"

白断雨半晌不吭声扭捏着不肯。

楚空遥热闹看够了，方才解释："老头子不是不想，是不情愿坏了他的规矩。"

谢九楼："规矩？"

半神白断雨，行医世间，有三不治。

买卖蜉人者，悖逆人伦，不治；大渝楚氏皇族，除楚大楚二外，不治；欺师灭祖、六亲不认者，不治。

"这阮玉山正是触了老头子第一条规矩。"楚空遥说,"红州城猎头之风自古盛行,他阮氏石窟壁宫前那片鬼头林,半数以上都是蛴人的首级——这还是当年蛴族尚未没落时就挂上去的。那时候蛴人一心想把祁国攻克下来,数次进攻红州,经年里两方死伤不断。你谢家这些年人丁怎么凋落的,他阮家当初也一样。这红州城对蛴人的恨早扎根在骨子里了。

"又因着那时蛴人为娑婆大陆最凶恶蛮横的种族,阮氏坚信,猎下来的人头生前越凶猛,死后放在鬼头林就越能起到庇护的作用,所以红州城一旦要祈雨祈福,蛴人是第一等的祭品。如今蛴族沦落为货物一般的存在,红州更是隔三岔五每几年就去饕餮谷买一个回来祭天。"

话音刚落,帐子外悄悄徘徊的提灯一下跑进来,焦灼道:"你救。"

白断雨蹙眉:"什么?"

提灯心急嘴笨:"……是蛴人!"

白断雨像是明白点了,从床上噌地起来:"你说今儿那晕倒的木棍子,是个蛴人?"末了又自顾自嘀咕,"不对啊……老子没闻出玄气儿啊……"

"红州城阮玉山,拜请白先生入府诊病!"

阮玉山的声音还在大雨中回荡。

"不管了!"白断雨一掀被子,蹬上短靴,"先去看看!"

半神看诊,楚空遥侧侍,其余人静候门外。阮玉山一身淋成落汤鸡,头发衣裳都滴着水,倚靠廊中檐柱边,很快站的地方就成了一个小水塘。

白断雨出来那会儿,脸色很不好。

"白先生……"

阮玉山听着开门声凑上去,刚一开口就被白断雨抬手打断,又见对方往门里指道:"我问你,先前封住这小子骨珠玄气的法子,是谁想的?"

阮玉山一愣:"我。"

"你?"白断雨又问,"你从哪儿学的?"

"家中藏书阁,有一卷禁书……"

白断雨没等阮玉山说完便冷笑:"倒也难为你不顾家规,禁书也敢翻出来救他。"

他背着手踱了几个来回,越发止不住气,指尖对着阮玉山鼻子咬牙切齿地斥道:"你啊……你当真是空有胆量,没有脑子。你可知这封珠固气之法两百年前在你阮家祖宗手里是什么用处?若真能治病救人,又为何会被列作禁忌?!"

这本是阮家数百年前专针对蛴人使用的杀人术。

娑婆生灵,玄者也好,普通人也罢,都是靠着脊骨里那颗骨珠发散气血活着。

玄者之气，也是自那颗骨珠运行到全身经脉，再被肉身运用炼化。封住固气，顾名思义，便是用特殊的手法封印整颗骨珠，从而将血气、玄气通通禁锢在小小一颗珠子里，时间一长，人的肉身没有充分的气血支撑，形成内表两虚之相，渐渐形销骨立。而玄气积蓄在骨珠内，久而久之，如釜底烈火，越存越旺。

婆婆众生骨珠本为泥灰质，当玄气封固在珠内太久，难以积存时，便会爆发而出，一瞬之间将骨珠烧成灰烬，连带肉身，也只如一捧飞灰消散，从而达到杀人于无形的效果。

蟒族受巫女诅咒，在逼近二十的年岁，骨珠内的玄气将悄然暴涨，通过经脉送至浑身，致使其暴体而亡。封珠固气之法，对于两百年前玄气刚刚够用的蟒人而言是杀招，两百年后却能阴差阳错在他们濒死之际阻止玄气输送到全身。虽能拖延死期，但不是长久之法。待体内骨珠难以容纳沸腾的玄气时，照样会被烧得尸骨无存。

"这法子发源于须臾城的某一任会主，那时候祁国尚未吞并须臾城，而红州须臾两地都是边陲，隔得很近，阮氏先祖便也习到了这阴狠杀招。可日渐久矣，祁国慢慢强大，他们觉着这法子有违人道，不宜泛用，到底还是禁了，甚至于禁书上都含糊不清，没有写明用了这玩意儿最后结果如何。"白断雨叹了口气，"这也导致你小子捡了个头就开跑，全然不顾后果，糟事糟办。"

阮玉山朝他迈了半步："那……"

白断雨用眼神示意他闭嘴，接着道："封珠之法，在于只堵不疏。眼下要紧的，就是解了封印——但不能全解，用针法把他积淤在骨珠里的玄气渐次疏通出来，不能过急，不能过缓。急了，他浑身经脉承受不住，会爆体；慢了，骨珠不堪重负，会爆珠。"

阮玉山转身就走："我现在去吩咐人准备银针。"

"谁要你家的啊。"白断雨把人招回来，"这事儿耗神耗力，没有三五个时辰下不来。今日天已晚了，他稍后会醒，喂他吃饱，收拾收拾。老子也回去睡一觉，养足精力，明儿再干活。"

阮玉山欲言又止。

白断雨"啧"了一声："他半死不活那么些日子了，急这一晚上？"

是夜，九十四转醒，阮玉山好言劝着喝了点粥，见九十四神情淡漠，也不多言，等人吃完了饭就默默离开，免得自个儿碍眼。

这儿是红州城少有的青砖地、绿瓦房，阮玉山栽花引渠，特意为九十四修的小院。门前檐下有一把铺了锦垫的竹编摇椅，那是九十四清醒时最喜爱的去处。

他一生如饕餮谷的狼烟砾石，颠簸匆忙。数次被运往天子城，念念不忘的总是南下时青山绿水的好风光。

今夜月色清朗，雨后院中虫鸣。九十四披了披风，抱着阮玉山特意为他装好的手炉，坐到摇椅上独自观月。

顶上碎瓦响动，一瞬之后，有人敏捷地落脚在他身边。

九十四一望，眼底似有浅淡笑意："来了？"

提灯手里握着一只玉雕小鸟，没有接话，只静静蹲下身，蹲在九十四腿边，将下巴枕在扶手一端，眼睛一眨不眨地凝视着昔日好友。说是好友，更似父兄。

九十四唇角微扬，伸手抚摸提灯头顶："你长大了。长得很好，很干净。"

不知是他下手太轻，还是因他过于消瘦，那手掌放在提灯发顶，提灯都感觉不到他的力道。

提灯仰头说道："你不好。"

九十四笑而不答，收回手，偏头看着提灯，温声道："你现在，叫提灯？"

提灯点头。

"他待你很好。"九十四恍惚片刻，"给了你名字和自由。有名字，就有完整的人格。"

九十四的目光移到庭中花草，又喃喃重复了一遍："他待你很好。"

"回去吧，提灯。"他说，"天亮了，再来见我。"

提灯临走前把玉雕小鸟塞进九十四手中，九十四认出那是曾经的乌鸦。他生命中最好的两个朋友都在今夜来看他。

次日白断雨入府，阮玉山迎了人，再三向白断雨确认针灸之术万无一失。

"我说了，我是人，不是神仙。"白断雨连夜飞书差人从毓秀阁送来银针，一大早拿到便匆匆赶来，此时很不耐烦，"我就算给他针灸完了，医活了，他自己想死，把疏出来的玄气给逼回去，那我拦得住吗？"

这只是白断雨的一时戏言。话出了口，却叫阮玉山神色一僵。

众人退出房门时，阮玉山惴惴走了几步，又回头对走向床铺的九十四说道："阿四，我会等你醒过来的。"

九十四并不接话。待阮玉山快要跨出门槛，他才忽地叫住他。

"阮玉山，"九十四站在床前，睨着他，"你凭什么觉得，我会愿意醒过来？"

春风吹打廊下竹铃，丁零轻响。阮玉山关门的指尖一颤。

"又凭什么觉得，我会愿意活下去？！"九十四嘴角掠过一抹讥笑，"石窟壁宫里，我是鬼头林的守墓人。你去那里问问，遍地冤魂，准不准我忘记仇恨？"

那日阮玉山在房门外守了整整五个时辰。

从朝阳如火到掌灯时分，他对着一同守候的谢九楼和提灯，讲述他和九十四的一切。

先是说到提灯。阮玉山说他见过提灯，就在提灯十三岁那年，在天子城斗兽场，提灯失手打死一个同族被九十四狠狠教训那次。那时阮玉山就在客席上，一眼相中的是提灯——如此凶悍的蟒人，当拿回去做最上乘的祭品。

可惜被三姑娘拒了，说百十八太小，不卖。

再后来他年年都去斗兽场，年年看百十八那张年轻稚嫩的脸上如何爆发出残忍凶悍的杀意，又一次次被身边的人阻止。渐渐地，阮玉山的目光就转移到百十八身边那个人身上。泥菩萨过河，却还想着保全族人。阮玉山觉得九十四在教百十八一种悲哀的仁慈。

最后一次，他找到谷主，指尖鬼使神差一晃，指向了笼子里的九十四。

接着他说到自己。

他已不记得自己对九十四态度是如何转变的，可他每次面对九十四时落不下刀的感觉却依旧清晰，他就是在一次又一次下不了手后彻底从牢笼里放出了九十四。

接着他说九十四。阮玉山说到九十四时那双狭长的眼睛里是明媚的，不苟言笑的人像是在胸腔里用过去的回忆来酿酒。

他说九十四第一次步入鬼头林时靠在木桩上大放悲声，说九十四自此怔忡了三天，此后看向他的眼神里总带着难以释怀的恨意。

他还说九十四身体一日一日变差，可对念书识字的热爱却毫不消退。九十四热衷于了解熟悉一切新鲜的事物，那些曾在笼子里可望而不可即的人间，九十四总想尽办法去触摸去感受。

他说他千方百计找到铃鼓，想要召回那个下咒的巫女，替九十四终结蟒人悲剧的宿命。可铃鼓找到了，漳渊的寒冰却还没被春风吹化。他数次在长夜里惊醒，梦见九十四悄无声息地死去。他在熔炉里煎熬，等待漳渊化水的那天。

他最后说九十四在睡梦中总念着一个蟒人的名字。九十四告诉阮玉山，如果有朝一日自己死了，他会遗落一粒骨灰留在世间，替他找到下落不明的百十八。若百十八过得很好，那最后一粒 骨灰也会毫无牵挂地消散。

九十四死在漳渊破冰的春日。听说那天风和日暖，自打被白断雨从鬼门关拉回来，多日懒倦的他突感精力充沛，在照进窗户的第一缕阳光中悠悠睁眼，踱步到屋檐下，坐进那把吱嘎摇动的竹椅里，抚摸着怀里的玉雕小鸟，一个人同满院花草说笑。

阮玉山走进院子时九十四正迎着暖阳午憩，阳光将他的脸色照得显露出少见的红润。阮玉山不忍心打搅，自己搬了个小凳，靠在竹椅旁安然睡去。

再醒来时，竹椅里只有一只孤零零的玉乌鸦。

春风刮走了那把白茫茫的骨灰，把九十四送入红州城望不见的某条河流。

多日后阮家的人在鬼头林发现了阮玉山没有头的尸身。

他跪在一棵光秃秃的木桩旁，而他的头挂在旁边的木桩上。

对于他的真正死因，红州城的百姓多有猜测。这些都是后话。阮玉山死前的一段日子，谢九楼已拿着铃鼓，去往了漳渊。

漳渊至深至寒，站在崖上看，不过数十丈宽一条狭沟，然而静水之下暗流涌动，渊底深不可测。

谢九楼舌下含着白断雨给的沉水珠，用以在水下清耳明目，呼吸自如。

这珠子独此一颗，给谢九楼用了，白断雨和楚空遥只能守在崖边，随时注意着水里的动静，待谢九楼自水里发出信号，便即刻下去支援。

早前九十四的死讯传到营里，提灯一直郁郁寡欢，连向来不过问他人事的白断雨都跑去劝过。哪晓得提灯见了他，只问："你不是说，你治好了？"

白断雨一时语塞，第一次像教年幼时的楚二那样屈膝和提灯并排坐在帐前的木阶上，指尖指在提灯胸口，耐心道："医者只能救命，救不了人的心。"

"心？"

"心死了，不是看这儿还跳不跳，而是看人的眼睛。"白断雨收回手，"提灯，你的朋友，早就不想活啦。"

都说医者父母心，他行医数百年，若人死如悲歌，他只怕耳朵都能听起茧。人心喧嚣，只有不闻不看，摒除爱恨，才能落针如神。

白断雨长长舒了口气："若世间有轮回就好了。有轮回，保佑那孩子来时与众生平起平坐。"

提灯没听过这种东西："轮回？"

有轮回，九十四就还能回来？

接着他听见白断雨说："可惜啊。"

"可惜？"

"可惜娑婆众生，没有轮回。"

只有一个例外，那是沾了天神灵力，又拿自己生生世世不得好死作为代价，只为让天神受与自己受过的同等求而不得之苦的人。确切说，是那个泥点子。如今做了哪路生灵，也无人知晓。

提灯病了。整日窝在床上没有精神，满脑子都是轮回二字。

谢九楼见他恹恹的，也不忍心唤他与自己同去漳渊，便只带了白楚二人先去探探。眼下大半个时辰过去，渊上古水无波，渊下龙吟箭早在谢九楼下去不久就响了数百来次，沉寂之后竟再无声响。白断雨量他是下潜到了极深处，再静待少许时辰便可凯旋。哪晓得这一等就是半天。

他把楚空遥从十二岁到现在二十五的所有糗事都拿出来念叨了一遍，水里还是没听见信号声。两个人迎风伫立在山巅，和三匹马一起，略显孤寂。白断雨时不时就要问一次楚空遥谢九楼出来没，楚空遥闭了闭眼道："咱们是在等人，不是接生。"

话音才落，他们脚下的渊水表面就突然有了波动。随即便是沙石簌簌，山摇地动。

两个人猝不及防相扶站稳，在一片惊鸟飞鱼的震颤中同时低头：渊水之下波涛汹涌，竟似有庞然大物在水中搅动，不过眨眼工夫，水色已是黑沉如墨，团团巨浪自水底翻腾而上，即将冲破水面泼向天地一般。

二人紧紧凝视着漳渊，丝毫没有后退之意，只目光在瞬息万变的渊水中搜寻，想要找到一丝半点谢九楼的影子。

俄顷，翻水摇山之声渐歇，一切归于沉寂。谢九楼依旧没有出现。

"不管了。"楚空遥抛了扇子，就要下水去。

"等等。"白断雨拉住他，眉头紧皱，"你瞧这水面，跟刚刚是不是不太一样？"

水还是那个水，垂眼就能瞧见崖线边多出来的两个黑点，那是他们的倒影。

可水下，却不再是渐次加深的墨色，定睛一看，无数粗糙而锋利的岩石正慢慢上升，寸寸逼近水面。他们展眼四望，目之所及的水下都是同样的光景。

就好像有一座巨大的山峰升起，即将浮出来。

楚空遥方才若当真下了水，兴许不会被淹，但会直接活活摔死。

他二人屏气凝神，只见那山升到离脚下几尺的位置，便不动了。

"阿九！"楚空遥极快捕捉到昏迷在岩石中的谢九楼身影，顿时同白断雨蹲下身，把人拽上了岸。

谢九楼浑身湿透，原本随他下水的铃鼓已不见踪迹，虽不省人事，却还有呼吸，眉头微蹙，似在梦中，一手拿着随身的龙吟箭，另一只手里不知抓着什么，五指紧握，难以掰开。

白断雨细细把人从上到下检查了一遍，外表有几处皮外伤，内里无损。

"想是在水下见了些不好的东西，被魇住了。"他道，"漳渊为古水，其深难测。越逼近渊底越罕有人至，里头千百年来孕育过无数生灵，又岂是外头一干凡夫俗子尽可知的。"说着就和楚空遥打商量把人背回去。

"也不晓得这小子把天神泪拿到手没有。"白断雨把人放上马背，拍了拍手，"罢了，从长计议。"

"在他手里。"崖下传来一道厚重苍老的声音，虽语调平淡，却深沉无比，如响在四海八荒，隐隐有撼动山川之感。

岸上两个人身形一僵，将视线移回水上。原本布满岩石的山面缓缓睁开一双眼睛。鼍围双目庞大，眼白浑浊，独独那双眼珠子清澈如许，可映碧水青天。这霸占了他们视野中所有水面的山脊，竟只是他的后背罢了。它只浮了半张沟壑纵横的脸出来，大半身体仍没在水下，兴许是沉睡了太久，那对眸子里透出来的微光仍是疲倦的，它粗粝皮肤的每一处都积了淤泥，长出了水草。

"我竟没料到，有朝一日先等来他。"鼍围道，"他是天神泪中人。梦断了，自然就醒了。待他醒来，叫他别忘记……捎我的口信。"

它说完，不等岸上二人反应，又沉了下去。

提灯在帐子里窝了半日，才起来又四处不见谢九楼，正满地跑着找人，就见楚空遥驾着马，前头靠坐着不省人事的谢九楼，一路飞驰到帐前方落脚。

"阿海海！"提灯大喊一声，脚比脑子反应快，一溜跑过去，才到半路，被驰来的白断雨逮住后领子："前儿还要死不活的，这下就跑得动了？"

提灯看看那边，又回头看看白断雨，指着帐子语无伦次："他……不醒……"

白断雨张口，刚想说无碍，眼珠子一转，心道干脆逗逗这呆子，也好把他激出点人气，省得整日要死不活的，便撒了手往前慢悠悠走："完蛋咯。你家九爷活不成咯。"

白断雨说完，一时没听着后头响动。刚要回头看，提灯蓦地蒙头往帐子里冲去，撞得白断雨转了半边身子，后肩生疼。

谢九楼下水不久，身后袭来第一只吃骨翁。那只吃骨翁不大，尖牙软皮，双目血红，刚覆到他背上就被他翻身仰面射穿后沉入水底。

接着是铺天盖地的吃骨翁。他的龙吟箭以一穿百，在层层叠叠的吃骨翁上射出无数个洞，让来自水面的光线一缕一缕照进来，闻似龙吟的发箭声在水下从未间断。

他又潜到更深处，那里连光也照不进来，无数只瞳子如莹莹鬼火蛰伏在周围，看他像在看一个期待已久的猎物。

谢九楼知道是什么在震慑它们，是他手边那副传闻中被天神亲手拆龙骨、折龙须的弓箭，远古凶兽和天神残留在上面的灵力使这些阴暗处的生物不敢招惹分毫，四阶刃者的杀气叫他们敏锐地嗅出谢九楼身上经年浴血的味道。谁胆敢靠近一寸，下场就是灰飞烟灭。

直到他落地。他踩在柔软而散发着腐臭的淤泥上，耳边仍静得落针可闻。如果没有白断雨的沉水珠，他应该早已被深水压得五脏六腑爆裂而亡。

谢九楼取下腰间铃鼓，在那片淤泥上敲击摇动。极深的水里，一点声音都仿佛能震出波纹。他仔细巡视着，在眼前数丈远的两片陆地睁开眼那一刻停止了呼吸。

谢九楼在来时设想过无数次自己要怎么与水下一层层的精怪做搏斗，也设想过遇见鼍围以后该如何快速制敌，在最短的时间内找到对方脊骨处藏匿的天神泪而后得手。

可他终究失算，小小的人身与混沌神兽比起来终究太过渺小，容不下他丝毫的算计。六百里无镛城何其广阔，于鼍围而言不过身间一隅。他根本无处可逃。

谢九楼在人大大不过天的渺茫感中听见一个沉缓的声音，像大地的魂灵："她……来了吗？"

他猛然回神时先吸了口气，而后快速地明白鼍围话中之意。

谢九楼说："还没有。"

"还没有……"那声音像一条古老的河流，因着并不湍急，从而显得温厚，"我睡了多久？"

谢九楼想了想："两百年。"

"两百年。"鼍围的视线凝聚在他手中那面鼓里，"她叫你来的？"

"不。"谢九楼摇头，"她早已销声匿迹。"

"她会来的。鼓声响了，她就要来见我了。"鼍围说，"可两百年太久，她在来的路上，我如今也等不到她了。"

兑现铃鼓中的诺言耗费了它最后的灵力，当鼓声响起，就是它最后一次睁眼的时候。

"你过来，到我脊骨上第三片灵甲上来，就在我脑后三十丈的地方。"

谢九楼着实走了好一阵。

"在灵甲最尾端，掩着两样东西。"鼍围语速极慢，"那天神泪，自你来时就在作祟，我想是你手上那副弓箭尚留着无相气息的缘故。你既能降伏那条老龙的骨头，这眼泪拿去也无妨，我总归是守不住了。"

谢九楼果真在杂草丛生的淤泥深处看到点点亮光。他从泥土里挖出那滴用金绡包裹的眼泪，那金绡传闻是天神割袍而做。刚放入掌心，谢九楼便觉凉意沁骨，周身发寒。还未细看，又惊觉杂草之中还有一物在熠熠发光。谢九楼摸着那点亮光拿起，发觉竟是一支草笛，吹口处嵌着一颗宝石。

"那是她的楚尔，是她最爱的乐器。你拿起来。"鼍围说，"你为天神泪而来，既拿了泪，便帮我一个忙。"

它教谢九楼用一刻钟学了支曲子。

"若有朝一日，你见了她，叫她不必来，我已不在了。你只需把这曲子吹给她听。这是她的嘱托。"鼍围似已困倦了，"再为我，捎一句话。"

谢九楼等它的下文。

鼍围道："草原上最美丽的第达尔，这些年，过得快不快乐？"

谢九楼恍惚间又看见自己坐在那只鼍围的背上。

对方说："送完你这一程，我就该归尘归土了。天地万物来自尘来自土，终究是要回去的。只有甘露，能再让它们回来。可是甘露……"

下面的话谢九楼没有听见。那时他打开了包着眼泪的那层金绡，他听楚空遥说，只有让天神落泪的人，才能透过这滴眼泪，看见天神为何落泪。

他的目光落在那颗半硬的晶珠子上，似有一只无形的手透过珠子表面伸出来攫取了他的魂魄。

谢九楼做了个梦。梦里他一身轻盈，身处混沌，随风飘荡。日月轮换，交替如梭，忘了哪年哪月，他依附到谁人衣摆上，被带去一尘不染的永净世。

那人恣意如风，自在随意，他陪他上天入地，赴混沌，斩妖魔，归神界，洗恶血，他依靠他周身遮不住的戾气和通天的法力生出了灵智。

有灵则生眼，观两世，辨八方，他这才发现，那人原来没有面目。

他在仰望和敬慕之下生出一点怜意，怜则生妄念，妄念之下他忘记了自己也是没有面目的生灵。

一日那人午憩，他趁机攀爬而上，依照自己所想，寥寥数笔，便为对方画上一副惊世之容。正当他要对着那冠绝两界的面貌遐想在自己手笔下有着一双何种风情的眼睛时，那人醒来了。他没来得及欣赏自己亲手画的眼睛，就快要在那双眸子升起的熊熊怒火中燃烧殆尽了。

他被打入那人的归墟，里面没时间没有空间，有的只是无尽的寂寞。终于守门的毒蛇偷偷去了混沌，他趁机逃出来，带着极浓的不甘重新回到对方身边，在那人的右手上又画了一只眼睛。

他想要一只看向他时没有厌恶和仇恨的眼睛。可惜对方不愿施舍给他。那只眼睛被挖下，带着泥泞血肉，一起打入污浊恶世。他心底蓦地生出浓浓的悲哀与怨恨，在落入尘世时朝对方下咒，宁可自己生生世世不得好死，也要对方和他一样。那人一日是神，就一日只能在永净世隔着三十三重天承受离别之苦。

他念完诅咒，对方在他被尘烟彻底掩埋之际回头望了一眼。

谢九楼隔着层层云雾，费力想要看清对方的脸，几乎目眦欲裂。

他猛然睁眼，提灯正在床边，眼睛一眨不眨地等他醒来。

"阿海海。"提灯小声说，"你在下雪。"

谢九楼没有说话。

提灯又道："老头子说……"

"别听老头子的。"谢九楼低低道，"他定是骗你我快死了。对不对？"

"你不死。"提灯声音忽细微了，"你长长久久地活。"

第六章

"泥点子？"楚空遥次日听谢九楼说起这事，手里正忙活着调药，"这倒很有意思。尘世里万人之上的五陵王，到了永净世是颗卑微的泥点子，那永净世最高贵的无相天神，到了咱们这儿，又该是什么？"

谢九楼倚在椅子边，默然道："只是个梦罢了。"

"你这梦可不是空穴来风。"楚空遥埋头盯着手里的药膏，捣鼓不停，"《无相天神传》中记载，无相几百年前就是因着这泥点子被能仁神打入娑婆，从最卑贱的草木尘泥、风花雨水一步步做到开智有神的生灵。如此说来，至贵至贱者他做过，至高至低者你也算当过。你若是那颗泥点子，与无相天神当真是有缘了。"

"瞎说什么。"谢九楼打断他，"我与那天神又能攀上哪一世关系？莫说这本就是鬼神虚言，若当真有这么个前世，如今再找来，我也不认。"

楚空遥不置可否："你果真半点不信？"

"我不信。"谢九楼道，"这些传说看似有鼻子有眼，实则一旦深思，便经不起推敲。"

"哦？"

谢九楼便随意着了个点："比方你说这无相天神，他既与那泥点子之间生出万般怨怼，彼此都恨不得对方下十八层地狱，泥点子就算从归墟爬回去给他画了第三只眼睛，他也要把人家再打入凡尘赶尽杀绝。如此不留余地，又为何会因那泥点子落泪？杀人者是他，感泣者也是他，这不是自相矛盾是什么？"

楚空遥微怔："你说在你的梦里，泥点子是被天神打下去的？"

"不错。"

"可我分明记得《无相天神传》中，写的是那泥点子自己从无相手里跳下去的。"

谢九楼愣了愣。

"兴许因你梦里不知身是客，太过激动，混乱中记错了。兴许天神……那时候并不想把泥点子打落下去，也未可知。"楚空遥把调出来的药膏装进陶瓷小罐里，交给谢九楼，"我非天神，不知天神所想。"

见谢九楼仍在出神不接药，他拎起罐子晃了晃："药拿好，省着点用。叫提灯整日里少到处疯，身上弄出口子还得我收拾。"

"提灯很听话，几时在军营到处疯过？"谢九楼把罐子攥在手里，"只是不经意有些擦伤，他自己也不知晓的。"

一语未了，外头有个巡查兵请见。谢九楼召了，那人披坚执锐跑进来，跪在他身前，离他极近，他下意识往后退了半步。

只听那人头也不抬地说营地外有个尼姑求见。

"尼姑？"谢九楼蹙眉，"什么尼姑？"

"半穿袈裟，露了一条手臂，说有话要问九爷。"

"问我话？"

"她问你……"那士兵阴恻恻抬起眼睛，骤然从袖中抽出一把匕首，飞身而起朝谢九楼刺去，"听没听过第七歌！"

谢九楼负手侧身，堪堪避过直击面门的一刀，又抬脚将那人没收回去的胳膊往上一踢，举手抄过对方落下来的匕首，旋身又往那人背上踹了一脚，士兵应声倒地。

他单膝压住那人脊骨，将其双手反剪在后，俯身将刀刃抵在对方喉下，不疾不徐道："怎么混进来的？说。"

哪晓得那士兵直着脖子，把喉咙往刀上一抹，瞬间咽了气。只是死去那一刹，眼中才闪过一抹不可思议，像是突然清醒，对刚刚发生的一切都没来得及反应。

谢九楼觉得怪异，忽瞥见这人后衣领子露出一角黄色，便往下一扯，这才见到一张黄澄澄的朱砂符。

"傀术？"楚空遥将符纸拿在手里，与谢九楼对视，"直接操控活人……有此境界者，只有一个——金袈魔尼？"

谢九楼凝视着脚下尸体："我与她从未打过交道，她为何而来？"

楚空遥掂着扇子："早不来晚不来，偏这时候来，来了派个虾兵蟹将刺挠你一下，也不是真为了杀你——声东击西，有所图谋。你想想你近日得了什么宝贝？"

谢九楼眉睫一跳："不好……提灯！"

待他一头奔进自个儿营帐，提灯正踩着脚下三两个叠罗汉的士兵，一时也瞧见他们颈后露出的黄色符纸，弯腰一撕，离了符纸瞬时便没了气儿。

提灯两个指头拎着符纸，放到眼前翻来覆去地看，谢九楼一跨进来，二话不说把他手上东西拍落："什么脏东西都拿！仔细伤了手！"

楚空遥刚跟着进来，看了看自己拿了一路的符纸，沉默了。

谢九楼看着提灯的手指头："瞧我说的，这不就立刻划出口子了？"

提灯顺眼一望，指尖还真有两道小口子。

一旁楚空遥听见这话，觑着自己的手，又看看提灯，忽皱紧了眉。

不多时，另外两个倒地的士兵后颈上贴的符纸也被谢九楼撕下来。待人咽了气，谢九楼拉着提灯坐到椅子里，一面上药一面又问："可曾有别的人来过？"

提灯摇头。谢九楼琢磨着，正要起身去箱子那边查看那滴金绡包着的天神泪是否完好，才走了两步，脚下一顿，心道不妙，只怕是中计了。

果不其然，就在这时，一根四股十二环镀金禅杖破空飞来，直直打在那箱子上，将箱子击得四分五裂，朝各方爆裂开。谢九楼一个回身将提灯挡在身后，一人在混乱中飞身进帐，不过足尖略一点地，从箱子底拿了那团金绡又接回那根禅杖，再次以飞身之术退出帐子。

其速之快，叫人连半分面容也不曾看见，只如一个身披朱红的鬼影。

谢九楼拿上手边龙吟箭便追了出去。

提灯本亦起身要追，却被楚空遥喝道："你站着。"

他逮住提灯手腕，卷起袖子细细看过，上头稀疏布着指甲大小的口子，新伤旧疤，竟像这些时日才起的。虽好得快，但因其总不间断地冒出来，他调制的那膏药倒像治标不治本似的。

他给提灯把了脉，诊不出来，阴沉着脸道："跟我去见老头子。"

一路生拉硬拽到了白断雨跟前，提灯被按着坐下。白断雨给人看伤，越看一张脸拉得越长，他又是个急了便喜念叨的，把着脉就嘀嘀咕咕地骂："也不晓得谢九楼那小子一天到晚在干吗，现下还只当是寻常的伤！那膏药再擦一百罐都不管用，过些日子直接给你收尸算了。"

谢九楼追着前头那抹赤色身影，几个眨眼便已奔到营地之外。他抬手上箭，一发击中那人手上禅杖的鸣环，使那柄禅杖脱手，高高钉在了临近一树十数尺来高之处。

对方蹬脚上树，谢九楼扔了弓箭飞身拦截，二人齐身下落，一经交手，短短几息已赤手空拳过了十几个回合，耳边风沙舞动，混杂着丁零声响。最后他定睛去取那包金绡，却被对方交叉两臂绞住手腕，再出一手，那边又审时度势忽地放开，猛然与他两掌对击，二人受着同等反力，皆在落地时旋身各自退出一丈来远。

谢九楼定步站稳，凝眉道："金袈魔尼。"

只见扬尘中站着一个身着赤红织金袈裟的尼姑，身如杨柳枝，貌似明潭月，窄瘦颐，细长眉，空裸一臂，臂上戴着六环紫金臂钏，两肩担媚骨，一脸生妖气。

方才二人过招时的丁零声便是那臂钏撞击发出的。

尘埃未落，她迎风挺立，侧着身子单手立掌念了声佛，挑眼望向谢九楼，似笑非笑道："贫尼法号，无渡。"

无渡其人与白断雨一样，传闻在世活了至少两百年之久。世人说其十六岁那年曾抱着一盒无名骨灰访遍大陆所有神庙，每过一庙便砸尽庙中神像，独留无相天神完好无损。当世间最后一座神庙被她砸毁，她立地成魔，却慨然剃度，说自己是婆婆唯一的佛。

谢九楼双手垂在两侧，指尖微扬，龙吟箭回到手中。

"无渡大师，"他颔首压眉，"不问自取，是为偷。"

"毛头小子，"无渡披着袈裟的手仍立着掌，另一臂召回禅杖，正身道，"真当我不知道你铃鼓怎么拿的？"

谢九楼看着她掌心发出的隐隐金光，便知那是她掌中金绡所发出的。

二人当即不多言，便打了起来。

龙吟箭穿梭林间，激得林中飞叶飘土，鸟惊树动。

一时打得难舍难分，谢九楼虽有龙吟箭在手，奈何无渡一身邪气功法，他竟难以分辨出她身上玄场道行，又念及某无渡傀术使得出神入化，想对方怕是专秉怨煞修邪道的，可举手投足间又感觉到玄场对无渡的加持。他心中暗暗诧异，多少年来这是第一个玄邪两修之人，怨道为主，邪道为辅，不知生下来时骨子里是个什么胎珠。

两个人虽手段持平，无渡却不愿恋战，拿了天神泪与谢九楼过完几招便要脱身。谢九楼开了九成玄场将她拖住，无渡正待反击，忽闻身后远处上空一阵战马般的嘶鸣，接着便是长长一溜刺目天光，二人身下尘土未动，却听阵阵马蹄声逼近。

待那道蓝光冲到近前，方见一银身绿尾的两角神兽四足踏空而来。

无渡眸光一凛，尚未来得及闪身回避，已被它头顶龙角撞破掌心，竟是掌中几根软筋被生生挑断，臂侧也被过盛的灵气灼伤一片，鲜血横飞，手里金绡应声落下，谢九楼顺势夺过，再一抬眼，无渡已逃得无影无踪。

局势扭转得猝不及防，他愣愣地将目光投向一旁那只似羊非羊、似马非马的神兽，对方只是伸直了脖子，冲他一歪脑袋，两个天蓝的眼珠子澄澈明亮，像是还对他笑了一下。

这一笑让谢九楼想到了提灯。

白泽踩着步子走过他手边，先嗅了嗅他手里那支龙吟箭，打了个喷嚏，似是不太喜欢。接着便一个劲儿往他手里那包金绡上拱。谢九楼忽想起，传闻中无相天神的坐骑就是这么个长相。他盯着金绡琢磨着，莫不是天神泪现世，才引来的这只神兽？若真如楚二所言，天神因嗜杀被打入娑婆，从草木尘泥开始受难，那永净世的白泽便是无主之兽，依着天神气息四处寻主便也合情合理。

谢九楼皱了皱眉——他怎么也潜移默化地信起这些鬼神之说来？

一路领着白泽回去，自打进营地开始，就有不少人凝视着他们。

白泽倒很新奇，神色一如第一次上街的提灯，左顾右盼，时不时跑到谁袖子底下嗅两口，谢九楼一走远，又扬着蹄子跟上去。

等他回了帐子，巡防卫才说提灯在白先生那处。

一到白断雨营帐门口，正好碰见白断雨出来透气儿。白断雨也不多说，抬脚就走，正巧白泽赶过来，他走了两步，又退回到白泽面前，两手撑着膝盖微微弯腰，"嘶"了一声："咱俩是不在哪儿见过？"

白泽挺着脖子，对着他保持微笑。

白断雨扯扯嘴角，只"喊"道："又是个呆哑巴。"

他起身转头问道："哪儿来的？"

谢九楼耸耸肩，把手里那包金绡亮出来："自己闻着味儿来的。"

白断雨又转回去瞅瞅白泽："你真是无相养的那只？"

白泽往前两步，往白断雨大腿上嗅了两口。

"你俩当真认识？"谢九楼倒很好奇，抄着手问，"该不是来找你的？"

"一面之缘，两百年前打过照面。"白断雨摆摆手，"专程找我，不至于。"

"哪儿见过？"

"永净世，你信吗？"

提灯正窝椅子里拿着刻刀雕那块玉翡翠，谢九楼刚进帐子，他把东西一收，噌地跳起来跑过去。

还没摸到跟前，就听着一声清亮高亢的嘶鸣，提灯眼一花，被一团银毛扑倒在地。他生性警觉，下意识便要拔刀反抗，手才碰着靴口刀鞘，脸上便感觉滑溜溜的被舔得湿了。提灯还待睁眼，白泽又拿脖子和脸把他蹭得干干净净。

接着就听见谢九楼的笑声。他不知所措，慌乱之下一把推开白泽，冲到谢九楼身后躲着，又探出半个脑袋去看。白泽扭头，每朝他靠近一步，他便退一步，求助似的望向谢九楼，对方却只管笑，并不出手阻挠。又望一旁的楚空遥，也是一样的表情。

眼见白泽就要绕过谢九楼再朝他扑去，提灯一急，差点把谢九楼腰带给扯下来，只管扯着嗓子喊："阿海海！"

"好了好了，它不咬人。"谢九楼已笑得合不拢嘴，挡住了身后的白泽，"我也不知它为何这般亲近你。狼来了你也不怕，这会子倒怕一只羊？"

这不是羊。提灯以前在笼子里曾和羊关在一起，羊不长这样。他不吭声。

楚空遥展开扇子慢悠悠摇着："羊不羊的不打紧。你如今该担忧的可不是这个。"

谢九楼："我？"

楚空遥垂眼静默一瞬，又对谢九楼往提灯身上使了个眼色。谢九楼了然，叫提灯抬头看他。谢九楼指着白泽道："你仔细瞧它，和你长得像不像？"

提灯看也不看，只把脸一别："不像。"

谢九楼摇摇提灯："你再看看，我岂有骗你的？"

提灯听了这话，迟疑着把目光往下移，白泽就守在他脚边，仰着头眼巴巴等着他，两个嘴角往上翘，天生见谁都一副乖巧模样。它倒机灵，一见提灯犹豫，立刻又悄悄往前钻了两步，直往提灯腿上挨，很温顺的模样。

提灯心头一颤，指尖痒痒的，咬了咬唇，想往它头上的银毛上摸。

白泽没等他手往下放就头一顶蹭了上去。这一蹭蹭到提灯心坎上，没几下一人一兽便玩到一起。谢九楼背着手，看了会儿便把提灯从地上拎起来："出去玩。几时把老头子帐子弄脏了，又要挨骂。"

半诓半哄的，才叫提灯领着白泽出去。

估摸着人走远了，他转向楚空遥："什么话，竟是连提灯也听不得的？"

楚空遥把扇子打在手心一合，就近坐下，斜靠着笑道："你倒先嗔怪起我来。我问你，提灯身上那伤，当真是疯玩出来的？你既说他听话，又为何不好好想想，无缘无故，哪里跑出来那么些伤？"

谢九楼只略微思索了片刻："他以前在谢府，总上树上房，折枝揭瓦，身上常有些口子，我看惯了。如今在军营，便照旧习以为常。今日你这么说，想来他的伤不是外因，而是内里所致。那日我便想，他十九岁生辰一过，便要吃二十岁的饭了。只有短短一年，蟒人身上的诅咒不可能毫无征兆才是。你和老头子既察觉了，眼下可有什么法子能延缓几载？"

楚空遥笑吟吟道："我跟老头子既找你说了，自然是有法子，只是提灯难免得吃些苦头。"

红州城郊，永净神庙。无渡袈裟半褪，卸下臂钏，左手拿着一柄薄薄的刀片，半扭过头，看向自己受伤的右臂后侧，抬手过去，一点一点去除被白泽灵气灼烧后形成的腐肉。

刀片过了火，再淬过酒，她闭眼咬牙闷哼了一声，额头密密流下汗珠，此后却再听不到半点吃痛的声音。森寒月光打在她裸露的上臂，连带刀片也被照得锋利三分。

有人执灯自庙中唯一一座无相天神雕像后走出来，步履缓慢。那人走到她跟前，拿走无渡掌中纱布，低头替她包扎伤口："受伤了？谁下的手？"

无渡别开脸，长长吐着气，缓过来后方道："白泽兽。"

那人指尖一顿："无相出现了？"

"没有。"无渡目光投射到神庙一堆被她砸坏的雕塑残骸上，"不过快了。"

伤口被包好，那人在微弱的烛光中抬头，露出一张和第七歌一样的脸。

无渡睨着她，不知不觉又走了神。第七歌却略显慌乱，躲开目光，顺手刨了刨颈侧的头发。

"这是什么？"无渡眼尖，一把拽开她手腕，撩起她颈侧长发，发现一块坏死发黑的皮肤，"又坏了？还有你的头发……也开始枯了。怎么不告诉我？"

第七歌低着头："天热了……但还能撑一阵子。"

无渡拿了禅杖便往庙外走。第七歌赶忙起身拉住她："真的不用……"

"滚开！"无渡将手一甩，急急走出去，没多远又回到第七歌跟前，又强迫她望向自己，"你究竟知不知道，你浑身上下，除了这张脸，没有一个地方跟她沾边。懦弱无能……我怎么就做出你这么个废物！"

第七歌被推倒在地，露出刻在颈后的黄符刺青的一角。刺青上是第七歌的名字、籍贯、生辰，还有密密麻麻的傀术咒语。她耳边只剩无渡匆匆离去的脚步声。

她垂头坐了许久，方盯着草席上的六环臂钏喃喃："我本就不是她……我谁都不是。"

军营这边，提灯才跟白泽玩得一身热气，突然被叫到谢九楼帐子里，人还不明所以，直愣愣撩开帐帘跑进去，只叫谢九楼瞧着他都是泥的半张脸。

他本兴冲冲想往谢九楼身边凑，才冲了没两步，见谢九楼坐那儿的脸色，便迟疑着刹了脚，站在离谢九楼几步远的位置，一面儿打量谢九楼神色，一面儿攥着大腿处的裤子偷偷擦手上的泥。

白泽在外头等他，提灯瞄两眼谢九楼，又悄悄转头瞄一眼外头，又转回来往谢九楼面前挪了半步，试探道："阿海海……"

谢九楼坐在几案后头，沉着脸不说话。提灯到他旁边，弯腰凑到他眼皮子底下看。

"看什么？"谢九楼抬手，把提灯推回去，"站好。"

提灯站好，鞋尖前却滴落几滴鲜血。谢九楼心里骤然一颤，如坠冰窟。他双唇血色尽褪："提灯……"

白断雨在外边透了口气回来，见提灯被人领走，帐子里只剩个楚空遥在慢悠悠喝茶，他板凳还没坐热乎，老远就听外边有人喊"老头子"，话音未了，谢九楼已抱着耳鼻流血的提灯闯了进来。

待把人小心平放上床，白断雨细细诊过，先回去给自己倒了杯茶。

"玄气过盛，流点儿血，正常，还没到爆体那步。"

提灯安安静静躺在床上，巴巴地偏头望着堂里三个人，谢九楼没叫他起来，他也不敢动，只似懂非懂听他们议论着关于自己的事。

谢九楼高大的身影挡在他和白断雨之间："那现在……"

"现在如何？"白断雨抢白，"他通身玄气，来源于骨子里那颗珠子。珠子的玄气，是源源不断送到浑身经脉的。我要救，不可能贸然把骨珠前头封一部分，后头放着不管——到时候心脉处气血尽绝，骨珠该爆还是爆，什么用没有。要救，还就得像治先前红州城那孩子那样，把骨珠先堵后疏。封一整颗，再拿针灸术从各个骨穴放玄气出去。"

"可红州那孩子你也看到了，当时身子为何虚成那样？那就是骨珠封早了，留在体内的玄气不够用，才断了他半条命。"他一口干尽杯中茶水，"提灯得救，但不是这会儿。咱得等他体内积蓄的玄气再充沛些，过量但不至于伤到心脉的时候，方可动手。现在就坐不住，日后可有你急的。"

他见谢九楼沉默不语，挑眉道："怎么？不信？"

谢九楼摇头："医道之上，你为第一。我自没什么要说的，只想知道……还要等多久？"

"怎么？舍不得他吃苦？"白断雨笑着，觑了觑提灯，"没遇着你之前，多少年的苦他该吃还不是照样地吃……行了行了，不同你玩笑，瞧你那张脸。"

他摸着下巴掂量："好歹再等一个月吧。差不多十城军到漠堑就能动手。在那儿我也方便，东西齐全，若出个什么岔子，也不至于措手不……好了好了好了，不会出岔子，行了吧？"

他白了谢九楼一眼，嘀嘀咕咕："人还没开始医呢，就先惦记让我陪葬了。"

他们在暮春时再次上路，谢九楼说，鼍围既给了他那支草笛，说那是巫女的嘱托，那巫女势必会为这支草笛而来。眼下局势，已不是他们要找巫女，而是对方来找他们了。他们一路向西北而行，跨过饿殍遍野的旱地，穿过危机四伏的丛林，也去过烟火长生的街巷。

这是提灯出生的第十九年，是他和谢九楼相识的第二年。

事情发生在大军抵达漠堑前的一个深夜。那时十城军入驻东屹行宫，离漠堑腹地几乎一步之遥，正做出发前的最后休憩，白泽一路嘶鸣疾驰，撞开白断雨的寝殿大门，撕咬着他的衣角，将他一路拽往谢九楼的住处。

彼时谢九楼坐在床沿，提灯跪伏在床上，七窍见红，正大口往床外呕出一口口黑血。夏雷阵阵，白断雨在电闪雷鸣中赶到房前，还未踏入殿门，已闻到从中传来的血腥之气。

"好孩子，"他拍了拍白泽头顶，"去找楚二！"

白泽扬蹄长鸣，冲进雨幕，不见踪影。

提灯额前颈下青筋暴起，两目发红，若非谢九楼死死拦着，只怕已难以自控，早抄起墙边重剑砍断自己手脚。

白断雨冲进来点了穴，再把提灯扶到床上，把了脉摸了骨再看过眼白，对谢九楼盼咐："备水，封珠。"

谢九楼问："楚二呢？"

"等不及了。"白断雨往门外看了看，又是一道惊雷闪过，"这小子玄气远胜

第六章

寻常蟒人十倍不止，来势太猛，现在就封！"

屋子里水是现成的，谢九楼早叫人打来了，提灯神志不清直挺挺躺在床上，面色已白得发青。白断雨把他翻过去，从后头推起提灯的衣裳，见着一截皮包骨头般的凸起的脊骨。

"这身板……怎么吃得住。"他把眼一斜，盯向谢九楼道，"出去。"

楚空遥带着老头子的银针赶到时，殿外大雨将歇。

他见屋门已闭，便止了步子，只踱步到谢九楼身边一同候着。

"夜还长。"东屹行宫建在山腰，无论昼夜皆云雾缭绕，不时细雨蒙蒙，楚空遥凭栏俯瞰，"封珠只是第一步，待他醒了，扎针才如受刑一般。"

谢九楼沉默不语。

破晓时分，行宫侍女从殿中端出一盆黑色血水。

白断雨用锦帕擦着手，从殿中出来："楚二来了没？"

栏边二人闻声转头，谢九楼急急上去："可醒了？"

"醒了。"白断雨瞥他一眼，"就醒这一时半刻，有话就快点进去说。老子洗个手就得扎针。"

白泽一听就往里头钻，被白断雨抬脚拦住："哪儿你都钻！一身脏成这样，生怕你那小主子死得不够快！"

白泽怏怏叫了两声，缩到角落里团着去了。

白断雨又冲楚空遥吩咐："找两个人来。"

"找两个人做什么？"

"扎针之痛，如剜心刮骨。"他顿了顿，注意着谢九楼的神色，别开脸道，"找人把他按着，我怕他受不住。"

楚空遥欲言又止："可当初在红州……"

"红州城那小子早一心求死，疼或不疼，有多疼，对他而言，有意义吗？"白断雨说起这个就烦，"吭都不带吭一声，那种硬骨头，老子当时给他治到一半就知道不中用了。"

他从楚空遥手里拿过针袋，细细检查一番。针是扎骨的银针，不同于平日针灸所用的软针，坚硬无比，生米粗细，指甲弹上去可见针尖颤摆。

"不进去？"白断雨一面抽针，一面打量谢九楼，"这次不说两句，下次他醒，指不定是多久以后了。"

见谢九楼垂眼缄默，他摇了摇头，同楚空遥招来的两个侍卫进了殿门。

天已见白，屋内传出第一声痛叫。那声音短浅急促，像叫声到一半被人咽了下去。

山脚有座永净庙，约莫是才建不久，庙内佛像金身，庙外红丝绿带，太阳一出来，便有虔诚的信徒来庙里供奉香火。

　　谢九楼在云雾处垂眼看着熙熙人群，百姓逐渐络绎不绝，庙外青铜鼎的香火缠绕成缕缕长烟杳于山间。殿中哭喊声愈发撕心裂肺，谢九楼握紧双手，铁了心不迈一步。他听见提灯拍床撞柱，听见他像小兽那样嘶喊挣扎。

　　"当真不去看一眼？"楚空遥展开扇子，摇着。

　　"不去。"谢九楼转过身，微微仰头吸了口气，"他被我骄纵惯了，只怕一见我，虽有一分痛，也要给他喊成十分。"

　　他背着手，摸着那个扳指不停地旋转。

　　楚空遥沉默一息："何苦。这会子又装起冷面无情的大家长来。"

　　提灯的喊叫声逐渐沙哑，伴随着铜盆玉枕被打翻在地的动静。

　　终于在提灯一声长长的嘶喊后，谢九楼如鬼影一般破门冲进殿内。

　　白断雨推高提灯后背衣裳，才把一根新的银针插入他脊中七寸，脸色冷峻沉着，对周围发生的一切都置若罔闻。

　　侍卫听见破门声，抬头一看，刚要喊"九爷"，被谢九楼用眼神止住。

　　又是一根新的银针扎入皮下，提灯死命顶着床头，仰着脖子发出垂死的喊叫，手抓住床沿侧边的木板上，发出刺耳的挠木声。侍卫已有了经验，不管他发疯挣扎，只谨遵老头子的吩咐使力按住。

　　谢九楼抢步上前，把床外侧的侍卫拉开，自己坐了上去，再用唇语吩咐床内的人一并下去。

　　"可是……"

　　"下去。"

　　提灯在混乱中嗅到一丝谢九楼的气息。

　　"是我……别怕，提灯。是我……"

　　侍卫尚未退到殿门，却听床上的嘶喊挣扎声渐停了。

　　一挨便挨到日上中天，提灯在行针的过程中昏了过去，老头子说这一昏不知要昏几日。楚空遥在外头候了许久，见谢九楼神色阴郁往外走，便跟上去："再怎么想心硬，到底还是受不了那场面吧。"

　　谢九楼沿着盘山路扶栏下山，越是要去山下那座神庙。

　　"做什么？"楚空遥问，"再不高兴，人家神庙没惹你，总不至于砸了它撒气。"

　　"这话从何说起。"谢九楼道，"我不过是想进去拜拜，给他祈福。"

　　不多时便进了庙里。谢九楼拿起香，借鼎中香火点燃，对着无相天神像把香高举于额前，闭眼片刻，再插到鼎中。

楚空遥又笑他:"真真是病急乱投医了。素来不信神佛的,如今也拜庙祈福了。"

"以前我不是不愿信,我只是不懂,现在依然不懂。"谢九楼昂首望着眼前高大的金身无相天神,仍背着手,转动着拇指处的玉扳指,"他们既是神佛,为何看着苍生受苦,却毫无作为。万千香火,所托为何?"

楚空遥颔首静默,又调侃:"你既不信,还来拜他作甚?"

"我本不信,却希望神像显灵是真。"谢九楼移开目光,心中想到提灯静卧在床的模样,又隐隐作痛,再次望回去道,"若有神灵,纵知命不可替,只盼提灯所受之苦,我独承九分。"

他说完,久久凝视着这座镀金的无相天神,又喃喃道:"我若当真是你泪中人,就准我赊你这桩悔歉,保佑保佑他吧。"

二人一路缓行至行宫前,白泽仍安安静静蜷在栏下不敢进去,楚空遥对着它沉吟片刻,忽问:"老头子同我说,那日他告诉你,他曾在永净世见过白泽,你说你不信?"

谢九楼道:"我那时急着去找提灯,只当他那句是玩笑。白泽是山间异兽没错,可是不是天神坐骑,却是谁也说不准的。"

楚空遥笑了笑:"他行走世间两百余年,众人叫他半神,皆因习惯了听他被称作半神。你可知这'半神'二字,从何而来?"

"难道不是因为他行医如神,救过许多性命?"谢九楼见楚空遥默然,便道,"莫不是我太想当然了?"

楚空遥仰头望了望碧空如洗的天"老头子他行医,其中'穿骨'之术最为人所道。一掌下去,轻重不一,结果便不一,轻则破人骨中玄眼,使一个高阶玄者自此沦为废人,重则隔空把人骨珠粉碎,要人性命。你知不知道,他第一个使此杀招的对象是谁?"

"谁?"

"他自己。"

楚空遥摇摇扇子:"世间有神,你总不信。老头子又是个从不愿与人多费口舌的。真假之争,他更是不屑一顾。所以他从未向旁人提过,他见过真正的神。"

谢九楼愣了愣。

"永净世三千神龛,至今还有一个他的神位。"

两百年前,白断雨还不是半神,也没被冠上"漠堃穿骨手"的名号,只是山间一个普普通通的放牛娃,整日拿支笛子,坐在牛背上,不采药的时候就吹笛子玩。虽是世间罕见的玄道格者,但因深居简出,没多大追求,天赋归天赋,他努不努力是他的事。契机来源于一场梦境。

"永净世有一位风骨凛然的先天神，叫山鬼。"楚空遥说，"先天神祇，若非到了无相天神和能仁这般境界——负责教化众生的，大多各司其职。而山鬼，则是司梦之神，掌管娑婆众生梦境。"

山鬼与后天神不同，后天神皆是娑婆肉体凡胎的玄者练至五阶"突天"境后，到登镜台比试的胜出者，一心渴望永净圣境，厌离凡尘。

偏这位山鬼，碍着先天神的身份，生在永净，活在永净，从未见过凡尘是何模样。她心生好奇，又不便亲自入世，便利用司务之便，整日化身钻入凡人梦境，与人比武打斗——永净世先天神为尊，又主张去庚化祥，不盛比试之风。唯一一个和山鬼性子那般放浪形骸的，只一个无相天神，偏又是个不好惹的主，整日见首不见尾，神龛之上，几百年不见归一次位的。

山鬼耐不住寂寞，便时常在凡人梦里找人切磋，因在凡人之梦，也要卸下一身神力，赤手空拳，偶尔也能找到几个聊以消遣的对手。

白断雨便是其中一个。他第一次梦见山鬼时有幸在她手下过了一百来招，这使山鬼兴致大好，多年入梦第一次棋逢对手，便在离开时扬言会二度来寻。

起先白断雨也不信，直到他三次连败在山鬼手下，梦醒之后，抓着人便说自己见过天神山鬼，时常与她以武相会。可常人哪会信一个牧童的话，只摆摆手，对他说："你疯了。"

日子一长，人人都只当他癫狂，只有白断雨自己知道，那是真的司梦之神与他于梦境相识。最后一次山鬼见他，告诉他若这次与她打成平手，他日便还有相逢之机，若不行，那她便再不入梦来。

"这次准你用武器，"她说，"就用你腰间那支笛子。"

白断雨在过去与她数次交手之下已大有进益，到底还是以一招之差落败。

山鬼心性洒脱，一向说到做到，自此再不入梦。

可白断雨不甘心，他发誓要在山鬼手下扳回一局。自此他潜心修炼玄道，短短十年，冲破"突天"之境，恰逢登镜台百年打擂，他一举胜出，入永净世成了神。

"可惜老头子迟了一步。"楚空遥摇摇头，"他成神之时，山鬼因故脱去神身入了娑婆，就此与他错过。他为她成神，却终究没和她完成最后一战。"

永净世三千神龛，流光溢彩，满天神佛安立龛位之中，那些龛位像一口口金碧辉煌的棺材。

"老头子觉着永净世没意思，想回娑婆里去。可他已修成神身，若要再入娑婆，便须舍弃一切过往，重投凡胎。他不愿意忘记自己与山鬼还没完成的一战，就琢磨出一招'穿骨手'，一掌劈开了自己'突天'境的骨珠，毁了神身，这样他便再没资格留在永净世。那珠子也从晶莹剔透之状变成灰蒙蒙的白色，带着一道裂缝回到他的身体。他拿自己多余的骨灰制成了一支骨笛，决心日后再遇山鬼，便要拿这笛子与她一战。"

"那山鬼现在落入娑婆，也是肉体凡胎？对往事一概不知？"谢九楼问道，"为何永净世的神要入娑婆，必须脱去神身才可？"

"娑婆永净二世，入哪一世就要遵哪一世的规矩。凡人要入永净世，尚且需修炼成神，神者要入娑婆，便只能脱去神身，投入凡胎，抹去一切，从真正的凡人做起。"楚空遥解释，"等再回了永净世，沉睡的神身才苏醒过来——无相天神一次次在娑婆受难便是如此：做一世尘泥，回一次永净世，接着再被打下去，带着空白的记忆再做畜生，再回永净。如此循环，直到功德圆满。"

谢九楼问："这些你怎么知道？"

"我怎么知道？"楚空遥笑，"自然是老头子在永净世的时候，恰好碰见过受完一世苦难的无相回去，正要奔赴娑婆受下一世苦难。虽然只见着个背影，照老头子的话来说，也足够窥其'神仪明秀，惊天之姿'。他虽没瞧见无相天神正脸，却和一路追逐无相天神背影的白泽打了个照面。听说当时天神下世，白泽追而不得其踪，在永净世哀戚盘桓，一时悲鸣不止，啼哭声直入三千神龛，闻者落泪。老头子觉着，这羊不羊马不马的神兽，姑且还算得永净世唯一的活物。"

谢九楼的目光落到不远处熟睡的白泽身上："那它……当真是寻主来的？"

楚空遥笑而不答，只回头看着紧闭的殿门，殿中躺着昏迷的提灯："老头子从漳渊回来那晚便同我说，鼍围称你为天神泪中人，你信，便是；不信，便不是。他和山鬼以及白泽之过往，不必在你跟前刻意提起。无论白泽之主是谁，都碍不着无相与那泥点子已成往事。横竖如今你眼前最要紧的只有一人。"

是夜，谢九楼坐在房中，看向窗台下那盏八角琉璃宫灯。

那灯一直被保管得很好，起初他带到军营，时不时拿出来看看。

后来他得了天神泪，众人商议着金绡不好保存，便用这盏宫灯来存放那滴眼泪。现下那泪就在盏上，玲珑剔透，发着浅淡微光。

他想起白日里楚空遥说的："无相天神血泪相融，有辨生死雌雄甚至阴阳之用——遇阴则燃，遇阳则灭。遇主，则凭其掌控。你为天神泪中人，便是此泪之主，届时它融了天神血，焚烧伥鬼，只需引火到伥鬼窟中即可。"

谢九楼缓缓起身，走向窗台，打开那盏宫灯。

那滴泪仍是半透明的水色，他依稀从那上面看见自己缩小的倒影。

他缓步走回提灯身旁，蹲下身，看到被子外提灯骨节分明的手，手背上有一条长长的疤。谢九楼拔出小刀，轻轻将提灯指腹刺破。一滴鲜血渐渐流出，他举起灯盏，接到天神泪上。

血泪交融，竟瞬息干涸，在盏上形成一个印渍。

谢九楼将宫灯提在手里，一步一步走出行宫寝殿。

窗外乌云蔽月，想来夜半又要下雨。

该给提灯加床薄被，谢九楼想。

与此同时，他手中宫灯骤然蹿出一簇火苗。

行宫驻地，四个轮班下去的士兵正围着火堆上的肉汤闲话。

一人说自己姨父是某城的豪绅，只因他一时手痒，犯了偷盗罪，若不免籍参军，便要被砍去双手送去望苍海填石；一人说他阿姐是某城的城主妾室，因着这层关系，才能托人叫他来十城军里混口军粮；另一人说他家徒四壁，什么也不是，只因自己弟弟自小天赋异禀，是乡里出了名的神童，他走投无路，只能参军挣个军饷凑钱给弟弟赶考。

"你呢？"他们中有一个白面小生，四月的天，头上还严严实实包着头巾，一直坐在他们身旁无话，因而引起他们注意。

"我？"那小生声音略细些，笑道，"我家也曾富极一时，只不过那是很久以前的事了。我倒也有一个哥哥，无甚大用，整日斗鸡遛鸟游山玩水，浑身唯一可取之处，倒是一手丹青还不错。"

"很久？"旁边的人笑，"我瞧你年纪也不大，再久能有多久？如何就家道中落了呢？"

另一人也问："不知小兄弟是哪里人氏？既然富极一时，说出来，兴许我还曾有所耳闻。"

小生拿树枝拨弄着眼前火堆，不紧不慢道："须臾城。"

"须臾城？"那人惊道，"我便是须臾城的！可我瞧兄弟并不眼熟。城中子弟举凡有点名气我都知道，许是你年纪太小，我来不及结识……不知可否透露你长兄姓名？"

小生盯着那火堆良久，再抬眼扫过身旁三人，忽听金环当啷作响，下一瞬，远处飞来一根禅杖猛地击中其中一人后脑，那人当场暴毙，另外两人一人想逃一人欲喊，只见那小生蓦地起身，一步上前，眨眼之间已抽出袖中匕首杀了一个，另一个与此同时也被一刀封喉。

无渡一瞥，只见那边伏击的第七歌扔掉手里的尸体，走到她身边："要哪一个？"

她扯下头巾擦完刀，抄起禅杖，冲自己脚边那具扬扬下巴："那个头都破了，不要；你刀法太糙，口子划得太大，不要。就要我这具，到时候好处理。"

第七歌点了点头，单手拎起尸体拖走。

无渡随后走了两步，又退回来，睨着那具头被打破的尸体道："我长兄的名字……叫姜昌。"

无渡的本名，叫姬差。姬差十六岁以前，都是须臾城城主家的小姐。

十六岁生辰前的一个白天，她碰倒祠堂两排油灯，她被溅上满脸滚烫的灯油点子，等仆人好说歹说把她捂在脸上的双手拿开，却发现她的脸丝毫未损。她回去思考自己过往这些年的一切，惊觉她自小任性狂妄，却从没受过一丁点伤。

她开始乐此不疲地拿自己的身体试伤。直到那次，她闺中烦闷，思及那日祠堂之景，又抄起笼纱中的蜡烛往自己手上烧去。

姬差外出月余的哥哥姜昌蓦地闯入房中打翻她手上烛台，并指着她厉声呵斥，说她冷漠残忍，天性难改，告诉她从来不是上天眷顾，只因家中知晓她命途不济，特意找了与她同时出生的一个孩子去庙中代她出家，给她替命，为她诵经祈福，挡祸消灾。

她所受的伤从来没有无故消失，只是从姬差的身上转到了那个孩子身上。

"你怪我？"姬差起身，高站在床前脚踏上，冷视着姜昌，"命途一事，你们可让我知晓半分？挡命消灾，又可曾与我知会一声？悄悄地瞒着我把事办了，说为我好，我却不知晓，如今不合你们的意，便反过来说我得了利，辜负了你们！我告诉你，我命里的灾，从不要谁来挡。别人，也挡不起。毁誉皆是客，福祸都归我。承得住，就该我受，承不住，我与祸水同流。若她真帮我挡了，那是她的命数，我不怜悯。"

姜昌听完，怔了许久，一声不吭地离开。

后来姬差得知那孩子已被放跑，只当此事过去，哪晓得不久之后，父亲又把人找了回来。那是已经跟母亲团聚的囡囡，他们家误打误撞，打着城主纳妾的名头给姬差找下一个替死鬼，不料囡囡的家人就这么把人送了进来。

十六岁的小姨娘，一顶小轿便抬进了府里。可轿里坐着的，已是霸占了囡囡身体的笙鬒。姬差一生的颠沛流离便从那顶小轿进府时开始了。

囡囡原身太过孱弱，笙鬒用一府人的生命祭祀了自己。

姬差原本也难逃一劫，可那个晚上，最擅长逃命的第七歌混进了府里。

这是个巧合。第七歌来到城中，起先只为保护自己那个被选为蟒族圣女的姐姐，因先一步进城，见着城主府繁华，张灯结彩朱门绣户，便起了进去揩点油水的心思。哪晓得甫一进府，就遇见这桩灭门惨案。

她生来对危险有着极其敏锐的嗅觉，在灾祸还没蔓延到自己身上时，她翻墙而逃。就在墙头，第七歌看见面对满地的鲜血呆若木鸡的姬差。

"喂！"第七歌没给姬差商量的余地，伸出手，"上来。"

流浪是第七歌一生的宿命，但对姬差而言却无比陌生。

第七歌时常在后来的路上跟姬差回忆她的姐姐。

"第达尔啊，她是楼兰最美的姑娘。"第七歌坐在草地上说起自己姐姐的时候，那双鹰隼般狠毒的眼睛里偶尔会流露出一点温和的笑意，"太多人觊觎她，所以我杀人放火也要保护她。"

可是强大的蟒族她杀不完烧不尽，甚至反抗的力量也没有多少。

"什么圣女，他们非要在楼兰人里选。选家贫貌美的，无力抵抗的，被他们关在那个马车里，永永远远活在马车上，也死在马车上，就因为蟒人觉得有了圣女才能保证他们的力量无穷无尽。"第七歌谈起蟒族便恨得牙痒痒，"不过他们的报应很快就要来了。很快。"

果然，她们在逃出城后的几天回去，碰到蟒族的车队，第七歌偷袭了几个蟒人，揣着他们的骨珠带姬差混进城里，城里已是风雨欲来，人们谈论着城主府被灭门后不散的冤魂，而昔日的会主，暂代城主之位，四处寻找城主府失踪的小姐和少爷。

姬差也想过去找那位会主，却被第七歌一把拉住："蠢货！你当他真想把你找回去让你取代他当城主？他看到你的第一件事就是杀了你！"

姬差不明白，同她一样年纪的第七歌为何仅仅十六岁就有这样恶毒的猜测，可她最终选择跟着对方再次逃出了城。

因为第七歌说，须臾城很快就要血流成河了。

不久后城中爆发了一场千百年来罕见的诅咒，所有的蟒人里，精壮的男子全都爆体而亡，蟒族女人出世或未出世的孩子，都被套上永远活不过二十岁的枷锁。蟒人世世代代通过囚禁圣女而求得源源不断的玄气，终于在这一代圣女手中自食恶果。

下咒的圣女变成了世人口中的巫女，而巫女第达尔早已不知所终。

姬差在破庙吃完最后一口第七歌当天偷来的馅饼，问："我们明天去哪儿？"

"我们？"第七歌斜眼看过来，又是那种满带刻薄嘲讽的笑意，凌厉得刮人，"谁跟你我们？明天天一亮，我往西走，你有地儿去就去，没地儿去，东、南、北三个方向你掷骰子，掷到哪个去哪个。"

姬差不语，她没有独自出行的能力，可她更没有和第七歌同行的理由。

须臾城追杀而来的人没给她们等待天亮的机会。第七歌带着姬差钻进深山，在须臾城佣兵的围剿下吞入了先前藏起来的蟒人骨珠，借着玄气短暂的爆发力杀死了那些佣兵。第七歌秉持着邪气修道的身体，贸然吞了玄者骨珠，换来的是她长时间的昏迷不醒。

姬差背着第七歌逃难，学会了躲藏，学会了典当，学会了自给自足地烧火煮汤，

第六章

当身上最后一点首饰也卖光时，她学会了偷窃。

在第七歌醒来的不知第几个夜晚，姬差面色从容地把自己从街上偷来的烧饼递过去，第七歌吃着，问她这饼从哪里来的。

她奔波一天，疲累整日，便懒得撒谎，头一次坦白："偷的。"

姬差说完，久不闻声。待她再转过去看，第七歌竟是气得说不出话，几乎要站起来跺脚大骂："蠢货！蠢货！"

"你学什么不好？你学偷！"第七歌把烧饼狠狠扔在地上，"你是什么？是贼吗？你瞧瞧你的样子，像个老鼠，像个臭虫！"

姬差愣了愣，随即恼羞成怒："我偷？偷怎么啦？你不也吃了这么多天！光你偷得，我就偷不得！"

她分明从一开始就见过第七歌操控傀儡在各处偷盗，凭什么换了她来做就成了蠢货行径。

"我是什么！"第七歌面目狰狞，指着她的鼻子骂，"我偷，你也偷！我杀人，你杀人吗？！我成天在阴沟里蹿，你也跟着蹿！我是下流坯子短命鬼，你也是吗？"

姬差不再说话，瞪着第七歌，瞪到眼睛充血，一转身背过去，抹起泪来。

第七歌站了很久，心里消了气，又走过去拿脚碰碰她："哭哭哭，说你两句就哭，狗见了都嫌烦。"

"狗见了你才烦。"姬差反啐她一句，"凭你两句话我就哭？我是想吃藤萝饼罢了。"

"藤萝饼？"

"南理洲的藤萝饼，你肯定没吃过。"

姬差说完，过了会儿，听见头顶叮叮哐哐的声音。

第七歌把一个金环递到她眼前："赶明儿把这个拿去当了，换两个藤萝饼。"

姬差借着火堆的光细看，忽道："你……"

这是他们在城里恰逢无相天神寿诞，沿街看戏班子游行时，莲座上的无相天神手上戴的紫金臂钏。

"你连这个也偷？"姬差仰头质问，"你不是最敬重无相天神的？"

第七歌走回稻草堆前坐下，捡起地上的饼继续吃："我敬重他老人家，偷他点金臂钏怎么了。"

先前有一次她们逃到一个神庙，姬差打小养成的习惯，如今落魄了，进庙去也还要买香拜一拜。

第七歌骂她穷讲究。她说神佛可敬，不能乱言。

"神佛？"当时第七歌听了只笑，抬脚跨进门槛，装模作样找了一个神像摇头晃脑地拜了拜,"那我现在求他给我黄金万两,他给不给啊?不给。那我求他把你下一顿饭给变出来,他变不变啊?"

姬差不吭声。

"我还给你找口饭呢,你不如把我供起来。"第七歌翻了个白眼就去找干草铺床。

姬差和她一起铺的时候,蹲在她身边问:"你从来不信这些吗?"

第七歌脱口而出:"信。"

姬差望着她。她又说:"我只信一个。"

几年前第七歌曾得过一场恶疾,那时她还是一个玄者。第达尔抱着她一扇一扇地敲开楼兰医师的门,没有一个人接诊。他们说那是骨头里的怪病,医不好,只能等死。

第达尔走投无路,进了神庙,在天神脚下放下第七歌,一遍遍地念经祷告,求天神显灵。天神没有现身,现身的是一个十几岁的牧童,腰间别一支竹笛。

他从中原游历到此,路过神庙,便躲在天神像后头睡一觉。觉没睡成,被第达尔的念经声吵得心烦气躁。

牧童跳下供台看了看第七歌,说:"简单,玄气阻塞,不达经脉所致。"这病其实不简单,偏偏这牧童是个治骨珠的天才,一双穿骨手,化尽了第七歌骨珠中的玄气。人虽救活了,第七歌也废了,再修不成玄者。

第达尔千恩万谢,那牧童却还为她吵醒自己睡觉心烦,逃似的就要走,指着那尊天神像:"要谢就谢天神,别谢我。"

"后来姐姐举凡路过无相天神像,都要拉我进去拜拜,说那牧童便是天神使者,感念来救苍生的。我行动稍有怠慢,她便一顿好罚。日子久了,我便也信了。"第七歌摇头笑道,"年岁虽已长,姐姐却从不敢忘。倒是那牧童,怕早把我姐妹二人忘得一干二净。"

其实这事与无相天神关系不大。当年那牧童睡天神像后,第达尔便信无相天神,若他睡在别的神像身后,那第达尔便信别的神去。第七歌信天神,信的并非天神,而是在天神像前祈祷用一切换她一条生路的姐姐。

"所以你后来,才修了邪道?"姬差问。

第七歌从怀中贴身处取出一支草笛在手里把玩,她的眼神透过茫茫火光看起来很缥缈:"我这样的人,若当真成了废物,仇家不会让我活过一个晚上。"

姬差道:"仇家?你也有仇家?"

第七歌含笑盯着她:"十岁那年,我们那儿农商的儿子偷看第达尔洗澡,还偷了她的衣裳。我趁他睡觉打晕了他,把他扔进了湖里。"

姬差微怔。

"你怕了？"第七歌声音冷冷的，"这才只是其中一个。"

"我不怕，"姬差错开目光，又道，"你能不能教我傀术？"

姬差学了几个月傀术总学不会。第七歌骂她笨，每当姬差说想修邪道时第七歌又骂得更厉害。

那个臂钏姬差始终没有当，临近冬天，有一阵子她心不在焉。第七歌问她又在想什么。姬差磨磨蹭蹭："今日是我十六岁半的生辰。"

"生辰还要过半岁，"第七歌嫌恶道，"哪来的臭毛病。"

可晚上她便给姬差做了个孔明灯。

姬差忙得上蹿下跳，好不容易放了起来，转头一看，第七歌抱着胳膊倚在树下不理她。姬差故意许很大声的愿："我想来年……万事如意。"

她听见第七歌的嗤笑。

"你笑什么？"

"我笑你这愿许得好。"第七歌还是那副嘴脸，"人这一辈子，最好不过万事如意，最难不过万事如意。"

"姬差啊，你这愿望，真是又大又空。"

第七歌站直了转身去林子里寻柴火："不如许愿今晚不下雨，你我才能睡个好觉。"

变故来临时正逢上元节，姬差混迹在人群中，用她笨拙的傀术偷行人身上的钱袋子，一时偷不着，干脆自己上了手。哪晓得对方守株待兔多时，就等她手一搭过来，立即捉住，当街示众。娑婆大陆对于偷盗者的惩罚大同小异，或是除籍扔去受害者家中做仆人，或者砍断一手，送去枯天谷流放。

远处买花灯回来的第七歌找不着人，发现姬差已被擒住双手，即将被送去判刑。

她挤进人群中心，告诉那个捉住姬差的人："我替她去。"

横竖不过想要一点好处，那人略一思索，便答应了。

姬差跟随着人群去看官衙判刑，却见第七歌当着判官的面从兜里掏出一根发簪，众目睽睽之下大喊："我乃须臾城前城主之女！谁敢判我！"

姬差恍惚。这簪子在最初第七歌救下她时，因她不肯脱去一身装饰被讽刺一遭后，便叫她一气之下扔在了河畔，后来逃出城的晚上，她偶然撞见第七歌摸黑在河岸找这簪子还冷眼嘲讽了一番。一路到头她只当此物早被第七歌变卖，不想对方一直留着，竟是为了有朝一日应对这场变故。

如今须臾城城主府早已被鸠占鹊巢，暂代城主之位的会主广发告示，重金寻找前城主失踪的一双儿女，其为何意，不得而知。

官衙得了这机会，不管真假，只先巴巴地给人送去。

第七歌被押解启程时，冲人群里无措的姬差说唇语："去找长不轻。"

对，还有长不轻和尚。姬差想，不久前她告诉第七歌，曾有一个叫长不轻的和尚扬言能改变她一生命数。

她在前往雷音道的途中听闻前须臾城城主之女已被找到，如今迎回家中，养在府里，择日便接手城主之位。只是这位城主之女还能不能活到那天，另有说法。

她花了一段时间才想明白，那些人需要的并非真的城主之女，只要有一个人，拿着能证明身份的信物，是个女的，就能成为城主之女。姬差以前碍着贵族女的身份不见外人，如今天下认得她的人屈指可数，送去的第七歌是真是假，全凭会主一句话。

又过了一段时间，她又明白，如果第七歌死在她赶回须臾城救人之前，那到时一切都将无济于事。明面上的须臾城城主之女已死，她再辩驳也死无对证，只会方便会主认出她后将真正的城主之女杀死，以绝后患。

姬差紧赶慢赶，隐约懂了，那个上元节的夜晚，第七歌拿出那根簪子给众人看时，就清楚这即将发生的一切。她日夜兼程去找长不轻和尚，可长不轻早已圆寂。留给她的只有那根镀金禅杖。僧人带话给她，说长不轻有言，若有朝一日姬差来此，便命其终身守着禅杖，不得入世。

姬差在禅房睡了一夜，临近破晓，拿着禅杖逃了出去。她像当年第七歌那样强行克化了剩下的一颗蟒人骨珠，闯进须臾城城主府，想把第七歌救出去时却来不及了。

她摸到第七歌脊骨滚烫，邪气瘀滞，却怎么也发散不到四肢。

那是会主摸索古籍学来的封珠固气之法，把第七歌浑身血气固在珠子里，人愈发虚弱消瘦，不日之后，就会爆体而亡，肉身也会化作飞灰，难以存续。

第七歌临死前从身上掏出那支草笛，教姬差吹会了一首楼兰舞曲。

她告诉她，第达尔的魂魄要靠这首舞曲复苏。

第七歌一遍一遍地重复，要姬差在漳渊化冰之时，找到一面铃鼓，前往漳渊，找漳渊里的鼍围要一支草笛。只有靠那支草笛，第达尔才会回去。

"第达尔回来之后呢？"姬差胡乱同神志不清的第七歌说话，"第七歌，你不要睡……第达尔回来以后呢？你不见她？"

"我当然要见她。"第七歌闭着眼，轻扬唇角，"你杀了她。杀了第达尔……杀了她，神影才不会霸占她的身体。这是她的愿望。我与姐姐，自会在楼兰的风里相见。"

姬差突然号啕大哭起来："你不要睡。我一个人去哪儿啊，我哪儿也去不了的。"

第六章

"姬差啊，"第七歌的声音从未如此平静，她仍闭着眼，把从无相天神身上偷走的所有臂钏塞进姬差手中，咂了咂嘴，咽下喉中血液，再握住姬差的手，用四指轻轻拍了拍姬差的手背，"姬差，万事如意。"

第七歌死了。她的骨珠连同肉身化作一捧白灰，被姬差装进盒子里。

姬差带着这一盒骨灰，在春天的每一个日夜走遍娑婆的每一个神庙。

她在神庙中放下这盒骨灰，挨个在所有神像面前磕头下跪，不停地说十方诸神啊，你们救救第七歌吧。可没有一个神会显灵，再也没有一个偷睡的牧童从神像后出来给第七歌一条生路。

一庙不显灵，她就毁一庙，只在庙中留下曾经救过第七歌的无相天神。

姬差在打碎娑婆最后一座神像时，笙鬘出现在了她的面前。

那是霸占着囡囡身体的笙鬘，因为肉身孱弱，禁锢了她的力量，她只能找到另一团净气替她完成一切。

笙鬘给姬差一滴与无相天神同宗同源的胎生血，告诉姬差，拿着这滴血，等待无相天神化成凡人现世，一把火烧尽娑婆，用天神真身献祭，甘露降世，第七歌便能往生。

娑婆本就以笙鬘的本体所化，笙鬘的胎生血赋予了姬差玄邪两道的力量。她借着这样的力量杀了会主满门，踏上寻找无相天神与第达尔的征途。

漫漫数年里，姬差埋葬了第七歌的骨灰，剃度为尼，拿着禅杖，戴着臂钏，在傀术登峰造极时，入魔一般做了一个代替第七歌的傀儡。

她给她灵魂，给她生命，唯独不给她自我。那个傀儡顶着刻画成第七歌的人皮和第七歌的名字日复一日陪在姬差身边，却始终不得姬差喜欢。

她认为她空有一张第七歌的脸，却整日心慈手软低眉顺眼，完全不如第七歌一分。姬差常常望着她想，兴许自己才是世间第二个第七歌。

自己已在第七歌离开的这些年里变得心狠手辣杀人如麻。她才活成了第七歌。

乌云浮动，谢九楼低头看向自己手中明亮的宫灯，明白了自己一切的猜测都被验证。天神泪遇天神血，遇阴则燃，遇明则灭，任主掌控。

若这滴天神泪当真是无相当年因悔恨自己与那颗泥点子的恩怨所流，那泪主便是泥点子与天神，能掌控这簇灯火的，也只有泥点子与天神。

可如今灯在他手里，他念燃则燃，念灭则灭，他该是谁？提灯之血与天神泪相融，提灯又该是谁？谢九楼恍惚着，白日尚且信口驳神，如今传说的答案在他眼前已昭然若揭。他竟亦是话中人。

正对着这盏宫灯入神，背后一阵凉风裹挟着杀气袭来。

谢九楼眉梢凛然一动，眼前未见杀招，脚下已下意识闪身躲开。顷刻间自他身后蹿出一紫衣面纱女子，两寸长的指甲，手如鹰爪，正是方才从屋顶跃下，直从后方探取他心脏而来。二人擦身错开，若他晚了一息，此时已是人手下亡魂。

这人一身丝绢轻衣，手足间金银丁零作响，异域打扮，赤脚而来，虽只露出一对眉眼，也足见其万分风情。

谢九楼定神一瞬，冷冷道："楼兰巫女？"

面纱之下传出一声冷笑："是，也不是。"

话音一落，已朝谢九楼夺命杀去，谢九楼负起一手，将宫灯护在身后，单掌擒住她探向他面门的那条胳膊，才一抓稳，对方忽旋身而下，又另抬一手朝他腰腹掏去。谢九楼疾步闪退间擒住巫女的手已随她绕了三圈，招招干脆利落，转眼二人缠斗时手脚便快得难分你我。

半山腰下，无渡眉间忽有一血色裂口若隐若现。

她顿住脚步，抬头往行宫眺去，凝目道："……天神血？"

"你先回去，"她扭头冲前方驻足等着她的第七歌说，目光投向对方手中那具尸体。

"你呢？"

无渡再次望向头顶行宫："我去去就回。"

第七歌还欲开口，无渡已点地飞身而去，隐入茫茫山色，只剩寥寥几道金环撞击声回荡山间。她怔怔对着上方寂静山坡，最终低下头，一步一步沿着小路离开了。

行宫外那一处院子，此时正当热闹。

原来白断雨恰好也在这时定点前来查看提灯昏迷的情况，哪晓得路走到一半就听谢九楼和谁正在打斗，玄息大开，正是一片杀气腾腾。

他才要走近，就见一劲装打扮的女子自栏下翻身而上，因着动作太快，只勉强看得清那人头发高束，身量修长，两手紧束着护腕，脚踩皂靴，处处收拾得轻便麻利，来去如风，动作间竟也是冲那巫女而去。

白断雨坐在栏杆上一琢磨：自个儿再加进去，三打一，这不欺负人吗。

他决定冷静观战，然而观着观着，他冷静不下来了。

白断雨慢慢坐正，死死盯着那个劲装女子的身影，渐渐呼吸急促，头脑发热，甚至连自己何时一步一步迈向那混战的三人的也不晓得。

是山鬼，他找了两百年的故人山鬼。

未待他将那女子面容仔细看清做一番确认，双人夹击下的巫女兴是招架不住，看准时机，一下腾身到院边围栏，看清山势后再纵身一连两跳，越过一处平地，落脚到三丈之下的空旷山坡处。

"孽障！"疑似山鬼的女子高喝一声，随即跟着纵身追下去。

谢九楼提着宫灯便先抓着栏杆翻身而下，才落在第二层空地处，白断雨却已先他一步冲山坡那里的两人奔去。

"老头子！"他向下喊了一声，奈何脚下三人打得难解难分，对上头无暇顾及。

他正思量要不要下去，又怕届时局势更乱，犹豫间，耳后听得一阵禅杖生鸣，竟是无渡上了行宫，正趁人少要对着他手里宫灯下手。

谢九楼眼皮一跳，气都来不及喘，又与魔尼过起招来，心中只道今夜可实在热闹。但无渡似乎并无杀意，与他抢夺间只单刀直入地逼问："无相天神在哪儿？！"

"无相天神？"谢九楼心念一动，一面躲避她伸向宫灯的手，一面还招，二人掌臂切磋，快到看不清对方面目，"你怎么知道无相天神？！"

无渡眉间那道裂口已鲜红欲滴："世间没有第二滴天神血。除非——你是现取的！"

一语未了，她蓦地下了死手朝谢九楼心口击去，谢九楼略一侧身，脚踩在平地边缘，眼看就要打滑坠下，干脆将身一转，跃到山坡处。

无渡紧随其后。

五人在一片黑黢黢的山间打作两拨，哪晓得巫女趁乱竟朝谢九楼腰间摸去，意图偷走他别在侧方的那支草笛，谢九楼反应过来，先发制人，正巧无渡要探取他手中宫灯，他便干脆将宫灯一举，直直凑到巫女眼前。

对方猝不及防被灯光刺得眯起了眼，却恰被照亮了面容。

无渡不经意一瞥，望见巫女眉眼，忽一愣："第达尔？"

周边几人都被她这一声吸引视线，巫女别开脸，趁此机会挣脱谢九楼，再向山下纵去。无渡竟不管其他，撇下自己本要偷取的宫灯，转而追那巫女去了。

一时留在原地的劲装女子也还要追，却被白断雨抓住手腕："山鬼！"

她应声回头，谢九楼的灯还没放下，光晕使她的面庞在夜幕中清晰起来。

谢九楼蓦地睁大眼："……言三姑娘？"

言三的视线又从白断雨脸上挪向谢九楼，皆是淡淡一扫，随即甩开白断雨，追那巫女去了。不过小半个时辰，混乱不堪的战场又只剩下原本属于这座行宫的二人。

谢九楼和白断雨面面相觑半响，谢九楼率先开口，"跳上去？"

"……走回去吧。"白断雨调头迈向栈道，"老骨头折腾不起。"

二人相对无言走了一段，山风吹得人头脑清醒一半，谢九楼已在此间理清了许多事。白断雨呼出一口气："你刚才叫……言三姑娘？是谁？"

谢九楼不答反问："你叫她山鬼又是什么意思？"

"就这个意思，"白断雨冲他摊手，"你别揣着明白装糊涂，我徒儿说了，他把那些事儿都告诉你了。今晚这人，她就是山鬼，化成灰我都不会认错。"

"倒是你，"白断雨凑过去眯了眯眼，"哪门子言三姑娘？她怎么会叫言三姑娘？我怎么没听说过还有个言三姑娘——你叫那么亲热做什么？"

"我几时叫得亲热！"谢九楼倏忽转头瞪过去，"你少信口雌黄四处乱嚼舌根。"

谢九楼一把把人推开，煞有介事掸掸自己肩上衣裳，狠狠剜了白断雨两眼，方叹了口气解释道："提灯当初来谢府，就是扮作她的模样进府的。言三言三，自然就是饕餮谷言谷主家的三姑娘。这天下还有几家姓言的不成？不过既然你说她是山鬼，想必也错不了。"

白断雨："如何错不了？"

"你没听她抓那巫女时说的话？"谢九楼道，"'孽障'！你忘了巫女如今身体里住了个什么？这还是当初你说的——两百年前，第达尔就请了个神影拿自己献祭出去。如今山鬼要来抓她，自然就是抓她体内这个神影。既是神影，那便是诸神的秘密，非本位神不知道的存在。眼下山鬼瞅着这巫女而来，想必当年第达尔请的，就是她的神影。"

白断雨摸摸下巴："如此，便也说得通。"

山鬼当年因故脱去神身入了娑婆，想来就是为了捉拿自己遁逃的神影。

"只是……"他"嘶"了一声，"按道理，永净世天神脱神身入娑婆，是从肉体凡胎降临世间，应该没有任何在神界的记忆。山……言三是如何觉醒，又如何想起自己还有个神影的？"

谢九楼沉着脸，手提宫灯缓缓前行："许是寻了什么法子，想起前世记忆，也未可知。"

二人说着，已到行宫。白断雨瞧天色也快亮了，便说先回去休息片刻，一早再来看提灯。谢九楼与他分道扬镳，转过几处石阶，才踏上小院，便见着提灯抱膝坐在门槛处，不着鞋袜，只穿一身中衣，下巴搁在膝上，两眼盯着黑天，夜风把他脸色吹得又白了半分。他疾步过去，将提灯带到房里，问道："几时醒的？也不晓得穿衣裳。"

提灯一扫眼瞥见谢九楼放在手边的宫灯，里头灯火葳蕤。他记得这灯到他手上时便没有灯芯，只有一个空灯壳，这会儿亮起来，隔着一层琉璃，竟也瞧不清内里是什么在燃烧。谢九楼顺着他视线看过去，思及今晚发生的事，联想到先前在漳渊做的梦，便心下一沉，神色暗淡下来。

既然他已是泪中人，不如再试一把。

尽管提灯的身份几乎可以盖棺论定，可他仍然抱着一丝侥幸——万一不是呢？

万一他和提灯从未有过前世纠葛，不曾产生过那样刻骨铭心的恨意，只有这一

第六章

世纯粹的相遇呢？

他抓着提灯的手放在灯笼上："这灯有趣。你把手放在上头，静下心来，念它亮则亮，念它灭，它便灭。"

提灯一下来了兴致，见谢九楼点头示意，又深吸一口气，闭上眼，俄顷，手下宫灯骤灭，剩一室寂寂月光。谢九楼呼吸一颤，指尖发凉，神魂出离般往后退了半步。

他脑中又回荡起梦里的诅咒。梦中那股如潮水般的恨意，使他至今回忆起来都心神激荡。

提灯并未察觉到他的异样，满心扑在宫灯上头，睁开眼只觉新奇，俯下身去，待宫灯在自己念力下再次亮起，方才满眼欢喜望向谢九楼。

可这一望，便觑着人神色不对。提灯脸上笑容渐渐消失，他不明所以，下意识把手从宫灯上收了回去，小心唤道："阿海海……"

谢九楼久不言语，提灯便也一动不动，只愈发紧张起来。

直到提灯耐不住，悄悄扯了扯他衣角，谢九楼方回神，自己这场无端沉默，对毫不知情的提灯而言，是一场无妄之灾。

他吸了口气，轻声问："这灯……你喜欢？"

似是感应到谢九楼的情绪，提灯摇头，故意把脸转到另一边："不喜欢。"

谢九楼神情严肃，道："提灯，我问你。你要好好地想，想好了，再答。"

提灯见他这般郑重，只抓着桌沿点头。

"以前……有两个人，他们吵架，吵得很厉害，其中一个，杀死了另一个人。"谢九楼先指了指提灯的左手，"被杀的那个，就在临死前下了诅咒。"

他指了指提灯的右手："他要对方失去所在意的一切，永远找不回来。"

谢九楼顿了顿，问："如果这两个人，一个是我，一个是你，你杀了我，我对你下咒，你怎么办？"

提灯想也不想："我去找你。"

"可你找到我的时候，我已经死了。"

"那我救你。"

谢九楼蹲在提灯脚下，仰起头，眼眶微红道："那你把我救了以后，我不记得你了，你也不能告诉我，怎么办？"

提灯这时安静了一瞬，说："从头来。"

"怎么从头？"

提灯回想着，说："你……给我名字，叫提灯，从这里……从头。"

他说完，看到谢九楼眼中晃动的水光，他觉得谢九楼似乎有许多话想对他说，像在这一刹通过那点若隐若现的水光告诉他，他已望尽彼此的一生，眼前的一切就快烟消云散，今夜之言往后终成谶语。

可最后谢九楼只说："那你要记得，一个字也不要忘。"

提灯说："我不忘。"

"提灯，一个人太久，我会害怕。"

提灯似懂非懂，只感知着谢九楼的不安，安抚道："我来找你，你不要怕。"

夜阑时分，行宫脚下的永净神庙里，无渡推了桌上的香炉及供品，正手执刻刀做傀儡，旁边倚柱放着一个木偶，只由极其简单的几截木头拼接而成，除后背刺着一片写了第七歌生辰八字的傀咒外，毫无任何修饰。

"明日再做也行。"第七歌的声音从木偶里传出来，"哪里就急得非赶夜工不可？"

"第达尔出现了，"无渡头也不抬，"我得带你去见一个人。"

天色渐明，一张全新的雕刻成第七歌模样的傀儡做成了。无渡催动傀咒，木偶落地成人。

提灯伤势未愈，昨夜醒了半晚，清早又回床上昏睡起来。

那边谢九楼和白楚两个正说起前一晚那场混战，便提到金袈魔尼，白断雨琢磨着："你说山鬼是言三，要捉那个第达尔也还说得过去，那小尼姑怎么也跟人屁股后头撵？"

"小尼姑？"楚空遥逮着这个话头，"你俩指不定谁比谁年岁大。"

"这不难猜。"谢九楼坐在正殿椅子上，一手撑着下巴，一手拎着宫灯在桌上转圈，"还记不记得当时才到红州城脚下，你去毓秀阁查探第达尔的事，回来说了什么？"

他撩起眼皮扫了一眼白断雨："你说，她还有个妹妹，自小当男儿养的，杀人放火无恶不作，护着第达尔。"

"你是说，金袈魔尼很可能是第达尔的妹妹？"白断雨摸摸下巴，"说是说得通，可我怎么就觉着，哪儿不太对劲呢……"

"她们两个人相见时的反应不对。"楚空遥说，"第达尔被山鬼神影附身，对自己妹妹没有感情尚能理解，可无渡对第达尔似乎也不甚爱护。"

谢九楼将宫灯放在桌上立起一个脚，转了半晌，忽地一停。

谢九楼道："我只说第达尔还有个妹妹，但那是不是无渡却说不准。晏光今早找我，十城军昨夜又损了三个将士，有两个被硬生生打死，其中之一连脑袋都没了。第三个直接失踪。"

正说着，殿外传来一阵金属撞击声。

"好个魔尼。"谢九楼拿着灯盏,里头已蹿出一簇火苗,他眼角微缩道,"入我行宫,如入无人之境。"

六环紫金臂钏将室外青光折射到殿中,无渡未见其人,禅杖先入,只听她第一次叫谢九楼的大名:"谢九楼,谢小将军。"

她飞身入殿,仍是单手立掌之态,施施然颔首,行了个礼。

"无渡大师。"谢九楼起身回礼,"有何贵干?"

"我若说来取草笛,你必不给。可此物乃第达尔生前遗留,要保管,也轮不到谢小将军来。"她略略侧首,冲后方道,"第七歌!"

外方门后走出一个形容凌厉、眉眼锐气的女子。

"第达尔存续的魂灵,一部分在那面铃鼓之中,那是她和鼍围的记忆,这是为世人所知的。可世人所不知的,是你腰间那支草笛。那是她最疼爱的妹妹所做。"她示意第七歌上前,"你若不信我,总不能不信那支曲子。鼍围既把草笛给了你,便定会教你吹奏那支曲子——那时它别无选择,因为它已等不到吹奏这首曲子的人。如今我把她带来,你若听了,觉得曲子还对,烦请物归原主。"

谢九楼无声熄了灯火,给白楚二人递了个眼色,二人到门前断后。

他将腰间草笛拿过去,第七歌吹奏,果真与他当初在漳渊所学如出一辙。

"你们拿笛子做什么?"谢九楼道,"第达尔拿这笛子又做什么?"

"第达尔来拿笛子,自然是谢小将军已利用铃鼓将她灵魂唤醒了一部分,她不愿再被这草笛唤醒另一部分。至于我,"无渡冷笑,"只怕这不是谢小将军该关心的。"

谢九楼听她一口一个谢小将军,面上不动声色,心里不大畅快,一挑眉道:"我受鼍围所托,要把这曲子吹给故人,还有话要带到第达尔面前,如何与我无关?"

无渡同他对视良久,忽讳莫如深道:"小将军是想杀了第达尔,救你身边那个小蟒人?"

谢九楼脸色冷峻。无渡一挥袈裟,转身离去:"我同你一样,只为完成故人遗愿罢了。有缘再会,谢小将军。无相天神何在,我日后还得找你,查个水落石出。"

谢九楼午后回到自己院前,提灯还像昨晚那样迎风晒太阳。不过他这次学乖了,知道找件衣裳披着。提灯静静等着谢九楼挨过来同他一起坐在门槛上,偏头瞧了一瞧,说:"你累。"

谢九楼:"提灯,想不想家?想不想阿嬷?"

提灯垂眼,抬起脚掌又踩回地上,点点头。

"想回去?"

又点点头。

"就快了。"谢九楼眉眼一弯,"我们就快回家了。"

又道:"以后我再出来,不能总带着你。"

提灯微怔,倏忽望过来:"要带。"

"带着你,我总有挂念。"谢九楼说,"挂念了,就要分心。分心,就要丢命的。"

他说:"提灯,我为你沉了笼子。可下一次你再遇到笼子,我在战场,你怎么办?"

提灯张了张嘴,似是想不出怎么回答,只皱了眉执拗道:"要带。"

"听话。"谢九楼拿出不许他抗拒的口吻,"等我们回了家,你要好好养病。养好了,我再带你出来。"

提灯不吱声了,低头沉默起来。

谢九楼把胳膊交叉放在膝上,微倾身子,凑到提灯面前:"是不是怕想跟说话我了但是又见不到我不知道怎么办?"

提灯侧过身去不理他。

"这就恼了?"谢九楼往前跨一步蹲在他旁边,"你不晓得写家书的?"

"……家书?"

"就是信。信上头写,阿海海今天吃了什么,做了什么,几时睡觉……"谢九楼说到一半,"哎呀"一声,佯装醒悟一拍大腿,"我忘了你不认字,也不会写。"

提灯从臂弯里露出一只眼睛直直瞪着他。

"那你要不要学?"

提灯扭头:"不要。"

"那你不给我写家书?"

提灯急了:"……写。"

"你都不识字,怎么写?"

提灯把脑袋朝向另一边,拿个后脑勺对着他:"别人写。"

谢九楼勾唇,穷追不舍道:"那我给你写了家书,你怎么读?"

提灯:"别人读。"

谢九楼早有预料,仰头望天:"可惜咯。"

他悄悄斜睨过去,提灯正转过头窥探他。

谢九楼接着说:"可惜……以后不能给提灯捎好吃的咯。"

提灯噌地坐直盯住他。

谢九楼视若无睹,犹自喋喋不休:"我要是在信中告诉你给你捎吃的了,被别人瞧见,人家就会说九爷私事公办,那就只好我不说,你也不吃了。"

提灯低了低头,少顷,在下头慢慢伸手抓住谢九楼衣袖:"我学。"

提灯在学东西方面很务实。譬如去年冬天，在雪地里学写字，是害怕谢九楼把他关回笼子里去。再譬如今春元宵学中土语，是因为要跟谢九楼进军营，得听懂话方便跟人交流。最后譬如现在，为了能让谢九楼尽可能给他捎点吃的，他悬梁刺股把西北边的好菜的名字记个滚瓜烂熟。

但谢九楼要他记点别的，他坚决不多看一个字。

谢九楼再想把他捉到书桌前安生看会儿书简直比登天还难。这天大军已整装要撤离行宫，谢九楼还到处寻找不知道躲在哪个屋檐上头偷懒的提灯。

"慌什么，"楚空遥宽慰，"你一走，他自然会跟上的。"

屋外夏雨初歇，雨帘之外，有人负手在青砖院边凭栏而立。

谢九楼瞧不太清："外边是谁？"

"哦，"楚空遥这才想起来似的，"言三。"

"言三？"来得也太随意了些。

楚空遥笑道："早前你和老头子不是还担心，若漠堑底下那堆伥鬼放出来，拿什么压制楚氏剑，"他朝言三扬扬下巴，"这不就来了。"

当年山鬼入梦，除了白断雨这样的武痴误打误撞得了点化，同样为山鬼魂牵梦绕的，还有大渝楚氏宫廷的一位先祖，当年楚氏一族的王。

大渝的江山来得不正。楚氏先王急功近利，只因将邪路巫祝的一句"王生来携帝王紫气，只需借气铸剑，便可横扫中原"信以为真，为逐鹿中土，私下联合巫祝，行人血铸剑的禁术。

百里沙场炼作熔炉，楚王将自己麾下十万将士引到敌军面前，加上敌方共二十万条性命，一同做了巫术下冤死的亡魂。

楚氏剑托生在泼天的怨气之下，巫术把那一条条阳寿未尽的人命禁锢在剑中，为楚王征战所用。一把邪剑自此横空出世，不到三年，大渝几乎扫尽婆婆中土版图，楚王携剑所过之处片甲不留，江山宝地悉数收入囊中。

楚王晚年，巫祝口中的周身紫气难以压制楚氏剑，大渝逐渐遭到反噬。北方蟒人崛起，东南祈国蛰伏，西南理洲蠢蠢欲动，大渝宫廷频频有邪祟作乱，知天命之年的楚王两鬓初初见白便已终日昏睡病榻。

大限将至的王在睡梦中总念着山鬼的名字。他意气风发之时曾在梦境中与这位天神比试，数次落败后，便在山鬼跟前亮出了这把邪剑。

岂知山鬼心高气傲，瞧见他手中之剑便已将它来历猜透了八分，只道："天地生灵，无论人神，功不抵过。心术不正者，终将被心术所害。"

山鬼留下此言，大概也是瞧不上楚王为人，再不入梦。

楚氏先祖自食恶果，在临危之际才又想起这位亲点众生的天神。他日夜祈愿，终于唤得这位天神入梦一见。

原来楚王倾注到剑中的杀念过重，而他寿命不长，因此到死杀业也未完成。剑中冤魂受困于巫祝之术，没为楚氏杀够人，便一直不得解脱。

剑魂携带着怨，又背负楚王留下的未满的杀业，只能将力量转移到楚氏子孙——大渝皇族后代身上，必有一人承受剑魂上身之苦，由他亲手完成楚王未完的杀业，直到十方冤魂得到解脱为止。

又或者用另一个法子，解了他们的怨气。

娑婆有一处陵墓，名悬珠墓林，用以存放世间四阶玄者的骨珠。娑婆生灵，魂无转生，唯有高阶玄者有能力把自己的魂魄在死前存放于骨珠之中，死后便可托人寻着门道挂在墓林里保存，以免被埋在普通土坟下，任由时间磋磨成灰——这只限于死前寿终正寝的玄者。

比如谢九楼的祖祖辈辈，就没一个人的骨珠悬在那林子里头。因为谢氏子孙大多死在沙场之上，还有少数诸如谢九楼的小姑那般，因中蛊毒死在路上，总之要么命途多舛，要么受飞来横祸，别说完整的骨珠，就连一具尸身，也少有找到的。

谢陵之中，存放的不过是谢家满门的衣冠罢了。而那墓林存在的意义，本是骨珠中的灵魂都坚信着一个传说，渴望着有朝一日得以重生。

传说甘露之水是怒火悲汤塑造肉身的根本，只要有朝一日娑婆洒遍甘露，就会汇成冥河，他们这些有灵魂、有骨珠的生命就还有往生之机，还能进入轮回。

楚王的骨珠就悬挂在那片墓林里。

只要楚氏子孙自愿去墓林请了那颗骨珠回来，再将楚王骨珠植入自身，在楚王魂归娑婆之际，持剑自戕，让楚氏剑得以完成杀主的夙愿，剑魂怨气尽消，其中冤魂自得解脱。

临死的楚王深恐自己和后代受此灾殃，在梦中恳求山鬼将此剑带回永净世镇压。

山鬼虽知业债必偿，但也还是答应了。她能把这剑带回永净世镇压一时，但楚王所犯过错终究要由他的子孙付出代价，楚氏剑必定会回到娑婆进行报复，只是迟早的问题。

果不其然，在山鬼神影被第达尔请去娑婆不久，楚氏剑也趁机逃脱永净世，回到大渝皇宫作祟。

亏得白断雨和谢中鸥想出以邪克邪的法子，才把伥鬼和楚氏剑这两样烫手山芋一起给镇在了漠堑底下。

谢九楼暗自琢磨着，忽问："老头子知不知道她在这儿？"

"哪能让老头子知道，"楚空遥抄起手，"那言三姑娘还能有一天安生吗？"

二人出去，同言三颔首称礼。

言三此行本意是为了谢九楼那支草笛，如今听说被第达尔的妹妹拿去便作了罢："兴许她妹妹使着，倒比我们更有作用。"

又说起楚氏剑。

"这是瞌睡遇着枕头，"言三对谢九楼道，"伥鬼你既要除，就叫楚氏剑落了单。正好使那孽障跟它相互克着去，也还能再安生个几百年。"

她扬目眺望远方山尖，半晌未听谢九楼回应，才转头一看，谢九楼似是欲言又止。

"谢小将军，有事？"

又是谢小将军。谢九楼在心里默默叹了口气，问道："提……百十八，言三姑娘可知他真实身份？"

言三同他对视少顷，确定谢九楼意有所指，方轻轻一笑："看来谢小将军也是慧眼识珠。看破天神真身，是我小瞧了你……他自己，可知道了？"

谢九楼苦笑："他能知道什么。他整日除了吃饭睡觉，其他一律不放在心上的。"

言三便不言语，半晌又道："他不懂人情，正是来此受苦之故。虽心智不全，却是比在永净世时更讨人喜欢。"

"三姑娘是几时认出他的？"谢九楼问，"他常同我说，你待他极好，想来正是这个缘故。可我瞧着，你并不打算将事情全部告知于他？"

"告知他做什么？我跟无相关系很好吗？"言三道，"无相那个臭脾气，回了永净世，还能念我半分好不成？不过举手之劳让他多活两年，在娑婆多吃点苦罢了。"

她睨着谢九楼："眼下看，倒是误打误撞，叫他享福了。"

"他吃了很多苦，"谢九楼正色道，"现在也并不好。"

"有人知他苦，便不算很苦。"

言三含笑看向山麓，不再说话。

谢九楼默然片刻，又问起她是如何得知自己身份的。

"我听白断雨说，天神入娑婆，是要剥去记忆，重新投胎的。"

"我乃司梦之神，"言三垂眼，捻着指腹，淡淡道，"左右不了我凡人之身，还左右不了我的梦境吗？"

她从腰带下扯出一个锦囊，里头是一面铜镜。

"这镜子叫往生镜，是上一个由迦覆灭前，一个幻族大妖所留，凡来照过，皆可在其间参破自己前世。幻妖者，便是由幻境而生，又可编造幻境的种族。"

那幻妖名叫长舒，当年身为幻族之主，因着这面镜子，差点亲手杀死自己毕生所爱。后来虽把人救了回来，却仍有心结未解。一日误入东海封印的魔兽所造的梦境，长舒长睡不醒，他所爱之人为了救他，不惜舍身入梦而去，在那梦里，两个人竟把心结解了。那大妖有所感念，便把这往生镜留在了梦中，直到那个由迦覆灭，时间运行到这个由迦，山鬼司梦之时捡到了它。

"你在梦里，让自己照了这面镜子？"

"那自然不是。"言三否认，"我的性子我清楚，若是在梦里照过，醒来我是绝不信的。"

"那……"

"我把镜子丢进娑婆，给梦里的自己留了信儿，让我梦醒以后去找。"

"你丢在哪儿的？"

"饕餮谷啊。"言三道，"不然我怎么会选择投生到那儿？"

谢九楼愣了愣："那无相天神投生……也可以选的吗？"

言三摇头："他那是受罚，我不清楚。"

她把锦囊递过去："你拿去给百十八照照？"

"不。"谢九楼突然往后退了一步，意识到自己反应太大，又低头摸摸鼻尖，躲开目光道，"提灯……不用照。"

十城军入了大漠，因去年才跟漠堑打了一仗，便不像先前在东屹城那样直接递拜帖入行宫，只在沙漠安营驻扎下来。

提灯正跟洛桥蹲在沙坡上看月亮。

"我家就在漠堑东边儿。"洛桥指着那个方向，"八百里。半个月就能回家。"

提灯顺着他指的方向一眼不眨："回家……"

"回家。"洛桥脸上一双眼睛亮如宝石，紧紧盯着家的方向，"他们说，这次从漠堑回去，就能带着奖赏的军饷回家。"

他拍拍提灯的肩："到时候我带你去吃我阿娘做的煎饼！"

一提煎饼，提灯就来精神："嗯！"

洛桥正嘿嘿傻笑，视线扫过提灯身后不远处，噌地一下站起来："九……九爷……"

提灯蹲在原地身体一僵，保持着这姿势，迈出鸭子步一步一步往前挪。

"站住。"谢九楼背着手走过去，朝旁边使了个眼色，洛桥一溜烟跑得没影儿。

他一把拎着提灯后衣领子："还想躲？躲我几天了？"

提灯在他手底下瑟缩着，手指头有一下没一下抠弄脚底的沙："阿海海……"

"叫阿海海也没用。"谢九楼厉声道，"跟我过来！"

明月高挂，照得沙漠亮如白昼。

提灯睁大眼，两手撑住下巴，没精打采地认着脚下拿树枝画出来的大字："射，九，木。"

第六章

"……是谢九楼。"

谢九楼蹲在他身后木桩上，拿树枝挨个指着重复道："谢，九，楼。"

提灯空呆呆地跟着念："谢……九……"

"提灯。"谢九楼心力交瘁，决定打断他，又闭上眼，揉了揉太阳穴。再一睁眼，提灯正扭过头，双眸熠熠地望着他。谢九楼只能叹口气，从木桩上跳下来，轻轻擦掉提灯额头上不知几时蹭上去的灰，无奈道："你一向聪明，老不记字，是不想记？"

提灯眼神更亮了，点点头："聪明。"

谢九楼板下脸："问你话！"

提灯沉默了。谢九楼："就那么不爱读书？"

提灯又不吱声。片刻后，谢九楼听见提灯念："谢，九。"

谢九楼纠正道："还有'楼'。"

"谢九。"

"楼。"

"谢，九。"

"楼——"

"谢九。"

"……那就谢九吧。"

总比一个字也不记要好。

自提灯封珠过后，白泽也总神色怏怏的，出现的时候见少，一身银毛也不太亮了，总灰扑扑的。提灯一大早趁谢九楼出去，好不容易找着了树荫底下躲着睡觉的白泽，将它拖到白断雨跟前，要白断雨看看。

老头子正一个人饮酒，酒意半浓，摸摸白泽脑袋，心里就晓得了七八分：天神下界尚且要脱去神身以凡胎降临，一只受过天神点化的瑞兽，私自下来寻主，一身业力哪够在娑婆耗的。况且兽随主变，提灯如今气场弱了，白泽更是强弩之末。

白断雨将手轻轻放在它头顶，望向远处："谢府的荼蘼花，想是快开了吧。"

"荼……蘼？"

白断雨冲提灯笑："知不知道荼蘼开过之后，是什么景象？"

提灯摇头。

"不知道好，"白断雨双手卡住白泽前两处胳肢窝，把它提到自己怀里，"不知道好啊……你这小东西，待够了也该回去了。"

不知是不是提灯的错觉，白泽比一月前初见时要小了许多，眼下竟都能让人卡在前腿下抱起来了。白泽一听这话清醒过来，用蓝眼珠子瞪了白断雨一眼，开始四脚并用地挣扎，仰着脖子叫唤几声，挣脱之后一溜儿跑到提灯身后，藏得严严实实，只露对龙角出来。

"实话还不爱听。"白断雨嘴里"喊"了一声，"他在这儿耗完了就能回去，你在这儿耗完了，可就真完了。"

提灯抓住白断雨："谁？"

"什么？"

"谁耗？"

白断雨讳莫如深地盯了提灯一会儿，又把酒壶举起来，正要倒进嘴里，忽一眼瞥过去："喝过酒没有？"

是夜，谢九楼和言三一起回营地。

"早前把草笛给了无渡，却不知为何迟迟不见她们出手。"

"她们不出手，是为求稳。那孽障行踪不定，相当狡猾。如今已近四月，第达尔回魂，她难以自控，更会藏得严实。我数次追踪，困于这副肉身，也总抓不到她。"

谢九楼蹙眉："第达尔回魂？"

言三道："人死之后有头七，况且第达尔并非完全死去，只是把肉身和灵魂都献给那个孽障。如今第达尔身体内，仍有一部分本体的意识，苦于平日被压了一头，难以苏醒。两百年前第达尔在须臾城完成献祭，只有每年她献祭之日的第七天本体意识最为强烈，也只有那时候，她最有苏醒的可能。我想那小尼姑迟迟不动，也是要在那天叫第达尔的妹妹吹动草笛，在最有把握时唤醒第达尔。届时那孽障的力量最为薄弱，我才好取了楚氏剑一下将她引到剑中封印起来。"

"说起这个……"她转而问道，"你打算几时去探伥冢，焚了那堆老伥？"

"今日。"谢九楼沉着脸，压低声音道，"天子之令，原本是要我领那些活伥回去。若当真带回去成了一支军队，伥鬼杀敌，敌又成伥，无穷无尽，一旦失控，后果不堪设想。"

他说："我今夜只去探查，领副将一人同行。焚伥之事一旦从十城军中传出一点风声，天子飞书传漠堃大军前来阻止，便功亏一篑。"

"副将？"言三道，"那个叫晏光的？"

"是。"

言三想了想："何不让那牧童和他徒弟陪你……"

"牧童？"谢九楼愣了半晌方才反应过来，不觉笑道，"他二人身份特殊，不便卷入大祈朝堂中来。白断雨超然离世，从不过问各朝纷争，如今与我同行，一来是陪他爱徒，二来起初也不过是为解决楚氏剑的镇压问题，至于楚二……他是大渝

皇子，更不该插手我朝中事。焚怅一旦功成，回去天子必定暴怒，我不能把他们牵涉其中。提灯日渐体弱，我不放心。晏光就很好。"

正说着，言三同谢九楼走到他营帐前。晏光已在外候着，今夜正好是洛桥值夜，两个人不知在聊什么，说得很起劲。

见谢九楼到了跟前，晏光正要起来，被一个手势制止住。

谢九楼道："我进去拿点东西便出来。"

晏光颔首："是。"

说完方瞧见谢九楼身边还站了个一身劲装的红衣姑娘，面相英气，仪容俊凛，只身板窄瘦些，却真是多少男儿也比不过其三分气场。

"这便是你那副将？"言三睨道。

"不错。"

谢九楼答完，晏光便觉一道目光如剑光般扫来，其间寒意叫他不由得错开了视线。眼见谢九楼要撩开帐子进去，晏光这才突然记起什么，忙道："九爷，里面……"

话音未落，白泽从不远处跑过来，迎头就往帐子里冲，刚一跑到帐子面前，浑身一抖，忽觉哪里不对劲，刹住了步子。

白泽顺着那股直觉缓缓抬头，对上言三意味深长的视线："白泽？你胆子倒挺大。"

白泽打了个寒战，掉头就跑。言三提脚便追："还不回去？当真不知死活！"

追逐声渐远，谢九楼打起帐帘，愣了愣。白断雨和提灯坐在榻上小几的两侧，脚边一地酒瓶。提灯挽着袖子手心朝上将手搁在几上，白断雨闭眼诊脉，摇头晃脑道："嗯……快了快了，就是今晚……"

"老头子！"谢九楼一声低喝，榻边两人一哆嗦，迷迷糊糊睁眼。

白断雨目光穿过半开的帐帘子望向远处，乍然睁大眼，又甩了甩头："我怎么……瞧见……山鬼了……"

谢九楼动作一僵，把帘子放低了点："山不山鬼的，自己出去看。"

"去就去。"白断雨撇下提灯，一溜烟蹿出去。

谢九楼放下帘子，负手站在门口，冷冷望过去。提灯眼神不太清明，醉了更是呆板，瞧不懂谢九楼的眼色，却凭直觉往床铺最里边缩。

谢九楼走到床边："喝酒了？"

提灯眼下浮红，直直对上谢九楼的眼睛，不吭声。

望着望着，提灯突然道："荼蘼。"

"嗯？"

"什么是……荼蘼？"

谢九楼重复道:"荼蘼?"

提灯凝视着他。

他见提灯不得解答便不罢休,只耐心解释道:"一种花。很好看的花。"

二十一年前,时值四月,荼蘼盛放,谢九楼出生在谢府。

谢父嫌他生在这花开的时候寓意不好,便命人把谢九楼院子里所有的荼蘼都铲了去,自此谢九楼想看这花,总要悄悄翻过墙头,到别的院子里看。

提灯问:"家里,会开?"

"会。"谢九楼说,"只是这花不好,我不太喜欢。你想看?"

提灯摇头:"你不喜欢,我不看。"

谢九楼无奈笑笑:"等咱们回家,明年看。"

提灯眼神闪烁了一瞬,慢慢暗下去,不再吭声了。

谢九楼见提灯睡着,悄无声息地走去拿灯,出了帐子。

帐外,晏光正和洛桥有说有笑,听见谢九楼的脚步声,立刻便走了过去,见谢九楼手中提着一盏宫灯。

"走吧。"谢九楼吩咐。

晏光随他上了马,突然想起什么,冲洛桥道:"洛桥,今夜天冷,早些回帐子吧。"

说完便同谢九楼飞驰出营。

谢九楼乘着夜风一路看着谢中鸥当年留下的羊皮地图,朝漠堑腹地奔去,晏光紧随其后,像两道穿梭在黑夜的鬼影。最后找到那入口,竟是在一平平无奇的乱葬岗上。

晏光只道:"这么多墓,如何得知哪一块是当年老爷子留的?"

谢九楼说:"找吧。"

漠地阴寒,月光忽明忽暗,他二人执火搜寻,耳边风声如泣如诉,最后谢九楼停在一块方方正正的木牌子前。

上书:谢氏云平,长眠此处。

晏光在那边找着,发现他停下,便过来。

"云平是当年谢府的一个老奴,据说先祖研究出不死怅的那晚,母伥突然发狂,是他夜里点灯时察觉不对,寻到密室,恰见那一幕,飞身挡在先祖面前。虽救了先祖一命,却变成了伥鬼。如今应当也埋在这墓下。"谢九楼冲晏光道,"去马背上拿铁锹来。"

晏光拿来铁锹,谢九楼把灯放在脚边,那琉璃灯有感应似的,趁势亮了几分,光将一块墓地照得明亮。

两个人弯腰铲土，不多时，就见着底下木板露出点儿皮。

宴光道："竟当真是棺材。"他望向谢九楼，"会不会挖错了？"

谢九楼锁紧眉头，只道："接着挖。"

待把面上的尘土扫尽，宴光"咦"了一声："这棺材也太小了。"

谢九楼看了看，这棺材不过寻常男子一人肩宽，长度仅及小臂，四四方方，不甚起眼。

"做成这样，只怕是为了防止什么人误挖了坟，又或是吓退那些盗墓的，叫人当作是婴儿棺，便不敢碰了。"他丢开铁锹，蹲下身，轻叩棺板，没听着动静，便道，"把棺材打开。"

哪晓得开了棺，里头竟还真放着东西，是一根骨头。骨下并非棺木，而是一张网，麻绳里头绞了无镛城特产的钢丝，材质同谢九楼那柄短刀一样。

谢九楼蹙眉："是家祖结的网。"

宴光道："那这骨头又是谁的？"

"自然也是他的。"谢九楼道，"传言当年家祖自漠堑回府，便断了一臂，因年老体弱，加之伤痛在身，不久之后便驾鹤西去。因不肯叫人把自己的骨珠放入谢陵，只说自己是罪身，叫人烧成了灰烬。"

他说到这儿，割下衣袍一角，拾起那根臂骨，包了起来。再将灯凑近那张钢网，底下黑咕隆咚，半点儿怅鬼的影子也瞧不见。谢九楼忽叫了宴光一声："听见声音了吗？"

"声音？"一语未了，宴光蓦地瞳孔收紧，也屏住了呼吸。

只听网下不知何处传出极其细微的吸气声，又快又短，一声接着一声，他不自觉将身体俯得再低一点儿，只将耳朵尽力贴到网上听。

这不像吸气，咝咝的，倒更像……

"别贴太近！"谢九楼刚开口提醒，就见宴光猛地把身子往后一仰，从他身下那张网的网缝，射箭一般飞出一条一指粗、手掌长的小红蛇。

"九爷当心！"他噌地侧身往谢九楼扑去，与此同时，网下千箭齐发，密密麻麻的小蛇如鱼跃般从黑暗中井喷而出。谢九楼抄起火把，翻身将宴光护住，用火把把他周围扫了一圈，又把火放到网绳上打着圈儿扫。底下的蛇竟不怕死似的还在往外冲，被火烧着便蜷缩成一团不停挣扎，顷刻间满地浮起一股焦臭。

待底下蛇群涌出来得差不多了，二人又持火把在网上守了好一会儿，等到里头不再有异样了，谢九楼方拿刀割了绳，把火把往下探，隐约见到棺材附近垂挂的悬梯。悬梯是麻绳编做的，是单人梯。

他把火把往下扔，片刻便听着落地声，俄顷，那一点点火光在底下忽明忽灭。

谢九楼见无大碍，只道："我先下，你跟在我身后。"

他走过去拿起那盏琉璃灯，伸手时瞧见里头灯芯摇晃得相当急促，动个不停，似是在提醒他什么。谢九楼伸出去的手在半空中一顿，只觉自己多疑，摇了摇头，把手放在灯顶上去勾挂钩。

岂知灯刚刚提在手上，笼子底下卧着的一条小蛇就这么在暗中探出来，爬上灯壁，猝不及防在他指尖咬了一口。

那蛇生得细小，咬得也浅，他一瞬吃痛，立刻将那蛇从指尖扯下扔远，借着灯光查看手中伤势，掐住指节，将冒出的两滴血珠挤出来，又擦了擦，很快便无大碍。

宴光听着他吸气，便回头问："九爷，怎么了？"

"无事，"谢九楼又看了眼指尖，眼下已找不见伤口，便提着灯说，"走吧。"

宴光瞥着这灯，问："这便是天神泪烧的灯？"

谢九楼才意识到他并不知晓这灯融了天神血一事，只含糊点头："到地下照个明，避免瘴气罢了。"

宴光听完不言，等谢九楼扶着爬梯下去，自己便也跟着下了。

恍惚间，他瞧见地上那些被烧死的红蛇尸体似乎动了动。甫一落地，谢九楼拾起火把，便见右手边有一条窄而幽深的甬道。两个人一路朝尽头走去，途中拐了几个弯后便不知身处何方。顺着土梯下去，走了几步，又陷入一片漆黑。谢九楼试着往前走了两步，脚尖抵着一硬物，他随即举灯到眼前。

咫尺之处有一颗头颅。谢九楼眉头紧皱，侧耳过去，只听颅骨里有细微的爬动声。他正提防着，沉了眼思索，宴光在身后大呼："九爷！"

黑暗中飞出一只尸虫，刹那间，便往谢九楼的眼球里钻去。

他眼疾手快，拔出腰间短刀，抬手朝尸虫掷去，出刀又稳又准，当即破开虫子腹腔，将它钉到了远处土壁上。

琉璃灯骤亮，照亮眼前景况。

谢九楼垂眼，笑道："够听话。"

灯火跳动几下，左右摇晃。他退远后方看清，这陵墓至少四丈宽，大大小小的伥分列成数行往后铺展，一时间看不到尽头。

一室寂然，谢九楼没动，见宴光已缓步迈进伥鬼行列间查看，便提醒道："注意尸虫。"

宴光没有回复，越走越深，最后停在谢九楼看不见的一处伥鬼后头问道："九爷，咱们今晚，就要烧了土墓吗？"

"不，"谢九楼渐感不安，直起身，一步一步走到宴光所在的那一列前头，对着宴光背影说道，"今夜先回去，还待言三一起来摸清楚氏剑的下落才是。"

他话说完，头顶传来微微震动，似无数马正从陵墓上头踏地奔来。不多时，陵墓沙顶摇晃，窸窸窣窣落下土来。

谢九楼凝目望着上头，正分辨这一众马奔往何方，便见伥鬼队列中的宴光转身，拿出镀金令牌，冷冷道："罪臣谢九楼，听天子令。"

谢九楼一愣。一刻钟前他还想着，待会儿出去了，就着这身便装，去给提灯买袋新鲜的奶疙瘩，怎么就要听天子令了？

"逆臣谢九楼，今岁元月领命引伥，然阳奉阴违，勾结蟒族，以致上行下效，忤逆圣意，率三千十城军意图毁我大祁版图。现光传天子圣谕，携一万漠垫将士，即刻押解谢九楼回京，不得有误。"

"漠垫大军就在墓外，"宴光放下令牌，"我劝九爷不要轻举妄动。"

第一支点燃的利箭射到营地里时，提灯正在醒酒。睡梦中他听见此起彼伏的惨叫声，四月的沙漠夜晚里，他竟然觉得很热。一声长长的气鸣使他惊醒，那支带火的箭矢刺入他与谢九楼的营帐，顿时烧毁了大片油布。提灯一跃而起，冲出帐外，一刻钟以前井然有序的营地眼下人仰马翻，已是横尸满地。

粮帐和伙房燃起熊熊大火，战马嘶鸣，人畜失控，他看见一具具正在燃烧的身体尖叫着四处逃窜，黄烟满目间，他依稀辨别出那个向东匍匐在地，单手往前扒着沙土，一动不动的身影。

提灯冲过去，把洛桥翻身仰面朝上，本就不甚白净的少年此刻一脸尘土。

他的膝盖和腰腹中了流矢，把火扑灭之后也于事无补，捂着肚子似是为了等待提灯来看他最后一眼。

洛桥把他那只沾满血污的手伸向自己的脖子，扯下在他身前挂了数月的平安符，那是他七岁的阿妹在他参军前偷跑进庙里给他求来的。折成三角状的符纸被血浸得透透的，被塞进提灯发凉的掌心。洛桥死死攥着提灯的手，像攥着支撑自己活下去的最后一口气。他一张嘴，喉间就冒出源源不断的血液。

最终他看着提灯，一个字也没说出来，却在费力扭过脖子，望了一眼营地以东的方向后，沙哑地吐出一句含糊不清的话。

"家……回不去啦。"

在这一瞬间提灯眼前闪过许多面孔，有九十四，有阮玉山，有他的乌鸦和谢九楼的小狼，还有那两个死于生产和偷盗的女蟒人。他不明白这些来来去去的人的终点，不明白他所见证的每个人突如其来的死亡是为什么，也不明白眼前的大火是从何而来。

他拼命地思考自己从小到大目睹的每一场告别的缘由，可他发现他对一切都一无所知。他不知道九十四为什么被带走，不知道自己为什么能陪在谢九楼的左右，不知道乌鸦和小狼因何而死，不知道这场带来大火的箭雨又是谁的过失。

提灯想到了谢九楼，谢九楼一定知道。

洛桥的五指从他手背上缓缓脱落，提灯听见身后来自楚空遥的呼喊，接着即将射入他脊背的一支飞箭被楚空遥扔过来的扇柄弹开。他抱住洛桥的手臂被拉拽起来，楚空遥的话在耳边不太清晰，他只看到洛桥又重新躺回了土里。

三千人的营地屠起来并不需要多少时间，更何况敌军还是突袭。每个人临死前嘴里都在互相询问着"九爷""九爷呢""九爷在哪里"，问的人越多，他们就越沉默。

大火渐渐平息，提灯被楚空遥带上马背，他嗅到身后的营地里笼罩着绝望的死气。

谢九楼从墓地出来，先看见一群拿着火把的漠堑大军，而后才发现先前那些死尽的红蛇已消失得无影无踪。

"谢小将军。"马背上的将领才在一年前兵败于十城军，亲自在谢九楼手下受降，如今一副睥睨姿态。

这人驾马往一旁挪了两步，露出身后那个巨大的铁笼子。那是不久前才被谢九楼沉在红州城外护城河的铁笼子，原来不是为了震慑谁，而是天子从一开始就为他备好的囚车。

"请吧。"对方笑吟吟看着他。

谢九楼朝身后宴光冷笑："倒难为你，千辛万苦把它捞起来。"

宴光对自己的背叛沉默不语。

躬身上车时，谢九楼回首问："十城军呢？"

一旁的漠堑将领先一步抢白："这不是谢小将军该关心的事。"

他并不搭理，只紧紧盯着宴光。见宴光始终紧抿双唇，谢九楼才一言不发进了笼子，任由别人往他双腕套上锁链。

他朝营地深深望了一眼，不知三千大军和提灯会被如何处置。

谢九楼坐在笼子里，双手拿着琉璃灯彻夜未眠，到第二日傍晚，提灯和楚空遥才追上这支大军的步伐。

"阿九！"楚空遥一身琳琅饰品在路上跑丢了大半，越过熙熙人群第一眼看到谢九楼，便策马冲来，下头的人不敢冒犯这位皇子，只得让开。

提灯抬脚便要跟上，却在顷刻间被长枪短刃围了起来。

他将身一撤，忽抬手挽住身前数十把长枪，夹在肋间，长眼一横，咬住牙根一用力，对面数十个持枪者硬生生随着他的步子被推得往后退，越退，便越发挤压着后头的人，一拨推搡着一拨，竟是把好几十个都挤得难以动弹。

后面的漠堑军反应过来，便也用力往回推，提灯双脚几乎陷入地里，用尽浑身力气，数十支矛头早已刺破他的肋间肌肤，他却不知痛似的，以一敌百。

片刻后，提灯目眦欲裂，双眼似要红得滴血。

谢九楼心道不妙，急急喊道："提灯！"

已经晚了。只听一声响，两捆长枪从中崩裂断开，提灯腰腹两侧血肉淋漓，喉间涌出一股腥甜，喷出大口暗红的鲜血，就此冲破了白断雨当日在行宫给他布下的封印。

谢九楼死死抓着铁栏，声嘶力竭道："提灯！"

提灯浑浑噩噩，跌跌撞撞朝笼子跑去。

周边士兵还欲持枪再堵，却听宴光吩咐："让他过去。"

那漠堑将领不满道："宴副将——"

"让他过去。"宴光斜睨道，"天子令在我手上，出了事也是我担着。将军不必担心。"

那将领吃了个瘪，冷哼一声，不再言语。

一时提灯跑到笼子前，才只唤了声"阿海海"，谢九楼便从栏杆缝里伸出手去拉着他往后转，看到他颈骨下几个钉孔，慌忙问："疼不疼？疼不疼啊？"

他把提灯转回来，这时提灯才褪去满眼血丝，只眼眶微微发红，小声问他道："你疼不疼？"

谢九楼沉默良久，才垂下眼，低声说："疼。"

谈话间提灯瞥见笼子上新套的锁，怔了怔，一下扑上车抓着三指粗的铁栏猛烈拉扯起来。

"不自量力，"那将领在马上嗤笑，"这链子岂是你能扯断的。"

提灯只闷头扯，偌大一片林子，上万士兵，除飞鸟掠翅，便只听这铁链哗啦响。

楚空遥神色凛然，已从袖中掏出扇子，正待打断笼子门锁，却被谢九楼摇头制止。

"阿九——"

"楚二，"谢九楼轻轻按住提灯的手，锁链声止，他平静道，"谢家，是大祁的兵。谢府数百人，还在天子眼下。"

楚空遥冷下眼，别开脸道："我不管你了。"

提灯不拽链子了，抱着栏杆，一眼不眨盯着谢九楼。

"把笼子打开。"宴光突然开口。

"你……"

"把笼子打开！"他打断道，"让他进去。难不成就这么僵着？几时才能回京！"

笼门一开，提灯游鱼一样钻进笼子里。谢九楼拿他没办法，道："好不容易脱了这笼子，如今又自个儿钻回来，图什么？"

楚空遥从怀里掏出个白瓷药瓶扔过去，没好气道："自己看着上。"

罐子里的药多用在了提灯身上，谢九楼后背膝盖也有几处瘀青，多是在伥鬼墓里跟蛇缠斗时撞伤的。提灯进了笼子睡，竟也睡得安稳。谢九楼收起罐子时忽察觉自己左手指尖，昨夜被小蛇咬过的地方黑了一块，细看是在发青，只那青色太深，远看便像是黑的。

他只道是那小红蛇自身有毒，还待回京脱身后叫人看看。

至于什么毒，他当时并未细想。

漠堃军回营，走的是官道，一路快马加鞭，七日左右抵达天子城，却在入天子府的前一晚，遇见了一路追来的白断雨。

此时距第达尔回魂，还有半月不到。

"我做了个梦，"白断雨倚在笼子外，说，"梦见我跟山鬼打架，打了七天七夜。一觉醒来，我睡在不知道哪处的山岩上，周围一个人也没有。"

"那你赢了吗？"谢九楼问。

"赢了！"白断雨一拍大腿，"要不老子怎么说是梦呢！连个山鬼的鬼影都见不着，光在梦里赢她了，一梦还梦了七天！要不是楚二的飞书传到我这儿，我还真不晓得去哪儿找你们。"

"说起这个，"他靠过去，"你俩真不要我救？"

谢九楼沉默一瞬："救了。然后呢？"

"然后？然后拿着你这灯，等巫女回魂就把那堆老伥一把火烧个干净！管他天子不天子，烧完不就逍遥了。"

"逍遥？谢府数百人丁，只怕随着我那一把火，也没个干干净净。"

白断雨叹了口气："那就这么算了？伥不烧了，山鬼神影也不封印了？"

"不。伥鬼要烧，山鬼神影也要杀。我要救提灯。"

"你在笼子里，怎么救？"

"你给我点时间。"谢九楼道，"我会找天子说个清楚。若实在不行……"

他把白断雨拉到笼边："金袈魔尼身上，不出意外，有第二滴天神血。她既也要杀第达尔，想办法叫她拿出来，当不是难事。"

白断雨眯了眯眼："你这是把后事交代好了啊……等等，过来点。"

谢九楼一愣："怎么了？"

白断雨快把脸凑到栏杆里头，视线在谢九楼脸上逡巡："你中伥毒了？"

"伥毒？"谢九楼极快否认道，"没有。"

"没有？"白断雨把脸沉下去，拉过他的手把了脉，再一翻，觑见他指尖发黑处，厉声低问，"那这是哪儿来的？！"

谢九楼顺着看过去，几日前不过指甲盖大小的黑斑已覆盖了整个指腹，皮肤下的青筋呈网状凸起，眼下完全硬化，呈青紫颜色，正往下一个指节蔓延。

他有一刹那难以回神。

七日前那晚，他从墓地被押解出来，见着地上小蛇消失，以为是前来的漠堑大军把那一块土地收拾了个干净，如今想想，人家哪有这等闲工夫。

该是那群小蛇在伥鬼墓地待得太久，早不知吃了多少尸虫，已经完全异化成活死物，变作伥蛇罢了。

谢九楼怔忡着，想起自己以前就问过老头子，说这伥毒是否有药能解。

那时老头子哼了一声："要是有药，老子把那堆伥鬼挨个挨个解了再烧死不就得了，费那么大气力封在底下做什么？"

他指尖微蜷，用另一只手悄悄捂住提灯耳朵，望着笼子外的白断雨道："还有多久？"

"什么多久？"

白断雨话问出口，才恍然反应过来，这是谢九楼在问他自己还能活多久。

他怒其不争瞪了他一眼，叹口气道："以你的功力，我再帮你想法子拖一拖……半年吧，不，你老祖宗做的这伥毒……三个月，顶多三个月。"

"你说什么？"楚空遥在后头扳过白断雨的肩，"三个月？"

"三个月很长了！"白断雨一把打下他的手，叉着腰原地徘徊几步，"这东西，寻常人染上那也就一两天的时间，身子弱的半个时辰就化尸！他能撑三个月，还得看造化！"

尽管声音压得很低，但因着白断雨情绪激动，还是惊醒了提灯。

他转身坐起，望着谢九楼。

"没事，"谢九楼下意识把左手握紧，对提灯低声道，"我方才拜托楚二去旁边竹林替我折根竹子，老头子笑我罢了。"

提灯说："竹子？"

白断雨扭过头，拿鼻子出气，不吭声。

楚空遥翻身上马，一字不言，真往旁边竹林去了。

谢九楼戴着提灯给他做的翡翠扳指，在入天子府的最后一天给提灯用竹枝削了个灯杆。他把宫灯挂在竹枝末端那个钩子上，举着灯杆试了试，勉强称手，便在天子府门口交给提灯："日后不要总是拿手去勾钩子，用灯杆方便许多，免得受伤。"

提灯接过去，还是把灯抱在怀里。

"提灯，"谢九楼叫他，"你该下车了。"

提灯不应。

"要听话。"谢九楼把他脑袋抬起来，面向自己，"回去洗个澡，换身衣裳，叫阿嬷给你蒸你最喜欢的酥酪，让老头子看看你的伤，换了药再睡一觉。一觉醒来，我就回家了。"

提灯摇头，只把灯抱在怀里："之前，你没回来。"

"这次不一样，"谢九楼示意宴光把笼子打开，说，"我进去一会儿，就出来。"

"我不。"

"楚二！"谢九楼声线拔高，冷冷道，"带他回家。"

提灯蜷在笼子一角，发着倔瞪他。

谢九楼不为所动："听话，下车。"

提灯随楚空遥下了车。他回到家，乖乖让白断雨看了伤，吃了阿嬷做的酥酪，换了衣裳躺上床。在掌灯时分，所有人离开之后的深夜，他拿着灯爬上屋顶，赤脚跑去了天子城。

雕栏玉砌，天子府邸。

宴光在殿外，接过上头人扔下来的令牌："去天牢，接你弟弟回家吧。"

殿中，谢九楼手脚仍被束着镣铐，他垂首跪立，唯脊背挺得笔直。

天子发髻半散，华袍拖地，高居堂前。

"伥，你非烧不可？"

"此乃大祁百年之患，若不灭反用，十年之内，必将为祸整个人族。"

谢九楼听见一声冷笑。

"阿九，朕不问，你真当朕不知。你烧伥是为大义，取出楚氏剑却是为私情！"天子停在他身前，"那个小蟒人，就值得你为他这样豁出命去？"

谢九楼眼睫颤了颤："是。"

"若朕不准呢？"

"陛下准臣焚伥，解蟒族血咒，待臣功成，自当卸甲，不做将军。"

殿中陷入寂静。

一息过后，忽听天子开怀大笑。他俯下身，逼近谢九楼面容，猛然攥住谢九楼的左手，举到二人跟前："你中了伥毒，只剩三月时间给你苟活。届时回来的，是朕的人，还是鬼？"

"陛下果然神通广大。"谢九楼面不改色，甚至一眼不抬，"臣赠陛下驱伥之术，此为谢氏百年秘密。待臣捣墓归来，天下怅鬼，独臣一人，献与陛下任用。"

他缓缓对上天子的眼睛："一个活死人谢九楼，不比现在听话？"

"那朕的怅鬼大军呢？你拿什么来补？"

"臣不死之身，自当为大祁抛头拆骨，足以一人抵万军。"

殿前刮过一阵无名风。

"朕给你三个月。你最好好模好样地死去，再好模好样地回来。"

谢九楼在深夜被解开锁链，出了天子府。宴光一直在他身后跟着。

"对了，"天子在他离去时不咸不淡地说，"三千十城军受蝣人蛊惑，犯上作乱，原地处死。你应该听说了吧？"

谢九楼没听说。他在看见楚空遥和提灯二人追上队伍的时候就明白了什么，但一路都没有开口去问。

天上明月高悬，再过一日，就是十五了。宫里侍从牵来他的战马，他跟着月亮走出天子府大门，在城门处停下。宴光亦步亦趋，才跟着停下，便被蓦地抓住往墙上一撞，谢九楼在眨眼间用小臂死死抵住他的喉咙，攥紧他的衣领，两眼遍布血丝："三千个孩子……每个都是你亲自挑选的……有的还没提灯大……全死了！你下的令……是不是你下的令？！"

宴光也两眼发红，与谢九楼对视良久："……不是我。"

两个人在城门僵持半晌，谢九楼的手慢慢松开："你我二人，最好做完各自的事，就以死谢罪。"

话音刚落，宴光望向他身后，呼吸微停。

谢九楼转头望去，提灯未着鞋履，只一身单衣，披着件青灰色锦缎长袍，双手握住他为他做的那柄灯杆，底下琉璃灯烛火在城门宫灯的映照下略显暗淡。

夜风吹过，便把他的衣袍拂了起来。

"谢九。"残灯飘摇，他隔着夜雾喊谢九楼的名字。

谢九楼撇下宴光，疾步走到提灯面前，只见提灯手掌皮肤再度皲裂，此时灯杆上已染了隐约血迹。

他紧了紧提灯的领子："不是叫你回家？"

提灯说："回过了。"

谢九楼无奈一笑："那就再回一次。"

谢九楼在回家的第二天将左手缠上了黑色的皮革，他先在房里跟白断雨关了一早上。提灯的骨珠封印破后无法再封，为今之计只有尽快破了巫女诅咒才可见转机。

"那只有劳烦你……在谢府多住些时日，替我照看照看他。"

"一个个尽给我找事儿，"白断雨瞥着他，"你呀，先瞧瞧你自己吧。就你这怅毒，再奔波几百里，别说三月，挺三十天都难！老子到时候顶多给你收了尸，再耗尽半身功力替你把骨珠剖出来，放到那珠林里，也算留你一份魂魄，免得对不住你谢家诸位老祖宗。"

谢九楼垂目："楚二他……"

自打回来，楚空遥就在自己宅子里闷着，不愿意来见他。

"放心，"白断雨凉悠悠道，"清明祭祀，你坟前少不了他一杯酒。"

"你又何必如此，"谢九楼笑了笑，"若没这怅毒，我还真不清楚，该拿什么跟天子府那位谈判。"

如今好了，提灯能救，否则真要让他去天子面前磕头乞求，他也做不出来。反正届时他神魂不在人世，无知无觉，倒也干净。

白断雨哼一声："你这一辈子，到头来也就图个干净了。"

午间谢九楼找提灯吃饭，一进厅里，就见着提灯给自己左右两边摆了酥酪。

他指着其中一盘道："给我的？"

提灯点头。

"那另一盘呢？"

"给洛桥。"

谢九楼嘴角的笑收了回去，他把提灯从圆凳上拉起来："我带你去个地方。"

绕过曲径回廊，谢九楼推开一道尘封数年的房门。这是他父亲的书房。自他父母双亡，谢九楼便命人把里头的书卷搬了出来，此后除非凯旋之夜，他从不踏此一步。

谢九楼领着提灯，将谢府令牌放到暗格吸石处，偏厅石墙应声而动，露出暗室一角。那里明亮干净，谢九楼幼时曾误闯过一次，后差点被父亲打丢半条命。

如今再进，即便该找人教训他，也找不到了。

环墙有三壁都顶格放满了玉雕，全是一个人的模样。看书、下棋、练剑、骑马，数百个谢父的雕像立了满墙，个个栩栩如生。提灯微微睁大眼，想抬手去碰，手伸到半空又放下去。谢九楼拿起一个放到他手里："这是娘亲亲手刻的父亲。"

他见提灯看得专注，便笑道："好看？"

提灯抬头："嗯！"

谢九楼眼底笑意更深："提灯的爹娘，一定也很好看。"

提灯对着他弯唇，眼睛又黑又亮。

"我以前养过一只小鹿，"谢九楼看着提灯的眼睛，"它的眼睛跟你一模一样。后来有一次，我不小心让它被父亲发现，父亲就把它杀了。父亲告诉我，没有保护

在意之物的能力，就别让它们处在危险之中。我那时候不懂，只知道伤心，是天子陪我说了一夜的话，带我骑马，同我练剑，做我的消遣。"

提灯说："他很好。"

"他以前很好。"谢九楼放下手，环视满屋玉雕，"可人心易变，高处不胜寒，总叫人变得冰冷。他太孤独了。"

"孤独？"

"人无所念，就会孤独。"谢九楼说，"我以前也孤独。"

提灯又抿着嘴对他笑。

谢九楼知道，提灯一遇见自己听不懂的话就这么笑着糊弄他。

"提灯，这个世上有许多东西能杀死一条生命：战争、疾病、天灾……但它们都杀不死爱。唯一能让爱存在和消失的，只有我们自己。"

"娘和父亲是这样，洛桥也是。"他慢慢蹲在提灯身前，在那双纯净的眼眸里看见自己，"娘和父亲死了，但他们的爱没有。洛桥死了，但你对他的承诺还在。这一室的玉雕替他们记得，无镛城替他们记得，你的酥酪替他们记得，我也替他们记得。"

"提灯，"谢九楼缓缓道，"以后，你也会替我记得。"

那晚谢九楼陪提灯吃完了饭，待提灯入睡后，拿出他为提灯打的那对玉簪。

他拿起一支镂空的簪子，轻轻扭动上端的簪帽，端坐桌前，提笔蘸墨，写下一张窄窄的信笺。停笔之时，谢府最后一朵荼蘼开了。

他把信笺卷好，塞进那根簪子，拧上簪帽，放回原处，便去了书房。

宴光已在谢府门前跪了一天一夜。夜阑人静，谢九楼把他召进书房。

"我十四岁上战场杀敌，如今满打满算，你已跟了我八年。"

谢九楼已不愿去深究宴光的背叛，古往今来，心甘情愿也好，身怀苦衷也罢，不过是被功名利禄所惑，又或是受至亲至爱所挟。

他长长舒了口气，一只胳膊靠在太师椅扶手上，斜斜坐着。终是疲惫了。

"焚怅已成我谢家私事。我如今精力不济，一路终须有人帮扶。你的事，可尽了？"

宴光垂头半晌，再抬眸，已涕泪满面，只磕了三个响头："属下……生死相随。"

圆月高挂。谢九楼没料到的是，一个时辰前在他眼皮子底下入睡的提灯，此刻正守在门外等他出来。他开门那一刹僵在原地，很快便稳住心神，朝一旁宴光使了个眼色，宴光便去后院牵马。

谢九楼面色如常走下台阶："怎么不睡？"

提灯把怀里的祈福娃娃塞到谢九楼手中，自己又往谢九楼跟前站了一步。

这祈福娃娃是去年提灯刚到谢府时最钟爱的玩具，兴许是从小没见过的缘故，谢九楼五六岁抱着睡过的玩意儿，他十九岁了也总爱不释手，夜夜都要搂着睡觉。

"你不能跟我去。"谢九楼把祈福娃娃塞回提灯手里，"听话。"

提灯一贯执拗，沉默了会儿，还是说："要去。"

"忘记老头子怎么说的了？"谢九楼把手背到背后，偏着头，"叫你多静养，不能到处跑。"

提灯垂下眼，小声说："你也跑。"

"提灯，"谢九楼握住他的肩，"我很快就会回家。"

"不信。"提灯忽拉住他左手，把缠好的绑带慌慌张张解开。

他看着谢九楼遍布青黑血管的手指，说："三个月。"

谢九楼一怔："你那晚……听见了？"

提灯不说话，只盯着他。

谢九楼忽道："我这次走，就是治病去了。"

提灯的视线在他双眼间游走，企图找到一丝破绽似的："……真的？"

"我几时骗过你？"

谢九楼把手抽走，慢慢缠好绑带："提灯，今日十五，月亮很圆。你记住这月亮的模样，再有三个这样的月亮，我就回来了。"

宴光已把马牵到了角门外。

提灯还抬头仔细认真记着天上月亮是何模样，谢九楼霍然往角门走去，飞身上马，策马疾驰，再不回头。此后谢九楼的背影留在了提灯三百年的梦境中。

汗血马一路疾驰，于天亮时到了城外长亭。有人一如既往冠珠戴翠，一身琳琅，恍若世外之神，着银光锦服凛然高居白马之上，似是早已等候多时——是楚空遥。

谢九楼勒马停下，笑道："我以为你不会再来见我。"

楚空遥扫了一眼他身后的宴光，冷哼一声："什么小毛贼，也敢随便带在身边。"

谢九楼更笑，不答反问："老头子呢？"

"他收他的尸，我收我的。"

楚空遥掉转马首，面朝大路，面色仍僵得很，却问："去哪儿？"

"西北。"谢九楼昂首看着天际一方血红的日出，挥鞭道，"去找西边的黄沙，追十五的月亮。"

第达尔出现在数日后的一个血月之夜，谢九楼想，一定是言三和他不约而同听见了远方的草笛声，才会在同一个时刻去到伥鬼墓前。

那时他整个左臂都已麻木，难以伸展自如，拿不起箭，也挽不了弓，好在右手尚且无碍，他还能挥一挥鞭子，耍一耍剑。他渐感时日将近，叫楚空遥飞书回去，让老头子快些过来与他们会合，方便在全身感染伥毒以前顺利剖珠。

那个血月之夜的白天他还在和宴光挑选自己的棺木，挑到最后，只要了一副最便宜的松木薄棺。

"直接送到天子府去，不要过无镛城。我的子民我知道，他们最爱凑热闹。若见了你，定要问个水落石出不可，到时候又惹得满城风雨，平白叫大家伤心一场。"他对宴光这么吩咐。

宴光也不知听没听进去，只一个劲儿说："骨珠离体，肉身成灰。九爷你……"

谢九楼打断他："寻常人是这样，可我毕竟底子在这儿。加上老头子半身功力，存一副肉身送到天子面前总还有几日混淆视听的时间。"

"再说，"他举起左臂看了看，"这肉身存不存，也没多大意思。真成了灰，倒也干净。"

几个时辰后他一路夜奔到伥鬼墓前，言三、无渡和第七歌都已先他一步聚在一起，白泽安详地睡在言三怀里，竟已只有半大小猫那么大。

"是我强留着它，不许它去找无相。"言三注意到谢九楼的目光，"我好歹也算半个神身，白泽待在我这儿，死得没那么快。"

她又低头看看白泽："不过瞧它近来模样，只怕无相近况也不乐观？"

谢九楼伸出手指摸了摸它头顶龙角："有救吗？"

"无相回去，它也就跟着回去了。"言三道，"又或是跟我回去——只不过它不愿意。我瞧无相这一世，在娑婆拖得也太久了。"

谢九楼听了，别开视线自顾自沉默。

第七歌已取了无渡眉间那滴天神血，想是言三在此之前就同她二人互通过来意，既得知无渡本心也是为了杀死第达尔，言三便顺势交代伥墓里头楚氏剑的作用。她二人一听，既然楚氏剑能镇压第达尔体内的神影，便与言三一拍即合，同意拿出那滴天神血烧了伥鬼墓。

这倒跟谢九楼先前所想不谋而合。

"只有一点，第七歌若是第达尔的妹妹，想除去神影，还自己姐姐肉身一个安息是很说得过去。"谢九楼问，"可无渡身上那滴天神血，是从何而来？"

言三眼神凝重地说道："此事与笙鬘有关。"

"笙鬘？与能仁神同生的女神？"

"不错，"言三揭过不提，"此事还待无相回去后我与他细谈。"

一语未了，无渡眉间紧蹙，忽道："来了。"

一行人急急退入地下的伥鬼墓里，因着之前谢九楼来探过一次，不久前言三再来，便直接请人打了地道，眼下可容三五个人进去，宽敞许多。

一月不见，第达尔还是那副妆容，似乎她两百年前就是如此，从来不曾有过容颜老去的时候。

这一场恶战在谢九楼的记忆中是惨烈而模糊的：他记得熊熊烈火烧到上千只伥鬼时发出的难闻的恶臭，记得第达尔的灵魂与神影在一个身体中不断分裂和斗争时，那个面纱下的人发出的痛苦惨叫。他听见尸虫在火焰中挣扎发出刺耳的声音，它们从无数具尸体里飞出来，身上带着灭不掉的火星，满墓飞舞。谢九楼眼前似火花飞溅，他在第七歌不断吹奏的曲子里意识模糊，感觉到那样灼热的大火也烧到自己的身上，烧到那个他被蛇咬过的不曾注意的伤口，烧到他如今毫无知觉的左肢。

最后他看见墓地尘沙摇动，楚氏剑在石破天惊时迸发出一道闪光，第达尔伸手掏出了第七歌的心脏，随后在一刹那失神，喊了她一声"妹妹"，他想那两个灵魂又是在一息之间同时出现。接着言三拿着那把剑刺入第达尔的身体，说着"玉石俱焚，你我同葬"的话，他在那一刻好像能清楚地分辨那具紫衣身体里的声音，哪一句话来自第达尔自己，哪一句又来自那个狰狞的神影。

就是在那一瞬间，谢九楼隔着逐渐坍塌的墓顶，感受到来自第达尔嘲讽的目光。

是那个神影，她在被楚氏剑收进剑魂以前发出撕心裂肺的笑声，她一遍遍对着谢九楼反问："你以为杀了我，那些蟒人就有救了吗？你以为死到临头的人，破除诅咒就能完好如初吗？"

谢九楼失去了所有意识。他在睡梦中看见真正的第达尔，那个轻盈、双目带着仁慈的姑娘。他和她站在彼此的对立面，似雾里看花，中间隔着一条如何都跨不过去的河流。她先问他："你是不是有话要对我讲？"

谢九楼回忆着，好像回忆了很久，才想起来："是在漳渊，有一位故人，托我问你一句话。"

"他问什么？"

"他等了你许多年，没有等到。只能叫我问你'草原上最美丽的第达尔，这些年，过得快不快乐？'"

那双灵动的眼睛里满是泪光。

又是很久，第达尔转身离去，谢九楼愈发看不清她的背影。

他问："你去哪儿？"

第达尔已消失不见，只有声音从远处传来："我去漳渊，赴一个旧约。"

谢九楼醒来，先听见白断雨的声音。

他用右手触摸自己左边的手臂，还好，还在，没有被烧。

随即宴光便向门外二人喊："九爷醒了。"

楚空遥和白断雨疾步进来，没等他开口，就告诉他提灯一切安好，而经过昨夜一战，第达尔死在伥鬼墓里，无渡和第七歌不知所终，白泽与言三，则是化作了石头。

"想是功成，回永净世去了。"

"不，"白断雨道，"那楚氏剑既把山鬼神影封入剑魂，山鬼与她休戚与共，神影有恙，只怕山鬼也好不到哪儿去。"

谢九楼低头不语。

俄顷，他问："昨夜神影的话，你们听到了吗？"

"什么话？"白断雨皱眉，"你不是所有事情都安排好了？神影封了，提灯封印解了，你今日准备准备，老子给你剖了珠，叫楚二给你扶棺回去。"

看样子是没听到。

"不。"谢九楼蓦地下床穿鞋，宴光赶紧过来帮忙。

他匆匆披了衣裳，要往外走："再给我几天。"

宴光正给他整理衣襟，突然瞥见他领口，脸色一变，白了唇道："九爷。"

"怎么了？"

谢九楼转头看着宴光，刚问出口，便瞥见身侧窗台下的铜镜里，自己下颌和脖颈处，已爬上蛛网般的青黑血管。

再看见无渡，已是三天后的邙山悬崖。谢九楼的身体在一轮轮日升日落中以肉眼可见的速度衰弱下去，那个傍晚，宴光用楠木给他做了根轻便的手杖，谢九楼在宴光的搀扶下拄着手杖爬上邙山。伥毒入侵了他的后背，要剖出完好的骨珠，他只剩一天时间。暮光昏黄，他喘着气，在崖上一个岩石边搜寻到无渡的背影。

她还是那副打扮，剃度的头颅上是不太规整的戒疤，袈裟半穿，裸露的一臂戴着六环紫金臂钏，镀金禅杖搁置一旁。

她的手里抱着一堆木块，其中一块木块被刺穿，留下五个空洞，另一边刻着第七歌的名字和生辰。

谢九楼叫了一声："无渡。"

她没有回头，手上的臂钏在夕阳下折射出一片耀眼金光。

谢九楼问："第达尔的话，是真的吗？"

无渡说："她说了很多话。"

谢九楼说："她说……即便她死了，提灯受的诅咒也不会解除。是真的吗？"

无渡沉默了一会儿："是。"

"就算不是，又有多大关系？"她接着道，"伥鬼墓的天神火一旦点燃，没有无相天神之令，便永生不息。它们在娑婆一路烧尽，直到找到无相天神为止。"

无渡看回自己手上那堆破碎的木偶："无相天神……早该回去了。"

谢九楼在斜阳下站了许久。

久到落日彻底消失，天空变成了淡淡的青灰，像提灯惯爱穿的那身锦袍，盖在末日的谢九楼的发顶。他的右手不受控制地颤抖起来，猛然松开那根楠木拐杖后便脱力跪地。谢九楼忽觉胸间憋闷，咳嗽几声后大量鲜血自喉间喷出。

"是该回去了。"他望尽天涯，瞑目之际，这一生最后一句话还是关于提灯，"是我逆风执炬，强留他在人间。"

无镛城谢氏末代家主谢九楼，仪秀志洁，善骑射，谙晓军事，文韬武略，并济一身。年十三随父出征，十五挂帅，立一等军功。十七封五陵王，二十一遇女言氏，次年元月言氏病逝。同年春，楼领兵叛变，受降漠堑，二十二，卒于邙山之阳。

大祁百年，再无后者出其右也。或有比肩之人，终难同楼之禀赋，如山川之长，日月之辉。营营我辈，长思其谁。

提灯的病情在谢九楼离去之后急速恶化，那晚春温把他从街上带回家时他的手脚和脊背已溢满鲜血，大大小小的伤口像随着谢九楼的远去而被撕开，皮开肉绽，自此一发不可收拾。

谢府连夜遣人请白断雨来坐诊，老头子只到床前看了一眼，说："神魂归位，岂是凡夫俗子就能拦的。"

此后便拿药把命吊着。

所幸皮外伤尚有好药材医治，下头人时常注意着，一天数次给提灯擦伤抹药，新伤来了，正赶上旧伤去的时候。内里却是病入膏肓了。

那日提灯懒懒地从床上起来，要去看院子里移栽来的荼蘼开得如何，春温跟在后头，就见他发髻松散，对插着的那双玉簪有一根斜斜掉了出来，落在提灯脚边，声音清脆，提灯却没听见。

春温一面上前，一面叫住他："小少君！簪子！"

提灯仍置若罔闻，只光着脚往院子里去。待春温拍着他的肩，他才有所感应似的转头回去，正对上春温嘴唇张合，该是同他说着什么，他却一点声儿也听不着。

提灯把视线垂到春温递来的掌心处，方察觉自己的簪子落了，连簪头上的帽盖也摔松了。他把簪子拿起来，簪帽脱落，镂空的簪身里头露出一张卷好的纸条。

提灯一愣，把纸条倒出来，再展开，是一封信。信开头写着自己的名字，落款有"谢

第六章

九"二字，通篇都是谢九楼的笔迹。

他细细看了一遭，只认得几个字，其余一概看不明白。

提灯正把字条收好，再把簪帽给拧回去，忽觉有人搭上了他的手腕。

他抬眼，还是只看得见春温双唇开合，视野里一片模糊的红色。

他抬手擦了擦眼角，原来不知何时被风刮出了几滴血泪。

提灯聋了。这个午后他无意间发现谢九楼给他留的信，而春温则发现他已双耳失聪。提灯小心藏着那封信，把自个儿悄悄关在书房，时常一关就是半日。

没有谢九楼在身旁教他，看书解意更是难如登天。短短一二百字，提灯挨个挨个地学，一眨眼就用了数月。

临近七月十五那几天，提灯异常亢奋，去哪儿都活蹦乱跳，整日没事便搬了椅子往西边角门一坐，抱着本书，从天亮看到天黑，就为了弄明白那封信里的字是什么意思。

那是谢九楼离开后的第三次月圆。月圆过后，提灯从清晨鸡鸣时分便守在门口，正午日晒，他如今病弱无力，歪在椅子上早已昏昏欲睡。提灯为了醒神，跑去书房搬了一沓词卷，又埋头查阅起来。抬头看路的次数多，低头看书的时间少。

他一直在等待着什么。等到烟波如血，残阳黄昏，提灯竟在这一天内明白了何为大限将至，何为绝笔之言。

天黑时他靠在门柱上，指尖夹着那一张薄薄的信笺，仰头便见比昨日更圆的那轮月亮，此时更夫打更，城门宵禁。

谢九楼食言了。提灯回到房前，在昔日他曾摇落一树梨花的院子里看了一夜荼蘼。荼蘼开后，花事尽了。

最后一朵夏花落地那天，提灯双目失明。春温总怕风刮着他的眼睛，拿绸带替他遮了，再把带子细细绑在脑后，说等白先生回来，兴许还有救。

此时距离白断雨收到飞书前往漠堑已两月有余。宴光按谢九楼死前吩咐，在漠堑停灵三月，果真等到天子下诏。诏书早已由密使送到漠堑，只等三月之期一到，再光明正大传令来此。天子说讣告已发，城主死讯已传遍无镛城每个角落。五陵王没有战死沙场，走得心甘情愿无病无灾，这是喜丧。故城主棺椁先由宴光扶棺返乡，先享满城"喜哭"送灵，再运回天子府等候发落。

宴光伏跪在地，拳内指尖已把掌心抠破出了血，泪滴簌簌滚进黄沙，咬牙许久，也只得忍着这般屈辱，长吸一气道："谢……陛下隆恩。"

谢九楼棺椁被送回城那日，乌云蔽日，满城萧肃。秋风呜咽，似也来送大祁最后一位谢氏英灵离去。

朱红城门缓缓打开，哀乐起奏，满城锣鼓齐鸣，唢呐震天。宴光与楚空遥骑马送棺，满城百姓早早分立大道左右，无令而自着白衣，屏息凝神，注目那一口薄棺远行。

棺中之人眉目温润，睡颜安详，双手缠绕黑色绷带，仍是乌衣墨冠，容颜如玉，只颈下有衣襟也掩不住的青黑血丝，张牙舞爪，快要蚕食他身体的每一个部分。

棺过谢府门前，人群中不知自何处率先发出一声长长的悲泣，万民哗然，骤然迸出接二连三的啼哭，一时哀号遍地，只闻此起彼伏的嘶哑哭声。

天高风急，冥纸金箔撒了满城，提灯耳聋目盲，还如以往那般坐在门前檐下的竹椅上，漫天金白纷飞，似大雪茫茫，在阶下办了一场喜丧。

载着谢九楼棺椁的马车辘辘驶过他眼前时，离他不过一丈之远。

提灯的世界只有黑暗与静谧。他在喧嚣之外，与谢九楼隔着棺木，半生别离。

春温一身孝衣，站在提灯身侧，眼眶早已哭得发红，双手却依旧不紧不慢拿着锦帕给提灯擦拭指尖的伤口。

萧瑟寒风把一张冥纸卷到提灯手中，他捻了捻，在谢九楼那口薄棺刚刚到他跟前那一瞬略略偏头，用自己也听不到的沙哑嗓音问着他日复一日说的那句话："谢九……回来了吗？"

春温动作一顿，过了很久，缓缓抬头，望着随棺而行的一城百姓呵了口气，轻声道："回来啦。"

她知道提灯半个字也听不到。

"九爷……回家啦。"

是夜，秋高气爽。提灯正坐在床头兀自出神，有人推门而入，缓步走到他身边。

提灯蹙了蹙眉，并未出声。自失去视觉和听觉之后，他变得很安静，极少说话，即便要说，也不过一日里问一句谢九楼归家的话。

宴光把那枚色泽暗淡的玉扳指放进提灯手心。这是谢九楼临死前所嘱托的，叫他在剖珠之后，把他在伥鬼墓保存的一簇天神血火藏进衣服里，再把扳指取下来，尸体送入天子府，扳指拿回去，拿给提灯。

如今珠子被白断雨送去了悬珠墓林，天神火在谢九楼身上，棺材也停进了天子府，只剩扳指这最后一件了。提灯拿到扳指只辨别了一瞬，忽抓住宴光仰头道："谢九？"才问出口，他又松了手，自顾自摇头，"你不是谢九。"

他的指腹在扳指上摩挲着，他第二次抬头，小心试探道："谢九……回来了？"

宴光没有说话。他注视着提灯在月下撑着床板起身，跌跌撞撞摸索到窗台下那盏琉璃灯，谢九楼曾经用竹子做的灯杆因为染了太多提灯的血而不得不撤下，如今他还是喜欢把灯抱在怀里。

他面朝宴光的方向："你带我去找谢九。"

宴光凝视他片刻，从袖中拿出一支笛子，面朝天子府的方向低声道："好。我带你去找九爷。"

天子府大殿摆着一口长棺，棺门大敞，露出棺中人瘦削苍白的面庞。

天子长身凛然立在棺前，手里拿着一盏清酒，似是喝多了些，醉眼蒙眬望向棺内，望了很久，站累了，又微微弯腰靠在棺沿接着望。

满殿说不出的森然，不知他和棺中人，谁身上的死气更重一些。

"阿九，"他看够了，长长叹了口气，"你终究没有为朕，信杀高楼寒。"

他靠着棺木歪倒在地，睡在棺边，直到被一阵悠扬的笛声惊醒。

这是谢九楼临走前教他的，驱伥之术。

谢九楼可以教他，也可以教给其他任何人，包括教给宴光。

天子猛然睁眼，起身一望，棺中已是空空荡荡。他顿感头皮发麻，死死抓着棺沿倏忽抬头——谢九楼冷冷站在殿外，披着月光，双目空洞无神，而他的脚边衣摆处，已燃起一簇火苗。

火舌向上延伸，很快从谢九楼脚底一路烧到腰腹，最后谢九楼被火光生生吞没。天子目眦欲裂："阿九！"

数月前自西北燃烧起的那场大火，此时终于在南方燃起。

提灯在这个孤月寒凉的夜晚恢复了五觉。他先听见极远的地方有尸虫的振翅和挣扎声，接着听见数千具伥鬼化骨成灰。迅猛的火势几乎在地下烧出了猎猎风声，烧毁了无数农舍良田，提灯又听见许多无辜的生命在呼喊奔逃。

接着他听见有人说："他是该回去了。"

"是我逆风执炬，强留他在人间。"

提灯在这一刹那心如刀绞，他拼命分辨着这个声音的方位，睁大了双眼四处搜寻，可他只看到铺天盖地的火光。他在火光里看见漆黑的乱葬岗，一条红蛇自灯下探头，咬了谢九楼的指尖一口。还有天际的夕阳，夕阳下一个裸露一臂的尼姑的背影，她扭头对谢九楼说了一句什么，随即谢九楼便支撑不住倒地不起。

最后是谢九楼被伥毒感染的身体，那些青黑硬化的脉络像一张可怕的网，铺在谢九楼身上。白断雨像当初给他施针那样剖开谢九楼的脊骨，取走了骨珠。那一定比施针疼一百倍，可是谢九楼连眼睛都没有睁开。

"谢九……"提灯茫然看着似近似远的火光，谢九楼正在火光里一点点消逝。

他不知道火光来自天子城的方向，他抱着灯，手中紧紧握着那枚扳指，一遍一遍地喊，终于又看见，谢九楼站在苍凉的玉石地砖上，从一个琉璃小瓶里引出一丝火苗，点燃了自己。

提灯忽地跑出房门，奔向那场大火。火里又是一年前那个月明星稀的夜，谢九楼拉着他坐在床边，说："我给你取个名字。"

"就叫提灯。"

"愿君长顾我，提灯到天明。"

提灯只身赴火海。

"谢九……"

"你不要怕，我来找你。"

"百十八……"

无相在蒙眬中听见缥缈的声音。

"……三姑娘？"

"百十八，你听我说。"言三似乎近在眼前，可无相周身只有茫茫黑暗。

"谢九楼已死，骨珠尚存，你为甘露之身，若对他还存有半分念想，回仞利宫找能仁。"

"谢九……"无相似无物之身，空空荡荡，四顾惘然。

"你以脊上往生之咒，可重置他过去一生。我已将那孽障封在楚氏剑中，神魂神影相生相克，她既不得出路，我亦伤了神魂，如今剩元神一缕，与你梦中托话。"言三的气息离他愈发远了，似就要离梦而去，"你记住，永净娑婆，并非行进于同一时间之轨，无论娑婆如何倒转，永净世都将向前。你我既已神魂归位，当不会再降临娑婆。谢九楼一生若要重来，他的命轨，势必不同前世。无论如何，不待他临终，你不要插手。"

"还有能仁……"言三似乎支撑不住了，"如今娑婆灭世之祸，皆因两百年前笙鬘逃脱悯然河。楚氏剑已回到娑婆，你安置了谢九楼，去娑婆两百年前的能仁神影中来找我。切记，百十八，能仁神影……望苍海，修罗墓。"

"三姑娘……三姑娘！"

无相猛地睁眼，身周流光溢彩，他已处在无境之境中。这是他每次受劫后魂归之地，以往无数世，草木牛羊鼠蚁，他如何下世便如何回来，这次倒好，殉葬之物还带了个齐全。他呆坐原地，盯着那盏八角琉璃灯——人走物在，劫去梦醒，一刹已是隔世。无相的神色陷入持久的茫然，他举手拔下发髻中的一根玉簪，拧开簪帽，一卷信笺自簪口露出一角。

信中字字如刀，句句刻骨，如蛰伏的暗潮刮心一般卷入脑海。

"谢九……"泪珠滚滚落下，顺着掌根流到手心。无相一把合上簪子，踉踉跄跄起身，离开归墟。

忉利宫，神龛殿。彩云交织，华光辉映，满殿祥和端肃，一派金碧辉煌。三千神像自立龛中，能仁高居其上，金身千丈，巍峨庄重，不可攀缘。旁边立着空空荡荡的一龛，乃无相天神宝座。一宫寂寂。

"无相。"能仁的声音自四壁响起，如浩荡天音。

"此次劫成归来，功德圆满，可将你一身戾煞驱尽，让你 修出极乐？"

无相赤脚走到殿中，仍是那身松散的凡间锦袍，青丝如瀑，未显真身，只仰头冷冷环视一圈诸神，最后将目光定在正前方最大的神龛佛像上。

"谢九呢？"

能仁不语。诸天神暴怒，满壁神龛净是雷霆之怒。

"顽固不化！"

"凡心过炽！"

"休恋迷途！"

无相勾唇，不动声色睨着那些千百年一动不动的法相金身，只问："你们算什么东西？"

顿了顿，他笑意更深："一群骨灰泥垢。"

殿内一时噤声，顷刻满堂惊雷四起，诸神之怒，震耳欲聋。

无相将目光转回能仁身上："还不说话？打算拿他们糊弄过去？"

他听见一声轻叹，雷声渐息。

"无相，"能仁道，"百世历劫，千般缘法，化不出你半点慈悲？"

"至哀则慈，至喜则悲。"无相紧紧握着手中玉簪，"千般劫难，我的慈悲心因他而生，亦可因他而灭。"

能仁沉默一会儿后道："起因在他，你应咒即解。"

一切的起始都是无相与那颗泥点子的恩怨，无相天神这等先天神佛，若非自己心甘情愿应下诅咒，旁人再怎么施法加难，都无济于事。若随便谁拿命对他们下个诅咒就能应验，那岂不是叫他们为鱼肉，万物为刀俎了。

当年泥点子堕入娑婆，宁可自己生生世世不得好死也要无相不得所念，无相那般不屑一顾，缘由便在此处：只要他不应，天大的诅咒于他而言也无意义。

只可怜了那泥点子次次不得好死，无相天神却从未尝过不可得的滋味。

直到那次——他于漳渊中，恍惚间竟有一瞬出神，思绪飘到远处，不知不觉便淌下泪来，好似对方临去前那股撕心的绝望并非让他无动于衷。

回去能仁要将他打下娑婆，他一声不吭应下，头也不回地奔着百世劫难降生凡尘，终于在成人那世相遇，与谢九楼相遇。

"无相，"能仁缓缓道，"你浑身筋骨刻经书十二部，脊柱上即是往生咒。他最后一世阳寿当为二十八年，因遇神佛之力所扰，方才活了二十二岁。如今诅咒他只应了一半，自成因果；你应另一半，因果可移，助他还魂。"

"我应。"无相指尖微微发颤，"我自舍骨渡他。"

又是一声长叹。

"应咒钟下，渡他去吧。"

天雷顿起，华殿开顶，壁龛隐遁，咒钟显形。

无相在钟底被天雷打跪在地。

"咒钟一撞一春秋，换他人间一年岁。断你一根往生骨，骨去自有寒冰入。"能仁问，"你是要种二十二根寒冰骨，还是二十八根？"

无相突然抬头，目光如炬："若我种遍全身，他可能活百岁？"

"种遍全身，你命休矣，他也只能活二十八年。"

"那就二十八年。"

雷霆震震，无相在受刑时晕倒前听见能仁最后的告诫。

"寒冰为惩，戒你凡心。日后大喜大悲之时，必受酷刑。"

人间四月，无镛城谢家少主降生，天子下谕旨，赐名九楼。

谢九楼三岁，学会写的第一个字是"娘"。

谢九楼四岁，得到人生第一匹小马，学会翻墙去别的院子看盛开的荼蘼花；第一次被父亲扔进悬珠墓林，对着满林子悬挂的骨珠哭了一夜。

谢九楼五岁，父亲领兵北伐，小姑临危受命，自此一去不返。

谢九楼六岁，天子教他与六皇子同学骑射之法。

谢九楼七岁，误打误撞救下在巷尾被一群混混围殴数日的小乞丐楚空遥。

谢九楼八岁，龙吟箭认主。父亲杀了他偷带回家的一只灵鹿，扔给他一柄短刀，告诫他"人这一生，唯莽夫将失所念"。

谢九楼九岁，误闯父亲书房暗室，被打得三日下不来床，自此在娘亲膝下学习雕玉之法。

谢九楼十岁，在天子府邸，醉酒之下，一首《游人赋》名动京城。

谢九楼十三岁，随父出征，天子送行。同年冬，天子驾崩，六皇子登基。

谢九楼十四岁，谢父战死。

谢九楼十五岁，母亲亡故。

谢九楼十六岁，成为十城军主帅。

谢九楼十七岁，受封五陵王，打马游京，满城花笑红袖招。

谢九楼二十一岁，奉天子之命北上，寻伥鬼遗墓，无功而返。

谢九楼二十二岁，因当众抗旨，不奉驱伥之术，被卸职软禁。

谢九楼二十三岁，谢府一众老奴分批入天子府大牢。谢九楼交出伥鬼墓地图，仍拒献驱伥之术。

谢九楼二十四岁，阿嬷死在天子府大牢。

谢九楼二十五岁，伥鬼墓发生异动，楚氏剑解封出世。

谢九楼二十六岁，被打入一字号天牢。

谢九楼二十七岁，大渝大皇子于异国他乡死于同胞弟弟之手，天下哗然。

谢九楼二十八岁，戴着无镛城特制的锁玄镣铐被放逐猎场，天子欲射龙吟箭弑谢九楼，箭不发自断。天子盛怒，命数百漠堃将士骑马围猎。谢九楼筋疲力尽万箭穿心而亡，至此终身未娶，谢家绝后。

楚空遥替友收尸后，服毒自尽。

半神白断雨耗尽一生功力，将二人骨珠保存，送入悬珠墓林，一夜白头，不久寿终正寝。

无相坐在无境之境那面镜子前，一晃二十八年，看尽了谢九楼短暂而孤独的一生。

白泽元灵被封印在玉戒之中，无相走入怒火悲汤前的最后一刻，取下头顶另一根镂空的发簪，写下一行没有题名没有落款的回信。

"一骨一枝春，折寄两离魂。"

望苍海

柒 众生轮回

提灯从万神归墟出来时，山鬼梦雾已散，他正站在丛林尽头，望苍海边际。

右侧一望无尽的黑暗里是娑婆大陆各国流放而来的囚犯的葬身之所，这里的犯人无人管辖，日复一日搬着石块去填充这片看起来不大的湖泊，他们在大限将至时就会到那里等死。

两道鬼影窜入那片黑暗。提灯当没看见，只转身往外走去。

深一脚浅一脚，刚刚跟笙鬟打架折的那条腿还没接回去。他估摸着这时谢九楼该醒了，急着回到对方身边免得露出破绽。却没料到自己才要走出林子时，远远地，快要见到一点火堆发出的光晕处，谢九楼正负着手，一脸阴沉地站在树丛边，看样子已等他多时。

提灯脚步一顿，垂下眼，不动声色往后一转，打算逃回去把腿接好再出来，才转了脚尖儿，就听谢九楼冷冷道："过来。"

提灯装听不到。

"一。"提灯指尖一蜷，还要硬着头皮往回转。

"二。"身后响起踩草的沙沙声，提灯彻底僵住。

"三。"谢九楼的声音已近在耳畔。

提灯磨磨蹭蹭瘸着腿回身，谢九楼胸膛处衣襟花纹近在咫尺。他幽怨地把目光投向谢九楼脚边的毯子。毯子原地转圈，看天看地，就是不看提灯。

"你瞪它做什么，还怪它领我来找你不成？"

谢九楼一开口，提灯便收了视线，在他跟前不吱声。

"抬头。"谢九楼借着模糊火光一瞧，心里暗暗吃了一惊。提灯满脸是血，额

上还有新鲜的在往下流，半干涸的血糊了左边眼睛，连和他对视都只能勉强睁开条缝。

即便这样，眼珠子还一个劲儿往旁边躲。谢九楼脸色更难看了。

"就这一会子，又钻到哪儿去和人拼命了？"

他每见着提灯无缘无故弄一身伤就来气，握着提灯胳膊的手不自觉便用了力，疼得提灯蹙眉"嘶"了一声。谢九楼立刻松了手，冷笑道："这会儿知道疼了？我原当你是金刚不坏之身，满脸流的是别人的血来着。怎么单我一碰，就疼成这样？"

一面说，一面要拉着提灯就近坐下看伤。

哪晓得还拉不动。谢九楼扭头，见提灯攥着衣角望他："……脚疼呢。"

他垂目盯着提灯。提灯抿嘴，悄悄冲他笑："我这些年，从来都只做一个梦。"

"一个梦，"谢九楼失笑，"一个梦，叫一梦三百年？"

提灯点点头。

"我梦见有人飞身上马，在一轮很大的月亮下奔向城门。城门很远，他也很远。马蹄声不停地响，我怎么也追不上。"

他长长舒了口气："我等到灯灭，须发尽白，他都没有回来。"

谢九楼感觉到提灯在眼前微微打战，他问："鲛人……还要找吗？"

提灯安静片刻，缓过气来，便点头。

又问："叶鸣廊在何处？"

楚空遥已醒，仍靠坐树下，火光映着他一侧脸颊，略显落寞。

他手边远远的一处，一只白鹤站在林子里凝视着他，在原地徘徊不前——鹤顶红自知说了伤人的话，拉不下脸回来，竟变出真身往这边靠，走一步停三步的。楚空遥眼皮子动一下，它便立刻低头埋在翅膀里乱啄，动作仓促，一味掩饰着，也不知是想回来还是不想。

叶鸣廊到底是普通凡人的身体，只管昏睡，怕不到天亮不肯醒的。

"就叫他睡吧，也不必叫醒。"提灯坐在谢九楼铺好的垫子上，闭目道，"我也休息休息。"

谢九楼正犹豫着要不要过去瞧瞧，便听楚空遥低声喊："阿九。"

这一声喊得正像给了他台阶，谢九楼给提灯盖好衣裳便挨着楚空遥坐下，瞥了一眼远处的白鹤，半开玩笑似的："还同他赌气？他口无遮拦惯了的，待会儿过来，你寻个由头狠狠罚他。"

楚空遥闻言只苦笑，摇了摇头："我只是想起，许多年前，自己当真与他见过。"

楚氏剑的诅咒几百年来像悬在大渝皇族头上迟迟不落的砍头铡，阴霾并未随着先祖的离去而逐渐消散，每一任君主在夜深时分都似乎能听见剑中冤魂的哭诉，被折磨得辗转反侧，活着如走钢丝一般。

他们提心吊胆，不知剑魂会在明天、明年又或是十年百年后选中哪一个皇子公主继承先祖的杀业。在楚空遥降生后，那时的国主决定消除这样的忧患。

一母同胞的两个孩子，从头到脚都宛如复刻，这对普通的人家来说是双喜临门，到了帝王膝下，却成了没有必要的事。在两个一模一样的皇子中挑选一个做继承人，那剩下的一个将永远成为隐患。刚好楚氏剑的诅咒百年悬而未决，拿一个孩子出去献祭，一举两得。在巫祝的占卜下，楚二成为被拿去献祭的那一个。

数百年前剑中亡灵因巫祝之力被封印剑中，如今巫祝借天发愿：待剑中冤魂苏醒之日，便将诸般杀业尽浇筑在这个婴孩一人之身，若剑魂有灵，请立马降下惩罚。

祭祀大典一毕，才出生几个时辰的孩子便高烧不退，浑浑噩噩，似有不治之症缠身，宫廷医官瞧了个遍，却查不出由头。这不免叫人想起楚氏先祖弥留之际的状态。

于是国主有感，剑魂显灵，大渝百年忧患终得以解决。

次日，宫廷颁诏，大渝皇后诞下一子，立太子贤。至于那个因诅咒上身而奄奄一息的孩子，早在前一夜被运送到城郊，用一口薄棺、一块无名碑结束了短短的一生。

许多年后白断雨听闻这桩往事，破口大骂："那堆亡灵真能这么听话，还用得着他老楚家祖师爷求爹爹告奶奶地叫山鬼带回去镇压？请一群巫婆巫师绕着那祭坛念几句'你们要是听话你们就自戕得了'岂不更省事？还不治之症，剑魂显灵，哪个刚出生的娃娃赤身裸体放大雪底下听几个时辰的巫经不发烧的？大人都经不起这么造！一堆没心肝的废物，把罪过都推到一个孩子身上，活该绝后。"

好在楚空遥命硬，大雪没冻死他，高烧烧不坏他，硬是让他在大渝侍卫随意铲起的土堆下发出了嘹亮的啼哭声。

那个深夜，有不信鬼神的樵夫打开那口棺材，救了楚氏不为人知的二皇子。

好景不长，养父意外离世时楚空遥才四岁。

四岁的孩子，父亲留下的农田房屋一概守不住，没两天就被那些亲戚分了个干净，他自此走上沿街乞讨、偷鸡摸狗的流浪生涯。

十岁那年冬天，从大渝皇宫倒出来的酒水肉汤漂向宫外的暗河，发酵出浓浓的臭味。楚空遥流浪到祈国，借着一副生来不俗的好皮囊从一户朱门人家手里讨到根从没尝过的冰糖葫芦。手里还没揣热乎，就被同街乞讨的小混混盯上，要他交出来。

楚空遥不答应，死命护着那串冰糖葫芦，最后被堵在巷子里给人打得鼻青脸肿。后来楚空遥想，他小小年纪就对这个人间有着如此浓烈直白的恨意，或许根源就在于守不住冰糖葫芦的那个冬天。

他在雪幕下呜呜咽咽，他恨冷得望不见尽头的隆冬，恨不知何时会因为寒冷饥

第七章

荒死得寂寂无人闻的自己，恨正在自己背上对他拳打脚踢、与他有着大同小异悲惨命运的乞丐同类，甚至恨给了他一串冰糖葫芦却没让他尝上一口的富家小姐，还恨死后让一卷草席拉走的养父，恨他为什么不让自己在对这个世界尚且毫无认知的婴儿时期简简单单地死去。

接着他听见巷子口传来喧哗。楚空遥头也不抬，想必又是哪个达官显贵上街游行，他见怪不怪，连自己支离破碎的人生都快没力气收拾，哪里有精力为别人的荣华喝彩。可是喧哗中的脚步是冲他而来。

那几个殴打他的小混混唯唯诺诺离开，把抢到手的糖葫芦扔回他的脚下。

他抬头，看见一张比他还稚嫩的脸庞和冷静自持的目光。

七岁的谢九楼牵着他的小马，在生来敏锐的玄息的引导下，发现了巷尾这个野生野长十年的格者，带着自小在谢父教导下的沉稳姿态，把人救回了家。

可楚空遥的一生似乎注定漂泊。谢府的凳子才坐了几天，楚空遥便见到了受邀来府中做客的白断雨。

说是做客，老头子不过受谢父所托，每年都有那么几天去漠堃看看伥鬼墓的封印，此事与谢家又有牵连，白断雨与谢府也有了斩不断的联系。加之谢府为重礼世家，谢九楼生得讨人喜欢，老头子便算他的长辈，有空便来陪谢九楼玩几天。

岂知在这之前白断雨才刚去过大渝皇宫，皇后多年心结难解，思郁成疾，楚氏费了极大力气才请到白断雨坐诊。奈何心病难医，皇后不愿开口，老头子看不出所以然，只开了几副疏风养气的方子，嘱咐皇后少思轻虑便离开了。

才一遇着楚空遥，大渝那边皇后的心病是何缘故他便了然。

白断雨不问世事，十年前楚氏宫廷的变故本就是机密，他不知细节，一时只抓着人要送回去，让他认祖归宗。

楚空遥如从泥沼升至云端，落魄十年，如今有人告诉他自己其实是遗失的皇子，他迷茫地便跟着上了路。前方等着他的却是大渝国主的矢口否认。非但如此，高堂上的人杀意昭彰，操戈相向。

白断雨抱着胳膊挡在楚空遥面前冷笑："行医之人见不得血。这孩子你不要，我要。"他在夕阳下牵着楚空遥的手，而这个孩子被他带着，满脸依依不舍，望不够里头的荣华富贵似的，一步一回头地走出偌大的皇宫。

楚空遥在某一次回眸时捕捉到城墙下一个挺拔傲然的身影。那个人一身华服，被众人拥簇，不过翻身上个马背都有许多人昂首注目，随后他就注视着对方在马上驰骋。百里皇宫，一往无前。而那人明明有着和他一模一样的脸。

金砖绿瓦下那个恣意高贵的身影成了楚空遥的执念，他在日益强烈的渴望下近乎走火入魔，次年开春的一个雨夜，他喝醉了酒，跑到楚氏宫门前大呼小叫，蒙头乱闯，叫嚣着要所有人归还他应有的一切。

结果理所当然被一通乱棍打晕，丢出城门。被白断雨捡回去无数次后他仍不甘心，烧糊涂了便抓着人又哭又闹："凭什么？我恨他们！我恨他们！"

他日日顾影自怜，沉湎于自己悲惨的命运无法自拔，满脸阴郁，自暴自弃。

不久后白断雨给他起了个名字。

"楚空遥怎么样？逝水空断，当起逍遥。"

他扭过头："我不姓楚。"

"凭什么不姓楚？"

"他们不会承认的。"

"关我什么事。"

"他们会杀了我！"

"我看谁敢。"

老头子转过他的脸，盯了许久："整日顶着张苦大仇深的脸他们就会认你了？跟头野牛一样闷头乱撞你的仇就报了？一双眼睛瞪得巴不得昭告全天下你有多大冤屈似的。"

"我告诉你，杀人不见血，喜怒不形于色，慈悲绵绵若流水，闻恶先笑三分，那才叫本事。"老头子松手，睨着他，"好死不如歹活，别浪费你骨头里那颗珠子。你可是个格者，我天生的徒弟。"

楚空遥怔住，过了许久，他低下头："我想见阿九。我还没谢谢他。"

白断雨笑了笑："等你足够强大，天地皆可遨游。"

后头的事谢九楼就都知道了。三年后白断雨大张旗鼓携徒游学，路过大渝，朝宫里递了拜帖，大摇大摆带着楚空遥进宫，命徒代师与宫中大学士进行讲辩。那时的楚空遥早已名动天下，坊间围绕他的谈论除了天赋异禀的医毒之术，还有其他两件：一是半神之徒的名号，二便是那张和大渝太子贤一模一样的脸。

那场讲辩轰动全京，十五岁的少年在大渝宫廷舌战群儒，堪堪两个时辰，渝宫四个学官已被辩得哑口无言。太子贤在幕帘之后，听完整场对辩，透过珠光摇曳的帘影，看见那个冷冷如月的身影将满殿贵族扫视一圈，转身离去时扔下一句："我汲汲数载所求，原也不过如此。"

太子贤知道，这个人再也不屑踏入楚宫一步。

一个雨夜，那辆载着太子贤的马车缓缓驰行到白断雨的毓秀阁门前。白断雨在楚空遥赌气离开后把人迎了进去，关上门与太子贤彻夜长谈。天明时风雨潇潇，白断雨送走那辆马车，与楚空遥站在廊下，叹道："他们楚氏竟也养得出这样好的孩子。"

第七章

楚空遥睨了他一眼。

"你更好。"白断雨当即弯眼笑道，"谁养的都没我养的好。"

楚空遥打掉他放在自己肩上的胳膊，扭头就走："他们举天下之力养的人，怎么会不好。"

次月初，太子贤一篇《罪楚文》引起满城风雨。上头陈尽自楚氏先祖立国之年起，历代大渝皇族的弊政阴私，从追溯楚氏剑的由来到山鬼传说，最后揭露楚空遥身世，将皇家森冷狰狞之面目袒露在万民眼下。

虽说罪书末尾太子贤已向天下昭告楚空遥的身份，并以太子身份下令，称举族皆待二皇子回京，但楚空遥依旧无动于衷。早前他在无镛城最繁华的地段挑了座宅子，罪书昭世后，大渝那些金银珠宝流水般送进来又被他流水般送出去，只依着多年在白断雨膝下养成的逍遥性子做个闲散人。

奈何天下熙熙，追名逐利者如过江之鲫，人人拿着块敲门砖都想拜会拜会大渝流落民间的二皇子。楚空遥起先还拒，后来烦了便见见，再后来他发现看众生之相很有意思，洞察一张张阿谀奉承的嘴脸下不同的心思使他乐在其中。他在虚与委蛇中愈发得心应手，逢迎送笑之间，再无半点往日的影子。

一晚他和白断雨喝酒，不慎喝多了些，酩酊大醉后白断雨把他送进房，他醉眼蒙眬地看着自己的师父坐在床头，像多年前那样摸着他的头发叹气："我本想……真相大白可以成全你的好时光。不料竟是叫好时光彻底到头了。"

他这辈子最好的时光，是除了白断雨以外一无所有的那几年。

据说太子贤为完成那篇罪书，整整一月足不出户，收墨之际已是呕心沥血，派人将书稿送印之后便晕厥了数日。

"大哥自小身弱，不如我这般贱命好活。他第一次长久晕厥时楚氏剑竟有了异动。"楚空遥看向谢九楼，"就是你未满十四，随谢老爷征战的那年初夏。我和你同在无镛城门，一个向北一个向东，也不知是谁送别谁。"

楚空遥随白断雨前往漠堑探查，途中竟无缘无故呕血，因病停滞数日。

那恰好是太子贤症状最凶的几天，也是楚氏剑在封印下最不安分的时候。

"老头子说因剑魂受到钳制，暂时冲不破封印，虽然先祖杀业的诅咒还没降落楚氏，但只怕就要应验我二人身上了——不是大哥，便是我。也是因着这个，我与他血脉相连，稍有不慎，剑魂就有可能在我与他之间乘虚而入。"

此后年年岁末，白断雨为保全楚空遥的安危，在枯天谷那所别苑里，特许太子贤与楚空遥一同休养，一年专用两三月的时间守着两兄弟。楚氏剑的封印轻易动不得，那便给太子贤与楚空遥加印强身，数年过去，也还算安然无恙。

"大哥……他很好。"楚空遥低声说，"如果他活着，大渝兴许还有救。"

在枯天谷别苑的第一年，他初次与太子贤碰面。楚空遥看着对面的人，像在照镜子，又不像照镜子。像的是那张脸，不像的是那双眼睛。那样温润而清澈的眼神，他一辈子再如何故作洒脱，也装不出来。渝太子贤，明德任责，厚德载物，一个见解通达的帝王是什么样，楚空遥的大哥就是什么样。

"有一次，他亲手给我做了这把扇子。"楚空遥慢慢把手中折扇打开，扇面是烟雨蒙蒙的水墨画，画中山水缥缈，只以缭乱几笔勾勒，唯一描绘得细致的，是近景风雨处的一棵青松。

"他说他十五岁那年站在皇宫幕帘后，看见我站在百官前，就像看一棵雨里的松。"楚空遥的指尖在画中题字上拂过，"'尔立山河，百川失色。'这样的人，我又如何恨得起来。"

远处的白鹤忽地一僵。

楚空遥救下那只受伤的白鹤是在枯天谷某一年的深秋。

那时他与太子贤之间的隔阂冰消瓦解，白断雨怕别苑伺候的人分不清他两个，便请绣娘织了两条缎巾子，一黑一白，系在手腕上。楚空遥选了黑的那条。

那日清晨，园中南迁的鹤群已经飞走，楚空遥掀开帘栊，却在窗下见着一只奄奄一息的白鹤。夜里风紧，这鹤脚上受了伤，又倒在窗下受了一夜的凉，张着鸟喙，一副将死之相。

他赶紧把鹤抱回房，挨着地炉最暖的地方，脱了衣裳，只穿最贴身的中衣把身子已经半僵的白鹤紧紧抱住。喂过了水，待鹤爪上化了霜，他一时找不着称手的棉布，便解了腕子上的缎巾来做包扎。

白鹤半睁着眼，意识清明了，正撞见这人撸着袖子给它脚上缠巾子打结。只这么一眼，它又昏了过去。

楚空遥在炉子边烤出一身汗，守着白鹤浑身暖过来，见鹤也有了气儿，便思量着出去洗澡，行至中途却遇见来送扇子的太子贤。

接过了扇子，他急急地要去沐浴，却被拦着问怎么只穿一件中衣。

楚空遥略微解释了几句，太子贤便笑："且将我这巾子拿去系在手上，免得一会儿白先生见了，又把你一顿好骂。"一面说，一面便把手上巾子解下来递给他。

楚空遥系好了，又听太子贤说："去吧。我看看那白鹤是个什么模样，竟叫你如此宝贝。"

白鹤醒来，入眼便是床边含笑对着它的太子贤。它扑腾着起来，对方忙不迭探身来抱住，白鹤落入了怀，和太子很是亲近。

玩闹间听见房外一声："大哥——"

太子贤转头，白鹤顺着那方向望去，是一张和眼前人肖似的脸。

二人着装不一，它仔细审视，只觉虽像，但因神态举止不同，也不到完全难以分辨的地步。

几日下来，白鹤更明白，他们有区别身份的装扮，关键就在它缠脚的那巾子上。想是救它那位把巾子给了它，所以手腕上没有；另一位则进出都不曾解下那条白巾。由此它更认定，救它的，必定是手上未缠绫巾的太子贤。

白鹤在园中休养月余，楚空遥始终不得亲近。偶有醉酒时跟太子贤谈论起，他也只打趣自己："都说松与鹤最相宜，我非松木，遇了真鹤，不过生来便是讨嫌的命。"

寒岁渐远，白鹤离去，这事他便抛之脑后了。

一直到谢九楼出事那年。祈国天子命谢九楼寻伥鬼墓，再三威逼，只逼得谢九楼交出了地图，却始终得不到谢家驱伥之术。

天子命人按图寻墓，伥鬼并未苏醒，却叫楚氏剑挣脱了封印。

彼时谢九楼已被下狱，楚空遥游说各国求兵支援，却不肯向太子贤开口。渝国已是内忧外患，拨不出兵力不说，他也不愿为了自己的私情把太子贤牵扯进去。

南理洲皇宫大殿上，他软硬兼施好话说尽，对方仍旧态度暧昧，只字不提援谢之事，只想看他出尽洋相。胶着间只听侍臣来报，渝国太子贤入殿来访。

楚空遥闻声瞧去，第一眼却落在太子贤手中佩剑上。那把佩剑是楚氏剑。

"我大哥说，是他请巫祝作法，将楚氏剑引到自己身边，求剑魂认他为主。"楚空遥苦笑着摇头，"终究是所有人都低估了剑中亡灵对楚氏一族的恨意。我与他一母同胞，血脉相连，谁说楚氏剑的诅咒，只能下在一个人身上？"

当时太子贤已被剑灵控制了神魂，半是清醒半是糊涂，他到南理洲皇宫兴许是天意，也兴许是剑灵指使。

"总之那些亡魂是想看一出自相残杀的好戏。"楚空遥道，"楚氏多少年才出一对双生兄弟。既然要破了诅咒就要剑主自戕，它们乐得看我和大哥谁先把剑插入对方的心脏。"

他至今也不记得自己的失控是从何开始，大概是见到楚氏剑的那一瞬间，楚空遥便没了意识。

"我的心魔比大哥重得太多，这正是剑灵想要的。"

楚空遥仰头靠着树干，闭上眼，极不愿回忆似的，声音已在微微发颤："我只记得，神魂归体那一刻，剑已在我手上，剑锋划破了大哥的脖子。那一剑划得很深很重。我听见他想叫我弟弟，可他来不及了。我想救他，想抱紧他，但我的心魔还没离去，我把剑扔给侍从，直到他死前最后一眼盯着我，我还站在阶上，恨恨地凝视他，用锦帕拼命擦他留在我手上的血。"

他在此刻突然想起，太子贤死在他脚下那一刹那，殿外回荡着一声无比凄怆的鹤鸣，哀哀切切，连绵不绝。

"阿九……"谢九楼听见楚空遥喉间传来吞咽的声音，"我曾以为世上一切都不比十岁那年巷尾那个冬天来得可恨，可到头来，我最恨的是我自己。"

谢九楼低头不语。当年他身在狱中，对这件事只有耳闻，还是天子特地派人过来传话的。传话的人也讲不清楚，只叫他模糊听个大概，知道楚空遥在楚氏剑的控制下杀了太子贤罢了。

楚空遥与鹤顶红这段渊源，却是谁也没想到的。他有时和十岁的楚空遥很相似，爱恨都无比直白热烈，谢九楼觉得，这或许是楚空遥亲近鹤顶红的一部分原因。

只是提灯与鹤顶红，又是何时有的交集？谢九楼想着，便斜眼看看后方的提……谢九楼愣了愣。提灯呢？不止提灯，叶鸣廊也不见了。

毯子把囡囡叼着放在背上，这会儿正蒙头大睡。

谢九楼尚凝神，便听楚空遥问："你先前……有没有做梦？"

"梦？"他神思微滞，"你也做梦了？你梦见了谁？"

楚空遥睁眼，不答反问："你呢？"

二人对视过后，不约而同道："山鬼。"

提灯反应过来自己被魑魅卷跑的时候已经跟笙鼍不知互殴了几个来回。

"笙……鼍。"提灯眉眼埋在地里，从齿缝中挤出她的名字。

"做什么？"笙鼍歪头，手上力道更大了些，按着提灯的后脑一刻不曾松懈。

他二人下死手斗了无数个来回，一招一式谁也不敢懈怠。

提灯把喉间血气咽下去，长长叹了口气："我不是来与你为敌的。"

"呵。"笙鼍高高在上地睥睨着他，"你从一开始找到叶鸣廊，就是为了引我现身，再把我扔进那口棺材里，给你开路。"

提灯略微侧身换了个姿势："我只是想见山鬼，弄清楚一些事情。"

"见完了？"

提灯点头："见完了。"

"那换我扔你下去了。"

提灯闭上眼："你当初盯上囡囡，无非是看上她至纯至善的本性——只有这样的灵魂，才会愿意为了她的哥哥毫无保留地跟你交换身体，方便你从惘然河下逃出去。囡囡同那恶胎，是双生的两团净气，一正一邪，千年难遇。"

能仁与笙鼍，起初于怒火悲汤化形时，也是两团阴阳净气。笙鼍没吭声。提灯便接着说："你进那棺材，无非是想取一滴自己的胎生血——你的胎生血，与我同出，便与天神血一样。取了胎生血，再找到那恶胎，逼我跳入火海，烧毁整个娑婆，解了能仁下在你血肉身骨的封印，找回真身，回到永净世复仇。"

他说完，累得气亏，一面大口喘着气，一面等笙鬘的反应。

果不其然，笙鬘问他："你如何知道？"

提灯只问："你复仇之后待要如何？继续在永净世死气沉沉的壁龛里当神吗？"

"神？"笙鬘哈地笑道，"能仁那个老东西，不拖进怒火悲汤便不死不灭。神有什么意思，我要把他扔回那池子里，与诸天神佛……"

"同归于尽。"提灯冷冷地接下她没说出口的话。

笙鬘一愣。提灯感觉身上力道松了，慢慢从她手下翻身，甫一露脸，便张嘴大口吸气，缓过来后方说："我与你，目的一样。"

望苍海岸。笙鬘坐在提灯后头，一手抓住他左臂手腕往后拉，一手握住提灯左肩，摸到断骨之处，照着骨节把提灯胳膊一撺，这手便接上了。

提灯咬着牙，并未出声。他额头冒出一层冷汗，低头看了看右手的鱼骨。

半个时辰前，他与笙鬘在这里召出那只巡海夜叉，唤醒了叶鸣廊，以天神令解除了二人的诅咒。

"都说当年无相在混沌中杀妖，凡留下的古兽，皆有无相天神令在身。"笙鬘抓着他那只胳膊检查道，"那只大猫给你守龙吟箭，漳渊罴围保着你那滴天神泪，这夜叉也太惨了些，竟是要把一身鱼骨给你才算功德圆满。"

"以鱼骨换她双腿，叫她上岸和赤练长相厮守。她自己都没觉着可惜，你倒发起慈悲来。"提灯往后看去，"有这工夫不如好好想想，待会儿见了他们，怎么解释你的身份。"

笙鬘撒开他的手，起身往回走："我想？要瞒天过海的人又不是我，凭什么叫我来想。"

二人正斗嘴间，身旁树丛传来窸窣动静。

"谁？"笙鬘喝道，"滚出来。"

半晌，毯子低着头慢吞吞现身。一见笙鬘，不自觉便往后退了三分。虎背上，一团黝黑的雾气丝丝缕缕垂下来，细听还有小孩子般的睡梦呓语。笙鬘只盯着那团雾气，出神不语。提灯却心觉不妙，一味蹙了眉道："你怎么在这儿？谢九……"

"你还知道谢九？"提灯后背一凉，从毯子更后方的黑暗里走出一个高大挺拔的身影。谢九楼抱着胳膊，才走到明暗交接处便停了，随意往身边树上一靠，冷冷看着提灯笑，"夜凉了，想回家，知道叫谢九了。"

提灯闷头不吱声儿。谢九楼又把目光投向旁边的笙鬘："这位是？"

笙鬘和提灯对了个眼色。

笙鬟："他娘。"

提灯："我姐姐。"

谢九楼挑了挑眉。两个人垂目沉默一会儿，又同时改口。

笙鬟："他姐姐。"

提灯："我娘。"

一时陷入漫长的寂静。良久，谢九楼轻咳着，走到他二人跟前，看看提灯，又看看笙鬟，张了张嘴，状若思索道："长姐如母？"

提灯和笙鬟俱是一僵，随即忙点头。

谢九楼两手交叠身后，用指尖点着手背，试探道："那长姐……一起回去休息？"

笙鬟一听，颔首便往道上走，走了两步，蓦地停下，斜眼看向毯子。

毯子忙不迭上去带路，剩提灯和谢九楼站在风里。谢九楼不说话，提灯屏着气，悄悄抬头瞄一眼旁边，又把头低下去，犹豫片刻，迈步往前走。

走了一步，提灯顿了顿，没听见谢九楼叫他。提灯又往前走第二步。

后边还是没反应。提灯接着走，一边走，一边在心里头默数。

一，二，三。谢九楼咳了一声，提灯立马转身一溜往谢九楼那边跑。

谢九楼和提灯回来后，提灯没说几句话就睡去了。

鹤顶红化回人形，走到谢九楼身边问道："这就睡了？"

那边笙鬟扫见提灯空空荡荡的手心，垂眸不语。提灯手中的鱼骨不见了。

"他一夜这么折腾几遭，再有精神，眼下站着也能睡着了。"谢九楼转而向鹤顶红道，"说起这个，我一直没问过——你总说提灯救了你的命，是何时又如何把你救下的？"

鹤顶红说："随手救的。"

"随手？"

鹤顶红点头："就在……悬珠墓林门口。"

是谢九楼去世不久后的一个破晓。

一场无名大火自西北方向烧起，大火急不可耐地向四面八方蔓延，雨浇不灭，风吹更起，人们都说，这场大火在停下前会烧毁整个人间。

那时白发苍苍的白断雨已将两颗骨珠送入墓林，回到望苍海的别苑安静等死。

这段日子里，有一只白鹤一直在园中徘徊不去。

火势逼近中原的那个清晨，半神在窗前饮下最后一口清酒，回到榻上和衣而卧，呼吸渐停。白鹤挺立园中，静静看着他的肉身连同须发逐渐化作缕缕飞灰飘出窗外，最后剩一颗被劈裂的骨珠孤独地躺在那里。

那是对太子贤有恩之人。它走过去叼起那颗珠子，扇动长翅，开始跋涉万里，想把珠子也送入那片林子，好叫师徒团聚。

可白鹤不知晓，半神骨珠已裂，珠随主去，不多时也要灰飞烟灭。

这样一个早晨，祈国的君主还安然睡在天子府的寝宫，做着缅怀旧友的梦。

梦中谢九楼一身血污的囚衣，手脚上着三十斤的镣铐，被放逐在皇家猎场。

他则坐在马背上，俯瞰着马蹄下狼狈的谢九楼，将对方用了二十年的龙吟箭对准他射过去，像幼时那样笑着喊道："阿九！跑！快跑！看是你快，还是我的箭快！"

昔岁箭比箭，如今箭比人。谢九楼迎着刺目的日光睁眼，抬手遮住双目，从指缝里看到天子数十年如一日的笑脸。

"阿九，"天子双唇张合，"还不快跑。"

谢九楼跌跌撞撞地起身，拖着一副残躯和沉重的锁链在寒风中跑了起来。朔风刀子般灌进喉咙里，风雪呼啸中，远方箭出龙吟，他想下一刻箭矢就会刺穿自己的心脏。

接着他听见龙吟箭不折自断的声音。谢九楼踉跄了一下，吸了口气，又接着跑。

随即猎场周围响起嘶鸣，密密麻麻的漠堑军从猎场边际出现。

天子说："一击毙命者，赏！"

飞箭如雨，朝谢九楼兜头射下。他在风中不知不觉就被刺了满背的箭，漠堑军骑马欢呼着，像围猎一匹骏马、一头雄狮那样，在即将得逞时冲他吹哨大笑。谢九楼跑着跑着，忽觉跑不动了。

他看到幼时小姑佩剑上殷红的剑穗，看到那杆将父亲头颅戳下的长枪，看到院子中对着满园梨花一夜白头的娘亲，看到谢陵里的衣冠冢。他看到谢家两百年的花开花落，春去秋来，到头来拆了谢字，只为拼出一个盛极而衰的大祁。

天子突然发现猎场中已经跑出很远的囚犯竟停了下来，朝身后数百支追逐他的箭矢转身，缓缓落下双膝，最后张开双臂，让飞箭刺入自己的身体。

谢九楼垂下手臂，他在离开这个人世前的最后一瞬，只想谢府今冬满园的梨花开得如何。他低喃着："娘，我跑不动了。"

天子一直在马上看着他的身体没了动静，最后只掉转马头叹息："无趣。"

"阿九，你总这般无趣。"

"什么无趣？"

天子在一道森然的质问声中惊醒。

"谁？"他陡然睁眼，自己正坐在龙椅上。龙椅之外，四下皆白，无边无际。

一支长箭破空而来，刺入他的膝盖。天子咬牙痛叫，额上骤然落下冷汗。

他顺着箭来的方向抬头，只见一个身穿青灰锦衣，头戴双插玉簪，左手执弓，手上缠着黑色绑带的冷漠身影。

"你……"天子话未出口，另一膝上又中一箭。

他痛得哑然，大汗淋漓间瞥见对方已拿起第三支箭对了过来。

此时他惊恐地察觉，即便坐的是龙椅，穿的是龙袍，他未被束缚，但却动不了一根指头。

又是一箭。天子目眦尽裂，死死瞪着前方，终于听见那人开口。如三尺寒霜，砭人肌骨。

"你，刚愎自用，麻木不仁，该死。"第一箭入腹。

"你，倒行逆施，徇私舞弊，该死。"第二箭穿肩。

"你，狡诈狰狞，不辨是非，昏聩无能，该死。"第三箭刺穿手臂。

"你……"

天子气血逆行，垂汗挣扎间，对方已至眼前。他被扯着头发抬起头来，对上一双如画般的眉眼，眼底那抹不容置疑的杀意使他发了疯地想要反抗。

"你，百无一用，妒贤嫉能，贪生怕死，罪业难消。"

"下辈子，堕畜生道。"那人把手稳稳放在他的头顶，一股吞肌噬骨的灼烧感自天子脚底席卷攀升。他迸发出惨厉的尖叫，骨子里傲视一切的习惯叫他不肯相信眼前发生的一切。

"他吃过的苦，我只让你尝万中之一，便受不了了？"

天子理智尽失，大喊："朕……朕是天子！"他听见一声轻笑。

"我是天神。"

谢九楼死去的那个凛冽萧瑟的清晨，西北的大火来到了中原，天子被人发现已死在大殿的龙椅上，大火来临前，他已是一具焦尸。

无相在步入无界处前捡到那只累死于途中的白鹤。他先认出鹤嘴边的那颗骨珠，弯腰去捡时，甫一碰到，骨珠便化作齑粉飘然远去。无相看了看一步之遥的无界处，又看看白鹤，难得地动了恻隐之心，便顺手把它抱了进去。

甘露之力为神力，山精野怪沾了一滴，就化了人形。

他看白鹤醒来就要离开，却被扯住问："你救了我？"

"顺手。"

白鹤说："你叫什么？"

"不知道。可能待会儿叫提灯。"无相正要走，忽又退回来，"你还没名字。"

白鹤点点头。

"就叫鹤顶红。"

谢九楼忍不住笑出声："原来你这个名字，是他取的？"

"是啊，"鹤顶红说，"他说他也想试试，给人取名字是什么感觉。"

"那他告诉你是什么感觉了？"

"他说没感觉，编不出几个由头。"鹤顶红撇嘴，"就他三百年看不进一本书的劲儿，还想给人取多有由头的名字呢。"

笙鼗默默听完，在一旁冷笑："人家的归墟，他用得倒挺称手。"

"归墟？"

正说着，提灯醒了过来。

"怎么醒了？"谢九楼放低声音，"吵到你了？"

提灯不语。倒是笙鼗睨过来，不明不白问一句："回来了？"

提灯缓了缓，坐起来，竟把脖子上那枚扳指取下来套在了谢九楼手指上。

"这东西你戴好，别丢了。"

鹤顶红在一旁瞅着："可巧，竟这么合你的指头。"

提灯不接话，谢九楼也不吭声。鹤顶红还说："我说呢，怎么提灯几百年也不戴，想是戴不上。也不知从哪儿找的，扳指只能挂脖子上。"

提灯说："我平日没注意，今日突然想起，就叫他试试。"

"没注意？"鹤顶红说，"这么大个玉坠子在身上你没感觉的？！"

"你的事儿忙完了？"谢九楼打断他，冲那边树下的楚空遥看了一眼，"光在这儿磨蹭，琢磨人家扳指合不合手，就不想想你手上那缎巾子戴着扎不扎人？"

"我……"鹤顶红嗫嚅着，"喊"的一声走开，"不让说就不让说嘛，扯我做哪门子买卖。"

他寻了个中间的地段，不挨着谢九楼他们，也不挨着楚空遥，还离毯子远远的，最后挨着笙鼗坐下了。

这边谢九楼又问提灯："叶鸣廊没找回来？"

提灯含糊道："叶鸣廊……他家小厮找来，接他回去了。"

谢九楼应了一声，不再问。

提灯望了望谢九楼，欲言又止。

谢九楼当看不见，过了会儿又问提灯："明日……"

提灯说："明日，去漠堼。"

谢九楼"哦"了一声。提灯又问："你不问做什么去？"

"我也要去。"谢九楼道，"我……受人所托，找点东西。"

"受人所托？"提灯道，"谁？"

谢九楼摸摸鼻尖："梦里……有个姑娘，叫我去漠堼找面镜子，说那是我遗落的。

我也不知真假，既然要去，就顺便看看。"

提灯："姑娘？"

谢九楼："梦而已，我已不记得那姑娘的模样了。"

次日上路，谢九楼和楚空遥钻空凑一起嘀咕。

"果然是去漠堃？"

"是去漠堃。"

"既然我二人皆是山鬼指使，那提灯……"

"昨夜起先不明不白起了雾，我们便离奇睡去，再醒来，提灯便不见了。"谢九楼道，"我瞧提灯的反应，不像知道山鬼入我们梦境之事。他惹了一身伤回来，我本想他兴许是杀鲛人去了，可第二次离开，与他长姐一起，两个人都是一身伤。昨夜我在林子里……"

说起这个，谢九楼垂下眼："楚二，我总想，若他是无相，身体怎么会弱成这样？就连骨珠，也再寻常不过。既说天神入娑婆要舍去真身投胎，可他为何像是记得比我们更多？怒火悲汤倒转一圈，回到五百年前，我们……又为何还会存在？"

昨夜他在林子里，才找到提灯，就听笙鬘与提灯说鱼骨之事。可提灯睡着时，他分明没在提灯身上看见鱼骨。他想，提灯兴许是用假睡掩盖借鱼骨脱身行事去了，才在鹤顶红发问时帮着掩护。果真提灯一醒，便把扳指给了他。

提灯绝不是想一出是一出的人，那短短片刻中，提灯对扳指做了什么，他猜不透。

楚空遥沉默一瞬："你是想说，若提灯是无相，他为了保全我们，付出的代价，远不止进入怒火悲汤那么简单？"

"怒火悲汤倒转，时间回流，独独我们和鹤顶红还正常活着。"谢九楼心中极为不安，"无界处……究竟是提灯用什么换来的？"

后头笙鬘和提灯与前边两个人隔得远远的，听不见声儿。

笙鬘交叉双臂懒懒道："你昨夜跑进棺材里，当真只为了见山鬼一面？"

提灯只盯着地面走路："你想说什么就说。"

笙鬘扬唇："你就没拿点别的东西走？"

"别的东西？"

"比如……能仁的刮骨刀。"

玉骨修罗墓，原是能仁神的神影。悬珠墓林，则是笙鬘遗落在娑婆的归墟。第一个发现这片秘境能保玄者骨珠不腐不化的人已不可考。提灯与笙鬘血脉相通，便在倒转怒火悲汤前，私挪了这林子，重塑谢九楼与楚空遥的肉身，为谢九楼造了一个并不存在的"阴司黄泉"。

自那时起，悬珠墓林与永净世一样，跳脱出娑婆的时间之外。可正因如此，里头的骨珠，同谢九楼他们一样是一个个死去的生命，未曾随着怒火悲汤的倒转而消失。于是三百年间，提灯每日在无界处迎来送往，不过是按着林子里骨珠主人的出生或死亡顺序，把他们送出去降世，待死了，再接回来。

两个月前他送出去的李老二，正是该在娑婆这时节里出生的一个玄者。这也是为何，来到无界处者，进出都只有一次机会。一出一进，不过生一次，再死一次罢了。

独谢楚二人，肉身为甘露重塑，已是新生，脱离死亡。提灯怕谢九楼一时兴起乱跑，方在无界处早早安了出去便不得再返的规矩，还有模有样让人挂个虚衔，当起了冥王，只想拖着谢九楼不出界而已。

哪晓得这人早对娑婆心灰意冷，如死水一般，整整三百年，冥河上那座桥都不怎么踏上去，对身外之事，过问得也极少。只有一次，还是以为提灯要跑了，急急地去抓人，才上了冥桥。即便如此，也是一眼不看出口，逮了提灯就往回走。

"与诸天神佛共赴怒火悲汤，便是将永净、娑婆二界重塑，届时天地覆灭，万物重生，我不信你舍得你那阿海海陪你一起送死。"笙鼗笑着謦向提灯，"拿我的归墟充当异界护了他三百年，我不与你计较。你捏什么鬼差大殿，乱造我的归墟去糊弄你那阿海海，我也不管你。反正不用，那些凡人也是拿来当个陵墓。只是这刮骨之法……能要你半条命的。"

"半条命？"提灯冷冷看向她，"我还在乎半条命？"

"不在乎更好，"笙鼗道，"如此，倒给我捡个便宜。"

提灯说："你既捡了便宜，便不要再找无渡。"

"无渡？"笙鼗不明所以，"谁是无渡？"

提灯一愣，随即道："没谁。我想岔了。"

无渡的事，也是他找到山鬼之后才清楚的。那是提灯在万神归墟看到山鬼元神，问清过往诸事缘由后，临走前突然想起自己曾在大火中见到谢九楼死前去见的那个尼姑。那尼姑孤零零坐在山巅，袈裟映着满天夕阳余晖，却只转过来一点侧脸，提灯看不真切。

"那是谁？"他问。

山鬼说："那便是金袈魔尼，无渡。本名，叫姬差来着。"

那时的姬差，已成为无渡两百年，也找了第七歌两百年了。后来在漠堇的伥鬼墓里，灵魂分裂的第达尔要掏她的心，那个两百年默默无闻的傀儡蓦地挡在她的身前，傀儡之身被破。她带着她跑到邙山上，这次却无论如何也修不好了。

被掏了心的第七歌与她并肩而坐，姬差在悬崖边看着昏黄的落日，第一次同身边的人说起真正的第七歌。

"她以前，跟我一样大的时候，就说……死后要葬在邙山脚下。"姬差满眼霞光，"邙山……所有陵墓里埋的都是贵族。她说她生前不得富贵，死了总要跟那些人平起平坐才甘心。她总喜欢说这些话。她还喜欢在杀人前问别人听没听说过第七歌，她说她不能被活人知道，所以那些人要在死前知道她的名号，这样也算威名远扬……可我清楚，其实她根本不在乎。"

旁边的傀儡听了便说："我虽不可代她生，倒也还能代她死。"

姬差不说话。傀术在逐渐失去效力，傀儡的脖子和面颊爬上了裂纹。

过了很久，姬差低声道："该给你取个名字的。"

傀儡已变得僵硬困顿："我不是叫……第七歌吗？"

她说完，一头栽倒在姬差肩上，片刻后化作了一堆木柴。姬差抱着这堆木柴在黄昏里等来了将死的谢九楼。这便是提灯在大火中看到的那一幕。如今时间流转，第七歌尚活着，笙鬘也还没找上姬差。只是上元节，怕也等不到了。

提灯不无遗憾地想，他还欠谢九楼一场大雪。

到达漠堑前一晚，谢九楼和楚空遥不动声色地给提灯灌酒。说灌也算不上，提灯酒量不好，谢九楼假装准他随便喝他两杯便醉了。一见提灯有醉态，谢九楼便哄着他多喝一壶，确保提灯醉得彻底一些。待把人扶进房里睡了，谢九楼和楚空遥在外边打商量。先是楚空遥问："你要去哪儿？"

"一个林子。"谢九楼道，"照山鬼说的，把那面镜子挖出来。"

"那镜子有何用？"

谢九楼摇头："她没细说。只道我和那镜子有缘，若想知道提灯与我的一切，不能指望提灯开口，唯一的法子，就是找到那面镜子。虽说是梦，但梦中她对我该怎么走都指得很清楚，不论真假，我也要去试试。"

说到这儿，谢九楼反问楚空遥："你呢？"

楚空遥沉默一瞬，垂眼笑道："她没与我说什么。只叫我跟着你一起罢了。眼下看来，你一个人也无妨。倒是小鸟，他最怕猫的，跟毯子一起这么些天，怕是胆都吓破了。我得去看看。"

谢九楼打趣道："早前不还恼他认错了人，同他赌气？"

楚空遥收了扇子潇洒离开："我生平最不喜欢蠢笨的人，可他是鸟，鸟脑袋小，装不下许多东西，可以原谅。"

他走到木梯拐角忽地转身："阿九。"

谢九楼看过去。

"没什么,"楚空遥低头,再抬眼又是一笑,迈步下了梯子,"回来一起喝酒。"

谢九楼道:"早去早回。"

"你也是。"

约莫大半个时辰,谢九楼便把镜子取了回来。

镜子不大,但包得极为严实,光盒子都套了几个,又是土色,费了谢九楼好些力气才寻到。正要回客栈的路上,谢九楼远远就见大街一处围了一群人,提灯那位长姐——笙鬘,正抱着胳膊站在人群中看好戏似的一动不动,因人长得高,谢九楼一眼便觑到了。

他正要过去叫人,无意间往人群最里头一瞥,心中警铃大作。

提灯正蹲在糖人铺子前一本正经跟做糖人的吵架,对方已气得吹胡子瞪眼,急赤白脸地赶人,提灯还看不懂眼色的模样,蹲在摊子前不肯走。

谢九楼一急,赶紧挤进去,才迈着步子走到摊子前头,就见提灯微微倾身,凑过去冲那老板说:"……破摊子。"

一听就还没醒酒。

周边的人哄然笑开,做糖人的长长"嘿"了一声,瞪着眼,就要撸袖子:"你骂谁呢?!"一抬眼,见着谢九楼欲言又止地走过来,估摸到他与提灯是认识的,更来劲了,指着提灯吆喝:"哪来的酒疯子!一分钱东西不买,光来扰人生意!"

话音刚落,又听提灯说:"破摊子。"

"你!"老板作势扬手要推搡,谢九楼忙弯腰把人拦住,这下让做糖人的心里有了底,逮着谢九楼就不松开,"你认识是吧?哪儿来的领哪儿去!好狗还不挡道呢,一天天净拦人做生意。"

提灯顺着老板视线仰头,看到谢九楼,先是一愣,随即伸手拉住谢九楼一根指头,眼珠子含着水光,小声喊:"阿海海。"

这边谢九楼本想把提灯带回去,听见他这么一喊,心下一软,只转了头冲那做糖人的问:"把你这些全买了,多少钱?"

只要给钱,哪里都好说话。

糖人铺子老板一面收钱,一面冲谢九楼道:"这也不是我不给他做,我们做糖人的,做龙做虎做兔子哪样不行?您家这小公子,非要我给他做雪!雪哪里做得出来?我如何给他串起来呢?"

付过了钱,看热闹的大多也散了,谢九楼看着笙鬘无奈道:"你也不拦着他点。"

"我拦着做什么?"笙鬘回头,"我只恨不能把他那样子画下来,待他酒醒了叫他看个百八十遍。"

谢九楼叹了口气。提灯还仰着脖子望他，那眼神像在埋怨今晚没得到糖画的雪似的。谢九楼一手虚握成拳放嘴边咳了一声，背着手走到糖板面前，左右看看，趁着周遭没人，轻轻往糖板上打了一巴掌："破板子，欺负我们提灯，连雪都画不出来。"

　　提灯看了看板子，又看回谢九楼脸上，这次眼神更幽怨了些，就差把"你糊弄我"四个字写在眼睛里。谢九楼没法子了，自顾自坐到老板的椅子里，有模有样拿根木签子出来放在板上，又用那个长柄勺子在糖水上的空中舀了一勺，接着拿空勺子在板上画起雪来。画了会儿，他放下勺子，舒了口气，把光秃秃的木签子给提灯："喏。"

　　提灯低头看看签子，又看看谢九楼，眼中逐渐茫然。茫然，但是不着道儿。

　　提灯不接。谢九楼又举着木签子朝他递了递："你的雪，不要？"

　　提灯再次低下头仔细看木签子："……雪？"

　　"对啊，雪。"谢九楼往木签子上指指点点，"这么多，你没瞧见？阿海海都瞧见了，全是雪。"

　　他一本正经往签子左边指一下，右边指一下："这儿，这儿也是，还有这儿。"

　　提灯眼珠子跟着他指尖转，转了会儿，听见谢九楼问："这回看见了吗？"

　　提灯对着这根木签沉默了片刻，蹙了蹙眉，又把眉头展开，大概是说服了自己，接着迟缓地点点头。

　　"那还不拿着？"

　　提灯接过去紧紧握在手里。谢九楼把他牵起来："现在还想做什么？"

　　提灯本就醉着，眼下早被谢九楼绕晕了，但还始终垂目看着手里的木签子，说什么话总要先在脑子里思考一会儿，才讷讷道："把这个……给谢九看。"

　　一语未了，他蓦地反应过来似的，赶忙抬头，把木签举到谢九楼眼前："谢九，看雪。"谢九楼猝不及防，本想着这是唬提灯的把戏，到头来提灯要雪因由还在自己。他眨了眨眼，按下提灯的手，温声道："谢九看到了。"

　　又偏头问："要不要跟我回去？"

　　提灯醒来时，谢九楼正背对他倚桌坐在窗下。晨光熹微，透过客栈的窗户一缕缕照进来，照着桌面那块一尘不染的铜镜和背影孑然的谢九楼。提灯缓缓从床上坐起，手里还握着那根木签，盯着谢九楼看了会儿，轻声喊："谢九？"

　　静默成雕塑般的人闻声动了动，随即转过头来，哑声道："醒了？"

　　提灯感到异样，可昨夜他醉得一塌糊涂，醒来一切都记不清楚，小声道："嗯。"

　　谢九楼起身而来。提灯这才看清，对方手里攥着他以往从不离身的两根玉簪。

　　他更不安了些。谢九楼走到他身前，垂眼问："头疼不疼？"

　　"不疼。"

谢九楼又问："要不要再睡会儿？"

提灯沉默一瞬，小声问："你不睡？"

"心里想着一些事，便睡不着。"

提灯心道果真自己昨夜又做了蠢事，便试探："什么事？"

谢九楼却不言。俄顷，提灯听见头顶一声叹息："当年给你做这对簪子时，你还不会使筷子。"

提灯猛地一僵："……还有呢？"

"还有啊，"谢九楼望着床帐回忆道，"还有……你原来，是不喜欢吃奶疙瘩的。"

"还有呢？"

"还有那封信。我给你写信，也是在这样的四月。那个黄昏密雨初歇，你与我不过一墙之隔。我看着满园落英，心如死灰。"

"还有呢？"提灯嗓音微颤，不能自抑。

谢九楼呵出一口气："西北最冷的时候是五更天，我没有一刻不想回去。离开谢府那个晚上，马蹄声惊扰了你三百年，你又何尝不把我困在了至死遗恨之中。伥毒蚀骨的痛不算什么，大火焚身亦不算什么，一想到世间只剩你一人独行，我便恨不能死，又不能去死。"

"我回来得迟了些，你不要生气。"

楚空遥在林子外站了至少半个时辰才被鹤顶红发现。那会儿鹤顶红正围着火堆，跟毯子和囡囡闹成一团，玩得尽了兴，一扭头便对上远处一人含笑的目光。

楚空遥手里还拿着那把乌面玉柄折扇，交叉着胳膊，倚靠着树干，不知看了他多久。他顿时不自在起来，躲过扑来的毯子，自个儿挪到一边坐下了。

毯子见他如此，又望见了楚空遥，自觉无趣，驮着囡囡窝到另一处休息。

"以前在故苑西园，你也是如此。"他听着动静时，楚空遥已坐在了他身边，"不管是大哥带着零嘴来逗你，抑或你自娱自乐，只要我不在，你便能十分尽兴。"

火光跃动在楚空遥浅淡的眸子里，那双眸子一日十二个时辰，只要睁开便总带着笑意，笑的人面具戴得太久，已不知如何流露别的情绪了。

"只要我出现在你眼前，你便像现在这样遭霜打了似的，叫我觉得自己很败兴。"

鹤顶红张了张嘴："你那时……笑得太不真心，我不喜欢。"

"我也不喜欢，"楚空遥的视线从火堆转到鹤顶红脸上，"小鸟，可我这一生，想得到的总也得不到。"

鹤顶红眸光闪动，但不敢去看楚空遥的眼睛。他一动不动凝视着火苗，心中有些触动，正欲一鼓作气告诉楚空遥"不是"，却被楚空遥抢了话头。

"大哥是极好的人，小鸟。"楚空遥说，"你我之渊源，从不在我救下你那个傍晚的错认。"鹤顶红愣了愣，楚空遥缓缓站起来，"那年初冬我救你是真，南理大殿，我杀了他亦不假。小鸟，你要依旧想着他，念着他，那才应该。否则，这世上再没人记得那么好的他了。"

　　他脸上恢复了往日潇洒不羁的笑："我前来本怕你惧猫，照顾不好自己。眼下看来，你总能讨人喜欢，最叫我放心不过。如此，我便走了。"

　　鹤顶红见他说走便真的头也不回地离开，急忙问："你去哪儿？"

　　楚空遥略略侧头："去拿我应得的东西。"

　　他这一生，凡有应得，皆非所愿。想要的却总也得不到。

　　楚空遥在很小的时候明白了这一点，从那时起他再不索求，只等着自己应得的那一份送上门来。他规避所有会使他产生羁绊的东西，临了却终究无可避。

　　"小鸟，"他走出火光照耀处，忽回过头，"你若还恨我……便一直恨着，像记挂大哥那样记挂我，那也很好。"

　　楚空遥说完便走入前方的黑暗。鹤顶红始终记得，即便是站在这晚的昏沉里，楚空遥仍如记忆中那般干净清逸，一尘不染。他的丝绦带子和额前那颗绿松石一如既往衬得他高贵出尘，像他离去的背影那样孑立于世，永不被一人一物牵扯。

　　"楚空遥。"他怔怔轻喊出声，这次再没有得到回应。

　　山鬼入梦，给谢九楼的是成全，给楚空遥的，不过一个抉择而已。

　　他在如今还没变成伥鬼墓的一个荒寂土坡上找到被山鬼尘封的楚氏剑。

　　剑身全部插进了地下，只露出部分堪握的剑柄，因经年风沙封存，连那点剑柄也快和泥土融为一片，实在太不起眼。

　　他能发现楚氏剑，全凭它感应到他的到来后所产生的强烈震颤。

　　"你们急什么？"楚空遥对它冷笑，"我又不跑。"

　　谢九楼二十八年一生重置，一切回到起点，唯独山鬼神影因借助剑魂之力以邪克邪被封印在了剑中。三百年前楚空遥将太子贤一剑封喉，眼看楚氏剑封印已解，山鬼神影逃逸，却在无相天神扭转怒火悲汤后再度与剑魂重逢。

　　"无相要将所有先天神齐齐送入怒火悲汤，重塑娑婆永净二世，再以真身献祭娑婆凡灵，引甘露为冥河，创一条轮回之路，造一个真正的阴司黄泉。诸天神无论是元灵还是神影，入汤池者，缺一不可。他不便说，我来说。"山鬼道，"我的神影封印于楚氏剑中，与数十万剑魂互相克制，若要将她送回怒火悲汤，便要解了剑魂封印，将我的神影放出。而千百年来，剑魂选择的人，只有你楚氏兄弟二人。如今太子贤尚未现世，你便是唯一解除封印的人。若你以身祭剑，亦难保万全——上一次因心魔失控的人是你，这一次兴许也难免。

"生死之事你不必担忧，冥河一旦引成，你便有转世之机。届时前尘种种，将一应随轮回抹去。你虽能新生，却再无往日记忆，爱恨情仇皆入逝水。如何取舍，你心中当有定数。"

鹤顶红察觉不对追到这里时，楚氏剑已引起了山摇地动。

"楚空遥！"

荒坡上的身影闻声转头，鹤顶红愕然定在原地。楚空遥双手死死握着剑柄，似被粘连住一般难以放开，而他望向鹤顶红的眼底已是一片猩红，血色似要染透瞳孔。他的耳目渗出行行鲜血，面目狰狞，已处在失控边缘。

"小鸟……"他只短暂地在一刹那恢复了神志，随即再度困入心魔，剑气横山，恨意昭昭。

"跑！"楚空遥带着一双赤红的眼睛朝鹤顶红举剑刺去，却在剑锋离鹤顶红不过咫尺时骤然收势，一把插入地中一尺来深。

剑魂的声音在他体内咆哮，连同三百年里那个被他埋葬在心底的另一个楚空遥。

"小鸟跑，跑！"他一膝猛然跪地，抬头时竟是目眦欲裂，失态地咆哮，"跑啊！"

鹤顶红如梦初醒，往后退了两步，踉踉跄跄转身奔逃。

电光石火间，楚氏剑破空之声直逼鹤顶红的后脑，森冷的杀意距他后背不过毫厘，鹤顶红甫一侧身，剑刃便擦过他的胳膊，划出一条见骨的口子。

周遭忽地寂静下来，鹤顶红顺着剑气看去，楚空遥单手执剑，凛然站在他的对面，双目眼角血痕未干，神色却冷漠得出奇。

"跑什么？"楚空遥眸光如芒，声音毫无波澜，"我要祭剑，你也别苟活。"

鹤顶红失神。他放松了紧绷的后背，木然对着楚空遥道："这才是你。"

楚空遥不为所动。

"楚二……这才是你，对不对？"他看见楚空遥举剑而来时眼底那抹讥讽笑意。

"我一直是我。"

鹤顶红不跑了。他闭上眼，等着那一剑刺穿心脏。耳边风鸣尖锐，似穿梭过他肩头又指天翻转，鹤顶红在一声皮肉破开的响动中睁眼。

前方一丈远处，楚氏剑斜斜插入泥土，暗淡无光，再无片刻前的半分锋利。

剑魂的杀业终结了。楚空遥跪在他身前，衣领处可见约莫小臂长的洞口，胸背竟被血淋淋捅了个对穿。他眉眼间戾气未消，仍一副厌烦模样，低垂着头颅，埋怨鹤顶红道："不是……叫你跑吗？"

一语未毕，便支撑不住往一侧倒下去。

"楚二！"鹤顶红扑跪在地，把楚空遥扶着。

楚空遥叫不醒了。他昏昏沉沉，时不时呢喃着呓语，断断续续，说不清楚，念不明白。楚空遥在临死前的这场昏迷中一直皱着眉头。

他便是这样，平生不解笑，临终不展眉地走完一程。

提灯和谢九楼察觉动静赶到时他将醒未醒。

他紧闭着眼，分不清梦境与现世，忽喊："哥……哥！"

楚空遥喊时，上身都快抬起来了，像大哥就要来接他一般。

他喊完这一声，又脱力躺了回去，低吟几个来回，侧头轻声问："西园的白鹤……今冬可曾来了？"

无人应答。鹤顶红独对眼前人，早已哽咽得说不出话。最后楚空遥悠悠转醒，并没去看谢九楼。他三百三十年，要对谢九楼交代的话，早已在上一世交代完了。

他扬目凝望着鹤顶红，眼里有一条缓缓流淌的温暖河流。

"小鸟……"楚空遥笑道，"我要去见我大哥啦。"

楚空遥的骨珠是朦胧的水色，当年白断雨为他剖珠时就对着他的尸体笑了："乖孩子，差点就成神了。"

做神有什么好。十几岁的楚空遥说这句话时还吃了白断雨一记闷棍。

"你先给老子成了神，再有资格说它好不好。"

到底还是没成神。谢九楼把他的骨灰埋在楚氏剑之上。

"楚二，下辈子，来去如风。"

提灯在鹤顶红转身离开时问道："要去哪儿？"

"枯天谷。"鹤顶红面如槁木，语调已平复得波澜不惊，"我要去填填不平的望苍海，让该回来的人回来。"

提灯说："你会累死的。"

"我本就是累死的。"

鹤顶红忽然问提灯："望苍海填得平吗？"

提灯说："填不平。"

"那他不能回来了？"

"他会回来的。"提灯告诉鹤顶红，"没有望苍海，该回来的人，也会一个不少地回来。"

和笙鼍达成和解的那个晚上，他从鲛人身上取走通天鱼骨，回了一趟永净世。

能仁与一众天神早已在神殿等候多时。提灯取了真身与归墟便要走。能仁座下，不知又是哪位天神见风使舵，在他前道降下裂天惊雷。

他等着天雷打到自己脚边停下后,赏了后方一个侧脸:"这次又要胡说什么?"天神震怒。

"无相!"雷霆之声四壁震响,"如此乖僻狂妄,永净世岂能容你!"

"当受天罚!"

"二十八响应咒钟,还没让你长记性!"

"秉性难改!愚昧!愚昧!"

提灯等声波过去了方道:"永净世只有我容不容它的份,哪里轮得到你们多嘴?"殿中忽静,未等他们发难,提灯又笑:"随便说说而已。"

他正正转过身,对着最前方那座无量金身道:"能仁,你总爱走这些过场。"

"无相——"能仁神音终于入殿,"真身下界,有违世规。"

"世规?"提灯眉梢微扬,"你要论世规,我便与你讲讲世规。"

他缓步往前,边走边道:"你与笙鼍,同出怒火悲汤,为两团净气所化——这是所有先天神诞生的伊始。神影之说从何而来?笙鼍元灵至纯至净,心无他欲,只视自己为天地一生灵。可你不是,你想当神。既要当神,便须有凡人,有尘泥,有蝼蚁,方能托起你的无上永净极乐世界。若无凡灵,便无'天神'一说。你生出万物分阶、神佛最高的邪念,却找不到让娑婆和永净二世平衡运行之法。可惜的是,你的执念化作心魔,你还没来得及想出办法。"

殿中霎时死寂。

"你怕你的神影被笙鼍发现,便趁她不慎,偷袭了她。又因她太过强大,你只能将她杀了,并处置了她的尸身。用她的真身压制你的煞气。不承想阴差阳错,她对你心生怨怼,天神正气与她的怨煞交缠相生,竟创出了一个万象众生的混沌娑婆。"提灯停下脚,环视神殿三千壁龛,这里还是那样金碧辉煌,祥云彩带,一片朝气,"有了众生,你仍不满意,你一个人高居永净,需要旁者臣服拥簇,于是你创造登镜台,广告苍灵,人做到极致,就能上登镜台比试,百里挑一胜出者,方可成神——当然,那样的神,只配当次你一等的后天神。"

壁龛中诸神各有各的法相,绿面红发,各执神器,还是那般凶神恶煞,其中却起了嘈嘈切切的声音。

提灯一眼横过去:"你们装什么装!神也分三六九等,先天神瞧不起后天神,后天神先来的瞧不起晚来的,这不是你们一贯秉承的规矩?怎么我明面儿一说,一个个就跟没做过似的?平日谄上欺下那一套,难不成也是他能仁偷偷摸摸教你们的?一群杂碎,飞升成了神,就以为好大的荣耀。天天站在墙里,跟死了入棺材又有什么区别?"

诸神面目更狰狞了。

提灯望回能仁金身："后天神说完了，再来说说先天神。"

"笙鼗被你压在下界，起初你得意，以为万无一失，渐渐地，你发现天地失衡，原来怒火悲汤创造两位创世神并非随意来的。"提灯解开自己手上绑带，露出刻满佛经的一手白骨，"你开始从怒火悲汤中取净气，每次都是成双成对地取。把能同你制衡天地的那一团炼化成神，而另一团，你便喂给你的神影。

"随着你的欲望越来越强，煞气越来越重，以笙鼗原身的力量可以将你的神影彻底压制——但是你从一开始就削弱了她的力量。你的神影越强，你也越强，你既害怕他过强让你失控，又贪心地不停用净气炼化出的未成形的天神去喂他。终于，他强大到能脱离你的掌控时，你亲自刮骨，把他做成了一口棺材。这样，他既无法逃脱，又能随你心意吞噬天神，让你愈发强大，变得高不可攀。"

"可你越强大，你所创造的那些先天神越难以和你达成平衡，你最终明白，谁都比不过笙鼗。但你不敢放了她，就拿着她的皮肉，重新送入怒火悲汤，于是有了我。"提灯把自己那一只白骨手翻来覆去地看，每每蜷指，便能听见骨节擦动的声音。

"你知道笙鼗的恨意多么沉重，所以我才成形时，你便把自己苦心经营出的一殿后天神全部送进池子里成全我——后天神嘛，源源不断，没了一殿再从底下选一殿。我拿他们所有人的骨灰做成了自己的骨头，你终于创造出一个与笙鼗旗鼓相当的天神。同时你怕，你怕我拥有笙鼗的记忆对你进行报复，便拿万字佛经镇住我体内的怨气，尘封属于笙鼗的记忆。我整日厌世憎世，却从不知究竟为何如此。如此，才有了无悲无喜、嗜血嗜杀的无相天神。

"笙鼗死了，你掌握了一切，造了万神手记。你说她产魔胎，说她自愿抽皮剥骨，说我冷漠无情，杀神造骨，受你点化才再造慈悲。你说任何话，都没人反驳。后来你授意我去混沌斩妖除魔，确保娑婆世的稳定。直到你察觉笙鼗在逐渐苏醒，有了复仇的倾向。"提灯对着自己的白骨叹了口气，"于是你创造了谢九。"

他蓦地抬眼："你把一颗尘泥送到我身边，给他灵气，浇筑他的元神，让他有了意识，与我有了因。他跳入凡尘，我自心甘情愿被你打下去受万物生死之苦。你不是想让我生出慈悲，你是让我与他终有一遇，让他成为我的羁绊。笙鼗在找我，你知道。只要我遇上天神血，想起一切，就会纵身入火，助她找回真身复仇。于是你让谢九成为我的牵绊。"

"你把谢九的死安排在笙鼗点燃那场大火时，等我回来，便让我知晓救他的法子——你刻在我骨上的佛经，让我能在扭转怒火悲汤时不至于被焚毁自身。于是我倒转时间，永远不让谢九的死期到来。这个五百年过完，我便再倒转一个五百年。谢九的死期永远不到，笙鼗便永远无法烧毁娑婆。"提灯死死盯着那座真身，"能仁，这些我都能当作不知道。可是你怎么敢拿谢九的性命做赌注？

"你要我在一次次扭转怒火悲汤后耗尽真身,届时笙鼗彻底无法烧毁娑婆,我也无法再扭转时间。谢九的死活,便没人管了。"

"我不允许。"提灯道,"你的天地容不下一个谢九,那就别要这个天地。既然我的真身注定将亡,成全你们,不如成全娑婆苍生,成全谢九,让他长长久久地活。"

他转身要走,才不过两步,又回头:"对了,还有,长不轻。你当年某次从怒火悲汤取出净气,却不慎遗漏下界,为了防止笙鼗发现其中一味净气的力量,不惜化身长不轻下界想要将其带走。但在娑婆,那是笙鼗的地界,你不敢轻举妄动。眼见带不走,你留下消息,指了你的雷音道,又暗示了天神,总之千防万防,不愿让那净气找到笙鼗。结果你还是没防住。"

提灯把自己的真身和归墟收进胸前扳指:"能仁,你捅的窟窿越来越大,迟早自食恶果。"

他甫一抬脚,一道天雷打在身前。能仁如此示意,诸天神见状更是激动。

"拦住他!"

"无相!你今天走不出去!"

"收了无相!"

提灯倏地笑出声。

诸神问:"你笑什么?"

"我笑你们身陷死局不自知。"提灯面色一冷,森然指着壁龛,天神念力渗在神殿,振聋发聩,"以能仁之意,我毁了,笙鼗废了,届时天地失衡,他再造一个天神,用的是谁的骨头?!"

此问一出,满殿寂寂。

自然是再把诸天神送入怒火悲汤造一个天神罢了。

"我死,你们被送入怒火悲汤,凝成天神骨,不得超生;能仁死,诸天神佛共入怒火悲汤,以我一具真身换一处黄泉,谁能转世,各凭本事。"提灯一步步往后退,看着左右高不见顶的金壁,"在座诸位,想怎么死?"

这次没有了辩驳的声音。能仁终于开了金身,动了佛眼。可当他往前一寸,百顷壁龛便无声向中合拢一寸。十方诸神沉默倒戈,拦住了能仁去路。

楚空遥墓后,山鬼神影伺机而动,见在场三人各怀心事,正欲夺命奔逃,才一现身,便被守在更远处的笙鼗掐住喉咙,直接按倒在树干上。眨眼间便厮打起来。

"无相!"笙鼗电光石火间冲这边喊,"你在等什么!"

谢九楼心中一紧,正把视线转向提灯,忽觉周身如起万丈波澜,一股无形的力量直把他和鹤顶红往外推去。

风声呼啸，卷起万重落叶，千里飞灰。待谢九楼再看清眼前，他和鹤顶红已被四方看不见的屏障困在方寸之间。提灯背对着他二人，一膝跪地，那只缠着绑带的手高高举起，一把金光四散的长刀在他头顶逐渐显形。

当年能仁就是用这把刀，刮去自己一层玉骨，封印了神影修罗。

提灯缓缓仰头。谢九楼突然意识到他要做什么。

"提灯！"话音未落，那把长刀失重下坠，刺入提灯的身体。

泼天的经文自那团金光中飞散而来，依附到结界之上，随后隐入屏障，消失不见。

俄顷，冲天大火自提灯身后燃起，转眼便是天塌地陷，尘土飞升，白云下坠，金灿灿壁宫分裂瓦解，四野东倒西歪。

结界之外，已是一座熔炉，万物搅动，大火上吞诸神，下并众生，火烧的风声盖住了遍野哀号。谢九楼发了疯地拍打着结界，嘶吼着提灯的名字。

近在咫尺，却天涯两隔。他们互相听不到互相世界里的声音。

他看见提灯颓然吐了口气，指尖碰到唇角，放下去时已是满指鲜血。

"还差你一场大雪。"万籁俱静，提灯的声音却在结界中无比清晰，"出来时，我原想……这三百年，让你误会着，也好。"

"你误会着，即便恨我，同我赌气，不出来寻我，我也没那么难过……可你还是出来了。"提灯跪在一地枯叶间，头颅低垂着，声音沙哑疲惫，"你出来了，我原可以狠一些，就着你的误会撒个谎，把你气回去，你也不必见到今日的我。怪我太贪心了。"

谢九楼眼角发红，拼命用双手拍在结界上，可这东西无影无形，他从未觉得如此无力。

"谢九，我在无界处那三百年……是千百年里，地上人间，最好的三百年。"提灯缓慢地撑着膝盖站起来，步履蹒跚，始终不肯转头看他一眼，"可这不够。"

提灯的声音渐渐微弱缥缈："神这一生，前无起，后无终，何其漫长，何其寂寞。我与你，一遇一别离，终是长恨无人寄。可我还挂念三百年前的人间，挂念那个冬天。我想给九十四，给洛桥，给楚二，给阿嬷，给囡囡，给我的乌鸦和你的小狼，给所有生灵一条往生之路。谢九，我想给苍生一个轮回。"

"天地归一，万物化零。只有我先解脱，你才能长长久久地活下去。"

"我的真身给你，归墟给你。此后黄泉婆娑，轮回六道，万般从此过，你所见皆所念。"

提灯立在大火前，只一个孤寂的背影，像那年他初入无界处大殿，夕阳余晖投在他瘦削的双肩上，把他的影子拉长，谢九楼看着他，觉得他无比单薄。

他在最后一步迈入大火前转身开口。

"谢九，常添衣，多加饭。"

一百年后。人间四月，无界处正下大雪。

冥河之水奔腾不息，鹤顶红一早送走这日去往生六道的人魂，顶着风雪去往第九偏殿，还隔着远远的几道回廊，便有界差冲他摆手。

他凑过去，和界差凑到一处，冲月洞门里那方院子道："又把自个儿关了一夜？"

界差叹道："可不是。"

鹤顶红撇嘴，摇了摇头便往回走："随他吧，也不是一日两日了。"

他踏上冥桥，出了无界处，晴光潋滟，天色正好。

鹤顶红沿街买了一路的零嘴小吃，有果脯、糖葫芦、掌心大的小烧饼，还有些龙须糖，买到一家商户宅子角门口。

门槛上坐了个五六岁的小孩，锦衣华缎，浓眉大眼，好不漂亮。

就是一张脸苦巴巴的，整日耷拉着，看起来总不高兴。

见了鹤顶红，那张脸上透出点异彩来。

只一瞬，他又急忙把心里的高兴给掩下去，皱眉埋怨："你怎么才来。"

声音稚嫩，语气倒挺老成。鹤顶红挨着他坐下："你昨儿忘了告诉我今天想吃什么，我便见了什么都买点，就来迟了些。"

小孩往他手里探头探脑，最后拿过糖葫芦咬了一口，嚼着嚼着，便递给鹤顶红："我不要了。"

"不要就不要，"鹤顶红低眼笑道，"看看，别的要吃哪样？"

小孩儿指指果脯："这个。"又瞄一眼鹤顶红，"你喂我。"

"好。"

鹤顶红捏着果脯喂进他嘴里："还要吗？"

"也不要了。"

"那别的呢？"

小孩儿打量着鹤顶红眼色："你脾气怎么那么好？"

鹤顶红手上一顿，随即笑道："你长得好看，我一见便欢喜，便只想对你好。"

小孩歪头："真的？"

"真的。"

"我要什么你都答应？"

"我都答应。"

"我不想要了呢？"

"那便不要。"

小孩看了他半晌，忽道："认识这么多天，你还没说你叫什么。"

"我叫鹤顶红，"鹤顶红说，"你也可以叫我小鸟。"

无界处自冥河生水起便有了春夏秋冬。

今冬的雪来得急，鹅毛大雪下了一天一夜，仍没有停的迹象。

外头苍松负雪，月洞门里这处院子的几间房屋却很暖和。

主屋子连着两旁耳房一并左右两侧的客房竟打了个对通，屋里陈设一览无余，除笼纱罩着的明烛把一室照得暖融融且亮堂，其余只有数不清的木架和墙龛，架上龛中，摆了成千上万的玉雕小人。一眼望不到边儿。

即便如此，也早放不下许多，玉雕小人现已从最里边的地上铺陈出来，几乎连个落脚的地儿都快没了。

谢九楼站在大堂一堆玉雕中间，面朝着成排的木架，正低头雕刻新的小玉人儿。

这已是他把自己关起来的不知第几个冬日。

谢九楼把一屋子的玉雕保存得极好。房外风雪潇潇，屋里暖如春昼，玉光与烛火日夜相映，上好的玉质更显润泽。百年来无论刮风下雪，无一日不是如此。

这东西做起来便昼夜不息。谢九楼刻刀一拿在手里就总忘了时辰。昨夜来时尚未下雪，如今阶前积雪已有一尺来厚。

他手上正做的这个即将完工，时值黄昏，雪意更浓，寒风拍打着窗棂，一响接着一响，谢九楼习以为常，纵使身上只一件单薄的锦衣，仍自顾自专注着，纹丝不动。

这般响动中，大门被人缓缓推开的声音倒显得格格不入。

谢九楼把玉雕上落的玉屑轻轻吹去："不是说了，有事先找鹤……"

他在眼角余光中瞥见一盏火光微弱的琉璃灯。

青灰衣摆在风里飘荡。

有雪顺着开门的方向飘了进来。

他愣在原地，双目还盯着手中的器物，指尖却僵住，悬在玉雕上，听得那人含笑的声音在门外响起，似远在百年前，似近在昨日梦间。

"一百年，够雕多少个小人儿？"

【全文完】

第七章

图书在版编目（CIP）数据

娑婆 / 诗无荼著.-- 武汉：长江出版社，2024.

8. -- ISBN 978-7-5492-9516-6

Ⅰ.I247.5

中国国家版本馆CIP数据核字第20243H4L80号

本书经诗无荼委托天津漫娱图书有限公司正式授权长江出版社，在中国大陆地区独家出版中文简体版本。未经书面同意，不得以任何形式转载和使用。

娑婆 / 诗无荼 著

SUO PO

出　　版	长江出版社			
	（武汉市解放大道1863号　邮政编码：430010）			
市场发行	长江出版社发行部			
网　　址	http://www.cjpress.cn			
选题策划	漫娱图书　聂紫绚			
责任编辑	李剑月			
特约编辑	马　飞			
总策划	两脚猫工作室	开本	710mm×1000mm 1/16
装帧设计	殷　悦	印张	18.5
印　　刷	武汉鸿印社科技有限公司	字数	361千字
版　　次	2024年8月第1版	书号	ISBN 978-7-5492-9516-6
印　　次	2025年2月第3次印刷	定价	48.00元

版权所有，翻版必究。如有质量问题，请联系本社退换。
电话：027-82926557(总编室)　027-82926806（市场营销部）